KB001703

약속의 그림자

• 이 도서의 국립중앙도서관 출판시도서목록(CIP)은 서지정보유통지원시스템 홈페이지(http://seoji. nl.go.kr)와 국가자료공동목록시스템(http://www.nl.go.kr/kolisnet)에서 이용하실 수 있습니다. (CIP제어번호: CIP2017013312)

약속의 그림자

윤후명 소/설/

은행나무

차례

1

지금 내 눈에는 이 세상의 온갖 푸른 빛깔들이 보인다. 마치 푸른 빛깔만을 감지하는 시신경을 가진 색맹처럼도 느껴진다. 그러나 이것은 물론 과장이다. 나는 그런 색맹이 아니다. 나는 지독한 근시일망정 색맹은 아니다. 그렇다면 왜 그런가. 이것을 설명하기란 그리 어려운 일이 아니다. 나 스스로가 그렇기를 원한다면 단순한 이유가 거기에 있다. 그러니까 나는 이 세상의 온갖 푸른 빛깔들을 보고 싶어 한다는 뜻이 된다. 하지만 나는 이렇게 구차하게 설명하고 싶지 않다.

빛깔에 대한 과학적인 해석으로 푸른 빛깔은 우울과 슬픔과 침체를 연상시키며 또한 어두운 그늘이나 공포심을 연상시킨다고 한다. 그러나 이런 것들은 내게는 적용되지 않는다. 푸른 빛깔은 내게는 아름다움이며 희망이며 사랑이다. 순결이며 평화이다.

나는 어느 하늘과 어느 바다의 쪽빛의 푸름을 바라본다. 먼 섬을 바라본다. 어느 나라의 사원의 궁륭을 바라본다. 무덤 속에서 나온 귀인의 옥가락지를 바라본다. 어느 그림자를 바라본다. 나는 아직까지도 내가 낙관론자라는 사실에 문득문득 놀라는 것과 마찬가지로 이 세상이 아직도 푸른 빛깔을 가지고 있다는 사실에 놀란다. 다른 어떤 빛깔과는 달리 푸른 빛깔이 이 세상에서 사라지는 날 인류는, 지구는 멸망하리라.

그런데, 나는 지구상의 하나의 푸른 섬이 사라진 사실을 상기한다. 그것은 하나의 작은 섬이었다. 다소 걸맞지는 않으나마 그것으로 시선을 옮겼다가 다시 이야기를 계속하기로 한다.

며칠 전에 신문을 읽다가 나는 어떤 섬이 사라지게 된다는 것을 알았던 것이다. 신문의 보도에 따르면 바닷가의 개펄을 메우는 대단위의 간척사업으로 그 섬은 육지가 되게끔 되어 있었다.

하기야 바닷가에서 빤히 바라보이는 그 섬은 썰물 때면 물이 빠져나간 개펄이 군데군데 드러나면서 육지하고는 사람이 걸어서 다닐 수 있는 길이 좁다라나마 트이는 것이어서, 애초에 이미 반쯤은 섬이 아니라고도 할 수 있었다. 그러니까 간척사업을 벌여서 땅을 만들기에 안성맞춤인 곳이긴 했다.

그 푸른 섬이 사라진다……

그 섬은 바다 빛깔이 섬 전체에 투영되어 이상히도 푸르게, 아니 파랗게라고도 할 수 있게 눈에 들어왔다.

나는 늘 하던 버릇대로 자리에 누워 신문 한 구석구석을 살살이 더듬으면서도 그 기사에서 생각이 떠나지를 않았다. 연재소설까지 다 읽고 난 다음에, 여느 때 같으면 자리를 박차고 일어났을 것이지만, 나는 다시 한 번 그 기사로 눈길을 가져갔다. 물론 처음에 읽었던 내용에서 다른 어떤 내용이 있으리라고 기대한 것은 아니었다. 그러나 나는 수험생이 시험문제를 읽듯이 한 자, 한 자 뜯어가며 읽었다. 그 작은 섬의 바깥쪽으로 방조제가 지나가고 있었다.

그 푸른 섬이 사라진다……

나는 순간 내가 그 섬에 무엇인가 좀 더 깊이 생각해보려고 애쓰고 있음을 알았고 그와 함께 심한 갈증을 느꼈다. 하지만 나는 이상하게도 명확한 생각을 할 수가 없었다. 그 섬의 모습조차도 어렴풋하기만 했다. 마치 공기 중의 수증기에 의해 빛이 굴절되어 수평선 너머 있는 미지의 섬이 떠올라 보이듯이 그 섬은 희미한 모습으로 어른거릴 뿐이었다. 나는 그 희미한 영상조차 아예 아득히 사라져버리고 공백상태만 남게 될까봐 은근히 조바심까지 났다. 그 섬의 삐죽삐죽한 바위들과, 섬에 이르는 미끈미끈한 길과, 눈 지 얼마 안 된 것 같은 갈매기 똥과, 썰물과 함께 빠져나가지 못하고 웅덩이에 남은 망둥이 새끼…… 따위를 떠올리려고 했으나 그것들은 다만 내 관념 속에만 남아 있을 뿐이었다. 어찌된 셈인지 모를 일이었다. 그렇다면 그 푸른 섬은 어느 사이엔가 내 기억에서부터 먼저 까뭉개져서 몇 평의 공장부지로 변하고 있었다고 해야 할 지경이었다. 이것이 나이를 먹었다는 징조로구나 하고 생각하니 공연히 서글퍼져서 나는 혼자 실소했다.

정말 그 푸른 섬이 사라진다……

그해 여름에 내가 그 섬에 갔던 것은 우연의 결과에 지나지 않았다. 며칠 동안의 휴가를 아예 집 안에 틀어박혀서 책이나 읽으며 지내겠다고 마음먹었다가 뒤늦게 어디엔가 다녀와야만 할 것 같아서 집을 나선 것이 그 섬으로 가게 된 전말이었다.

집을 나설 때만 해도 나는 그 섬에 가리라고는 꿈에도 생각지 못했다. 혼자서 다녀올 곳이라면 벌거숭이 바다가 아니라 산 쪽이다 하고 막연히 계획하며 역으로 나간 나는 웬만한 곳으로 가는 차표는 이미 매진되어버린 사실에 당황하지 않을 수 없었다. 산뿐만이 아니라 바다도, 조금만 광고가 된 곳이면 그날 중으로는 갈 방법이 없었다.

나는 머쓱해졌다. 다시 집으로 돌아가 잠이나 실컷 잘까. 그러나 그럴 수는 없는 노릇이었다.

이미 나는 집을 나섰고, 그럴 바에야 남들이 안 가는 무인도(無人島)일지라도 어디든 다녀와야 된다는 객기가 슬며시 치밀어올랐다. 그렇다고 실제로 무인도에 다녀와야 한다고 다짐한 것은 물론 아니었다. 그러므로 그때의 무인도란 안 알려진 어떤 곳, 황량한 어떤 곳, 버려져 있는 어떤 곳 등등의 대명사였다. 그런 곳을 향해 시외버스 정류장을 떠난 것은 점심때가 가까워서였다.

싸구려 민박집에서 바라다본 그 섬은 한 마리 등딱지가 푸른 게(蟹) 같았다.

썰물이 빠져나갈 때의 그 섬은 뭍으로 기어올라오고 있는 게였다. 그리고 해가 떨어지기 전의 낙조에 젖은 그 섬은 그 푸름에도 불구하고 발갛게 익어가는 게였다.

"저 섬엔 사람이 안 사는 모양이지요?"

"살 수가 읎스요. 물두 읎구, 완통 바위뿐이니깐…… 석화(石

花)나 따러 갈까…… 것두 신통친 않구……"

"석화라믄…… 굴 말인가요?"

"그렇시오."

그제야 나는 무인도라는 낱말이 명확하게 떠올랐다. 무인
도치고는 지나치게 가까웠다. 내가 평소에 생각했던 무인도는
곧 절해고도(絶海孤島)를 뜻했던 것이었다. 그곳은 아무도 살
지 않는 섬인 것은 말할 것도 없고 아울러 무엇인가 비장한 느
낌을 주는 곳이어야 했다. 따라서 빤히 바라보이는 곳에 자리
잡은 그 섬은 비록 사람이 한 명도 안 사는 무인도라고는 해도
내가 생각하고 있던 그런 무인도는 아니었다. 사람이 제 맘대
로 드나들 수 있는 섬을 어찌 무인도라고 할 수가 있으랴.

그곳에 도착한 다음 날 나는 그 푸른 섬을 향해 떠났다. 군
데군데 우뚝한 곳에는 구정물 같은 바닷물이 괴어 햇빛을 반
사하고 있었고 밝게 새끼들이 두 눈을 곧추세워 들고 우르르
우르르 달리고 있는 개펄을 나는 한 마리 게라도 잡는 가벼운
마음으로 걸어나갔다. 그러나 신발을 벗어 들고 있었으므로
발바닥이 다치지 않게 여간 조심을 하지 않으면 안 되었다. 가
까이 갈수록 그 섬은 멀리서 보던 것과는 판이하게 선명한 요
철(凹凸)을 가진 해안선으로 둘려 있었는데 한쪽 벼랑으로는

간만(干滿)의 물 자국이 배의 흘수선(吃水線)처럼 드러나 보이기도 했다. 나는 뭐라고 설명할 수 없는 설렘과 내가 왜 이런 곳에 오게 되었을까 하는 의아심을 동시에 느끼면서 그 섬에 닿았다.

그녀를 만난 것은 그 섬에 닿은 지 한나절쯤이나 지나서였다.

그녀는 바닷가의 톱니처럼 날카로운 바위틈서리 아래 몸을 숨기다시피하고 있었다. 처음에 얼핏 사람 모습을 발견한 나는 잔뜩 경계한 채 조심스럽게 다가갔었다. 그런데 그녀 쪽에서는 웬일인지 나를 경계하는 기색이라고는 티끌만큼도 없었다. 나는 그녀가 내가 그 섬으로 걸어오는 것을 보았던 것이라고 판단되었다.

"이런 곳에서 이렇게 미모를 가진 분을 만나 뵐 줄은 꿈에도 상상하지 못했습니다."

나는 그녀의 눈치를 살피면서 짐짓 장난스럽게 말을 던졌다.

그러자 그녀는 이 작자가 무슨 수작을 거느냐는 투로 힐끗 쳐다보았다. 그러나 그 눈매는 부드러웠다. 그녀가 뭔가 잠시 생각에 잠기는가 하더니 입을 열었다.

"이런 곳에서 이렇게 미모를 알아주는 분을 만나 뵐 줄은 꿈에도 상상하지 못했습니다."

어김없는 낭패였다. 그녀의 입에서 그런 대꾸가 나올 줄은 정말 꿈에도 상상하지 못한 일이었다. 그러나 그녀는 아무렇지도 않다는 듯 엷은 웃음을 머금고 있을 뿐이었다. 그 웃음은 비웃는 듯한 웃음 같기도 했다.

"거기 있지 말고 이리 나오실 순 없습니까?"

나는 바위틈을 가리켰다.

"들켰으니깐 나가야겠죠."

그녀가 서슴없이 손을 뻗쳤다.

나는 그 손을 잡아 바위틈에서 끌어당겨주었다. 그녀는 낑낑거리며 간신히 올라왔다.

"아니, 혼자 올라오지도 못할 델 왜 겨들어가 있습니까?"

나는 힐난하는 투로, 그러나 여전히 장난스럽게 말을 건넸다.

"죽으려구요."

그녀의 천연덕스러운 대답이 들려왔다. '이 여자가' 하면서 나는 그녀의 얼굴을 쳐다보았다.

장난이 지나치군. 불쾌하기조차 했다. 그러나 그녀의 얼굴을 쳐다본 순간 나는 흠칫 놀랐다. 웃음기라고는 한 점도 발견할 수 없는 그 얼굴은 지나치게 어둡고 적막했다. 이 여자는 결코 거짓말을 하는 것이 아니다. 나는 퍼뜩 깨달았다. 이 여자는 아무도 몰래 죽음을 꿈꾸고 있었다. 왜? 라고는 묻지 않기로 하자.

"그럼 죽기 전에 섬 구경이나 같이 합시다."

"왜요?"

"죽은 사람 소원두 풀어준다는데 이렇게 소원하구 있지 않습니까?"

"좋아요. 그럼 마지막 적선을 해드릴게요."

작은 바위섬에 무슨 구경거리가 특별히 있었던 것은 아니었다. 섬 구경을 하기로 한 다음부터는 나는 거의 아무 말도 하지 않았다. 섬의 해안선을 돌면서 바위틈에서 거북손이나 게 따위를 심심풀이로 잡는 게 일이었다. 나는 그런 것들을 생물학자처럼 면밀히 살피다가는 다시 놓아주고는 했다.

"자, 이젠 갑시다."

저녁이 다가오고 있었으므로 바위틈에 굽혔던 허리를 펴면서 나는 드디어 말했다. 그때 나는 보았다. 바닷물이 어느새 우리들이 돌아갈 길을 막고 있었던 것이다. 나는 참담한 마음으로 밀물이 들어와 출렁거리는 바다를 보았다. 다시 물때가 되어 바닷물이 물러가자면 여섯 시간이 필요했다. 그곳은 섬이었다. 그해 여름, 그렇게 해서 우리는 무인도에 남게 된 것이었다.

그 푸른 섬이 이제 사라진다……

그 섬에 대한 이야기는 이토록 단순하다. 그때 무인도에 갇힌 여섯 시간 동안의 이야기를 제외한다면. 하지만, 나는 지금은 푸른 빛깔에 대해서 말하고 있는 중이었던 것이다.

그렇다면, 나는 이제 또다시 어떤 다른 푸른 빛깔을 찾아나서야 된다. 내 눈으로 하여금 오직 푸른 빛깔만을 보도록 강요하고 있는 '보이지 않는 손'이 있기 때문이다. 아니다. 그것이나의 존재의 당위성이라고 나는 말하고 싶다. 존재의 당위성? 냉철하게 따져보면 우연 중의 우연의 산물인 우리가 이런 엄청난 말을 꺼내는 것도 한낱 우스꽝스러운 일일지도 모른다. 아니, 확실히 그렇다. 존재의 당위성 따위는 애초에 없다. 그래도 우리는 살아간다. 그럼에도 불구하고 나는 말한다. 그럼에도 불구하고……

이제 나는 어떤 헤어짐을 이야기할 차례가 되었나보다. 그런데 이상하게도 그 헤어짐에 한 마리의 두꺼비가 모습을 먼저 나타낸다.

누군가 내게 들려준 이야기로, 마술이니 요술이니 환각이니 하는 것에 관한 것이 있다. 마치 텔레비전의 만화영화에나 나옴 직한 엉터리 마술사처럼 그도 여러 가지 마술을 시험해보고 있었다. 아니, 상당히 실제적인 것은 대마초니 본드니 하는 잘 알려진 환각제까지도 기본적으로 들먹이고 있다는 점이었다.

"광주사태 때도 말입니다. 뭔가를 먹었다는 말이 있지 않습니까. 아마 일본 가미가제 특공대가 출격에 앞서 마신 한 잔의 술, 거기에도 뭔가 타지 않았겠습니까. 클클클클."

그는 역사상의 여러 음흉한 흉계들을 꿰뚫어보기라도 하는 듯이 웃었다. 그러나 이렇게 말하고 있음에도 불구하고 그는 매우 고전적인 사내였다. 그는 이미 그따위 우스꽝스러운 약들은 졸업한 지 오래였다. 그런 것들은 그에게는 우스꽝스러운, 속물들이나 쓰는 것이었다. 그리하여 생각해낸 것이 두꺼비였다. 이것 역시 만화영화에나 나옴 직한 마술사의 재료이지만, 또한 많은 기괴 취미의 고상한 책들 속에도 등장하고 있는 것이다. 한약방의 진열장 안에서 마른 두꺼비를 본 우리는 무슨 생각을 하는 것일까. 예전부터 두꺼비는 영물이라고 알려져왔던 것이다.

"두꺼비를요?"

나는 그를 만날 때면 항상 듣게 되는 황당무계한 이야기를 그런 식으로 부추기고 있었다. 그의 입가에 엷은 웃음이 스쳐 지나갔다.

"예, 그놈을 시골에서 한 마리 잡아왔지요. 그래서 껍질을 삶아 먹었습니다. 내 몸에 무슨 징조가 나타나는가 하고 말입니다."

그가 원숭이의 발톱이나 앵무새의 혀를 먹었더라도 마찬가지로 아무 징조가 일어나지 않았으리라는 것은 느낌만으로도 알 수 있다. 두꺼비는 환각이나 마법을 일으키기보다는 일차적으로 영양분으로 분해되고 말았을 것이다.

"가만히 누워 있었는데 결국 아무 징조도 일어나지 않았습니다. 무슨 알레르기 증세마저도 말입니다."

그는 쓸쓸한 표정을 지었다. 보통 사람이라면 지극히 당연하게 여겨졌을 일에도 그는 유별난 눈길을 돌린다. 그렇다고 해서 그가 하는 일에 이러쿵저러쿵 제동을 걸 생각이 내게는 없었다. 왜냐하면 마흔 살을 넘게 살다보면 이 세상에는 보편적이고 상식적인 사람보다 그렇지 못한 사람, 비뚤어지거나 일그러진 사람들이 훨씬 더 많다는 사실을 알고 놀라게 되기 때문이다. 세상은 이상한 사람들로 가득 차 있다. 좀 배웠다 하는 사람들일수록 자기 자신의 모래성을 남들에게 납득시키기 위해 온갖 방법을 동원하는 것이다.

언젠가 여름 바닷가에 갔을 때, 모래 위에 여자의 나체를 매끄럽고 육감적인 모습으로 만들고 있는 한 사내를 보았었다. 그것은 정말 훌륭한 나체였다. 그러나 그가 그 여자를 모래 위에 완성시켜놓고 어디론가 간 순간 그곳은 곧 개구쟁이들에 의해 무참히도 짓밟히고 말았다. 사람들이 다른 사람들을 짓밟고 싶은 욕망은 본능에 가까운지도 모른다. 아니, 이 경우는 여자의 아름다운 나체로서 남자들은 살아서 꿈틀거리는 것을 상상했으리라. 그리고 그다음에는 그 꿈틀거림이 자기의 것임을 확인하고 싶었으리라. 그래서 그들은 모래의 여인을 짓밟았던 것이다.

아무튼 다시 환각과 마법에 관해 몇 마디 더 해야 한다. 그것이 비록 엉터리 수작일지라도. 왜냐하면 우리는 엉터리 연금술사들이 이것저것 잡동사니들을 섞고 끓이고 식히고 말리고 하는 가운데 다른 여러 가지 중요한 사실들을 발견했다는 것을 배웠기 때문이다. 연금술사들은 누구도 금을 만들어내지 못했다. 그러나 그들은 아마도 금보다 더 귀중한, 세상의 구조에 대한 여러 가지 사실들을 알아냈던 것이다.

"이번에는 감자 잎사귀로 무얼 해볼 작정입니다. 거기에는 뭔가 있을 것 같아요."

그는 다시 꿈을 꾸고 있는 것이었다. 나는 그의 꿈이 하등 보잘것없다는 사실을 잘 알고 있다. 하지만 세상은 아직도 꿈꾸는 사람들이 있을 수 있다는 것만으로도 존재 이유가 충분하다고 할 때, 그의 태도가 무시되어서는 안 되는 것이다.

그런데 이렇게 무엇인가 장황하게 적어나가고 있는 것은 무엇 때문인가.

그것은 단순히 두꺼비 때문이라고 해야겠다. 나는 어디로 달려가는지도 모르는 버스 차창에 망연히 눈길을 내던지고 문득 두꺼비 한 마리를 떠올렸던 것이다. 그놈은 아내와 내가 변두리에 마련한 우리들의 보금자리 뒤꼍에서 기어나왔다. 옛날 우물이 있던 자리 옆의 과꽃 잎사귀 밑에서 그놈은 캐터필러 소리 없는 탱크처럼 기어나왔다.

"저것 봐요. 두꺼비!"

아내가 놀라서 소리쳤다. 과연 그것은 어른 손바닥 두 개는 되어 보이는 두꺼비였다.

"저건 복두꺼비야. 틀림없이 우린 돈을 많이 벌게 될 거야."

나는 미래의 희망과 예감에 눈빛을 빛냈다. 그리고 두꺼비가 어기적거리며 다른 잎사귀 밑으로 숨어들기까지 보고만 있었다. 두꺼비가 많은 돈을 우리 부부에게 선사해줄 것을 기대하며 상상한다는 것은 생각보다 훨씬 가슴 설레는 일이었

다. 그러나 그 복두꺼비의 효험은 어디로 간 것일까. 나는 급기
야는 아내와 헤어져 어디론가 떠나가야 하는 팔자가 되고 말
았던 것이다.

그때처럼 목적지도 없이 떠나야 한다는 사실이 나를 당황
케 했던 때는 전에 없었다. 돌아올 곳이 없이 어디론가 떠난다
고 상상해보라. 사실 이보다 끔찍스런 일은 없을 것이다. 더군
다나 내게는 문약에 빠진 가냘픈 팔다리밖에는 가진 것이 아
무것도 없었다. 그때 나는 남자로 태어난 것을 저주했다. 노동
일을 할 수 없는 여자일지라도, 여자라면, 이 세상에서 한 몸을
영위할 많은 곳이 있다는 생각이 들었던 것이다. 그곳이 어디
라도 좋았다. 여자들은 아무리 험악한 환경 속에서도 끝까지
살아남을 수 있으며, 실제로 그렇게들 해왔다. 그녀들이 온갖
시시콜콜하고 궂은일들을 도맡아하면서 두말없이 살아남을
수 있는 것은 그만큼 본능에 충실할 수 있기 때문이라고 나는
믿고 있다. 그렇기 때문에 여자들은 위대하다. 전쟁에서 보자
면 여자들은 보병에 해당한다. 보병만이 최후의 승리를 얻을
수 있음은 다 아는 바와 같다. 게다가 여자들은 남자들과는 다
른 구조적 특징을 지녀서 최악의 경우에는 그것을 먹이의 도
구로 이용할 수 있는 것이다. 가령 최근에 내게 온 엽서에 이

런 구절이 있다.

카이로, 알렉산드리아를 거쳐 예루살렘에서 이틀을 묵
은 새벽입니다. 사람 썩은 냄새, 빈민가, 스핑크스, 피라
미드, 박물관에 수도 없이 누워 있는 미라, 이집트의 모
든 문명은 죽음과 연결되어 있었고, 산 자들은 죽은 자
들과 동거하고 있었습니다. 지중해 깊숙이 들어앉은 알
렉산드리아는 궁전이 있는 아름다운 항구로 몇천 년이
이겨져서 하얀 석회층을 이룬 석산이 아름답게 펼쳐 있
었습니다. 사막지대를 거쳐 수에즈 운하를 건너 시나이
반도를 달리다 국경을 넘었습니다. 유목민들은 모래사
막 한가운데서 검은 갈라비아를 뒤집어쓰고 양 몇 마리
를 몰고 다닙니다. 전쟁에서 남자를 잃은 여인들은 집
문 앞에 흰 깃발을 달아놓고 남자들을 유혹해요. 어제는
예루살렘 성지를 돌고 사해에서 해수욕을 했답니다.

"과부들은 집 문 앞에 흰 깃발을 달아놓고 남자들을 유혹"
하면서 삶을 영위할 수도 있는 것이다. 그러나 이런 보편적이
고 표층적인 삶에 대해서보다도 더욱 중요한 것은 우리들의

방황하는 삶의 깊은 골짜기에 깃들어 있는 외로움이라는 동물적 위협에 대처하는 데 대해 여자들이 남자들보다 훨씬 더 의연하다는 점을 나는 말하고 싶다. 남자들이 외로움에 못 견뎌 달걀처럼 쉽게 곯아간다면 여자들은 바위처럼 견뎌 나가는 것이다. 그리하여 바위가 어느 날 부스러져 모래가 될 때는 그 여자는 그 사실을 겪을 필요가 없는 다른 세상, 저세상에 이미 오래전에 가 있게 되는 것이다. 하지만 아니다. 남자든 여자든 외로움은 그 길로 접어든 사람에게는 피할 수 없는 독(毒)이 된다고 나는 믿고 싶다. 외로움은 그것을 정면으로 느꼈을 때, 이미 치명적인 독화살이 되고 만다. 그러므로 슬쩍 스쳐가도록 하는 편이 인생에는 유리하다. 그렇지 못한 경우에는 무리하게 버려진 짐승처럼 홀로 떠돌며 병들어야 한다. 사랑하는 상대가 있어 그 독화살을 뽑고 혀로 핥아줄 수는 있으나 잠시 동안의 위안이 될 뿐이다. 보다 본질적인 정체 모를 외로움이 도사리고 있는 것이다.

어쨌든 가장 외롭다고 여겨야 할 상황에서 나는 엉뚱하게 두꺼비를 떠올리고 있었다. 그렇다면 두꺼비나 무슨 그런 따위의 말도 안 되는 약재를 고아먹지도 않고 환각 증세를 일으킨 것은 바로 나였던 것인지도 모른다. 나는 그저 몽롱하기만 했다. 자신의 과거를 자신의 과거로서 확실히 현재에도 유효하다고 여기는 사람이 과연 몇이나 되겠는지 모르지만, 그 일은 몽롱하나마 내게 아직까지 유효한 과거이다. 즉, 나는 이제 겨우 그런 일들의 소용돌이 속에서 빠져나오기 시작한 데에 불과한 것이다. 마흔 살이라는 분명한 갈림길의 나이를 넘어선 지금에.

내가 버스를 타고 가고 있다고 한 것은 1978년 초여름의 일을 말한다. 그때 나는 아직 도망자의 신세였다. 그 무렵 한반도에는 지금보다도 많은 도망자들이 있었다. 사람을 해치고 도망친 자, 훔치고 도망친 자, 돈을 떼어먹고 도망친 자, 잘못된 사랑 때문에 도망친 자, 뭔가 못마땅해 도망친 자, 정권에 저항하다 도망친 자, 군대에서 도망친 자, 세상을 버리고 싶어 도망친 자, 세상을 버리고 싶으나 버리지 못해 도망친 자 등등. 그 무렵은 유신정권이 이른바 말기 증상을 보이고 있었던 때였으므로 도망자들이 많기 마련이었다. 어떤 시대나 말기 증상이 오면 도망자가 많아지는 것이다. 도망자들은 도망자를 낳는다. 그리고 하나하나의 도망자들은 또 하나하나의 예언자 구실을 하게끔 되어 있었다.

내가 그 버스를 탄 것은 우연이었다. 조그만 여행 가방에 간

단한 옷가지와 세면도구만을 챙겨 넣은 나는 어디로인가 떠나
기 위해 터미널로 나갔었다. 안내방송이 우렁우렁 건물 안을
맴돌고 사람들은 모두 목적지를 향해서 바삐 움직이고 있었
다. 의자에 앉아 기다리고 있는 사람들마저 내 눈에는 바삐 움
직이는 사람들로 보였다. 터미널 같은 곳에서 도망자는 특히
조심해야 한다. 엉뚱한 그물에 걸려들지 모르는 일이었다. 여
러 개의 긴급조치가 삼엄하게 경계를 내리고 위반자들을 쫓고
있었다. 조사를 받다가 걸려들어서는 안 되었다. 아니, 조사를
받고 뭐고 간에 내게는 주민등록증이라는 게 아예 없었다. 나
는 유신이라는 말만 들어도 오금을 못 펴는 불쌍한 도망자에
불과한 것이었다.

"너 참 오래간만이구나."

누군가 젊은 목소리가 들려왔다. 나는 의자에 앉은 채 흠칫
놀라 그 목소리의 주인공을 쳐다보았다. 젊은 목소리가 나를
'너'라고 부를 까닭이 없는데도 나는 놀랐다. 도망자는 언제나
가슴을 조이고 있는 것이다. 목소리를 받는 곳에 갓 고등학교
를 졸업했음 직한 여자가 서 있었다.

"그래, 정말."

여자는 웃어 보였다.

"여긴 어쩐 일이니?"

"어쩐 일이긴 뭐 그냥…… 답답해서 어디 좀 다녀올까 해서 나왔어. 근데 어디가 마땅한지 모르겠는 거야."

여자는 매우 솔직하게 털어놓았다.

"응…… 그래? 나……"

남자는 은근히 놀라워하면서도 저 인류답게 빛나는 밝은 본능을 여자에게 베풀어보고 싶다는 계산을 하는 것 같았다.

"어디가 좋을지 같이 알아보는 게 어때? 나도 별로 할 일이 없거든."

남자는 재빨리 비집고 들어갔다.

"좋을 대로."

여자는 망설이지 않았다.

두 사람은 곧 매표구 가까이로 다가갔다. 두 젊은 남녀는 어디론가 떠나는 표를 끊을 것이었다. 저 우연이 어쩌면 두 사람에게 새로운 필연을 잉태하게 할 것이다. 유신의 억눌린 사회에도 저렇게 자유롭게 떠나며 인생을 이야기하는 젊은이가 있을 수 있다는 싱그러움이 내게 새삼스러운 아픔을 주었다. 지난 십 년간 나는 그 어느 곳으로도 떠날 수가 없었다. 한반도에서의 도망자는 그 무렵 텔레비전에 나오던 도망자 리처드 킴블이 아니었다. 킴블은 아내를 죽였다는 누명을 쓰고 쫓기는 신세가 된다. 그는 결백하다. 그러나 그것을 증명할 길이 없다. 다만, 아내를 죽인 그 범인을 자신의 손으로 잡는 길밖에 없다. 하지만, 경찰은 그럴 여유를 주지 않고 끈질기게 뒤쫓는다. 아내 살인범 리처드 킴블. 그는 시청자들에게서 눈과 귀와 시간을 빼앗으며, 온갖 모험으로 넓은 이국 땅을 주름잡는다. 그러나 실상 그것은 미국의, 그것도 텔레비전 속 이야기에 지나지 않는다. 한반도의 도망자들은 두더지처럼 그저 어디론가 기어들지 않으면 안 된다. 어디로 활갯짓을 하고 다닌단 말인가. 하지만 한반도의 도망자들도 사랑만은 필요불가결한 것이다.

나는 어디론가 함께 떠나기 위해 출입구 앞에 서 있는 젊은 남녀를 물끄러미 쳐다보았다. 어디로 가는 표를 끊었을까 따라가서 확인해보고 싶을 정도로 궁금했다. 그러나 그럴 필요까지는 없었다. 이제, 두 사람은 서로 만났고, 그렇기 때문에 어디론가 떠난다는 것은 상대방을 향해 떠난다는 뜻이 되었다. 어느 정도로 상대방 속으로 멀리, 깊이 떠나갈 수 있을지만은 의문이더라도, 떠난다는 것이 만난다는 뜻임을 여실히 증명하고 있었다. 그것으로 충분했다. 그 옛날 유신체제 아래서 우리는 만났었지. 좋은 시절이었어. 먼 훗날에 그들은 말할지도 모른다. 그 옛날 유신체제 아래서 우리는 만났었지. 빌어먹을 놈의 개 같은 시절!

하나 내가 아직은 도망자가 아니었을 때, 그리고 아내가 처녀였을 때, 우리도 어디론가 떠났었다는 사실을 상기했다. 그녀와 만난 지 얼마 되지 않아서였다. 신록이 눈 가득히 담겨 있는 것으로 보아 때는 오뉴월이었다. 대학 신입생으로서 푸른색 배지를 심장 위에 자랑스럽게 달고 《한국전후문제시집》과 《60년대 사화집》을 읽던 무렵이었다. 나는 시인이 될 꿈을 야무게 꾸고 있었다.

"우리 어디 다녀오지 않을래?"

어느 날 그녀가 문득 제안했다.

"어딜?"

여자의 마음을 읽는 데는 언제나 늦은 나는 눈을 크게 떴다. 그녀는 그때까지만 해도 내 여자가 아니었다. 그 점에 있어서 차라리 나는 괴롭지만 부정적으로 생각하고 있던 참이었다. 나 따위가 어떻게 그런 훌륭한 여자를 넘볼 수나 있단 말인가 하고. 그 무렵까지도 나는 여자를 고귀한 동물로 분류해놓고 있었다. 여자와 내가 같은 동물에 속한다고 생각했으면 여러 곳에서의 내 처신은 보다 수월했을 것이다. 나는 여자들 앞에서 쪽을 못 썼다. 게다가 여자 앞에서 얼굴을 들면 내가 골방에서 여자를 두고 음습하게 상상했던 그 못된 상념들을 그녀가 환히 읽어버릴 것 같았다. 그 생각만 해도 낭패였다. 꽃 같은 소녀들은 그저 아름답게 깔깔거리고 있을 뿐인데 내가 어두운 골방에서 품고 있었던 상념이란 얼마나 추잡했던가. 물론 상념 속의 여자는 실오라기하나 걸치지 않고 발가벗겨져 있다. 나는 그 숭고한 동물을 내 마음대로 발가벗겨놓고 음탕한 짓거리를 떠올리곤 했던 것이다. 그러니 내가 어찌 여자 앞에서 얼굴을 들 수 있으랴! 나중에 아내가 될 그 여자도 신비에 감추어진 여자였다. 'VERITAS LUXEMIA'의 배지를 달았음에도 불구하고 그녀의 복숭앗빛 살결은 나로 하여금 얼마나 악마적 신음소리를 삼키게 하였던가.

"내가 좋아하는 곳이 있어. 내일이라도 같이 가보자."

그녀는 간단하게 말했다. 그렇지만 그 간단한 유혹의 말은 그 어떤 말보다도 나를 흥분시켰다. 나는 밤잠을 못 자고 '내일'을 기다렸다.

드디어 '내일'이 와서 우리는 용산역에서 열차를 탔다. 열차를 타는 행로는 그녀가 이미 답사한 바 있는 듯했다. 그녀가 누군가와 먼저 그런 일을 했었다는 것이 다소 마음에 걸렸지만, 그것을 가릴 계제가 아니었다.

"어디로 가는 건데?"

나는 얼빠지고 신이 나서 묻고만 있었다.

"그냥 한번 가보고 싶어."

그녀는 볼이 발그레해져서 말했다. 열차는 곧 서빙고역을 끼고 한강 옆을 달렸다.

나는 그 강물에 비치고 있던 산의 모습을 지금도 영롱하게 기억한다. 온통 푸른 산과 푸른 물이었다. 우리들의 그림자도 푸르게 보였다. 그때부터 내게는 푸른 그림자에 대한 평생 잊지 못할 영상이 남겨지게 되었다. 푸른 그림자, 그것은 인간과 자연의 교감을 뜻하며 가까이 사랑을 불러일으키는 신호가 되었던 것이다.

나는 물에 어린 산의 푸른 그림자를 황홀하게 바라보았다. 홀연히 솟은 하나의 봉우리가 강물을 굽어보며 그림자를 던지고 있었다. 산 전체가 강물에 들어가 역삼각형을 이루고 있는 풍경이었다.

"저 건너편으로 건너가봐. 우리."

그녀는 물 속 산기슭의 푸른 집에서 나온 소녀가 그곳으로 다시 돌아가고자 하는 손짓을 하고 있었다. 나는 완전히 홀린 느낌이었다. 사실은 열차를 타고 오면서도 나는 이 일이 과연 내게 일어나고 있는 일인가 묻곤 했었다. 시골에서 태어나서 서울을 동경하며 어린 시절을 보낸 내가 어느덧 아무 제약 없이 서울 소녀와 나란히 어디론가 가고 있다는 것은 스스로 경탄스러운 일이었다. 나는 그녀가 하는 대로 따라하고는 있었으나, 언제부터인지 내 몸은, 고결한 사랑의 감정 밑에서 항상 그러하듯이, 성적 흥분으로 점점 숨이 막힐 지경에 이르러 가고 있었다. 강물에 어린 푸른 산 그림자가 내 몸의 선(腺)을 더한층 자극시켰다고도 여겨지는 것은 이상한 일이다. 아니, 자연이 종종 성적 충동을 주는 것이 당연한 것은 누구 말대로 '자연은 양피지, 모든 게 씌어 있다'는 것이 황당하기 때문이라고 할 수 있겠다.

"보세요, 우리 좀 건네주세요."

우리는 나룻배를 불러 타고 푸른 그림자가 일렁이는 강물을 건너갔다. 사공 외에 두 사람만 타고 뱃전에 물이 찰랑거리는 작은 배였다. 대안에 닿자 그야말로 그곳은 피안이었다. 아무도 없는 산기슭의 풀밭을 헤치고 우리는 걸었다. 그때 우리가 무슨 이야기를 했는지는 도무지 기억할 수 없다. 이런 뜻에서 지난 세월을 돌아보면 인생에 그렇게도 중요하게 여겨졌던 내용이라는 것도 결국 형식을 떠받들기 위한 방편임을 알고 놀란다. 그리고 내가 놀란다는 사실에 놀란다. 지금 내가 가지고 있는 내 내용의 보잘것없음을 내가 모르고 있지 않으니까 말이다.

얼마쯤 걸어갔을 때, 나는 드디어 참지 못하고 그녀의 얼굴을 낚아챘다. 그리고 내 입술을 그녀의 입술 위에 포개고 가만히 혀를 들이밀었다. 그녀는 충분히 예상하고 기다리고 있었던 듯했다. 혀와 혀가 뻣뻣하게 긴장하며 맞닿았다. 향긋한 내음과 함께 온몸이 마비되는 듯한 느낌이었다. 그녀를 처음 안아보는 황홀함에 내 몸은 떨렸다. 길지도 않은 시간 그런 채로 있었을 뿐, 특별히 몸을 더듬거나 할 여유는 없었다. 여유보다도 용기가 없었다는 말이 맞겠다. 시를 공부하는 사람이 김수영(金洙暎)을 말하고 싶은데도 김소월(金素月)을 말하는 것으로 그쳐야 하는 고통은 크다. 그러나 참아야 하는 것이다.

'으음, 음' 소리를 내며 그녀는 눈을 흘기고 몸을 떼어냈다. 바알갛게 상기된 얼굴이 푸른 물을 배경으로 떠 있었다. 어찌된 노릇인지 모른다. 나는 속으로 신음소리를 삼켰다. 아아아, 그녀가 몸을 떼어내고 옆으로 슬쩍 비켜서는 순간, 나는 그만 어쩔 수 없는 충동의 마지막 끄나풀이 당겨진 듯 후두두둑 옷

속에서 사정을 하고 말았던 것이다. 어찌해볼 사이도 없이. 사정 중추가 명령을 내린 것이었다. 창피한 노릇이었다. 그녀가 입술을 허락한 것은 결코 육욕의 차원이 아닐 것이었다. 나 역시 그랬다. 그런데, 내가 '어찌된 노릇인지 모른다'라고 한 것은 내가 속된 욕망을 품었다고 볼 수 없었는데도 사정까지 하고 말았기 때문이다. 옷 안쪽으로 바짓가랑이까지 척척하고 끈적끈적한 점액이 묻어 나왔다. 어떻게 그렇게 급히 일이 일어났는지 알다가도 모를 노릇이었다. 그것이 나의 서정시의 마지막 구절이라면 그것은 좀 더 뒷날에 가서는 매우 훌륭한 서정시로 평가받을지도 모른다. 하지만 그것은 그때로서는 참을 수 없고 부끄럽고 노엽기까지 한 서정시였다. 그날 젖은 바짓가랑이가 마를 때까지 내가 얼마나 고심했는지까지가 당연히 그 서정시의 끝 구절로 따라붙는 것이다. 그때 나는 스무 살이었다.

그 젊은 남녀는 곧 터미널로 빠져나갔다. 그것과 더불어 나는 다시금 어디로 갈 것인가 하고 막막하게 앉아 있는 서글픈 도망자 신세로 되돌아왔다.

어디로 갈 것인가.

실상 집을 나설 때만 해도 나는 막연히 어느 절을 염두에 두

고 있었다. 그 얼마 전에도 나는 절에 갔다가 '자의반 타의반'
으로 되돌아온 적이 있었으므로 이번은 신중해야 했다. 내게
는 다른 선택의 길이 없어 보였다. 이러한 선택은 멀지 않아
시대착오적인 발상으로 여지없이 분쇄되거니와 어쨌든 그때
내 틀린 선택은 그랬다. 주민등록조차 되어 있지 않은 도망자
가 절에 들어가 숨어 있을 수 있으리라고 생각한 것은 그 절이
대한민국 안에 있음을 도외시한 소치에 다름 아니었다. 절은
조계(租界) 지역 같은 곳이 아니었다. 절은 색즉시공(色卽是空)
의 곳이 아니었다. 대한민국의 산자락에 자리 잡고 문화공보
부에 등록을 하고 있는 것이었다.

  어쨌든 나는 산으로 가야 한다고 생각하고 있었다. 내가 그
때처럼 한반도가 열대에 있지 못한 것을 저주한 적은 없었다.
한반도가 만약 열대에 있다면 나는 사족사(四足蛇)와 함께 동
거생활이라도 하는 편을 흔쾌히 택했을 것이다. 그곳까지 나를
잡으러 올 법망이 미치지 못하는 곳이라면. 하지만 한반도의
산에서는 한여름에도 먹을 것을 얻지 못한다. 그러니까 어차피
산속의 절을 찾아가야 한다는 무례하고 멍청한 생각이었다.

  나는 막막한 심정으로 터미널 한구석에서 서성거렸다. 그
때, "아니 자네……" 하면서 누군가가 내게로 다가왔다. 나는

곧 자초지종을 털어놓고 말았다.

"그럼 날 따라가세."

그는 따질 것 없다는 듯이 말했다. 나는 그곳에서 그를 만나 우연에 굴복하지 않으면 안 되었다. 그 우연은 그의 뜻에 따르라고 내게 일부러 주어진 우연이었다. 사실 그가 따라가자고 말하지 않았어도 나는 지극히 곤란한 입장이었다. 아무 데도 갈 곳이 없었다.

"어디로 가는데요?"

나는 엉거주춤 따라 일어섰다. 고속버스를 타고 송광사까지 가서 그에게 의탁하는 것보다 한 단계 앞당겨진 느낌도 없지 않았다. 우선은 어디론가 갈 곳이 생긴 것만 해도 커다란 구제였다.

"가보면 다 알게 되지. 저기, 아는 얼굴들도 있고. 이리 오게."

그는 성큼성큼 걸어갔다. 과연 한쪽에 몇몇 인사 정도는 나눈 얼굴들이 섞여 있었다. 시인, 소설가, 평론가들도 있었다. 이 사람들이 팔자 좋게 어디로 놀러들 가는가보다고 나는 정말 팔자 좋게 생각했다. 나 같은 도망자는 서울 바깥으로 나간다는 것 자체가 공포였다. 어느 시인이 노래하고 있듯이 '개유 검문소(皆有檢問所)'의 나라가 아닌가. 그 무수한 검문소마다 겉으로는 위장된 온화한 표정을 짓고 속으로는 사시나무 떨듯 떨어야 한다.

나는 그 팔자 좋은 사람들과 인사를 나누는 둥 마는 둥 하고 곧 차에 올랐다. 이제는 다른 방법이 없었다. 도무지 못마땅하기 그지없었다. 나처럼 도망자로서 또 엎친 데 덮친 격으로 실패자로서 한 몸 눕힐 곳이 절박한 사람도 있는데 놀러들을 가다니, 유신체제가 제아무리 겁을 주고 특히 지식인, 지성인을 탄압한다고 해도 다 헛일이 아닌가.

"그래 어디로들 갑니까, 지금?"

나는 옆자리의 소설가에게 물었다. 그는 소설은 거의 쓰지 않는 소설가였다. 그러자 그는 눈을 둥그렇게 떴다. 무슨 뚱딴지같은 소리를 하느냐는 얼굴이었다. 그러다가 곧 대체로 알기는 알되 구체적으로는 몰라서 묻는가 하고 여기는 표정으로 되돌아갔다.

"가서 봐야겠지요…… 우선 김지하 집부터 들르게 될 거 같네요."

그는 대수롭지 않게 대답했다. 그제야 나는 퍼뜩 뭔가 심상찮은 생각이 들었다. 그렇다. 그들은 놀러 가는 것이 아니었다. 나는 긴장했다. 그로부터 삼 년 뒤 독재자 박정희가 정보부장의 총에 맞아 죽은 이듬해 봄에 이 소설가는 민주주의를 외치며 서울역 광장에 관을 메고 나갔다가 붙잡혀 몇 번째인지의 감옥에 갇혔다.

나는 곧 사태를 파악했다. 그들은 팔자 좋게 놀러 가는 게 아니다. 김지하 석방을 위한 전국적인 규모의 데모에 참가하려고 가고 있는 것이었다. 나는 몹시 부끄러웠다. 김지하를 내가 모를 까닭이 없었다. 언젠가 해 지는 언덕에 올라 그가 부르던 구성진, 좀 느린 유행가 가락도 내 귀에 남아 있었다. 그는 누가 뭐래도 내게는 여전히 한 사람의 서정시인이었다. 그가 재미있고 신랄한 풍자시 〈오적(五賊)〉을 써서 긴급조치의 엄청난 죄목으로 붙잡혀 들어간 것은 전혀 그의 탓이 아니었다. 그러나 김지하 석방 데모라니? 나는 실소하지 않을 수 없었다. 내게는 당치도 않은 일이었다. 나는 지금 주제넘게 그런 주장을 외치고 있을 신분이 못 되었다. 신분도 신분이지만 나는 내 문제도 해결 못해 진땀을 흘리는 처지에 있는 것이었다.

"실은 난 말이오……"

나는 부끄럽게 고백하기 시작했다. 나는 단지 개인적인 문제 때문에 이곳까지 오게 되었다…… 입산할까 하는데 그것은 잘 모르겠다…… 삶의 지표를 잃은 상태다…… 그는 내 말을 잠자코 듣고 있었다.

"그럼 말이오. 넝마주이가 돼보는 게 어떻겠소? 밑바닥 체험을 하고 나면 뭔가 달라질 텐데."

반체제운동으로 다져진 정신은 내게 그렇게 말했다.

"넝마주이?"

갑자기 그 말이 황홀하게 다가왔다. 그건 정말 그럴듯한 것처럼 여겨졌다. 나는 입산의 어려움에 대한 두려움을 떨쳐버리지 못하고 있던 중이었다. 그것은 도망자가 숨기에는 안성맞춤인 직업이라고 받아들여졌다.

"되겠다면 내 소개를 해주리다. 거 생각보다 그리 험악한 일은 아니지. 나도 얼마간 해봤으니까."

그는 선배답게 의젓하게 말했다. 나는 더욱 솔깃했다. 내가 처한 상황도 상황이지만 나는 본디부터 밑바닥 인생에 대한 알지 못할 부채감에 종종 괴로움을 느껴보곤 했었다. 어쩔 수 없이 절호의 기회가 온 셈이었다.

나는 마침내 길을 찾은 느낌에 차창 밖을 바라보았다. 신록의 계절이었다. 나는 버스를 타고 가면서 처음 그 신록을 감각 속에 받아들였다. 그녀를 처음 만난 신록의 계절에 내게 다가왔던 푸른 산의 그림자는 이제 저곳에 있지 않았다. 청춘의 푸른 그림자도 찾아볼 길이 없다. 그런데도 어이없이 정액을 쏟았던 기억이 웬일인지 생생하게 되살아났다. 그것은 넝마주이에게는 지극히 아름다운 추억이었다.

나는 당장이라도 넝마주이가 되고 싶어 견딜 수가 없었다. 이 세상에 그것처럼 완벽한 익명의 직업이 어디에 있겠는가. 넝마주이의 세계야말로 빨치산이 숨어 들어간 지리산보다도 안전하며 풍족할 것이 분명했다. 그러나 그의 소개를 받기까지는 아직은 하루를 더 기다려야 했다.

김지하를 감옥으로부터 구출하자는 데모는 격렬한 것이었다. 전국에서 모인 수많은 반체제주의자들이 신부와 수녀를 비롯해 '박정희 타도!'를 외치며 거리로 몰려나왔다. 나는 충실한 도망자로서 반체제운동이란 꿈에도 꿀 수 없었던 분야였다. 그런데 어쩌지를 못하고 그 물결에 휩쓸려 있었다. 내가 도망자인 줄을 모르는 다른 사람들은 그곳까지 원정 온 나에게 따듯한 동지애를 보냈다. 하지만 '독재자 박정희 물러나라!'는 구호가 공공연히 외쳐질 때마다 나는 흠칫흠칫 놀랐다. 술집에서 친구와 소곤소곤 무슨 이야기인가 나누었다고 해서 잡혀가는 시절이었다. 성당에서 시작된 집회는 거리로 나와 경찰과 맞서 밀고 밀리는 싸움을 벌이며 밤까지 계속되었다. 나는 한시바삐 데모가 끝나기만을 고대했다. 그러나 넝마주이가 되자면 끝까지 열렬한 투사의 뒤를 따라다니지 않으면 안 되는 것이었다. 그를, 그들을 놓쳐서 홀로 남게 된다면 큰일이 아닐 수 없었다. 나는 그런 상황을 만든 유신체제에 한없이 증오를 느꼈다.

그것이 《시경(詩經)》의 어느 구절을 따온 것인지, 일본의 메이지유신을 따온 것인지 따위를 굳이 밝히는 것은 내게는 아무 의미가 없었다. 그로 인하여 박정희를 또 하나의 공화국, 즉 5·16군사정변에 의한 제3공화국을 제4공화국의 주인이 되게 끔 한 유신체제였다. 한 사람을 또 하나의 공화국의 주인으로 만들기 위해서 많은 사람들이 억눌림을 당했다는 것은 그리 대단한 이야기는 못 될지도 모른다. 아니, 당연한 일에 속한다고 역사책들은 읽혀주고 있다. 사실 세상에 공짜란 없는 법인데, 더군다나 그것이 새로운 공화국인 바에야 두말할 필요도 없을 것이다.

"이거 앞으로 어떻게 되는 거지?"

사람들이 잔뜩 웅크린 몰골로 중얼거리는 틈바구니에서 나는 그야말로 사색이 되어 있었다. 서슬이 퍼런 조치들이 내려졌으며, 그런 가운데 국민의 대표라는 그 늠름하던 국회의원들도 찍소리를 하지 못하게 되고 말았다. 이제는 꼼짝없이 잡혀가고 마는구나. 도피자는 몸을 떨었다. 1960년에 주민등록 제도가 실시된 이래 모든 국민이 한눈에 보이도록 등록이 되어 있었다. 그 증명서가 없이 살아간다는 것은 불가능한 일이었다. 거리에서는 하루가 멀다 하고 무슨무슨 범법자들, 위반자들을 잡아들이는 검문이 뻔질나게 계속되었다. 그 촉고와도 같이 촘촘한 그물질을 피해야 한다는 것은 어떤 곡예보다도 힘든 노릇이었다. 유신이라는 말을 듣고 누군가가 "국민을 모두 잡아들이라지!" 하고 체념 어린 말을 내뱉었을 때, 나는 절망적이었다. 인간이란 어떤 사태가 닥치더라도 미리 두려워할 때가 막상 그 사태가 닥쳤을 때보다 훨씬 심각한 심리상태에 놓인다. 이로 미루어 보면 삶이란 그 자체가 본질적이기는 글러버린 것이라고 유추해볼 수 있다. 양파의 본질이 겹겹 껍질을 벗긴다고 속에 감추어져 있지 않듯이. 그런데도 나는 어려서부터 어떤 본질적인 것을 꿈꾸어 왔다. 그것이 나를 병들게 했다고 나는 믿는다. 이것은 치유되지 않는 병이다. 도피자로서의 내가 그 역작용으로 더욱 본질적인 것을 갈망하게 되었다는 것은 어쩌면 평범한 귀결이리라. 그에 따라 나는 전혀 앞에 나설 처지도 아니고 또 용기도 없는 엉거주춤한 회색분자가 되어 있었던 것이다. 세상이 뒤바뀌면 혹시…… 하는.

'박정희 물러가라!'는 격렬한 데모는 늦게까지 계속되었다. 소방차가 동원되고, 최루탄이 터졌다. 나는 이리 밀리고 저리 쫓기며 데모군 중 한가운데 있었다. 나는 데모에 아무런 열의도 없었다. 다만 조마조마하고 아울러 지루할 뿐이었다. 나는 어찌되었든 경찰에 붙잡혀서는 안 될 몸이었다. 많은 열혈의 투사들이 내게는 행복한 신분의 사람들로만 비쳤다. 그들은 그대로 돌아갈 집이 있으며, 더군다나 주민등록증이 있는 것이었다. 나중에 누군가가 이렇게 말했을 때, 나는 여간 곤혹스럽지 않았었다. "자네야말로 위대한 투사일세. 도피자가 되어 주민등록조차 하지 않았다는 것은 보다 적극적인 체제 부정이 아닌가 말일세." 그는 아마도 일제 때의 만해(萬海)라도 떠올리며 그렇게 생각하고 있는 것 같았다. 부끄러운 노릇이었다. 그런 말에 앞서 내가 할 수 있는 말은 나는 분명히 주민등록을 하지 않은 게 아니라 못한 것에 지나지 않았다. 다시 말하거니와 나는 아무 그럴듯한 명분도 내세우지 못할 가련한 도피자에 지나지 않았다. 사랑 때문에, 한 여자 때문에 그런 도피자가 되고야 말았던 것이다. 역시 그 반대급부로 보다 본질적인 사랑을 완성하고자 나는 꿈꾸었던가…… 정녕 그것은 아직 말할 단계가 아닌 듯하다. 그로 인하여 나는 결국 의지할 곳 없이 쫓기는 몸이 되었을 뿐인 것이다.

몇 시나 되었을까.

나는 용감한 사람들의 뒤꽁무니를 붙좇아 겨우 어느 여관방에 들어앉을 수 있었다. 안도의 한숨이 절로 나왔다. 내가 나중까지도 들먹여지는 이름난 '원주 데모'에 참가했다는 것 자체가 불가사의한 일이었지만, 아무런 자의도 없이 그렇게 된 내 운명에는 그저 어리둥절할 수밖에 없었다. 운명은 스스로 선택하여 실행하는 사람에게만이 그 값을 내릴 수 있는 것이다. 그럴수록 나는 더욱 초라해지지 않을 수 없었다. 하기야 어떤 인과응보에 따라 행동해야 한다면, 개인적으로도 나는 박정희 체제에 결연히 맞서야만 할 충분한 까닭이 있었다. 아버지 때문이었다.

아버지는 일찍이 박정희 장군의 한 막료였다. 박정희가 군수기지사령부의 사령관이었을 무렵 그 아래서 법무참모로 있었던 것이다. 그리하여 4·19혁명이 일어날 무렵 부산지구 계엄사령관이었던 박정희 아래서 계엄군사재판을 맡은 것은 당연한 일이었다.

"이제는 중학생까지 데모를 한다면서? 너흰 어때?"

아버지는 웃으면서 물었었다.

"우리 학곤 조용해요."

나는 왠지 잔뜩 주눅이 들어서 대답했다. 수음을 처음 경험하는 시절의 청소년은 아버지의 말에 공연히 주눅이 드는 것이다.

"혹시 데모를 하더라도 뒤만 따라다녀야 돼. 쓸데없이 붙들리면 내가 창피당한다. 알겠지?"

"네."

대화는 늘 그렇다시피 간단하였다. 조숙한 소년으로서 그 무렵 첫사귐을 나누고 있던 숙자를 만나러 나가기 위해 슬그머니 자리를 떴던 것이다. 숙자네는 집안이 꽤 어려워서 길목에 좌판을 놓고 알사탕이니 또뽑기니 하는 것들을 팔고 있었는데, 숙자가 그걸 지키고 있는 때도 많았다. 나는 그리로 가서 숙자를 꼬드겨 좌판을 그녀의 어머니에게 맡기고는 같이 골목을 쏘다녔다. 간혹 극장에 들어가 일부러 맨 앞자리를 차지하고는 손을 꼭 잡고 영화와는 상관없이 행복이라든가 영원이라든가 하는 말들을 나누곤 했었다. 숙자와의 이별은 4·19가 학생들의 승리로 끝나고 일 년 남짓 지나 5·16이 터지고 찾아왔다. 박정희 장군이 군사정변을 주도하여 성공하자 아버지도

그를 따라 서울로 가게 되었던 것이다. 잠깐 그전에 이런 일이
있었다. 장군과 아버지는 어떤 기회에 헬리콥터를 함께 탈 기
회가 있었다.

"법무참모는 술을 좋아한다지?"

갑자기 장군이 물었다.

"네? 네…… 조금, 각하."

장군과 몇 차례 기회가 있었던 것도 아니어서 참모는 의아
한 표정을 지었다. 느닷없는 질문이기도 했다. 대구 시절부터
웬만한 자리에서든 격의 없이 막걸리를 마시는 것으로도 잘
알려졌던 장군이었고 나중에 대통령으로서 으슥한 술자리에
서 시바스 리갈 상표를 널리 알리는 최후를 맞이한 것으로 보
면 전혀 느닷없는 질문이 아님 직도 하다. 그러나 그 질문은
그냥 던져본 질문에 지나지 않았다. 다음 질문이 기다리고 있
었던 것이다.

"어때?"

장군의 목소리는 헬리콥터의 프로펠러 소리 때문에 상당히
높아져 있었으나 마치 속삭이는 듯이 들렸다.

"네. 각하."

참모는 말뜻을 알아들을 수 있었다. 당연했다.

"어째? 나를 따라 거사해볼 생각은 없나?"

장군의 작은 눈은 사진에서도 잘 보았듯이 매섭게 빛났다.

"네? 거사라니 무슨 말씀이신지 모르겠습니다. 각하."

참모는 안경 속으로 두 눈을 굴렸다. 이 작고 마른 체구의 장군은 무엇을 꿈꾸고 있는가.

"요즘 나라가 너무 시끄러워. 그냥 보고 있다간 큰일나겠어. 그래서…… 무슨 뜻인지 알겠지만…… 어떤가?"

참모는 거사의 뜻을 얼핏 알아차렸다. 듣고 보니 엄청난 일이었다. 나라를 위한 거사. 그것은 쿠데타를 말하는 것이 아닌가. 정신이 퍼뜩 들며 눈앞이 아득해졌다. 그러나 장군은 꽤 오랫동안 의중의 인물로 점찍어왔고 또 그만큼 함께 일해왔으니 당장 확답을 하라는 투의 눈길을 보내고 있었다. 참모는 망설였다. 그러나 아주 잠깐 동안밖에는 망설일 여유가 없었다.

"저는…… 군대에 남아서…… 일하고 싶습니다. 각하."

이렇게 하여 헬리콥터 안에서의 이야기는 끝났다.

그런데도 5·16이 성공하자 아버지는 혁명검찰부의 검사로 부름을 받았다. 갑자기 비상소집을 받고 부대로 들어갔던 아버지는 평소와는 달리 권총을 허리에 차고 돌아와서 말했던 것이다.

"혁명이야, 혁명. 난 서울로 간다. 곧바로 모든 걸 정리하고 뒤따라와야 해."

　이로써 숙자와 행복한 영원을 속삭이던 풋사랑의 시절은 막을 내리고야 말았다. 그러나 행복과 영원이라는 말이 본래 가지고 있는 뜻이 그렇듯이 그런 것들은 그 풋사랑 속에서는 이미 완성되었다고 해야 한다. 그 추억들이 무덤 속에서 다시 되살아나서 고개를 내밀지 않는 한은 말이다. 그런데 그렇지는 못했다. 그 완성이 깨어진 것은 그로부터 거의 십 년이 가까웠을 무렵의 일이었다. 나는 그때 어느새 도피자의 처지가 되어 검문검색을 피하려고 어느 거리에 웅크리고 있었다. 그때 양장 차림의 여학생이 또각또각 구두소리를 내며 다가왔다. 단정하면서도 늘씬한 몸매 때문이었을까. 나는 무심코 얼굴을 쳐다보았다. 그쪽에서도 나를 언뜻 쳐다보는 것 같았다. 그러고는 그녀는 내 뒤를 아무 일 없이 지나갔다. 그것으로서 그만이었다. 그런데 몇 초 뒤에 이상한 느낌이 머리를 스쳤다. 글쎄, 누구일까 하는 순간 나는 그녀의 뒷모습을 보고 있었다. 그녀는 벌써 열 걸음쯤은 멀어져 있었다. 그때였다. 그녀도 갸우뚱하듯이 뒤로 얼굴을 돌리는 것이었다. 그렇구나. 옛날의 너와 나였어. 우리는 서로가 그렇게 확인하고 있었다고 분명히 나는 믿는다. 그러나, 그럼에도 불구하고, 우리는 결코 서로 알은체를 하지 못했다. 그것으로서 그만이었다. 우리는 분명히 서로를 알아보았다. 그런데도 우리는 못 볼 것을 보았다는 듯이 서로 고개를 돌리고 말았다. 우리의 어떤 모습이 양증맞은 과거의 실체를 여지없이 허물어뜨려버린 것이었다. 서로가 바라보는 서로의 모습이 옛날 그대로의 모습이 아닌 것에 그만 놀라버렸다고도 해석된다. 우리는 잘못 나온 배우처럼 어서 빨리 과거의 막 뒤로 숨어버리려는 사람들 같았다. 그러나 이미 우리는 과거 속의 우리로만 남아 있을 수는 없게 되어버린 것이었다.

혁검 검사로서의 아버지의 활약은 눈부셨다. 혁명이란 피를 요구하는 것이었고, 혁검은 그 피를 합법적으로 요구할 수 있는 힘을 부여받고 있었다. 아버지는 새 시대에 와서 부정부패로 규정된 많은 범죄를 무섭게 다스리는 검사였다. 결론적으로 말하면 일은 그다음에 일어났다. 아버지가 혁검 검사로서의 서슬 퍼런 칼을 휘두르고 나서, 즉 혁명과업의 정지작업이 일단락되고 나서, 예전 헬리콥터 안에서의 희망대로 군대로 돌아왔을 때 일어난 것이다. 군대로 돌아와서의 얼마 동안은 그야말로 순풍에 돛단 듯한 운세였다. 여러 요직들이 앞에 놓여 있었다. 그런 어느 날 뜻밖에도 아버지는 잡혀가는 몸이 되었다. 독직(瀆職) 혐의였다. 그러나 문제는 아버지가 잡혀갔다는 것보다 언제까지나 영광의 나날이 계속되리라 믿고 아무런 준비가 없었다는 것이 더 컸다. 하루아침에 집안 꼴은 말이 아니게 되고 말았다. 아버지의 독직 혐의가 먼지 털어서 안 나오는 사람 있으랴 하는 정도였고 보면 이는 박정희 체제의 숙청 작업이 분명했다.

　그날 밤 여관방에서 나는 오랫동안 잠 못 이루며 이것저것 생각에 잠겼다. 내게 넝마주이의 길을 제시한 소설가는 그 와중에서도 혼자 화투장으로 몇 번이나 재수를 점쳐보다가는 먼저 잠들어버렸다. 넝마주이로서 나의 앞날은 어떨 것인가……

2

　잠깐 비추었듯이 그 얼마 전에도 입산하려고 절에 갔다가
자의 반 타의 반으로 되돌아온 일이 있었다. 거기에도 처음부
터 여러 가지 동기가 있었다. 우리들은 흔히 어떤 결과에 대해
한 가지 이유를 캐내고자하는 속성이 있다. 수학을 두고 목적
없는 학문이라고 하는 말을 뒤집으면 인생을 수학과 같이 확
실한 한 가지 공식만으로 보아서는 안 된다는 뜻이 숨어 있음
을 알게 될 것이다. 인생에는 목적이 있다고 여겨지기 때문이
다. 다만 목적이란 게 무엇인지 안다는 것이 모호할 뿐이다.
　곰곰이 생각할 것도 없이 그 입산 동기에는 역시 본질적인
갈증이 자리 잡고 있었다. "왜 그러나, 자네?" 하고들 물었을
때 내가 그것을 숨기고 있었기 때문에 다른 구구한 이유들이

붙여질 수밖에 없었다.

"왜 그 훌륭한 집을 버리고 산으로 가려 하나?"

"아내와 헤어졌기 때문입니다."

나는 머리를 주억거릴 뿐이었다.

"건 또 왜?"

상대방은 묻는다.

"글쎄요. 제 패악스런 행동이 들통이 났기 때문입니다."

나는 또다시 머리를 주억거릴 뿐이었다.

그것은 겉으로 보기에는 사실에 가깝다. 그러나 삶을 수박 겉핥기식으로만 알 수 있다고 생각할 경우에만 그렇다. 하지만 인생은 수박보다 심오한 것이 틀림없을 것이다.

그때 나는 아내와 헤어진 것이 아니라 헤어지기로 작정하고 있었다. 왜 그랬을까. 그녀는 흠잡을 데가 거의 없는 여자였다. 그녀는 낭만주의 음악에 나름대로 견해를 가지고 있었으며, 특히 쇼팽의 묘미를 터득하고 있는 여자였다. 그녀의 〈마주르카〉 반주는 적어도 내 서정시보다는 아름다웠다. 그녀가 〈빗방울〉을 칠 때면 서울의 장승백이와 스페인령(領) 마요르카 섬은 똑같은 곳이었다. 〈나비〉를 칠 때면 경쾌한 부전나비들이 건반 위를 날아다니다가 마침내 그녀 자신이 되고는 했다. 그

녀는 〈화려한 대원무곡〉에서는 다소 겸연쩍은 표정을 짓고는
했는데 그것은 그녀가 그 곡에 자신을 못 가져서가 아니라 우
리가 그 곡에 따라 춤을 출 수 없다는 데서 오는 미흡함 때문
이었으리라. 어쨌든 쇼팽과 조르주 상드의 위상이 나와 그녀
의 위상과는 남녀가 서로 뒤바뀌어 있다고는 해도, 우리는 한
쪽은 확실히 피아노의 시인이었고 한쪽은 책상의 시인이었다.
그리고 쇼팽처럼 나도 현실로부터의 도피를 꿈꾸고 있었다.
또 한 가지, 누가 조르주 상드를 〈꿀 발린 굴조개〉라고 했다지
만, 잠자리에서의 그녀야말로 기막힌 점에서 그렇게 불러도
좋았다. 하지만 음악과 잠자리 솜씨만으로 그녀를 평가해서는
안 된다. 그녀는 무엇보다도 충실하고 헌신적인 여자였다. 그
리고 또한 내게 아름다운 푸른 그림자에 대한 환상을 끊임없
이 간직하게 해주었다. 따라서 인생은 아름다운 것이었고 과
연 살아볼 만한 것이었다. 현실과는 엄연히 다른 줄 알면서도
인간은 누구나 상대방에게 환상을 갖기를 원한다. 따라서 아
무리 보잘것없는 인간일지라도 상대방에게 환상을 선사할 수
있다면 그 관계는 황홀한 것이 된다. 그런데 그녀는 보잘것없
는 여자가 전혀 아니었다.

　그런 아내와 나는 왜 헤어지려고 작정했단 말인가. 그렇다.

거기에는 더 본질적인 무엇이 있다고 말하지 않으면 안 될 것이다.

"나는 이제 산으로 가야겠어. 못 견디겠어."

어느 날, 나는 그녀를 사랑한다고 전제하고 나서 참담하게 말하고야 말았다. 순간, 여러 가지, 내가 푸른 그림자를 보고, 또 거기에 완성된 사랑의 징표를 새겨 넣게 되기까지의 장면들이 머리를 스쳐지나갔다.

"무슨 일 때문인데?"

그녀는 여간 의아해하지 않았다.

"글쎄, 못 견디겠는걸. 나는."

나는 더 이상 아무것도 말할 수가 없었다.

"우린 걱정이 없잖아. 직장 때문이라면 조그만 사업이라도 하면 되잖아. 무슨 길이 있을 테니까."

그녀의 눈은 언제나처럼 겁먹은 듯 양순해 보였으나 이번에는 진짜 겁이 잔뜩 담겨 있었다. 나는 그때 도피자로서 직장에서도 밀려나 있었다.

"아냐. 그건 아냐."

사실이었다.

"그럼 뭔데? 글을 쓰면 되잖아. 시를."

그녀는 애원하고 있었다.

"그럴 수도 없어. 근본적으로 나는 못 견디겠어. 그래서 가야 하는 거야."

나는 단호하게 말했다.

"뭐가 못 견디겠는지 말해줘, 나는 시인 남편과 이렇게 사는 게 좋아. 문제가 있으면 길은 어떻게든 해결할 수 있을 거야."

그녀는 안타깝게 말했다. 처음 만나고 얼마 되지 않았을 때 나는 내 방에 그녀를 데리고 와서 내가 시를 쓴다고 말해주었었다. 그녀는 눈을 깜빡이며 듣고만 있었다.

"시란 이 세상에서 가장 숭고한 거야."

소라껍데기의 재떨이에 담뱃재를 톡톡 떨며 어린 시인은 소녀티가 가시지 않은 영혼 가장자리를 엿보려 하고 있었다. 그녀는 "고등학교 때 소라라는 클럽을 했었는데" 하면서 "소라라는 말이 어쩐지 예쁘지 않니?" 하고 말하고 나서 아빤 뭘 하시느냐고 물었다.

"응 군인이셨어. 법을 하셨지. 지금은 좀 곤란한 지경에 처하셨지만······"

나는 얼버무릴 수밖에 없었다. 때는 1965년이었고, 아버지는 영어의 몸으로 육군병원에서 환자 아닌 환자 생활을 하고 있었다. 면회를 갔을 때, 독백처럼 중얼거리던 말이 떠올랐다.

"죽어버릴라고도 생각했지만 말야. 차마 그럴 수도 없고…… 또 아냐, 각하께서 날 부를지……"

그런 생각에서 잠깐 머릿속은 흐려졌지만 곧 나는 시의 힘으로 본래의 기분을 되찾을 수 있었다.

"넌 좀 이상한 앤가 보구나. 군인 아들이 소라껍데기에 담뱃재를 떨며 시를 쓰다니."

그녀는 그 사실 자체가 신기한 모양이었다.

"시인이란 위대한 거니까. 난 꼭 시인이 되고 말 거야. 그리고 평생 시만 생각하면서 살 거야."

나는 심각하게 말했다.

대학 초년생인 우리는 그로부터 자주 만났다. 그러나 우리가 자주 만날 수 있었던 데는 다른 행운이 있었음을 밝혀두어야 한다. 즉, 그녀가 나를 자주 만나준 것은 그녀의 상황에 어떤 공백이 생긴 때문이라는 사실이다. 사이가 아무리 공고하고 천만 번 사랑을 약속했다고 하더라도 남녀관계에는 예기치 않은 공백이 있게 마련이고, 이때 그 틈서리에 누군가 쐐기를 박는 일이 적지 않은 것이다. 결과적으로 내가 내 어린 서정시의 쐐기문자를 그녀와 어떤 남자의 틈 사이에 박아넣은 셈이 되었음을 안 것은 훨씬 나중 일이었다.

이야기는 이렇다.

그녀는 그녀가 말했듯이 소라클럽의 회원으로서 이 모임은 그때그때 여러 가지 주제를 놓고 토론을 벌이기로 하고 이끌어지고 있었다. 가령 남녀 사이의 우정은 가능한가 하는 따위들이었다. 이런 주제들이 오늘날도 어찌된 일인지 구태의연하게 등장하는 것은 놀라운 일이다. 도대체 문제의 핵심이 어디에 있는지 자못 우스꽝스럽지 않을 수 없는 것이다. 이 문제지의 뒷장에는 성행위에 대한 어떤 고루한 편견이 인쇄되어 있었다. 쉽게 말해 남녀의 우정은 성행위를 전제로 하지 않을 때만 가능한데, 남녀의 만남은 결국 성행위를 전제로 한다는 것이다. 이러한 문제는 그것을 굳이 밝히려 드는 태도의 불순함이 먼저 질책을 받아야 한다. 말하자면 남녀 사이의 우정이 가능하냐 하는 물음만큼 어리석은 물음인 것이다. 소라클럽에서 그녀는 한 남자 회원을 만났다. 나중에 우연히 나도 만나보았지만 그는 키가 훤칠한 미남형의 사내였다. 그녀와 그가 어느 정도의 우정을 나누었는지는 자세히 알 바 없다. 그러나 내가 그녀와 결혼하게 되었을 무렵 어느 술집에서 옆자리의 사내들과 이러쿵저러쿵 이야기가 섞이다가 만난 그에게 끌려간 그의 집에는 그녀가 직접 써서 만들어준 예쁘장한 액자가 걸려 있었다.

"축하하오. 이야기는 벌써 들었지만 이렇게 만나게 될 줄은 몰랐소. 우리 막걸리나 더 받아다 마십시다."

그는 술이 엔간히 취해 있었는데도 주전자를 들고 밖으로 나갔다. 나는 빨간 테두리의 액자를 들여다보았다.

사랑은 오래 참고 사랑은 온유하며 투기하는 자가 되지 아니하며 사랑은 자랑하지 아니하며 무례히 행치 아니하며 자기의 유익을 구치 아니하며 성내지 아니하며 악한 것을 생각지 아니하며 불의를 기뻐하지 아니하며 진리와 함께 기뻐하고 모든 것을 참으로 모든 것을 믿으며 모든 것을 견디느니라

잘 알려진 〈고린도전서〉 13장의 구절이었다. 이로써 서로 만날 무렵의 두 사람의 관계는 어느 정도 짐작이 된다 하겠다. 나중에 나를 만나 막걸리를 사러 간 그는 카투사의 휴가병이었지만, 예전 고등학교를 졸업한 그는 해군사관학교의 생도였었다. 못 견디고 퇴교하여 다시 군복무를 하고 있는 참이라고

했다.

"자, 이거 저 담장에 걸터앉아서 마시며 얘기나 합시다. 이 집은 우리 누나네 집이라서."

어느새 막걸리 주전자를 들고 온 카투사 병사가 말했다. 그의 호의가 희미한 옛사랑의 그림자에 대한 애잔함에서 오는 것임을 알고 나는 내 사랑의 승리에 대해 약간 겸손해도 좋겠다는 생각이 들었다. 그의 실패는 그의 작은 실책에 있음을 나는 알고 있었다. 사관생으로서 모처럼 서울에 올라왔다가 진해로 내려가는 날, 그는 번거로울 터이니 서울역까지 나올 것은 없다고 그녀에게 사랑 어린 당부를 했었던 것이다. 그러나 실상 속셈은 다른 데 있었다. 그는 그녀를 만나는 동안 우연히 다른 여자를 만날 기회가 있었다. 그는 그 이별의 시간을 다른 여자에게 제공하고 싶었다. 이야말로 남자들에게 흔히 있는 고전적인 수법이었다. 그녀는 〈고린도전서〉의 액자 속에 걱정할 것 없이 '오래 참고 온유하며' 확실하게 기다리고 있는 것이었다. 그러므로 한 번쯤 다른 여자에게 시간을 할애해준다고 해서 무엇이 문제가 될 것인가. 그래서 그녀를 집에 있도록 한 것이다. 그러나 여러 이야기책에 그렇게 씌어 있듯이 그날 그녀는 그의 사랑 어린 마음을 더욱 불어넣고 싶은 마음에 서울역으로 달려나갔다. 그는 조금 더 신중했어야 했다. 서울역으로 달려나간 그녀는 사관생도의 제복을 멋있게 차려입는 그가 어떤 여자와 이별의 장면을 연출하는 것을 목격하고야 말았다. 그것이 그녀로 하여금 액자 속에 있기를 거부하게 하였다. 그때 어디선가 내가 나타나 한 구절 엉뚱한 서정시의 쐐기 문자를 틈서리에 써넣었던 것이다. 운명이란 이렇게 간단한 것으로도 결정되기에 운명이라고 불린다.

그러나 그렇다고 해서 그로부터 내가 변함없이 그녀와 만남을 계속해서 마침내 결혼까지 할 수 있었던 것은 아니다. 그러기에는 내 쐐기 문자는, 서정시도 여린 서정시에나 어울리는 시어였던 모양이었다. 아니, 거기에 대해서는 나도 자신 있게 말하지는 못한다. 내가 푸른 그림자를 내 마음속에 새겨놓은 날로부터 반년도 못 가서 그녀가 내게서 떠나는 날을 맞았던 것이다. 어찌된 일이었을까. 늦가을 어느 날 밤이었다.

똑, 똑, 똑. 누군가 내 방 창문을 두드리는 소리에 나가보니 그녀가 서 있었다.

"웬일이야, 이 밤에?"

우리 집은 그때 벌써 서울 변두리로 집을 옮겨 있었다. 작은 라일락도 심고 포도나무도 심었지만, 이등병으로 강등되어 불

명예제대를 당한 아버지의 한숨에 깃들어 있는 보잘것없는 블록집이었다. 더군다나 야산을 낀 외딴집이어서 여자 혼자 밤에 오기에는 어려운 길이었다.

"집 안이 어수선해서 여기까지 왔어."

그녀는 가라앉은 목소리로 말했다.

"잘 왔어. 어서 들어와."

나는 그녀를 내 방으로 안내했다. 그동안 자주 만난 사이였다고는 하나 그렇게 한방에 가까이 마주 앉은 것은 소라껍데기에 담뱃재를 떨며 만난 이래 처음이었다.

"부모님들의 불화가 심하셔."

그녀는 숨을 몰아쉬었다. 그녀의 표정으로 보아 간단한 문제 같지가 않았다.

"왜?"

나는 그녀의 집안 사정에 대해서는 아직 잘 모르고 있었다. 어쩌다 그녀네 집의 대문 틈으로 들여다보았을 때 마당에 감돌던 공기는 그리 밝은 것은 아니었으나 그것은 마당 가운데 늘 우거져 있던 사철나무의 무거운 초록색 탓으로만 여겼었다.

"종교 때문이야."

"종교 때문이라니?"

나는 그녀가 음악 반주를 맡고 있는 교회를 찾아가서 바깥 창문으로 들여다본 그녀의 모습을 떠올렸다. 그 모습을 잘 보기 위해서는 마침 창밖으로 줄기를 뒤틀며 자라고 있던 소나무 허리께쯤 기어올라가야 했다.

"엄마가 기도원이란 데만 나가시니까. 좀 지나치셔."

나는 종교 때문에 티격태격하는 집안을 몇 보아왔으므로 대충 짐작이 갔다. 아내의 집요한 강권 때문에 가정의 평화를 위해서 마지못해 아내의 종교를 따르는 사람도 있었다.

"그렇다구 밤에 집을 나오면 돼? 더구나 여긴 산중인데."

나는 진심으로 걱정을 해주었다. 아닌 게 아니라 벌써 차도 끊긴 시간이었다. 그런데도 나는 그녀가 다시 집으로 돌아가야 한다는 고정관념을 가지고 있었다.

"할 수 없지. 친구집에 간다고 했으니까."

그녀는 체념조로 말했다. 그날따라 그녀는 그 전과는 달리 몹시 측은해 보였다. 늘 밝고 구김살 없이만 보이던 그녀였기에 내 감정은 착잡하기조차 했다. 이미 밤은 이슥해져 있었다. 창밖에서는 풀벌레 소리가 쉬지 않고 들려왔다. 자야 할 시각이었으나 그렇게 된 이상 밤을 새워 이야기를 나누는 수밖에 없다고 나는 생각했다. 그러나 밤을 새워 이야기를 나눌 기회는 곧 사라지고 말았다. 옆방에 부모가 있다는 사실도 아랑곳 없이 우리는 어느새 긴 입맞춤을 나누고 있었던 것이다. 집안 의 불화가 그녀에게 미친 심리적 영향 때문인지도 모른다. 그 녀는 유난히 뜨겁게 몸을 밀착시켜 왔다. '으음, 음' 하는 예의 신음소리도 거침없이 들렸다. 가정으로부터 소외받은 가련한 마음을 내게 의탁하고 있다고 생각되었다. 얼마 동안 쭈뼛거 리고 있던 나도 차츰 그녀에게로 끌려 들어갔다. 나는 그녀를 끌어당겨 눕힌 채로 무엇인가 시도하려고 노력했다. 하지만 나는 아직 몸과 마음이 모두 숫난이였다. 우선 이래도 되는 것 인가 하는 도덕적 거리낌부터 극복해야만 했다. 그리고 그것 이 숭고한 사랑의 약속과는 다른 동물적인 행위로 여겨져서는 안 되었다. 여자가 나로 하여금 도덕적 거리낌을 배제할 수 있 게끔 무방비상태, 아니 어떤 행위에든 호응하려는 자세로 누 워 있었음에도 불구하고 나에게는 장애가 없지 않았다. 물론 바깥 상황이라는 것도 있었다. 그래서 그녀는 투피스의 겉옷 을 입은 채로이기는 했다. 그러나 나는 곧 여러 가지 조심스러 운 관념들을 집어던져버리고 열띤 혀와 손으로 그녀를 더듬어 나갔다. 그녀의 입에서는 연신 속으로 삼키는 신음소리가 새 어나오고 있었다. 그렇지만 참으로 불행한 일이었다. 나는 단지 무엇인가를 시도하려는 노력만 계속했을 뿐 확실한 방법을 모르고 있었다. 누군가가 창밖에서 보았더라면 나는 그 행위를 닳고 닳은 결과 웬만한 방법에는 싫증이 나서 획기적인 어떤 새로운 방법을 찾아보려는 사람으로 보였을지도 모른다. 그랬을 것이다. 그녀도 뭐가 뭔지 모르겠다는 모양이었다. 나는 성홍열에 걸린 사람처럼 꽤 오랫동안 그녀의 몸 위에서 헛된 열만 내뿜다가 그만 제풀에 꺾이듯 내려오고 말았다. 나로 하여금 쓸데없이 동정을 지키게 하는 일은 참으로 힘들고도 난해한 작업이었으며 또한 창피하고도 허무한 작업이었다. 그녀는 허리까지 치켜올려졌던 치마를 말없이 끌어내렸다.

그 힘겨웠던 밤은 그렇게 끝났다. 이튿날 날이 밝기가 무섭게 그녀는 우리 집을 떠나갔다. 나는 버스정류장까지 가서 그녀를 배웅했다.

"잘 가."

"응."

그녀는 아무렇지도 않은 얼굴이었다. 나는 웃음을 띠고 그녀를 보냈다. 그러나 결코 웃을 일이 아니었다. 나는 그 미수(未遂)의 의미를 몰랐었다. 그날 밤 이후로 그녀는 내가 마치 진짜 성홍열에 걸린 사람이라도 되는 듯 만나려고 하지조차 않았다. 뒤늦게서야 나는 결정적인 실수를 범했음을 알았으나 내 권능 밖의 일이었던 것에 대해 후회한들 소용이 없었다. 갑자기 싸늘하게 식은 그녀의 태도에 나는 별수 없이 분루를 삼키며 물러서는 도리밖에 없었다. 그때의 나로서는 이해할 수 없는 하나의 수수께끼였다. 여자가 육체의 기회를 줄 때 그것을 헛되이 하는 것은 죄악이다. 그리고 그것이야말로 가장 명확한 쐐기가 됨을 재삼 명심할 일이다.

그녀가 내 앞에 다시 나타나기까지는 그 뒤 일 년 남짓의 시간이 필요했다. 그것은 내가 정식으로 시인이 되었다는 소식과 함께였다. 눈이 많이 온 날 나가보니 웬 두툼한 외투 차림의 여자가 서 있었는데 그것이 그녀였다.

"잘 있나 하고."

그녀는 눈을 밟으며 가볍게 말을 던졌다.

"난 웬 곰이 겨울잠을 안 자고 나타났나 했지."

우리들은 쉽게, 아무 스스럼없이 일 년 남짓의 시간을 건너뛰었다. 그럴 수 있었던 것은 아무래도 내 눈에 드리워져 있었던 그녀의 환상력이 아니었을까 생각된다. 한쪽이 돌아섰으므로 물론 그 환상의 푸른 그림자는 마치 절뚝발이 모양으로 서울 거리의 광야를 지나다니고 있었으나 아직도 생명을 가지고 있었던 것이다. 병든 허무함에 그 두 눈은 석탄불처럼 빨갛게 불타고 있었으나, 그 불이 사위기 전에 심장에 뜨거움을 축적시켜주는 역할을 했다. 그 지난 일 년 남짓의 역사를 바탕으로 하여 나는 지나간 공백을 쉽게 뛰어넘을 수 있었던 것이다. 그것은 차라리 공백이 아니었다. 아울러 누군가가 틈입할 수 없었음이 증명되었기 때문이다. '시가 우리를 병들게 하였더니 다시 서게 하는구나' 했던 것은 목월(木月)이었다. 아무 현실적인 능력 없는 도피자일지라도 그녀에게 나를 지탱시켜줄 것은 '시인 남편'이었다. 언젠가 한번은 이런 적이 있었다.

"댁의 남편은 뭘 하시나요?"

옆집의 여자가 물었다.

"뭘 한다니요?"

아내가 되물었다.

"직업 말이지요."

나는 그때 집에서 선인장 화분을 갈아주고 있었다.

"아, 네. 시인이에요."

아내는 자랑스럽게 대답했다.

"시인…… 아, 그럼 유산이 많은 모양이지요?"

그렇게 묻는 여자의 집은 잔디가 깔린 넓은 정원을 가지고 있었다. 불행히도 아이들은 없었으나 그 집이야말로 많은 유산을 가지고 있다는 소문이었다.

"네, 뭐, 조금."

그리하여 아내는 빈털터리인 내게 어느 정도의 유산을 물려주었다. 그 정도면 평생 시만 쓰면서 그럭저럭 먹고살 만은 할 것이다.

"바람직한 일이군요. 시인들은 가난한 게 보통인데. 그래서 가난해서 시를 쓰는지 시를 써서 가난한지 모르겠다는 말도 있던걸요."

아이가 없어서 적적한 마음을 그만큼이라도 시인에게 쪼개주었다는 것은 놀랍고도 고마운 일이었다. '그만큼이라도'가 아니다. 그렇게 말할 수 있다면 그 여자는 이미 시인의 세계를 훤히 다 읽고 있다고 해도 지나친 말이 아닐 것이다. 진정한 시인이 되자면 이런 말들에 결코 부담을 가져서는 안 된다. 그리고 누군가가 그를 명분으로 삼고 그 대신 끼니를 해결시켜준다고 해도 화를 낼 일이 아니다. 그러나 남이 진정으로 내 시인됨을 자랑으로 여길 때만 그 도움이 기꺼이 나의 것으로 할 수 있다. 아내도 남인 것이다.

"어쨌든, 본질적으로 나는 못 견디겠다는 거야. 이 마음은 지금 현재로의 상태로는 도저히 풀 길이 없는 거야."

나의 그 병은 점점 더 깊어져서 한계에 다다른 것이었다. 이런 병을 들게 하는 것은 먼저 병들었던 사람들이 병원체를 퍼뜨려놓고 갔기 때문이다. 그 가운데 특히 문제가 되는 것이 외로움이라는 것이었다. 외로움이라는 병원체에는 항체가 없어서 면역이 되지 않는다. 약간의 외로움을 어쩌지 못해서 외로움에 대해서 집중적으로 파고들고자 하는 사람은 마침내 심장이 외로움의 피톨로 가득 차고 만다.

"떠나야겠어."

아내는 울먹일 이유도 없어 보였다. 그녀는 그 불가해한 사태 앞에서 다만 온몸이 굳었을 뿐이었다. 드디어 시인은 구도(求道)에의 길을 선언하고 만 것이었다.

내가 생각해도 내가 왜 그토록 병들었는지 말할 수 없다. 그러면서도 나는 아내를 밑바닥에서부터 믿고 있었다는 것을 말해두지 않으면 안 된다. 누군들 한번쯤은 현실을 내동댕이쳐 버리고 보다 근본적인 무엇을 찾아 떠나보고 싶지 않으랴. 현실이 쉽게 내동댕이쳐질 성질의 것이라면 그런 생각조차 못 가질 것이 분명하다.

그것은 결코 도피에의 길이 아니었다. 도피라면 나는 이제

진저리를 치고 있었다. 그러니까 내가 현재 처한 세계를 떠나고자 한 것은 도피고 뭐고 그따위 시시껍절한 개념들로부터의 자유를 뜻하고 있었다. 나는 우리가 태어난 것은 보다 핵심적인 목적이 있어서일 것이라고 믿고 있었고, 그 믿음은 지금도 변함이 없다.

그리하여 나는 마침내 오대산을 향하여 떠났다. 그곳은 옛날 푸른 연꽃이 피어 다섯 넓은 봉우리를 하나의 만다라로 이루었다는 곳이었다. 하지만 그것에 관해서 내가 특별한 의미를 부여한 것은 아니었다. 그곳에 내 고등학교 때의 한 친구가 머물러 있다는 소식을 들었던 것이다. 그는 민청학련(民靑學聯)에 관련되어 긴급조치의 호된 닦달질을 당한 뒤 머리를 깎았다고 했다.

오대산은 장엄한 산이다. 동대, 서대, 남대, 북대 그리고 중대의 사선대(臺)에 절이 들어서 있으며 문수보살의 산이라 일컬어지는 산. 친구 녀석은 월정사의 탄허(呑虛) 스님 밑에 있었다. 거기서 그는 민중불교에의 이론을 파고들고 있었는데, 이런 바탕 위에서 나중에 다시 머리를 기르고는 민중불교연합(民佛聯)이라는 반체제 단체를 주도하다가 제6공화국에 와서도 쫓겨다니는 몸이 된다.

마장동에서 탄 시외버스가 강원도의 진부에 이르기까지 나는 얼마나 가슴을 졸였는지 모른다. 그 길이야말로 '개유검문소'의 길이었던 것이다. 헌병이 올라와 자동소총을 들고 좁은 버스 통로를 지나갈 때마다 심장이 박동을 멈추는 것 같았다. 당장에 좌석 밑으로 몸을 숨기고 싶은 위기감에 얼굴이 석고상처럼 하얗게 질리는 것을 나는 느낄 수 있었다. 하얗게 질린 얼굴이지만 짐짓 모나리자처럼 아슴푸레 여유 있는 미소를 짓고 있지 않으면 안 된다. 지나친 미소는 '지나친 설탕'만큼 위험하다. 헌병의 신경을 자극하여 "주민등록증 좀 보여주십시오" 하는 날에는 끝장인 것이다. 따르륵따르륵 탄창을 돌리다가 어느 한곳에 멈추고는 머리에 대고 방아쇠를 당기는 러시안 룰렛의 장면이 떠오르기도 했다. 순간 두개골이 굉음을 내며 빠개진다.

어느 해였던가. 그 백사장에는 헌병들이 도열해 있었다. 눈부신 햇빛이 쏟아져 백사장과 바닷물과 수평선을 더욱 선명하게 구분 짓고 있던 대낮이었다. 아버지에 대한 내 기억이 처음으로 자리 잡은 장면이었다고도 생각된다. 지프차에서 내린 아버지는 우중충한 위장색의 군용 천막 속으로 들어가 의자에 앉았다. 옆 사람과 몇 마디 이야기를 나눈 것처럼도 여겨

진다. 그리고 이어서 무슨 명령을 내린 듯했다. 헌병들이 장난
감 병정들처럼 일제히 총을 들어 방아쇠를 당겼다. 나는 그때
까지도 헌병들이 무엇을 향해 방아쇠를 당기는지 채 모르고
있었다. 문득 바라보니 그것은 저만치 떨어진 곳의 말뚝에 묶
여 있는 사람, 사람이었다. 순간 사람의 머리가 아래로 푹 숙
여졌다. 헌병들이 쏜 총의 총알을 맞고 그렇게 되었다고 알았
음에도 불구하고 왠지 거짓말 같았다. 헌병들은 다른 목표물
을 향해 총을 쏘았고 그 사람들은 그들대로 다른 이유가 있어
서 그런 행동을 취한 것처럼 보였다. 그러나 그 사람들 몸은
그의 의지로 무슨 행동을 취했다고 보기에는 너무나 마음 놓
고 축 늘어져 있었다. 어떤 사람들인지는 내가 알 수 없는 일
이었다. 또 그것을 누구에게 물어볼 만큼 나는 큰 아이가 아니
었다. 그때는 동족끼리 죽이는 전쟁이 아직 끝나지 않았고, 아
이들이 해골바가지를 공 대신에 차고 놀던 시절이었다. 해골
바가지에 임자가 있은들 무슨 소용일까마는 임자 없는 해골바
가지들이 산야에 나뒹굴던 시절이었다. 세상을 떠난 아버지에
대한 추모의 정이 지극하게 그 머리를 깨끗하게 삶아 씻은 해
골바가지를 방의 선반 위에 모셔놓았다는 어느 수필가가 있었
다. 그런 발상도 그가 또한 의사였기 때문에 가능했을 것이다.

중학교 때인가, 동네의 어떤 의학도가 공부하기 위해 해골바가지를 훔치러 공동묘지로 갔었다는 이야기를 듣고 소름이 오싹 돋았던 적도 있었다. 그러나 그 당시의 해골바가지는 그 살을 갉아먹는 마라푼타의 이빨 소리밖에는 들려주지 않았다.

아버지가 군인이었기 때문에 나는 어렸을 적부터 총에 익숙한 사내아이였다. 그러나 그것은 내 놀이도구에 지나지 않았다. 언젠가 처음으로 카빈소총을 들고 마당을 서성대던 날이 내 기억에 또렷이 남아 있다. 그날은 아버지를 오빠라고 하면서 따르던 노처녀 간호장교가 집으로 놀러왔던 날이었다. 무슨 이야기인가 잔뜩 늘어놓던 그 여자가 말하는 것이었다.

"경우에 따라서는 죽어서도 그게 빳빳한 채로 있는 수도 있어요. 호호호."

그 여자의 얼굴에 웃음주름이 잡혔다.

"그거라니?"

아버지는 시치미를 뗐던 것이리라.

"그거 말이에요. 그거. 남자의 그거."

간호장교는 턱짓을 했다.

"난 모르겠는데."

아버지는 웃음을 머금었다.

"아유, 오빠두. 능청은."

간호장교가 아버지의 다리께를 꼬집었다.

"그래서 어쨌다는 거야?"

"우리 애들이 모포를 들치고는 그걸 손으로 잡고, 거 아깝다
구 한탄을 한다니깐요. 호호호호."

물론 이 이야기는 그때 당장은 알아들을 수 없던 것이었다.
그러나 그 여자의 어울리지 않는, 교태 섞인 웃음소리가 기억
속에 남아 그 말들을 이끌고 다닌 덕분에 나중에 뜻을 새길 수
있게 해주었다. 아니다. 나는 그때 이미 어렴풋이 그 얘기의 내
용을 짐작하고 있었다. 그 여자의 웃음소리가 풍기는 분위기
때문이었다.

"죽은 자식 불알 간질이기로군. 허허허. 이 녀석, 넌 나가서
놀아라."

아버지는 그제야 내 존재가 거북스러운 모양이었다. 툇마
루에 오도카니 앉아 있던 나는 하는 수 없이 일어났다. 그리고
건넌방 옆으로 돌아나오던 나는 카빈 한 자루가 마루에 놓여
있는 것을 보았다. 아마도 운전병이나 연락병의 것이리라. 무
심코 그것을 집어든 나는 공연히 우쭐대며 대문 쪽으로 향했
다. 그때 누군가가 대문을 들어서는 기척이 났다.

"손들어!"

내가 들이민 총구 앞에 하얗게 질려 멈춰선 것은 행상을 하는 중년여인이었다. 그때 행상여인이 어떤 소리를 냈는지는 기억하지 못한다. 아마도 숨을 훅 들이마시면서 주춤 한 걸음 물러서다가 그 자리에 멈춰 섰을 것이다. 그러나 공포에 질린 얼굴만은 아직도 눈에 잡힐 듯이 떠오른다. 내가 어린아이였으므로 더욱 당황하고 난감했을 것이었다. 어린아이였으므로 멋모르고 방아쇠를 당길 위험이 크다고 여겼을지도 모른다. 하지만 나 역시 무척 당황하고 난감했다. 단순한 장난이 그렇게 상대방을 질리게 할 줄은 꿈에도 생각지 않았던 것이다. 나는 행상여인의 질린 얼굴에 오히려 질려 슬그머니 총구를 내리고 비실비실 뒷걸음치고 말았다. 휴우 하는 안도의 한숨소리가 뒤에서 들려왔다. 그 뒤로 나는 총만 보면 그 장면이 되살아나며 누구 다른 사람이 그것을 목격했을까봐 조바심이 났다. 그 조바심의 원천은 창피함이었다. 그 뒤로 결코 총을 손에 잡아본 적이 없다. 우연이라고 하더라도 고등학생들이 목총을 들고 하는 교련 시간도 내가 학교를 다닐 때는 없었고, 또 나는 어쩔 수 없이 도피자가 되고 말았던 것이다.

자, 그러나 지금은 이런 이야기를 하고 있을 때가 아니다.

나는 지금 오대산으로 가고 있지 않았던가.

진부에 와서 살고 있는 그 처녀를 만난 것은 오대산에 가서
였다. 그녀는 친구 녀석을 따르고 있는 여자였는데 한밤중에
멀리 떨어진 변소로 가기 위해 캄캄한 어둠 속에 섰을 때, 거
기 서 있었던 것이다. 외딴 장소에서 가장 무서운 것이 사람이
라는 것은 누구나 아는 사실이다.

"누, 누구……" 하는 말이 나오는 순간. 그녀가 한 발짝 다가
왔다.

"저예요. 요전에 뵈었던……"

들은 목소리였다.

"아, 그…… 그런데 여긴 왜?"

그것은 캄캄한 밤이었다. 진부에서 그녀는 아이들을 모아
유희 따위를 가르치며 열심히 오대산의 절들을 찾아다니는 것
이 일과이다시피 하다고 했다.

"스님께는 말씀드리지 마세요."

스님이란 내 동창을 가리키는 말이었다. 그렇게 말하는 그
녀의 눈에는 번쩍하고 섬광이 일었다고 생각되었다. 어둠 속
에서 그것은 멀고 먼 광년의 거리를 둔 별이 폭발하는 빛을 담
아 되쏘는 것이라고도 생각되었다.

"그건 왜죠?"

나는 이미 그녀가 내 동창을 흠모하고 있음을 간파하고 있었다. 사랑하는 여자는 어떠한 어둠이라도 혼자 견딜 수 있는 것이다.

"약속해주세요."

그녀는 간청했다. 그녀에게 동창이 눈길을 돌리지 않고 있다는 것도 짐작할 수 있는 일이었다.

"그러지요. 그렇지만 밤도 깊었는데 어쩔 작정이오?"

어디선가 뇌조(雷鳥)의 울음소리가 들려왔다. 그 새는 물론 우리나라에는 없는 새인데도 들려오는 소리는 그 새의 울음소리였다.

"있다 보니 막차를 놓쳤어요. 여기 있다가 가겠어요."

그녀는 담담하게 말했다. 나는 오대산을 소개하는 작은 책자에 '골짜기 아름드리나무들이 숲의 바다를 이루고 뭇사람들의 발길이 닿지 않은 곳이 많아서 신비한 정적에 감싸인 산'이라고 씌어 있던 구절이 떠올랐다. 뇌조 아니라 무슨 새, 무슨 산짐승이 울고 있다 한들 그곳은 '신비한 정적에 감싸인 산'이었다. 그녀의 자태가 산을 그렇게 만들어주고 있었다. 스님을 흠모하여 그 스님이 있는 방을 바라보며 밤을 지새우는 여인은 상당히 고전적인 느낌마저 불러일으켰다. 그리고 확실히 오대산은 '불교 신앙의 산'이라는 생각이 피부에 와닿았다. 아아, 나도 어서 머리를 깎고 싶다. 먹물 가사를 걸치고 경(經)을 읽고 싶다. 그녀는 내가 오대산의 월정사 입구에서 버스를 내렸을 때 우연히 맞닥뜨린 여자였다. 우리는 몇백 년씩 묵은 전나무 숲길을 나란히 걸어 월정사에 도착했던 것이다.

"스님, 손님 오셨어요."

동창 녀석에게 나를 안내해준 것이 그녀였다. 그러자 길고 널따란 방에서 머리를 박박 깎은 모습의 어설퍼 보이는 그가 안경을 위로 밀어올리며 마루로 나왔다.

"어, 너로구나."

그가 말했다.

"그래, 나야……"

우리는 악수를 나누었다. 그는 곧 닥칠 사월 초파일 행사 때문에 연등을 만들고 있었노라고 했다. 나는 서울에서 오는 동안 줄곧 조마조마했던 가슴이 비로소 시원해졌다고 느꼈다. 버스가 검문소에 설 때마다 나는 오대산을 소개한 안내책자를 방금 읽고 있었노라는 듯, 열심히 읽고 있는데 웬 방해냐는 듯한 손에 그것을 엉거주춤 들고 있는 자세를 취했다. 그리고 생각난 듯 그리로 눈을 보냈다. 딱한 위장행위였다. 절거덕절거 덕절거덕. 바지 밑단을 잡아당기고 있는 용수철 속의 총알 속 들이 부딪는 소리가 내 심장에 와닿았다.

오대산은 '여성적으로 부드러운 산'도 되고 '묵직하고 든든 한 산'도 된다. 얼핏 들으면 서로 어울릴 것 같지 않은 이러한 표현들이 어우러져서 부드럽고 묵직한 산이 될 때에 오대산 의 참모습은 살아난다. 오대산은 태백산맥이 강원도의 북쪽에 서부터 내려오며 금강산, 설악산 같은 아름다운 산을 빚고 나 서 그 남쪽에다 잇달아 빚은 산이지만, 금강산이나 설악산 같 이 하늘 높이 치솟는 암벽도, 골짜기의 아기자기한 폭포와 못 도 거의 눈에 띄지 않는 산이다. 그 때문인지는 몰라도 오대천 의 골짜기에서 가장 경치가 좋다고 《동국여지승람》 같은 책에 올라 있는 월정사 땅 바로 옆에 자리 잡고 있는데도 버려져 있 다시피 하다. 다만 천연기념물인 열목어를 위시하여 메기, 뱀 장어 따위의 민물고기와 사전을 들춰도 모를 이름을 가진 꺽 치, 꽤리, 탱수 따위의 민물고기와 함께 서식한다고 해서 '특별 어류보호구역'으로 지정하여 보호한다는 팻말이 꽂혀 있을 뿐 이다. 그러니까 웬만한 산들에서처럼 기암절벽을 기대하는 이

들은 오대산에 실망할 수밖에 없다.

그러나, 오대산은 깊고 그윽한 산이다. 골마다 아름드리나무들이 숲의 바다를 이루고 뭇사람들의 발길이 닿지 않는 곳이 많아서 신비한 정적에 감싸인 산이다. 게다가 봉우리마다 편편한 대지가 넓게 펼쳐져 있어서 능선이 부드럽기 때문에 한결 아늑한 느낌을 준다. 오대산이 '부드럽고도 묵직한 산'이 되는 것은 이 산이 육중하고 날카롭지 않기 때문이라고 설명된다.

오대산은 산이 깊고 그윽해서만이 아니라 골짜기의 등성이마다 불교 신앙의 뜻이 깃들어 있어서 나라 안의 다른 산들에 견주어 경건하기까지 한 모습을 지닌다.

고려 시대 말기에 민지라는 이가 쓴 《오대산 월정사 사적기》를 위시하여 《동국여지승람》이나 《증보문헌비고》 같은 책들을 보면 한결같이 이곳이 동쪽에는 만월봉이, 남쪽에는 기린봉이, 서쪽에는 장령봉이, 북쪽에는 상왕봉이 그리고 한가운데에는 지로봉이 솟아 다섯 봉우리를 이루고 있기 때문에 오대산이라 불린다고 적고 있다. 요즈음에 와서 이곳을 아끼는 이들은 그 봉우리마다 편편한 대지를 이루고 있어서 오대산으로 불린다고 덧붙이기도 한다. 어쨌든 이 산은 봉우리들의 기

늙마다 동대, 서대, 남대, 북대, 중대의 다섯 '대'를 나타내는 암자가 세워져 있다. 그래서 이곳의 다섯 봉우리는 불교를 상징하는 연꽃이 빙 둘러 있는 모습이다.

그런데 오늘날에 이곳을 찾은 탐방객들은 이 다섯 봉우리들이 옛 기록들과는 다른 이름으로 불리고 있고, 심지어 남대가 자리 잡고 있어야 마땅할 기린봉에 견줄 만한 봉우리가 없다는 사실을 알게 된다. 오대산을 한눈에 파악하려 하거나 또는 한달음에 '정복'하려는 성급한 사람들에게는 매우 곤혹스러운 일이 아닐 수 없을 것이다.

오늘날에 오대산의 다섯 봉우리는 북쪽으로부터 두로봉, 상왕봉, 비로봉, 호령봉, 동대산의 다섯을 꼽는다. 이 이름들을 옛 기록에 맞추어보면 북대의 상왕봉만이 그대로일 뿐이고 중대의 지로봉이 비로봉으로, 동대의 만월봉이 동대산으로, 서대의 장령봉이 호령봉으로 바뀌어 있음을 본다. 그러니까 가장 남쪽에 있어야 할 남대의 기린봉이 암자만 남긴 채로 어디로 사라지고 북대의 상왕봉보다도 더 북쪽에 솟아 있는 두로봉이 다섯 봉우리에 들게 된 셈이다. 이러한 변화가 언제, 왜, 어떻게 일어났는지 말이 없는 채로 오대산은 여전히 다섯 봉우리들이고 나라 안에서 으뜸가는 울창한 숲을 가진 산으로서, 또

으뜸가는 불교의 성지로서 신비함과 경건함을 가르쳐주는 데에 조금도 인색함이 없이 자리를 지키고 있다.

차 안은 이상한 침묵으로 짓눌려 있다. 이윽고 절거덕 소리가 멎고 헌병의 거수경례가 끝나면 버스는 다시 움직인다. 나는 잡혀서 내리지 않고 무사하다. 나는 오대산 안내책자 따위는 읽지 않고 멍하니 창밖으로 눈길을 돌린다. 오랫동안 도피자로서 짓눌려온 결과의 반작용으로서 드디어는 출분을 감행하고 있다는 생각도 든다. 인간은 어떤 종류의 것이든 억압을 당하고서는 살 수 없는 것이다.

진부의 처녀는 '깊고 그윽한 산'의 한 자락에서 홀로 밤을 밝힐 모양이었다. 5월의 밤공기는 싸늘했다. 우리는 앉아 있을 만한 곳을 더듬어 자리를 잡고 앉았다.

"절에는 자주 오시나보죠?"

나는 담배를 피워 물었다.

"어릴 때 절에 잠깐 있었어요. 그것이 마치 전생의 일처럼 여겨져요."

그녀의 어머니가 돌아가시자 아버지는 새어머니를 맞아들였다. 새어머니는 우리가 잘 아는 이야기에서처럼 나쁜 계모의 표본으로 그녀에게 툭하면 매질이었다.

"어느 날 마을 뒤의 언덕 위에 혼자 앉아 있는데 어떤 아주머니가 지나가면서 너 나랑 같이 안 갈래? 그러시는 거예요."

그 아주머니가 그녀를 데려간 곳이 절이었다. 그녀가 말하는 동안 나는 벌써 담배를 몇 대나 피워 물었다. 그러다가 어떤 청년을 만나 도회지로 나간 그녀는 갖은 풍상을 다 겪었으나 우연히 유치원 보모 노릇을 할 기회를 얻게 되었다. 이것을 밑천으로 지금 시골 유치원선생이 되어 있는 것이었다.

"담배 피우시면 피우시오. 괜찮아요."

내가 권하자 그녀는 머뭇거리며 손을 내밀었다.

"스님께는 말씀하지 마세요."

나는 그녀가 입에 문 담배에 불을 댕겨주었다. 그녀의 방황하는 영혼이 담뱃불처럼 빨갛게 어둠 속에 빛나고 있었다.

다시 절거덕절거덕하는 소리가 귓가를 맴돌았다. 문득 나는 그녀와 함께 어디론가 사랑의 도피를 하고 싶다는 착각에 빠졌다. 가는 곳마다 검문소가 가로막고 있는 땅에서 우리가 갈 수 있는 곳은 어디일까.

오대산은 예로부터 삼신산 곧 금강산, 지리산, 한라산과 더

불어 나라 안에서 가장 신령스러운 산에 들었다.

옛사람들이 '어떤 재앙이 닥쳐도 안전한 땅'이라고 믿었던 곳이며 따라서 불교의 성지로 발전하게 된 것도 매우 자연스러운 일로 여겨진다.

이 산은 월정사나 상원사 같은 이름난 절들이 들어서 있지 않다손 치더라도 불교 신앙을 끌어대지 않고서는 전체의 모습을 살필 수 없는 산이다.

이 산에 관한 역사의 기록들이 불교에서부터 실마리를 풀고 있으며 연꽃 같다는 다섯 봉우리에 얽힌 사연도 또한 불교의 이야기이기 때문이다. 이곳에 관한 여러 가지 기록들은 첫머리에서, 이곳을 중국의 산시 성에 솟아 있는 같은 이름의 오대산과 함께 불교에서 석가여래의 왼쪽에 자리 잡고 슬기를 다스리는 보살로 추앙받는 문수보살이 머무는 곳이라고 적고 있다. 그러므로 이 산은 그 이름부터가 중국의 불교 신앙과 이어져 있어서 그리 범상치가 않다.

이 산이 중국의 '오대산 신앙'과 이어졌던 것은 신라 시대의 일인데, 높은 산을 신성하게 바라보는 소박한 민간 신앙이 불교 신앙으로 변천하면서 이 산의 장엄한 뜻을 펼친 것이다. 신라 시대에는 당나라에가서 불법을 닦고 온 자장율사라고 하는 이가 여기에 관계되었다고 기록들은 전한다. 《삼국유사》를 보면 그가 중국의 오대산에서 '그대 나라의 동쪽 명주 땅에 오대산이 있고 거기에 만 명의 문수보살이 늘 머물고 있으니 뵙도록 하시오'라는 깨우침을 받고 돌아옴으로써 이곳이 불교의 성지로서 터전을 잡았음을 알 수 있다.

신라의 선덕여왕 때인 643년에 이 산에 온 그는 풀을 엮어 집을 짓고 문수보살을 만나려고 했으나 사흘 동안 음산한 날씨가 계속되어 뜻을 이루지 못하고 돌아가게 되었다고 한다.

불교를 믿거나 연구하는 사람들은, 고려 시대 말기에 민지라는 이가 쓴 글을 들어서 자장율사가 머물렀던 곳이 바로 지금의 월정사 터이며 그때부터 오대산이 '열려' 월정사가 세워진 것으로 친다. 그리고 그들은 오대산에 문수보살이 머물고 있다는 오대산 신앙이 《화엄경》에 바탕을 두고 중국의 영향을 받아 이곳에 터를 잡았으며 나아가 일본으로까지 번졌다고 풀이한다.

오대산 신앙이 더 신비스럽고 뚜렷해지기는 다음 세기에 들어와서였다. 신라의 보천과 효명이라는 두 왕자가 이곳의 중대와 북대 밑에 푸른 연꽃이 핀 것을 보고 그 자리에 풀로 엮은 집을 짓고 불법을 닦았다는 이 무렵에, 관음이니 미타니 지장이니 석가니 문수니 하는 극락세계의 보살들이 오대산 봉우리 다섯 개에 저마다 머무른다고 하는 신앙으로 발전했고, 아울러 월정사에서 구 킬로미터쯤 떨어진 위쪽에 지금의 상원사인 진여원이 들어섰다. 그러니까 오늘날에 보는 것 같은 다섯 '대'에 세워진 암자들은 이때에 벌써 그 기틀이 마련되었다고 볼 수 있겠다. 특히 진여원에는 아침마다 문수보살이 나타났으며 보천과 효명이 골짜기의 물을 길어다가 차를 달여서 만 명의 문수보살에게 공양했다고 한다. 이곳의 다섯 '대'에 자리잡은 암자들은 중대의 사자암을 위시하여 동대의 관음암, 세대의 수정암, 남대의 지장암, 북대의 미륵암으로 저마다 고유한 이름을 갖고 있지만, 언제부터인지 비구니들의 승방인 남대의 지장암 하나만이 계속 지장암이라고 불리고 나머지는 흔히 그냥 중대사, 동대사, 서대사, 북대사로 불려온다. 이 암자들은 오늘날 대한불교조계종의 제4교구 본사인 월정사에 딸린 말사로 등록되어 있다. 그러나 본사니 말사니 하는 불교 행정의 구분에 얽매이지 않고 이 다섯 봉우리의 암자들만으로도 오대산 신앙이 한 봉오리의 연꽃을 피워냈듯이 나아가서는 오대산이 극락세계를 옮겨 그린 만다라로서 하나의 부처의 모습을 나타내는 특징을 안고 있음을 지나쳐볼 수는 없다.

나는 다시 또 하나의 검문소를 탈 없이 지날 수 있었다. 긴장으로 인하여 온몸은 어느새 바싹 말라 있는 느낌이었다. 몇 번 위험이 더 기다리고 있을지, 그 어느 곳에서 이제까지의 도피생활을 청산하게 될지 알 수 없었다. 모두가 아득한 일뿐이었다.

　그렇게 찾아온 오대산에서 나는 엉뚱하게도 웬 여자와 숲가에 앉아 밤을 지새우고 있는 것이었다. 그러다 보니 그녀와 아주 오랜 옛날부터 사귀어온 것 같은 생각이 들었다. '그대는 속세에서의 내 마지막 여자다' 하는 순간 나는 와락 그녀의 얼굴을 끌어당겨 그 입술에 내 입술을 가져갔다.

　그 순간 무엇 때문에 오랜 옛일이 떠올랐는지 모른다.

　열 살 무렵, 피난민 마을에서의 일이었다. 나는 그 마을에서 천막학교를 다니고 있었다. 전쟁이 마악 끝난 마을에는 아무것도 가지고 놀 것이라곤 없었다. 아이들이 매일같이 속닥거리며 모의 하는 것은 무슨 신나는 놀이가 없을까 하는 것이었다. 편싸움을 하거나 불놀이를 하거나 해골바가지를 차고 놀거나 하는 따위는 싫증이 난 지 오래였다. 국민학교 상급반 큰 아이들은 방공호 속에 들어가 담배를 빨면서 머리를 맞대고 무슨 놀이건 새로운 놀이를 생각해내곤 했다. 그들보다 어린 나는 덩달아 신바람을 내며 그들 주위를 맴돌았다. 그러던 어느 날 저녁 방공호로 나간 나는 이제까지와는 다른 뜻밖의 놀이를 목격했다. 어둑어둑한 가운데 큰 아이들 몇이서 서성거리다가 하나씩 방공호 안으로 들어가는 것이었다. 그 방공호는 굴처럼 뚫려서 한쪽으로 들어가 다른 한쪽으로 나갈 수 있게 되어 있었다. 나는 큰 아이들이 들어간 방공호 입구로 가서 조심스럽게 안을 들여다보았다. 큰 아이들은 입구와 비교적 가까운 곳에 우줄거리며 서 있었고 그 안쪽에는 놀랍게도 이웃집 분임이가 오도카니 서 있었다. 웬일일까. 분임이의 나이는 나보다 몇 살 위라고 했으나 학년은 나보다 한 학년 위인 4학년이었다. 나는 심상치 않은 분위기에 움츠러들어 숨을 죽이고 살펴보고만 있었다. 무슨 일들을 하려는 것일까. 그와 함께 아이들은 한 명씩 분임이에게 달려들어 쏜살같이 쪽쪽 입을 맞추고는 저쪽 출구로 도망쳐버리는 것이었다. 그것이 그 새로운 놀이의 전부였는지 어떤지는 알 길이 없다.

분임이는 그 자리에 선 채 뒤늦게 얼굴을 두 손으로 가리고 울고 있었다.

그런데 뒷날 나는 다시 이 진부의 처녀를 찾아 엉뚱하게도 반도의 남쪽까지 내려갈 기회가 있었다. 그것은 전혀 나 혼자만의 뜻이었다. 도망자는 갈 곳이 없다. 그래서 미지의 새 한 마리가 부리로 가리키는 방향도 어떤 의미를 던질 수 있다. 그녀는 그런 미지의 새보다는 의미를 가지고 있었다. 더군다나 그녀는 그때 비구니가 되기 위해 그 남쪽 땅으로 간 것이라고 했다. 나는 여전히 내 신변에 신경을 곤두세우고 있는 처지였다. 우선 관심이 집중되는 것은 옆자리의 문제였다. 옆자리의 상대에 따라 나의 처신이 그만큼 달라지는 것이다.

버스든 기차든 따질 것 없이 이상하리만큼 승객들은 거개가 등받이에 몸을 지그시 뉘고 전혀 무신경한 얼굴로 잠들어 있는 걸 보면 나는 절망감을 느끼는 것이다. 그들은 옆자리 따위에는 아예 관심도 없다는 편안한 자세로 금방 코라도 골겠다는 얼굴이다. 좌석들을 둘러보았을 때 겨우 한두 사람만을 제외하고 모두 하나같이 그런 모습으로 눈을 지그시 감고 있는 데는 적이 모호한 감정에 휩싸이지 않을 수도 없다. 생활이 그만큼 힘들어서일까. 그렇다면 평소에는 어떤 방법으로들 견딜까. 모두가 평소에는 틈만 나면 저렇게 낮잠을 자는 것일까. 그럴 리는 없을 것 같다. 그렇다면 혹시 다른 방법으로는 도저히 잠을 이룰 수 없는 사람들이 그나마 그렇게라도 잠을 이룰 수 있기 위해서 여행을 하는 것은 아닐까. 그럴 리는 더더구나 없을 것 같다.

그러나 내가 지금 '옆자리가 문제'라고 하는 것은 내 옆에 앉게 되는 사람이 코를 골며 잠을 잔다거나 그렇지 않다거나 하게 됨을 따져서가 아니다.

옆에 누가 앉게 될까.

나는 무엇보다도 그것을 신경 쓰는 것이다. 이렇게 말하면 거의 틀림없이, 옆에 누가 앉게 될까라니, 자식 엉큼하기는, 하고 선뜻 대답해줄 것이다. 새삼스럽게 들먹거릴 게 뭐 있어. 여자가 앉기를 바라서하는 수작이지. 여자. 젊고 예쁜 여자. 뻔한 수작이지. 남자란 다 똑같다니깐.

틀린 말이 아니다. 이왕이면 다홍치마라고 나라고 해서 젊고 예쁜 여자가 옆에 와 앉는데 얼굴을 찡그릴 까닭이 없지 않은가. 찡그리다니? 과연, 솔직히 고백하건대 흐뭇한 일인 것이다. 그러므로 될 수 있으면 그렇게 되기를 엉큼하게 바란다. 특히 안전벨트를 매고 한두 시간만 가도 사지가 뻣뻣하게 굳어가는 버스에서 옆자리에 그와 같은 미지의 동반자를 공짜로 얻을 수 있다는 건 얼마나 축복받은 일인가. 백번 천번 그렇게 되어지이다, 하고 빌 일이다. 언젠가 훨씬 나중에 그런 축복받은 기회가 주어져서 나는 옆자리의 '젊고 예쁜 여자'한테 김밥

몇 개까지 얻어먹었었다. "잡수세요" 하면서 섬섬옥수로 내밀던 그 김밥.

옆에 누가 앉게 될까.

그럼에도 불구하고 나는 다시 물으며 신경을 쓰지 않을 수 없는 것이다. 그것은 여간 다행한 일이 아니었다. 내 옆자리에 와 앉은 사람은 한 노인이었고, 더욱 다행스럽게 노인은 시종일관 이야기를 멈추지 않았다. 노인은 줄곧 무슨 이야기인가 하려고 애쓰고 있었다. 그런 기회나마 이제껏 살아온 역정을 돌이켜보고, 정리해보자고 한 것일까. 노인의 말을 들으며 나는 또 나대로 그녀에 대해서 무엇인가 생각해보려고 애쓰고 있었다. 그녀는 왜 속세를 떠나 절로 들어간 것일까.

"할마시가, 할마시가 그마 세상을 떠났다고 해서…… 웬만해서는 회사 자리를 비울 수가 없지요."

노인은 묻지도 않은 말을 했다. '할마시'가 세상을 떠나서 가는 길이라고만 했지만, '할마시'의 뜻을 나는 선뜻 파악하기 힘들었다. 물론 '할마시'가 할머니의 사투리임을 모르는 바가 아니었다. 그러나 이어지는 말을 종합해본 결과 그 '할마시'는 할머니가 아닌 어머니를 지칭하는 말이었다.

"올해 어떻게 되시는데요?"

나는 노인의 나이가 적어도 예순을 훨씬 넘었을 것이라 짐작하고 '할마시'의 나이를 물었다.

"할마시요?"

"예."

"아흔이 넘었구마."

아흔이 넘었다고만 할 뿐, 노인은 자세한 나이는 말하지 않았다. 나 역시 더 이상 자세히 알 필요도 없었다. 아흔을 넘겼다면 살 만큼 산 나이였다. 살 만큼 산 나이가 아니라 살아도 많이 산 나이였다. 그 어머니의 나이가 그러하다면 노인의 나이는 예순을 넘겼다기보다 일흔을 넘긴 쪽에 가깝지 않을까.

"할마시가 아파서 혼자 가는 기지요."

다시 '할마시'였는데, 나는 이 경우의 할마시는 노인의 아내를 일컫는 걸로 짐작해야만 했다. 말이란 참으로 이상한 것이다. 노인은 시종일관 어머니와 아내를 구별 없이 할마시라고 지칭했는데, 그래도 그 할마시가 어머니 쪽인지 아내 쪽인지 나로 하여금 쉽게 알아들을 수 있게끔 하고 있었다.

"근데 이 할마시가 나를 낳아준 할마시는 아니라 말이오. 본래 나를 낳아준 할마시는 날 낳자마자 얼마 안 있어 세상을 뜬 기라."

노인은 내가 그래도 귀를 기울여준다 싶어서인지 연신 말했다. 나는 노인의 말의 내용도 내용이지만, 그것이 어언 칠십 년 전의 이야기라는 사실을 짚어보고 알지 못할 감회에 사로잡혀 있었다. 노인이 들려주는 칠십 년 전의 우리네 삶과 내가 그녀를 찾아가는 오늘의 삶이 한데 어우러지며 공연히 내 막막한 심정을 더욱 막막하게만 했다.

"할마시가 그래된 건 쉬웅불 때문이라 하지요."

"쉬웅불요?"

"그런 기 있어요. 난도 잘 모르지만서두 땅에 떨어지믄 또 글또글 어디로 굴러가 못 찾지예. 물 같은 기…… 쉬웅이라고……"

"아, 예."

나는 노인이 말하는 '쉬웅'이 바로 수은(水銀)임을 간파했다. 온도계를 깨뜨리면 그 속의 수은이 흘러나와 그렇게 굴렀다.

"그 수은으로 불을 피워 연기를 내는 기라예. 하납씨가 그마 병에 걸려 할마시는 쉬웅불을 놓았다 하지요."

"수은불을……"

그러고 보니 몹쓸 병에 걸린 사람을 수은불로 치료한다는 훈증(燻蒸) 요법이 있다는 기록을 읽은 기억이 나기도 한다.

"무슨 병인데요?"

노인의 말을 건성으로 듣고 있던 나는 수은으로 연기를 피운다는 요법의 신기함에 새삼 깊은 관심을 표명했다. 수은 훈증 요법에는 매독 같은 병이 대상이 되던가.

"모르지예. 좌우튼 심했다지요. 근데 하납씨는 그 불을 맞고 일어났는데 그마 할마시가 연기를 너무 쐬어 세상을 뜬 기라예."

수은이 불을 피워낸다는 얘기. 그것은 수은 증기일 것이었다. 수은이 인체에 얼마나 해로운 물질인지는 공해니 오염이니 할 때마다 수은이 들먹여지는 것으로 보아 알고도 남음이 있었다. 수은중독은 치명적이라고 했다. 중학교 때 과학을 가르치던 여선생도 수은의 성질을 설명하면서 그 점을 주지시켰었다. 수은은 독성이 강하므로 입에 넣거나 해서는 안 됩니다. 그 오래전 일이 기억나는 것은 그때 여선생의 설명이 인상적이어서였다. 수은을 입에 넣어서는 안 된다고 가르친 여선생은 자신이 멋모르고 수은을 먹곤 했던 일화를 들려주었었다. 수은을 입에 넣고 몇 분만 있으면 그대로 또그르르 항문으로 굴러나온다는 것이었다. 여선생은 엉덩이를 뒤로 빼고 항문으로 굴러나오는 수은을 받는 시늉을 했다. 여러분은 절대로 그렇게 해서는 안 됩니다. 여선생은 그것이 재미있어서 놀이삼아 그렇게 했었는데 나중에 알고 보니 아찔하더라는 것이었다. 온도계 속에서 나온 수은은 은백색의 반짝이는 구슬이었다. 여선생이 경험을 들려주지 않았다면 누가 그런 놀이가 있는지조차 알았겠는가. 여선생의 엉덩이에는 은백색의 반짝이는 구슬이 흘러나온다. 여선생은 은백색의 반짝이는 구슬똥을 눈다. 나는 이렇게 상상하면서 그런 여선생의 엉덩이를 보고 싶어 했었다.

"그래서요?"

노인의 어머니는 병구완을 하다가 본인이 대신 간 것이었다. 나는 수은의 훈증 요법에 대해서는 도무지 감이 잡히지를 않았다. 수은은 액체 상태로 있기는 하지만 엄연한 금속이라고 알고 있었다. 그 금속에 불을 지펴 증기를 낸다면 어떤 식이며, 또 그 증기는 어떤 모양일까. 매캐한 안개가 눈에 아른거렸다. 매캐한 안개를 뒤집어쓰고 콜록거리고 있는 노파의 얼굴이 떠올랐다. 그러나 사실 그 '할마시'는 노인을 낳고 얼마 지나지 않아 그런 일을 겪었다고 했으므로 노파는 아닐 것이었다. 차라리 아직 꽃다운 처자의 몸이었으리라, 처자는 콜록거리며 수은 안개를 피워 남편을 살려놓고 대신 수은중독으로 죽은 것이었다.

"말이 아니지예. 날로 낳아놓고 덜컥 그래했으니…… 그래서 하납씨는 하는 수 없이 마땅한 처자를 찾아나선 기라예."

칠십 년 전에 아내 잃은 한 사나이가 다시 아내감을 찾아나섰다. 사나이 몸으로서는 어린 자식을 데리고 살아갈 수가 없었을 것이다. 사나이는 궁리 끝에 친구가 있는 '화도'라는 섬으로 건너가보기로 한다.

"거기서 친구의 소개로 할마시를 만났지요."

그래서 사나이는 새 살림을 차렸지만, 그동안 투병하느라고 있는 재산 없는 재산 다 날려버려 형편은 말이 아니었다고 했다.

"할마시는 하루에도 몇 번씩 다시 집으로 돌아갈까 하는 마음에 싸립짝을 나서곤 했지만서두 돌아서고 돌아서고 했더랍니다. 자신이 없으믄 영감하고 아 허고 다 죽을 것만 같더랍니다. 그래서 걸음이 자꾸만 뒤로 걸리더라고……"

노인은 세상을 떠난 사람을 끝없이 애도하고 있었다. 전처 소생의 아이를 데리고 없는 살림에 고생고생하며 살아온 할마시의 역정이 내 눈에도 선했다. 노인이 내게는 전혀 상관없는 이야기를 세세히 늘어놓는 것은 할마시에 대한 애도의 마음에서임을 나는 충분히 알 수 있었다. 그래서 나는 지루하다는 표정도 지을 수가 없었다.

"하납씨가 돌아가실 때 할마시는 손가락을 잘라 피를 내어 멕였습니다. 한 이틀은 깨어나더라는데……"

버스가 휴게소를 떠나자 노인은 다시 이야기를 시작했다. '할마시'가 절구공이로 손가락을 짓찧자 손가락 마디가 잘려나갔다고 했다.

"자. 이거 드시오."

말을 하다 말고 노인은 휴게소에서 사온 주스를 내게 내밀었다.

"아뇨, 아뇨."

나는 오히려 내 쪽에서 사왔어야 마땅했으리라 여겼다. 하지만 노인이 왜 내게 그토록 자상한지 알 수 있을 것 같은 심정이었다. 노인은 지금 자신의 인생의 황혼을 말해주고 있는 것이 아닌가. 나는 사양하다가 주스를 받아 마셨다.

"할마시한테서는 소생이 없었지요. 날로 얼마나 애지중지 키웠는지……"

노인은 간절한 마음을 어떻게든 내게 전하고 싶은 듯했다.

"할마시는 서울 와서 살자고 해도 한사코 고향을 떠나지 않겠다고 하더니만……"

노인은 '할마시'의 임종을 지켜보지 못한 것을 한스러워하는 것이었다.

"고향에는 누가 있습니까?"

"있기는 누가 있겠소. 할마시 손으로 마련한 농토가 좀 있을 뿐이지요. 아흔이 넘어서도 일손을 쉬지 않았다니까요."

노인은 아들을 따라 서울로 와서 소일삼아 수위 일을 보고 있으나 '할마시'는 그대로 고향에 머물러 있었노라고 했다.

"하납씨 무덤이 있는데 못 떠난다고……"

노인은 허공에 시선을 던졌다.

그러는 사이에 버스가 시외버스터미널 앞에 멎었다. 이제는 노인도 헤어져야 할 때가 온 것이었다. 노인은 자기를 낳지는 않았으나 키워준 '할마시'의 장례를 치르기 위해서, 나는 나에게 무엇이 되는지도 모를 한 여자의 수계식을 참관하기 위해 각자 다른 길로 가야 하는 것이었다.

"어디 가서 점심이라도 하고 가실까요. 제가 사겠습니다. 저는 출장 중이라 회사에서 돈을 타가지고 와서 경비는 상관이 없습니다."

나는 노인에게 부담을 주지 않으려고 적당히 둘러댔다.

"그런가예……"

우리는 식당으로 향했다. 나는 옆자리에 노인이 와서 앉았을 때 서로가 지극히 무관할 수 있겠기에 홀가분한 마음이었었다. 그런데 무관하게 헤어져도 그만인 시점에서 오히려 노인과의 관계를 연장하고 있는 것이었다.

"그럼 노인장께서는 언제 서울로……"

"글쎄…… 모레는 올라가야 쓰겠구만, 일이 어찌될란가……"

"저는 내일 올라갑니다. 모쪼록 건강하십시오."

우리는 비빔밥을 시켜 먹었다. 그리고 각각 반대 방향의 표를 샀다.

그곳에서 절까지는 다시 한 시간 거리였다. 버스는 절 입구까지 가서 승객들을 내려놓았다. 자, 이제 목적지까지 다 왔다. 나는 맨 나중에 내려 절 쪽을 바라보았다. 교통이 발달한 요즘에 와서는 비포장도로를 돌아가는 길은 먼 길이었다. 그러나 막상 그곳에 이르자 목적지가 더 먼 곳, 영원히 먼 곳이었으면 하고 나는 생각했다. 그래서 한정 없이 그곳은 향하여 가기만 하는 영원한 노정이라면 얼마나 좋을 것인가. 목적지까지 다 오자 목적을 잃어버렸다는 상실감에 나는 몸을 가누기가 힘들었다.

쉬웅붕……

어디선가 매캐한 연기가 나는 것 같았다. 한쪽 모퉁이에서

솥을 걸어놓고 불을 때고 있었다. 거기서 나는 연기 냄새였다. 그러나 나는 그것이 수은에 불을 지펴 풍기는 증기 냄새인 것만 같았다. 그러고 보니 나는 언제부터인가 중병을 앓고 있는 몸임에 틀림없었다. 어느새 작은 플라스틱 상에는 도토리묵과 막걸리가 날라져 와 있었다.

"손님, 드세요."

여자가 멍하니 앉아 있는 나를 환기시켰다. 내 병은 수은불로도 고칠 수 없는 병이라는 생각에 나는 외롭고 슬펐다. 산다는 것은 무엇이며, 태어난 것 자체가 헛되고 헛된 짓이란 말이냐.

결국 나는 그녀를 만나지 않고 되돌아오고 말았다. 그녀를 만나서 무엇을 어떻게 할 것인지부터가 막연했다. 그런 가운데 그곳까지 그렇게 도망쳐 헤맬 수 있었던 것만으로도 목적은 달성했다고 여겨졌던 것이다. 나는 다시금 내 길에서 도망치며 헤맬 수밖에 없음을 깨닫고 황급히 발길을 거두었다.

3

친구는 웬일인지 내 입산에 대해 명확한 대답을 하지 않고
며칠 묵으며 생각해보자고 했다. 따라서 기약 없는 하루하루
의 생활은 무료한 것이었다. 나는 안내책자의 내용을 되새기
며 이 봉우리, 저 봉우리를 오르내렸다. 산으로 가야겠다는 열
망은 일단 성취되었으나 아직 나는 근본적인 해결에 이르지
못하고 있었다. 우리가 태어난 핵심적인 목적은 어디에서 궁
구한단 말인가. 그리고 친구는 왜 나의 입산에 대해 미온적인
태도를 보이고 있단 말인가.

내가 오대산까지 가게 된 데에는 '여러가지 동기'가 있다고
했다. 물론 말했다시피 '본질적인 갈증'이 이야기되어야 한다.
그러나 그것은 자칫 잘못하면 일을 미화시킨다는 비난을 들을

위험이 있는 말이다. 또한 돌이켜보면 나라는 인간은 태어나면서부터 '본질적인 갈증'에 유난히 시달려왔다는 생각을 떨쳐버릴 수가 없다. 그러나 이것은 어디까지나 내적인 문제이다. 그러므로 제법 설득력 있는 보다 직접적인 하나의 동기를 제시하지 않으면 안 된다. 그렇다면, 나는 나의 불륜을 제시한다. 대학생이었던 그녀는 아내와 인척관계의 여자였다. 통행금지 때문에 갇히게 된 그때, 우리는 둘만이 한 공간에 놓여 있었다. 통행금지의 시대에는 그 때문에 많은 부작용을 낳았지만, 그중에서 가장 큰 부작용은 본의 아니게 인생의 진로를 바꿔놓는다는 점이었다. 실상 인생의 진로가 뭐 따로 있겠느냐는 말에는 막상 대꾸할 수가 없다. 인생은…… 인생이란…… 여전히 나는 막막한 상태인 것이다.

"이제, 어떻게 하나요?"

신비하고 두려운 순간이 어느새 지나고 난 다음에 그녀는 묻고 있었다. 고통의 시간이 지난 그때 나는 아무런 할 말이 없었다. 왜 그런 일이 벌어졌을까. 여전히 알 수가 없었다. 나는 그녀에 대해 애초부터 그와 같은 욕심을 갖고 있지 않았었다.

그 밤으로부터 상당히 오래전에 나는 그녀를 본 적이 있었다. 어느 날 저녁 무렵, 날은 어두웠고 내 발걸음은 나도 모르게 나에게 푸른 그림자의 설레는 환상을 보여준 사람이 있는 곳으로 향했다. 그 시각에 그녀는 교회의 성가대 옆 피아노 앞에 앉아 있을 것이었다.

"내 주를 가까이 하려 함은……"

창밖으로 불빛과 함께 찬송 소리가 흘러나왔다. 나는 뒤쪽 창문으로 해서 소나무 등걸에 올라서서 그녀의 모습을 훔쳐보고 있었다. 그때 누군가의 인기척이 느껴졌던 것이다. 나는 놀라서 나무에서 내려왔다.

"아닙니다…… 여기 반주자를 만나러 왔던 것입니다."

나는 황급히 말했다. 창문을 통해 예배 광경을 엿보고 있었던 것이 죄가 되는 것인지는 알 수 없었다. 그러나 나는 얼결에 그렇게 말하고 있었던 것이다.

"반주자를요? 저도 그런데요."

그러자 뜻밖에 상대방도 그렇게 말하는 것이었다. 그제야 나는 그 얼굴을 조금이나마 더 자세히 볼 수가 있었다. 웃음을 머금은 갸름한 얼굴은 모딜리아니의 여자를 연상시켰다. 그리하여 우리는 인사를 나누었다.

그런데 통금에 묶인 그날 나는 그녀를 범하고 말았다. 남자가 여자를 범했다느니 여자가 남자에게 당했다느니 하는 말은 어떤 위협을 가하지 않은 상태에서는 결코 합당한 말이 아니다. 여자란 그렇게 약한 동물이 아닌 것이다. 그러나 세상에는 그런 표현이 있다. 어쨌든 우리는 말하자면 함께 범법자가 되었다고 하는 편이 옳겠다. 그 뒤로 우리는 비밀스럽게 몇 번 더 만났다. 그녀와 아내와의 관계 때문에 내게 양심의 가책이 가해지면 가해질수록, 그 반작용으로 나는 비겁한 사랑의 맹세를 거듭해야만 했다.

"결혼하고 또 인생이 다하는 날까지 이 비밀의 사랑을 지켜나가야 해. 그래야 하는 거야."

그것은 비장한 말이었으나 또한 비참하고 헛된 말에 지나지 않음을 나는 잘 알고 있었다. 젊은 처녀인 그녀에게는 그녀로서의 인생 설계가 따로 있어야만 했다. 우리는 사랑할 수 있는, 맺어질 수 있는 사이가 아니었다. 하긴 인간은 한번 태어나 한번 죽는 것이라고 할 때, 한번 태어났음으로써 우주를 얻고 그리고 한번 죽음으로써 우주를 잃는다고 할 때, 그의 사랑이 어떠한 제약도 있을 수 없다. 우주란 무한하기 때문이다. 남녀 간의 사랑이란 우주를 관통하는 비의(秘意)인 것이다. 인간적인 갈등과 비애가 나를 괴롭혔다. 나에게는 훌륭한 아내가 있었다. 그러므로 겉으로 보기에는 모든 것은 평화스러웠다.

그녀가 한 남자를 만나 결혼을 약속하고 그 집을 드나든다고 했을 때도 나는 그것을 받아들여야만 했다.

그녀는 어쩔 수 없이 내게서 멀어져 가야만 했다. 마땅히 내게 있어서 불륜의 피는 내 몸에서 빼내버려야 하는 것이었지만, 어떤 피든 피를 빼낸다는 것은 쉬운 일이 아니다. 게다가 일부일처제라는 것이 인류가 발명한 가족제도 중에서도 가장 바람직하다는 견해에 대해 논쟁해보려는 마음을 바탕으로 단순하고도 심오한 소유욕이 꿈틀거리고 있었다. 나는 피를 빼내면서 그 여러 날을 비틀거렸다.

처음 그녀를 범하고 난 다음 날에는 그 어처구니없고 엄청난 일 앞에 나는 망연하지 않을 수 없었다. 그래서 어리석게도 죽음이라는 낱말을 머릿속에 떠올리기도 했었다. 그러나 그때는 그 낱말의 유혹은 그리 단순한 것이 아니어서, 내가 '어리석게도'라는 표현을 쓸 수 있는 이유를 갖게 된 것은 상당히 뒷날의 일이다. 하지만 '어리석게도' 아직은 남녀문제 때문에 삶을 등지는 젊은 남녀들이 많다. 이 세상에서 못다 한 사랑을 저 세상에서 완전하게 이룰 수 있기를 바란다고 말하면서 그 장애가 그렇게도 절체절명의 것인지에 대해서는 나로서는 할 말이 없다. 나는 다만 생명은 곧 우주와 동격이라는 말을 하는 것으로 그에 대신하고자 한다. 다시 말하면 성(性)이란 광대무변하고 신비한 우주 전체를 향한 대화라는 것이다. 불행하게도 여기에 인류가 만들어놓은 계율이라는 것이 있지만 이는 성 자체와는 무관한 이야기이다. 그러므로 성에 눈뜬다는 것은 그전까지 눈에 곧이곧대로 보이는 것만을 볼 줄 알았던 유아기적인 세계를 벗어나 눈에 보이지 않는 것까지 보려는 진정한 탐구의 세계를 엶을 뜻한다. 그래서 누구에게나 성에 눈뜸은 경이적인 것이다. 자신의 탄생의 비밀을, 알 수 없었던 막연한 갈증을 우리는 비로소 구체화시키는 것이다.

아버지가 박정희 장군 밑에서 법무참모로 있던 부산 시절, 나에게는 많은 개구쟁이 친구들이 있었다. 어느 날, 우리는 집을 나가 더 넓은 세계를 경험하겠다고 무작정 길을 떠났다. 어디로 가는지는 우리도 알 수 없었다. 먼 곳으로 떠난다는 목적만이 우리를 사로잡았다. 먼 곳으로 가다 보면 이상하고 신기한 곳에 이를 것이었다. 보물이 숨겨진 동굴도 있을 것이었고, 날개 달린 말과 아리따운 공주도 있을 것이었다. 아니, 적어도 우리에게 먹을 것을 나눠주고 차비 정도는 주는 사람이 있을 것이었다. 잠은, 여름이므로 문제삼을 것이 없었다. 한시바삐 어른의 세계로 들어가고 싶은 소년의 욕망이 일단 탈출을 시도한다는 것은 당연한 일이다. 그런 사실로 보아 어른이 되어서도 항상 모종의 탈출을 시도하는 나는 어떻게 되어먹은 인간인지 알 수 없는 것이다.

"가는 데까지 가보는 기라. 우리만의 세계로."

그러나 그것은 뜻대로 되지 않았다.

어른의 세계로 나아가고자 하는 욕구는 그것으로서 좌절과 성취를 함께 맛보고 한 고비를 넘었다고 생각되었다. 그러나 이번에는 확실히 다른 세계가 기다리고 있었다. 그들 가운데 한 소년으로부터 나는 이제껏 상상할 수 없는 행위를 배웠던 것이다. 나보다 한 살 위였던 그는 말했다시피 그의 큰형이 공동묘지에 가서 해골을 파왔다고 늘 자랑했기 때문에 내게는 좀 독특한 존재로 비친 소년이었다.

나는 생물 선생이 마치 중세의 서양 기사가 머리갑주를 팔에 끼고 등장하듯, 해골을 끼고 와서 망치로 탁탁 두드려 보여주던 장면이 떠올랐다.

"우리 형은 해골하고 같이 잔다. 히히히."

그는 일부러 망측하게 웃으며 으스댔다. 도무지 알 수 없는 노릇이었다. 공동묘지에서 해골을 파내 가지고 와서 함께 자는 형을 가지고 있다.

"우리도 파내러 언제 가자. 히히히."

무시무시하고 오싹한 말이 아닐 수 없었다. 나중에 나는 의과대학생들은 그렇게도 공부를 해야 한다는 사실을 알았다. 인도에서 그런 용도로 해골의 수출이 성행해서 인도 당국이 골머리를 앓고 있다는 해외 소식도 그 일을 쉽게 납득하게 하는 데 도움이 되었다.

그때로서는 괴기스럽기 짝이 없는 형을 가졌기 때문에 남다른 존재였던 그는 평행봉과 〈낙동강〉 노래를 잘해서 내게는 부러운 존재이기도 했었다.

"니 오늘 밤 나올 수 있재?"

어느 날 상업학교 철조망의 개구멍을 기어나오던 그가 내게 물었다.

그의 눈빛에 평소와는 달리 음침한 빛이 서려 있었다. 나는 긴장했다. 드디어 해골을 파러 가자는 날이 되었는지 모른다.

"뭔데?"

나는 쭈뼛거렸다. 플라타너스 그늘에 가린 그의 얼굴도 해골처럼 보였다.

"이사 가서 빈집이 있는데 거기서 놀자. 담배도 한 갑 사오고."

그 정도면 안심해도 좋을 평범한 제안이었다.

"담배 없는데."

아버지가 보루째 사놓고 피우는 양담배는 두 갑이 남아 있었다. 단 두 갑만 있는 것을 꺼내오기에는 위험 부담이 컸다. 그것은 동전 한 면을 갈라내 가는 것과 같았다. 그러나 그날 저녁 빈집의 의식(儀式)에 참가하는 내 손에는 그 동전 한 면이 쥐어져 있었다.

밤이 잦아들고 어둠이 짙어지자 자리에 누운 우리는 전등을 껐다. 모두들 잠을 청해야 할 때가 되었다. 하지만 나는 쉽사리 잠이 안 와 어둠 속에 눈을 끔벅이고 있었다.

"자나?"

마침 옆에 누웠던 그가 물었다. 그는 내가 안 잔다는 사실을 알고 물은 것이었다. 그러자 그가 내 손을 잡아 이끌었다.

"자, 이걸 잡고 안 있나. 흔드는 기다."

엉겁결에 그의 손에 끌려내려간 내 손에 살 막대기 같은 것이 닿았다. 물론 그것이 무엇인지는 나는 알고 있었지만 남의 것이 손에 쥐어지자 세상에 이런 것이 있었던가 하는 의문과 함께 호기심과 죄의식이 가슴으로 밀려왔다.

"니 맘껏 흔드는 기다. 니 맘껏."

도대체 흔든다는 말이 뜻하는 행동은 어떤 것일까. 아마도 이승만 대통령이 부산에 내려왔을 때, 멀리 수영비행장 근처까지 동원되어 가서 흔들었던 깃대처럼 흔드는 것일 게다. 그때 늙은 대통령은 프란체스카 여사와 나란히 앉아 다정하게 웃음을 띄워 보였었지.

"그지 말고. 좀 시원스럽게 못하나. 신나구로."

그는 다정한 웃음 대신 불만을 토로했다. 나는 아무래도 깃대를 잘 못 흔드는 모양이었다. 그는 내 손 위에 그의 손을 덮어서 꼭 쥐고는 흔드는 방법을 시범적으로 지도해주었다.

"좀 더 빨리. 그래, 좀 더 빨리."

나는 대통령을 향해 빠르게 움직였다. 그의 숨결이 한결 높아졌다. 그리고 얼마 뒤에 그는 그에게서 생명을 뽑아낸 내 작으나 위대한 손을 뿌리쳐버렸다. 그것이었다. 이렇게 해서 그는 내게 평행봉과 〈낙동강〉 노래보다 훨씬 심오한 세계가 있음을 가르쳐주었던 것이다.

그 어둠 속에서의 악마의 행위는 곧 내게로 전염되어 나를 병들게 했다. 내가 그 지극히 자연스러운 행위를 악마의 것이라고 말하는 까닭은 이를테면 추기경 같은 사람은 결코 그런 행위를 하지 않으리라는 추측을 배경으로 한다. 그러나 바로 얼마 뒤에 나는 변소에 들어가 바지는 무릎께에 내려 더 이상 흘러내리지 않도록 두 다리를 벌리고 한참 그 짓을 하다가 운수 사납게도 어머니에게 들키는 봉변을 당했다. 문을 잠그지 않은 것이 결정적인 실수였다. 내가 쥐구멍으로라도 들어가고 싶었던 것은 중학교 2학년의 어린 소년이어서일 뿐이 아니라 나아가 인간이란 고등동물이며 문명인이기 때문이라고 믿고 싶다.

나에게 그 행위를 가르쳐준 그와 다시는 그런 일이 없었다. 해골을 파내러 가지도 않았다. 나는 서울로 떠나왔던 것이다. 이 점은 5·16 군사정변에 내가 감사해야 할 부분이다.

성은 그렇게 스스로의 몸속에서 다른 세계를 꿈꾸는 방법을 정확하게 제시하면서 우리들에게 다가온다. 그로부터 거의 삼십 년이 지난 지금 나는 한 청년의 다음과 같은 고백을 듣는다.

"씨발, 그게 하고 싶다 이 말입니다. 그래서 밤마다 딸딸이를 치지만 그거론 안 됩니다. 그게 하고 싶다 이 말입니다."

그는 술에 취해서 눈을 게슴츠레 뜨고 물에 빠진 사람처럼 두 손을 허위적거렸다. 그 말에 대해 내가 할 수 있는 조언은 고작 여자를 사귀어보면 어떻느냐는 진부한 말이었다.

"여자는 싫다 이 말입니다. 오로지 그게 하고 싶다 이 말입니다. 전 제가 속물, 아니 속속물이기 때문에 여자들의 속물성에 대해 잘 알고 있다 이 말입니다. 여자는 필요 없는데 그게 하고 싶다 이 말입니다. 아시겠습니까?"

나는 심각한 고민에 빠졌다. 그치 말의 요체를 해석하자면 이렇다. 사랑 따위 골치 아픈 것보다 단순한 성교만을 원한다는 그것만이 자신을 구제해줄 수 있다. 맞는가? 인간의 여자보다 동물의 여자를 원한다. 맞는가? 그러나 알쏭달쏭하게 들리면서도 매우 명료한 말이다. 간단하게 해석하면 쉬운 배설구가 필요하다는 말이겠는데, 이로써 "남자란 전 세계 여자란 여자 모두에게 자기 아이를 배게끔 하고 싶은 욕망을 가진 자"라는 어느 일본 여승(女僧)의 말을 다시금 떠올리게 되어 나는 쓸쓸한 웃음을 머금을 수밖에 없었다.

내가 그 통금시대에 범한 행동도 결국 그런 것이었을까. 이에 대해서 나는 단정적인 답변을 보류하고자 한다. 나는 아직 나를 연구하고 있는 중이기 때문이다. 내 몸속의 피가, 잘못된 사랑의 거멍빛 피가 다 빠져 나갈 때쯤은 나는 거의 가사상태에 빠져 있었다. 나는 현실인지 꿈인지조차 모를 상태에서 거리를 헤매고 다녔다. 나는 마치 해파리처럼 희미한 몸뚱이를 하고 있었을 것이다. 어느 날 그녀가 자기의 약혼자를 만나러 가는 날 저녁에 나는 약속 장소 앞까지 그녀를 바래다준 적도 있었다. 당연한 일이었음에도 불구하고 터무니없는 질투와 시기와 실의가 콩켸팥켸로 뒤엉켜 진눈깨비가 되어 가슴과 얼굴에 짓뿌려졌다. 그러나 나는 그녀를 정당한 남에게 인계해야 하는 것이었다. 그녀는 냉정하고도 침착했다. 여자들이 이성을 찾고 도리를 찾는 것은 사랑을 거절한다는 뜻이다. 사랑에 빠진 여자는 아버지고 아이고, 심지어는 자기 자신의 가장 중요한 것까지도 버린다. 여기에 여자에게 가장 중요한 것은 정조가 아니라 비밀이라는 각주를 달아놓을 필요도 있겠다.

가증스러운 약혼자 녀석에게 그녀를 바래다주고 돌아오는 밤길은 현실에서도 진눈깨비가 몹시 휘몰아쳤다. 나는 유령이 되어 그녀의 옷자락에 붙어다니며 약혼자와의 관계를 감시하고 그 녀석이 그녀의 옷을 벗기려 든다면 손이라도 깨물어뜯을 수 있기를 원하는 자신을 발견했다. 그런 다음 순간, 그녀 스스로가 옷을 벗을 때는 속수무책이라는 생각이 들자 자포자기상태에 빠졌다. 누구 맘대로 유령이 되어 남의 옷자락에 붙어다니라고 했단 말인가.

나는 해파리처럼, 아니 진눈깨비를 뒤집어쓰고 있었으므로 냉동궤짝에서 꺼낸 물오징어처럼 되어 무엇인가에 대해 끊임없는 저주를 퍼부었다. 나를 이렇게 나락에 빠뜨린 자는 누구냐? 아무도 다른 사람은 없었다. 어느 날 밤, 나는 순식간에 악마가 되어 있었다. 밤늦도록 진눈깨비 속을 허깨비처럼 되어 헤매다니던 나는 하나의 결론에 이르렀다. 그것은 피곤에 지친 결과 하는 수 없이 이른 결론이었다. 하지만 여기에도 역시 소월적(素月的)인 정도의 악마성은 깃들어 있었다. 그것은 '보내드리우리다'라는 결론이었다. 그러나 악마성을 뒤로 숨기고 나를 순화시키기 위한 시를 한 편 쓰기로 한 것은 훨씬 지난 어느 봄날의 일이었다.

지난겨울 까마귀 울던 하늘이 이 봄 뻐꾸기 우는 하늘로
맞바뀐 것이 살 터지고 뼈마디 으깨지는 일에 다름아닌
사람 있겠지요.
눈 덮인 이웃 마을을 지나 웬 저승까지 흘러갔다가
두견화(杜鵑花) 한 송이로 넋 피는 사람의 일이나,
눈부신 것 다 사라진 그믐 밤길의 소리 죽인 눈물이듯
그림자도 노래도 없는 캄캄한 캄캄한 일 모두
지난겨울 그대 젖은 눈시울을 가리고 온 강산을 가린
눈보라 아래서 차마 비롯된 것임을 겨울 한창 지난 뒤
한결 알 사람 있겠지요.

여기에 불륜의 피를 제사 지내는 어느 한 구절이 있는가? 나는 모든 일을 장막 뒤로 감추어두고 싶었던 것이다. 이로써 하나의 종지부는 찍혔다. 그런데 내가 피를 빨리면서 현실인지 꿈인지 모를 시간 속을 헤매고 있을 때, 내 허리를 스쳐간 하나의 사건이 있다. 누군가 나를 찾아왔길래 자세히 보니 그녀를 쫓아다니던 사내였다. 쾡한 그 눈으로 그 얼굴 역시 해골을 연상시켰다. 그는 이야기나 좀 하려고 왔다고 했다. 어느 술집의 드럼통 연탄화덕 앞에 앉아서 그는 다짜고짜로 그가 그녀와 육체관계를 맺었다고 고백했다. 그런 것을 무엇 때문에 내게 고백해야 하는지 알 길이 없었다. 나는 별로 관심이 없는 척 듣고만 있었으나 실은 내 가슴은 뛰고 있었다. 나는 그런 말을 왜 하는지를 물었고, 그는 그럼에도 불구하고 자기를 따돌리고 있다고 한탄했다.

내가 그게 언제였냐고 묻자 그 정확한 날짜까지 짚어 알려주었다. 그것은 내가 그녀를 범한 바로 그다음 날이었다! 내가 죽음을 생각했던 바로 그날이었다! 그렇다면 정말 확실히 '어리석게도' 죽음을 생각하고 있었던 것이다. 나는 그의 한탄에 일리가 있다는 듯 한탄했으나 우리 두 사람의 한탄은 전혀 다른 종류의 것이었다.

그가 해골같이 비장한 얼굴을 그대로 가지고 간 다음에도 내 한탄은 쉽사리 멈추지를 않았다. 그리하여 일찍이 죽음을 생각했었으므로 나 역시 해골같이 변했을 얼굴로 그녀에게 따져 물었다. 따지고 뭐고 그런 행동은 그녀 자신만이 따질 권리를 지니고 있음을 모르는 바는 아니었지만 나는 그때나 지금이나 아는 바대로 행하는 인물은 못 된다.

"왜 그런 일을 했지?"

나는 괴로워서 죽으려고까지 했다고 멍청스럽게 덧붙였다. 그녀가 다른 녀석과 관계를 맺고 있는 시간에 나는 하마터면 죽을 뻔하였다. 그녀의 얼굴에는 얼핏 난감한 빛이 어렸다.

"걔가 그런 걸 다 말했어요?"

그러면서 하는 그녀의 대답은 엉뚱했다. 그러고는 덧붙이듯 변명했다.

"걔하고는 너무나 아팠어요."

이 말에 갈피를 잡을 수가 없었다. 이것이 변명이 되는 것일까? 내게 위안을 주고자 하는 말일까? 그러나 나로서는 이러쿵저러쿵 따질 권리가 없었다. 나는 공연히 참담한 표정을 짓고 물러섰다. 하지만 나는 분명히 공범을 얻었고, 따라서 마음의 부담은 한결 덜어진 셈이었다. 그럼에도 불구하고 나는 피가 빠져나가도록 절망과 싸우지 않으면 안 되었다. 이렇게 하여 하나의 사건은 결말에 이르렀다. 여기서 간단하나마 덧붙여 둘 것이 있다면 얼마 안 가서 결혼을 했다는데, 그 약혼자가 아닌 다른 남자하고서였다는 것이다. 그녀가 결혼한 지 일주일이 지난 어느 봄날 나는 친구 동생의 결혼식에 참석했다가 그 약혼자를 만났다. 우리는 그전에 몇 번 만난 적이 있었다. 그는 내게 반갑게 인사했다. 그리고 그녀에 대해서 이야기했다.

"우린 요새 좀 바빠서 못 만났어요. 우리도 빨리 식을 올려야 할 텐데."

그는 빙긋 웃었다. 그 사실을 모르고 있었단 말인가? 나는 그가 나를 놀리는 줄 알고 빙긋 웃는 그 웃음 뒤로 그의 얼굴을 유심히 살폈다. 놀리는 것이기는커녕 그는 침울할 정도로 진지했다.

오대산의 나날은 매우 어정쩡한 나날이었다. 그러지 말자고 하면서도 은근히 기다려지는 진부 처녀, 가타부타 말없이 연등을 만들기에 여념이 없는 친구, 절 뒷방에 누워서도 방황하는 나. 옛날 '신라의 보천과 효명이라는 두 왕자가 이곳에 중대와 북대 밑에 푸른 연꽃이 핀 것을 보고 그 자리에 풀로 엮은 집을 짓고 불법을 닦았다'는 기록을 마음에 담아, 언감생심 나도 푸른 연꽃을 볼 수 있을까 하여 중대와 북대 사이를 오락가락하기도 하고, 기념품 가게 앞에 좌판에서 감자부침개를 사먹기도 하면서 보내는 것이 고작이었다. 푸른 연꽃은 없었다. 믿는 마음은 없이 도피하다시피 온 내게는 푸른 연꽃이 피었다 한들 볼 눈도 없었다. 어느새 입산하겠다는 얼토당토않은 의지는 덧없이 지는 꽃처럼 시들어가고 있었다. 친구가 말없이 연등 만들기에만 매달려 있는 것은 내게 제풀에 흐지부지되기를 기다리기 때문인지도 모른다고 나는 생각했다.

그런 중에도 내가 아내를 버리고 왔다는 사실에 대해서는 조금도 거리낌이 없었음은 놀랄 만한 일이었다. 나는 오랫동안 아내에게 헤어질 것을 요구했고 시사했었다. 그때마다 아내는 시인으로서의 나라는 존재에 의지하고 있는 자신의 아내로서의 존재를 설명하곤 했었다. 생활을 위하여, 손가락으로 〈피아노의 시인〉을 건반 위에 올려놓을 때, 머릿속에는 한 집안의 남편 시인이 자리 잡고 있어야 안정이 된다는 뜻이리라. 그런데도 나는 걸핏하면 헤어짐을 거들먹거렸다. 이야말로 가소로운 자기확인의 방법이었다. 내 본심은 결코 헤어짐을 바라지 않고 있었다. 그 반대였다. 그러나 입은 반대의 반대를 주장하고 있었다. 정치가들이 흔히 그렇듯이, 즉 나는 그녀가 헤어지다니 그게 무슨 말이냐고, 더욱더 꽁꽁 그녀를 묶어 두고 내게 지지를 표명하도록 요구하고 있었던 셈이 된다. 이런 점에서 나 역시 모든 세상 남자들과 마찬가지로 자기 여자에게 만성적인 투정을 부리고 있었던 것이다.

남자에게 여자를 향한 투정을 빼면 무엇이 남겠는가? 오늘 금방 인생의 낙오자가 되거나 어지자지가 되고 말 것이다. 남자가 여자를 보호하고자 하는 속셈은 그래야만 투정부릴 대상을 온전히 얻을 수 있기 때문이다.

그런 의미에서 내가 푸른 연꽃을 보고 싶어서 눈을 씻고 중대와 북대 사이를 오르내린 것을 대입해볼 수 있다. 푸른 연꽃이란 없다. 그렇다면 옛사람이 본 푸른 연꽃은 무엇이었을까? 어느덧 그것을 나는 내 뇌리에 들어와 어른거리는 푸른 그림자와 연결시켜보고 있었다. 나는 강렬하게 마음속에 살아가는 사랑의 힘을 느꼈다. 푸른 연꽃이란…… 있다!

어느 날 나는 기념품 가게 옆의 좌판에서 감자부침개를 먹으면서 이런저런 회상에 잠겨 있었다. 이제는 속세로 되돌아가리라 마음먹고 있었다. 지겨운 도피생활이 계속될지라도 언젠가는 막을 내릴 시간을 그 삶 속에서 맞이하리라.

이 산속에 온 뜻은 푸른 연꽃에 푸른 그림자를 끌어낼 수 있었으므로 충족되었다고 여겨졌다. 그러면서 행복한 회상에 젖었다.

그것은 얼마 전에 받았던 전화와 연결된다. 들려오는 여자의 목소리는 독자로서 한번 만나고 싶다는 것이었다. 어두컴컴한 지하다방에 그녀는 먼저 와 있다가 내가 들어서자 일어나 맞았다. 나는 조금은 어색한 분위기에 멋쩍어 담배를 피워물었다.

"뭘 드시겠습니까?"

"선생님 좋으실 대로요."

찻잔을 앞에 놓은 나는 두서없이 막연한 이야기를 엮어나갔다. 그런 도중에 그녀는 그녀의 이름을 밝혔다. 상당히 흔한 이름이었다.

"예전에 그런 이름을 가진 사람을 만난 적이 있지요."

나는 그녀의 이름과 관련하여 털어놓기 시작했다.

그것은 지금으로부터 이십 년도 더 넘은 고등학교 시절의 어느 여름날…… 나는 지친 몸으로 부산에서 서울로 가는 밤열차를 타고 있었다. 그때 나는 부산의 시 쓰는 친구를 만나고 돌아오는 길이었다. 여름방학이 마악 끝나가고 있을 무렵이었다. 고등학생의 신분에 완행열차나마 탈 수 있는 차비가 있다는 것은 흥감한 일이었다.

여름이라 열차 안은 퀴퀴한 땀냄새를 가득 담은 채 여간 후텁지근하지 않았다. 더군다나 자리를 잡지 못한 나는 서서 갈일이 내심 켕겨 이를 어쩌나 하는 심정으로 멍하니 앞쪽만 바라보고 있었다.

이윽고 열차는 달리기 시작했고 곧 시가지의 불빛도 멀어졌다. 철커덕, 철커덕, 철커덕, 철커덕. 열차의 바퀴가 레일을 밟는 소리는 그 하나하나의 쉼표이자 마침표였다. 마치 우리들이 살아가는 이 과정의 순간순간들이 쉼표이자 마침표이듯이.

이 소리에 귀를 기울이고 나는 내 앞에 다가올 미래의 일들에 대해 막연한 기대와 불안을 함께 감지하고 있었다. 미래의 나는 과연 어떻게 되어 있을까. 나는 과연 무엇인가 해낼 수 있을까…… 그때 나는 열아홉 살이었다.

밤에 완행열차를 타본 사람은 알 것이다. 어둠은 끝이 없고 그 끝없는 어둠 속을 그 스스로 어디로 달려가는지도 모른다는 착각에 빠질 때가 있음을. 그래서 밤열차의 창가에 비치는 불빛은 외롭게 이는 것이다.

어두운 밤에 홀로 어디론가 가고 있는 우리들의 삶이 외로운 것처럼 그 불빛은 외로운 것이라. 그리하여 열아홉 살에 그 삶의 한가운데에 외로움을 핵(核)으로 갖지 못하는 사람이야말로 불행한 사람임을 나는 알고 있다.

아마도 열차가 낙동강을 옆에 끼고 달리던 무렵이었을 것이다. 의자의 등받이에 몸을 비스듬히 기대고 있던 나는 얼마 떨어지지 않은 곳에 역시 서서 가고 있는 여학생 하나를 발견했다. 박꽃같이 흰 교복 윗도리 위에 동그라미같이 동그란 얼굴의 여학생이었다. 내가 쳐다보자 그쪽에서도 나를 마주 쳐다본 것 같았다.

숫기 없는 내가 그때 무슨 만용으로 그랬는지 모른다. 나는 슬그머니 입구 쪽으로 나가서, 그녀 아니 그 애가 나를 한번 보아주기를 기다렸다. 아니나다를까 그 애의 얼굴이 내게로 향했다. 나는 그 애에게 나오라고 손짓을 했다. 내 깐에는 대담한 시도였다.

만약에 내 손짓을 무시해버린다면 낭패였다. 그러나 다행히도 그 애는 내 손짓을 무시하지 않았다. 혼자 서서 가기가 지루했기 때문인지 아니면 나처럼 외로움을 느끼고 있었던 때문인지는 알 필요가 없는 일이었다. 우리는 어쨌든 만났던 것이다.

승강대의 문짝을 닫고 쇠발판을 내리자 그곳은 한쪽이 통로로 열려 있기는 해도 우리들의 밀실이 되었다. 승강대의 문짝에는 유리가 깨어져 있었던가. 바람이 불어 들어와 그 애의 단

발머리를 날렸다. 그리고 그제야 나는 그 열차가 캄캄한 어둠 속을 달려가는 게 아니라 달빛 속을 달려간다는 사실을 알았다. 달빛을 받은 그 애의 얼굴은 더욱 동그랗게 밝게 빛났다.

"몇 학년인지 알아맞춰볼래?"

나는 제의했다.

그 애가 검지손가락 하나를 뻗쳤고 나는 머리를 가로저었다.

다시 그 애가 검지와 중지를 뻗쳤으나 나는 머리를 가로저었다.

그제야 그 애는 눈을 크게 뜨며 세 손가락을 뻗쳤다. 나는 머리를 끄덕였다. 1학년의 애송이 소녀였던 그 애는 방학을 맞아 부산의 언니집에 다녀오는 길이었으며 대전에서 내려 호남선 열차로 갈아타야 한다고 했다.

우리가 무슨 이야기를 나누었는지는 도무지 기억할 수 없다. 다만 대전까지만 해도 꽤 긴 시간이 아쉽게 여겨졌던 것은 그 아쉬운 감정만을 지금도 추억의 화로 속 재를 뒤집으면 빠알간 불씨로 남아 있다.

어쩌면 우리는 몇 번인가 서로의 손을 스쳐 잡았는지도 모른다. 밤열차에서 만나 밤열차에서 헤어질 운명이 왜 그렇게 나를 못 견디게 안타깝게 했던지! 그리고 그날따라 달빛은 또 왜 그렇게 교교하게 밝았던지!

서울로 돌아온 나는 결국 그 애에게 편지를 보냈고 그로부터 몇 번인가 편지를 주고받았다. 그러다가 내가 대학에 들어감으로써 서로 편지도 끊기게 되었다.

이렇게 이야기를 늘어놓다 보니 나는 독자인 그녀 앞에서 실로 엉뚱한 넋두리를 한 셈이었다. 나는 그만 멋쩍어 애꿎은 담배만 피워 물었다. 그때 다소곳이 앉아서 듣고만 있던 '독자'의 눈빛이 유난히 반짝인다고 생각되었다.

"선생님, 그게 바로 저예요!"

그 소리에 나는 그만 숨이 막히는 듯했다. 아, 이십 년도 더 넘은 세월이 거기에 있었다. 그러나 지나놓고 보면 그 세월도 잠깐, 오직 한순간의 장면만이 마치 기념사진처럼 남아 있는 것이다.

그러므로 우리는 지금 우리 옆을 스쳐지나가는 순간들을, 순간의 빛과 어둠들을 붙잡지 않으면 안 된다. 그 빛과 어둠으로 한 장, 또 한 장의 기념사진을 영원 속에 찍어두지 않으면 안 된다. 삶이란 하나의 과정으로서 오로지 흘러가는 이 순간들을 말하는 것이다.

그 이야기는 좀 더 계속된다. 그 애가 서울까지 나를 찾아온 것은 이듬해 여름방학이었다. 아버지의 참담한 몰락으로 우리는 변두리로 이사를 했는데, 예전 주소로 찾아갔던 그 애가 동네 아주머니 하나를 안내자로 끌고 그 변두리로 나타났던 것이다. 저녁 어스름 속에 서 있는 그 애를 보고 나는 놀랐다. 편지가 끊김과 함께 나는 그 애를 거의 잊다시피 했었다. 나는 집 옆 야산 기슭을 좀 걷자고 어색하게 말했다.

"어떤 여대생과 사귄다면서……"

그 애는 조심스럽게 확인하려 하고 있었다. 안내를 해준 동네 아주머니에게 들었다는 것이었다. 부정할 수 없는 일이었다. 그때 나는 마악 푸른 그림자의 그늘에 내 눈길을 주고 있던 무렵이었다. 대학생이라는 낱말이 웬일인지 아프게 다가왔다.

"응…… 뭐…… 그건 그렇고 저 동산 위에 올라가 얘기나 좀 하도록 해."

나는 얼버무렸다. 여기까지 찾아온 사람에게 어떤 종류의 실망을 주어야 한다는 사실은 괴로운 일이었다. 나는 남에게 실망을 주지 않으려고 애쓰는 나머지 나 자신에게 실망을 주는 경우가 종종 있다. 그러니까 그 애가 먼저 사실을 탐지했다는 것은 고마운 일이었다. 나는 얼버무리는 선에서 적당히 넘어가주기를 바라고 있었다. 그러나 내가 "응…… 뭐……" 하고 대수롭지 않게 넘기려 했음에도 그 애의 태도는 이미 딱딱하게 굳어 있었다. 순간적인 실망과 체념이 그 애를 감싸고 지나감을 나는 감지할 수 있었다. 나는 길도 제대로 나 있지 않은 동산 위로 달맞이꽃 줄기들을 헤치며 올라갔다. 뒤따라 오르는 그 애의 스커트 밑으로 드러난 맨종아리에 휘감기는 풀 때문에 애를 먹는 모양이었다. 그 애는 어떤 종류의 미래를 이야기하고 싶어서 온 것이었다. 하지만 그런 처지가 못 되고 애꿎은 풀줄기만 종아리에 휘감기는 것이었다.

동산 위에 앉아서는 도무지 할 말이 없었다. 그동안 어떻게 지냈느냐는 안부를 묻는 게 고작이었다. 그동안 그 애는 언니가 있는 부산으로 가서 학교에 다니고 있다고 했다. 우리 사이에 가로막힌 '여대생'의 존재가 어른거려서 아무런 실질적인 대화는 이루어질 수가 없었다. 오히려 그 애로서는 찾아왔다는 그 사실조차도 후회하는 듯하였다. 당연한 일이었다. 시간이 갈수록 우리 사이의 어색함은 더욱 굳어갔다. 어느 순간에 내 손등에 언뜻 스친 그 애의 브래지어의 감촉이 유난히 딱딱하게 느껴진 것은 그것이 이른바 '공갈' 브래지어이기 때문만은 아니라고 나는 느꼈다. 그리고 우리는 일단은 영원히 만나지 못할 사이로 멀어져갔다. 그 애는 여고 2학년 학생이었다.

회상에 젖어 있던 나는 문득 놀랐다. 누구인가 하고 나는 눈을 비볐다. 나는 푸른 연꽃을 보고 있다고 생각했다. 그럴 리가…… 뜻밖에도 내 앞에 서 있는 것은 아내였다.

"어떻게 여기까지……"

나는 여전히 눈을 의심하고 있었다. 그것은 분명히 아내의 모습이었다. 내가 대학생일 때, 아버지의 불행으로 내 하루 용돈이 버스표 두 장이었을 때, 담뱃값과 술값을 대주던 그 여자였다. 그리고 아이를 가져 입대 대신에 결혼을 하기로 결단을 내렸을 때, 스스로에게 갈 패물을 스스로 장만해 내 손에 쥐어준 그 여자였다. 나는 그 모든 순간순간들을 잘 기억하고 있었다. 그 순간순간들은 모두 제각기 하나의 영원이었다. 영원이란 사랑의 획득을 깨닫는 순간을 일컫는 이름이다. 그녀가 일 년 남짓한 공백 끝에 곰 외투를 입고 다시 온 이래 우리는 더욱 급속도로 가까워졌다. 나는 다시금 내 삶에 던져진 푸른 그림자를 보았던 것이다. 그렇다면 지난 일 년 남짓한 공백 기간 동안 내게 있었던 한 사랑 이야기를 하고 넘어가는 것도 필요한 일이겠다. 그동안의 공백을 두고 나는 '누군가가 틈입할 수 없었음이 증명되었기 때문'에 '그것은 차라리 공백이 아니었다'고 썼었다. 그래서 그 이야기를 하지 않으면 안 된다. 사실

진실되게 말하자면 사랑은 그것이 비록 하룻밤의 풋사랑이라 할지라도 만리장성을 쌓을 만큼의 역사를 남길 수 있고 또 남겨야 한다. 우리들 삶이 특별한 목적이 있는 것이 아니라 다만 과정이라고 할 때 그 하룻밤의 역사도 훌륭한 진실이다. 그래서 세상의 남녀들에게는 흔히 불륜의 보금자리가 마련된다.

내게 주어진 기회를 헛되이 보낸 저 미수의 밤이 지나고 그녀가 떠나간 뒤로 나는 모든 일이 여의치 않은 채 헤매 다니고 있었다. 자살을 꿈꾸던 왕년의 혁검 검사가 허탈한 눈초리로 과거와 미래를 바라보고 있는 집 안 공기도 내게는 견딜 수 없는 것이었다.

"알라스카를 친 거다. 알라스카를."

아버지는 함경도에서 태어난 죄밖에 없다고 항변하고 있었다. 훨씬 뒤에 나는 알래스카의 앵커리지 공항을 지나는 로미오 20 항로에서 그 삼림과 하천을 내려다보며 아버지의 말을 떠올렸었다. 그 대자연은 무궁무진한 자원의 보고라고 하였다. 그런데 한국의 알라스카라는 함경도에서 태어난 것이 한이 되는 세월이 있었던 것이다. 그러나 아버지가 끈질긴 희망을 버린 것은 결코 아니었다. 서울에 함경도식의 아바이 순대가 명맥을 유지하고 있는 것이 희망이었듯이.

"일시적인 일일 게야. 각하가 건재하는 한. 각하가……"

박정희는 이율배반으로 아버지 위에 군림하고 있었다.

나는 그 분위기가 역겹고 지겨웠다. 그래서 한 재수생 계집애를 꼬시기로 작정했다. 그것을 그리 불순한 마음으로 여기지는 말길 바란다. 그 애가 사정거리에 들어온 것은 한두 번 만난 적이 있기 때문이었다. 그러나 그 애가 어린 나이답지 않게 인생에 대한 근본적인 물음에 사로잡혀 있는 것이 피곤하게 느껴져서 나는 그 애에게 거리를 두었었다. 왜 사냐고 물으면 그냥 웃기만 하는 철인이 나는 못 되었다. 나는 약간의 정신적인 피곤함을 감수하는 대신 육체적인 향락을 소유하기로 결단을 내리고 어린 육체를 향해 긴 편지를 썼다. 물론 성급하게 당장 육체를 요구하는 어리석음을 범하지는 않았다. 막상 편지를 쓰기 시작하자 동물적인 욕망이 눈앞을 흐리게 했으나 나는 감쪽같이 호도하며 제법 사색적이고 문학적인 구절들을 나열하였다. 의도는 적중했다. 그 애는 갈래머리를 땋고 곧 나를 졸졸 따라다니기 시작했다.

그런 어느 날이었다.

"나, 보여줄 게 있는데."

그 애가 매우 은밀하게 말하는 것이었다.

"뭔데?"

그것은 서울의 저녁 거리에서였다.

"글쎄…… 망설여지기도 하고…… 어째야 되는 건지 잘 모르겠어요."

그 애는 여간 쭈뼛거리는 게 아니었다.

"뭘 가지고 그래?"

그렇게 망설이고 쭈뼛거릴 무엇이 있을 것 같지 않았다.

"말할 순 없어요."

그 애는 도리질을 했다.

"내놔봐."

나는 손을 내밀었다.

"이건데…… 글쎄 어쩔까요."

그 애는 흰 사각봉투를 손에 들고 있었다. 봉투는 얄팍했고 따라서 속에 든 내용물도 겨우 편지 한 장쯤 되어 보였다.

"별일 다 보겠네. 뭐가 그리 중요하다구."

나는 낚아채다시피 봉투를 빼앗아 들었다.

"보구 나서 뭐라 그러진 마세요."

어차피 보여주려고 가져온 것이었다. 나는 봉투를 열고 내용물을 꺼냈다.

"이게 뭔데?"

그것은 작은 메리야스 조각이었다.

"사실 보여주고 싶진 않았지만……"

그 애는 말꼬리를 흐렸다. 그것은 손바닥보다도 작은 메리야스 조각이었다. 그리고 나는 그것이 더 구체적으로 무엇인지 이미 알아보고 있었다. 가운데에 마치 감물을 들인 것처럼 묻어 있는 핏자국, 팬티 조각이었다.

그것을 보고 나는 왜 뜻밖의 것이라고 느꼈을까. 더군다나 나는 그 애가 처녀라는 사실을 의심조차 하지 않았던가. 그런데도 그것은 뜻밖이었다. 내가 그렇게 느꼈고 또 약간의 불쾌함을 가졌던 것은, 그 애를 일시적인 쾌락의 수단으로 삼으려 했던 속셈이 있었기 때문인지도 모른다. 이 경우 분명히 남자는 뒤따라올 책임감에 반발하게 된다. 나는 단순히 즐긴 것이었지 처녀성이니 뭐니 하는 골치 아픈 것을 요구한 것은 아니었다. 그러므로 장 자크 루소처럼 '열아홉 살이나 먹은 처녀가 아직도 파리에 있었다니!!!!!!!!!!!……' 하면서 느낌표를 늘어놓을 마음은 추호도 없었다. 그 전날 밤에 무악산(毋岳山)의 참나무 숲속에서 그 애의 팬티에 핏자국이 묻게 되기까지는 많은 준비과정이 있었다. 그 많은 날들 우리는 서로를 애무하는 동작을 익혔다. 그 애는 작은 엉덩이를 가진 데다가 그 무렵은 여러 종류의 다양한 팬티가 없어서 항상 헐거운 팬티를 입고 있었다. 그래서 입고 있는 채로 한쪽으로 젖히면 내가 원하던 중심부를 내게로 드러내게 할 수가 있었다. 나는 미끈거리는 거기에 내 손가락을 가져갔으며 입술과 혀를 가져갔었다. 그때 그 애는 열아홉 살이었으며, 불문학도 지망 재수생이었다.

그 애와의 결말은 이상하게 찾아왔다. 그 애가 느닷없이 결별을 제의하고 나섰던 것이다.

"우리 이젠 헤어져요."

아무런 명확한 이유는 없어 보였다. 나 역시 이러쿵저러쿵하지 않고 그러자고 동의했다. 나중에 면밀하게 따져본 결과 그 애의 제의는 짐짓 그래본 것에 지나지 않은 것 같았다. 일종의 사랑투정이라고 해석해도 좋을 것이다. 그 애는 결단코 진정으로 헤어질 의사는 아니었다. 그 애는 얼마 지나지 않아 붉은 루즈를 바른 입술 모양을 여러 개 그려 넣은 편지를 보내왔고 다시 만나자며 키스! 키스! 키스! 키스! 키스! 키스! 하고 적고 있었던 것이다. 그러나 운명은 그렇게 되지 않는다. 그 애의 공연한 사랑투정에 대해 나는 무악산의 참나무 숲속에서 이별의 눈물을 찔끔거림으로써 답해주었고 내 감정은 그로써 새로운 세계를 향해 나아갔다. 그 애의 헤어지자는 제의는 매우 적절한 때 이루어진 셈이었다. 나는 그것이 공연한 사랑투정임을 알고서도 단호히 거절할 충분한 명분을 갖게 되었다. 그것은 정말 잘된 일이었다. 왜냐하면 그와 함께 일 년 남짓 공백기간을 거쳐 내게 다시 푸른 그림자가 모습을 나타낸 때문이었다. 사랑에 대해서 함부로 시험하거나 투정을 부려서는 안 된다. 이것은 인생에 대해서도 똑같이 해당되는 말이다.

그런데 알 수 없는 일인 것이다. 그로부터 세월이 흐른 뒤, 나는 꼭 그 같은 전철을 밟게 되었다. 나는 원초적인 견딜 수 없는 외로움을 앞세워 아내에게 헤어짐을 제의하고야 말았다. 오랜 기간 동안의 도피 생활이 기어코는 가져온 한계일까. 나는 지쳐 있었다. 그리하여 엉뚱한 결말을 유도해냈다. 즉, 자신이 누리고 있는 행복에 대한 시험이었다. 피아노의 건반에서는 '나비'가 날고 있었다. 나는 내 어깨를 짓누르듯 과분하게 주어져 있는 행복에 전율하며 비굴함을 느꼈다. 나는 사회와 가정과 내 인생에 기생충과 같은 존재였다. 몇 번의 연애도 나를 구제하지는 못하였다. 계속되는 알코올의 축제도 덧없기는 마찬가지였다. 나는 막다른 골목에 다다른 '아해'였다.

"도저히 안 되겠어. 헤어져야겠어. 난 산으로 들어가야겠어."

복에 겨워 쫓기는 남자는 말했다.

"제발."

나는 우리가 부부로 맺어졌던 때를 회상했다.

말했듯이 그녀는 성감을 느끼는 데 매우 뛰어난 여자였다. 그녀는 내가 안에 들어가자마자부터 온몸의 살집들이 바르르 경련을 일으켰다. 그해 나는 입영 영장을 받아놓고 있었고, 곧 그녀는 아이를 가졌다. 고심 끝에 나는 결혼이라는 패를 손에 쥐기로 결심하고 말았다.

"입영 연기를 하고 싶은데요."

나는 관청에도 갔었다.

"청첩장과 약혼 사진과 양가 승낙서를 가져오시오."

그런 것들은 하나도 없었다.

아버지는 아버지대로 혼잣말을 하고 있을 뿐이었다.

"각하가 다시 부를 때까지는 아무 능력이 없어…… 장관은 몰라도…… 군수기지사령부와 항만사령부에서 난 각하를……"

아버지는 이미 과거의 환상에 갇혀 있는 사람이었다. 그러면서 그 무렵 앙고라토끼의 사육에 대해 이것저것 눈독을 들이고 있었던 것을 보면 생활의지는 강했던 것으로 보아야 한다. 앙고라토끼를 기르면서 장관이 되기를 기다리는 것보다는 축산업협동조합장이 되기를 기다리는 것이 합리적일 터였을 것이지만 말이다.

사실 말하자면 박정희 밑에 있을 때는 좋았다. 아버지는 매일 양담배를 피워서 내게 용돈을 마련케 해주었고, 저녁 늦게 젊고 아리따운 여자의 부축을 받으며 집 앞에 도착해서 내 어린 눈을 현혹시켰었다. 그런데 이제는 여기저기서 실패한 소리만 자자한 앙고라토끼에 관심을 기울여야 하는 처지였다. 어느 한 가지 무엇이 좋다고 하면 우우 몰려들어 시작했다가 결국은 모두들 나동그라지고 마는 것이 우리네 실정으로, 그런 현상은 아직까지 계속되어온다. 우리는 저 오십 년 말의 새 기르기를 기억하며 또한 뒤이어 기세를 떨친 메추리 기르기를 기억한다. 앙고라토끼도 한때 유망한 것으로 등장한 것이었다. 그러나 동네에 이미 그놈의 토끼 때문에 위신이 실추된 '토끼집 아저씨'가 있어서 아버지로 하여금 망설이게 하고 있었다.

"다시 시작하면 승산은 있어요. 이젠 자신이 있으니까."

그는 그렇게 자신의 실패에 탈출구를 만들고 있었다. 이 변명은 그에게는 실패에 대한 호도가 되는 반면 아버지에게는 묘한 인력이 되고 있는 형국이었다.

어쨌든 우리는 집안의 간곡한 반대를 무릅쓰고 결혼을 했다. 아직도 사랑만 있으면 모든 게 해결될 수 있다고 믿는 젊은이들이 있는데, 우리는 그런 부류에 속했다. 사랑만 있으면 모든 게 해결될 수 있다고 믿는 견해는 마치 지구가 돌고 있는 한 모든 건 돌아가게 마련이라고 믿는 견해와 조금도 다를 바가 없다.

"사정이 이러니 조금만 여유를 갖자."

이러한 아버지의 설득은 여자 쪽 아버지의 입에서도 똑같이 나왔다. 그쪽 집안도 그 무렵 경제가 말이 아니게 몰려 있었다. 중국집에서 만난 두 아버지는 쓴 입맛을 쩝쩝 다셨다.

"안 됩니다. 피치 못할 사정이 있습니다."

나는 완곡하고도 완강하게 주장했다. 나는 아이를 가졌다고 말하고 있는 것이었으며, 그 말뜻은 명확하게 전달되었다.

"그럼, 하는 수 없다는 말인가?"

그녀의 아버지가 누구에게랄 것도 없이 물었다.

"예. 하는 수 없습니다."

이렇게 하여 우리의 결혼은 결정이 났던 것이다. 그녀의 부모들은 너무도 갑작스럽게 닥쳐온 딸의 상황에 상당히 놀란 눈치였으나 우리 집 쪽에서 보면 어느 정도는 예견되었던 것이기는 했다. 나는 우리 집의 축사를 개조해서 만든 내 방에 그녀를 데리고 가 종종 밀회를 즐기곤 했던 것이다. 늦가을이 되어 그 방에서 사랑의 단꿈을 꾸던 때의 일이 떠오른다. 비교적 오랜만에 만난 우리는 안채에 돌아앉은 그 밀실에 기어들었다.

"날이 갈수록 더욱 사랑해."

그런 가사의 미국 노래가 있었다.

"나두."

가을 풀벌레 소리가 요란했다. 우리는 이미 서로를 익숙하게 알고 있었다. 그녀는 귀에서부터 목덜미를 거쳐 점점 아래쪽으로 그녀 자신을 내게 맡기고 있었다. 얕은 신음소리와 함께 그녀의 눈이 지긋이 감겨졌다. 그녀의 몸이 벌써부터 열려 있다는 것을 나는 알고 있었다. 모든 여자들이 그렇듯이 둘만의 밀실로 들어가면서 그 몸은 열리고 있었을 것이다. 그런데도 나는 그날 쓸데없는 애무에 너무 오랜 시간을 허비했는지도 모른다. 그 무렵의 집에서의 밀회 때에는 만약의 사태에 대비하여 치마 하나만은 건성으로 걸치고 있었는데 그 치마를 위로 걷어올렸을 때쯤은 어느새 풀벌레 소리도 멎고 그녀의 얕은 신음소리도 멎어 있었다. 나는 이상스레 아득한 풍경 속에서 끊임없이 허우적거리며 그녀의 몸 구석구석을 핥고만 있었다. 그녀도 아슴푸레한 기억의 저쪽을 더듬는 모양이라고 나는 판단했다. 나는 진땀을 흘리고 있었다. 모든 사물이 아득해지기만 했다. 아무 소리도 들리지 않는 물속을 유영하고 있는 것도 같았다. 너무 열락에 들뜬 나머지 몰아의 경지에 빠져든 것이다. 나는 생각했다.

그런 어느 순간이었다. 나는 퍼뜩 정신을 차렸다. 이것은 열락이 아니다. 무엇인가 잘못되어 있다. 이 상태에서 벗어나야 한다. 나는 거의 운신을 못하고 있었다. 간신히 그녀를 흔들어보니 그녀는 꼼짝을 못한 채 아무런 반응이 없었다. 큰일이었다.

나는 혼신의 힘을 다해 문 쪽으로 기어가 문을 열어젖혔다. 찬 공기가 이마에 와 닿았다. 몇 번 심호흡을 하고 난 나는 여전히 널브러진 채로 있는 그녀를 방 밖으로 질질 끌어냈다. 차가운 가을 공기 아래서도 그녀는 움찔도 않고 늘어져 있었다. 가슴에 귀를 가져다대고 엿들었으나 심장의 박동조차 멈춰 있다고 진단되었다. 예삿일이 아니었다. 허둥지둥 소리쳐서 안채의 집안 식구들이 달려 나온 뒤에 그녀는 가까운 병원으로 옮겨질 수 있었다.

"연탄까스다. 연탄까스다."

어머니의 말을 듣고서야 나는 사태의 전말을 알아차렸다. 늦가을이 되어 처음 연탄을 넣었던 것이다. 연탄은 위대한 발명품이지만 그 위대함만큼의 사람들의 생명을 앗아갔다. 그녀는 다행히 살아났다. 그리하여 뒷날 나를 그녀의 남편이자 사회의 도피자가 되게 하였다.

그녀와의 결혼으로 내가 행복한 시절을 맞이한 것은 사실이었다. 하지만 그것은 확실히 비극을 배태한 행복이었다. 군 훈련소에 들어가서 발발 기고 있어야 마땅한 시간에 해운대 백사장에서 여자의 팔장을 끼고 결혼기념 사진을 찍고 있는 남자의 불쌍한 행복에 대해 생각해보라. 행복이란 타인의 고난과 불행을 희생으로 딛고 얻었을 때 더욱 짜릿하다고 하는 진리도 이에 해당하지 않는다. 왜냐하면 그날들의 행위는 자신의 고난과 불행을 딛고 행복이라는 사진을 찍고 있는 것이 분명했기 때문이다. 그로부터 무려 십오 년 동안의 지긋지긋한 도피 생활이 이를 증명해주고도 남는다 하겠다.

결혼한 뒤에도 아버지는 우리 집에 들르기만 하면 그 앙고라토끼 이야기였다. 그러나 이제 그 토끼는 실체가 없는 토끼에 지나지 않았다. 아버지는 앙고라토끼를 사육할 용기를 잃고 있었다. 그러니까 토끼든 도끼든 상관없이 무엇이든 붙잡고 늘어져야 할 비근한 대상이 필요했던 것이다. 물론 보다 원대하고 결코 미련을 버릴 수 없는 것은 그 마음속에 확실하게 도사리고 있기는 했다.

각하……

아버지는 그 환상을 떨쳐버릴 수 없는 인물이었다. 마치 공포를 느끼면서 보았던 빛깔이 온통 보랏빛이었다는 사람이 보랏빛이었다는 사람이 보랏빛 속에 영원한 공포를 간직하고 있듯이.

각하……

그는 혁명가답게 행동한 뿐이었을 것이다. 어떤 혁명이나 나름대로의 숙청은 필수적으로 따르게 마련이다. 아버지는 그 과정에서 제물이 된 데 지나지 않았다. 그러나 인간의 미련이란 참으로 비참할 만큼 끈끈한 것이어서 아버지로 하여금 새로운 세계를 꿈꿀 수 없게 만들고 있었다. 과거가 화려하면 화려할수록 그 미련은 강도를 더한다. 그것은 지금 내 눈에 온통 푸른빛만을 보고 싶어 하는 나의 심리와 다를 바 없으니, 나 자신도 이렇다 저렇다 따질 계제는 실은 아니다.

아버지가 토끼 이야기를 하는 것은 어쩌면 '각하'의 변형에 해당하는 것일까. 그럴 것이다.

토끼 이야기가 나왔으니 말이지 그런 종류와 관련하여 나는 한 친구를 기억해낸다.

본시 좀 엉뚱했던 그는 대학을 졸업하고 한두 차례의 시험 경쟁에서 실패한 뒤 그만 영원히 행로를 바꿔버린 것이었다. 그런데 그 새로운 행로가 도무지 남들이 상상조차 할 수 없는 기상천외한 일들만 쫓아다니는 것이었다. 그러느라고 남들로부터 구박도 받고, 하물며 병신 소리, 미친놈 소리까지 들었다. 그래도 그는 아랑곳이 없었다. 따라서 그가 하는 일은 실패의 연속이었다.

그러나 그의 실패를 면밀히 분석해보면 그가 쫓아다닌 일이 기상천외해서 실패했다기보다는 다른 데 이유가 있음을 알 수 있다. 물론 전적으로 그렇다는 것은 아니다. 그러나 가령 나중에 큰 유행을 보아 웬만한 사람들에게 제법 돈 구경을 시켜주었다는 알로에라고 하는 것, 그것에 가장 먼저 눈을 뜬 것도 실은 그였다. 그러나 그는 실패했다.

그가 처음 '알로에, 알로에' 하고 떠들었을 때만 해도 아무도 거들떠보지조차 않았다. 어떤 유식한 사람은 '알로하? 알로하라면 하와이말로 인사말인데?' 하기도 했다. 그가 손을 떼자 알로에는 만병통치약처럼 알려지며 야단법석을 치기 시작

했던 것이다. 그러자 그는 선구자로서 만족한다고 자조적으로
말했다.

어디 알로에뿐이랴. 곰, 멧돼지, 악어, 꿩은 물론 지렁이, 구
더기 기르기, 또 홍합에 진주 기르기 등에 대해서도 그는 〈선구
자〉였다. 모두 다 1980년대인 지금 상당히 널리 알려진 것들이
다. 그가 '선구자'가 된 것 가운데 아직도 이 땅에 정착되지 않
은 것이 혹시 있다면 그것은 코브라뱀 기르기 정도일 터인데,
아마도 코브라가 맹독이 있는 동물이기 때문인지도 모른다.

한두 번 공채(公採) 시험에 떨어지고 그가 '이번 여름은 머
리도 식힐 겸 벌이나 치겠다'고 했을 때까지만 해도 그가 결
국 그렇게 허황한 길로 들어서게 될 줄은 몰랐었다. 그가 공채
에 떨어진 것부터가 이상한 일이었다. 그는 생각이 다소 괴팍
하기는 했으나 성적은 늘 상위에 머물렀었다. 하지만 세상살
이에는 역시 이해할 수 없는 구석이 많아서 조그만 돌부리에
채어 넘어지더라도 그것이 그만 결정적인 실패의 요건이 되는
수도 있는 것이다.

한번은 대학 때 꽤 자주 어울렸던 선배가 느닷없이 다 찢어
진 러닝셔츠만을 입고 찾아와 몇 푼의 돈을 요구하기도 했었
다. 그는 용산시장에서 채소장수 리어카의 뒤를 밀어주며 살

고 있다고 했다.

그가 벌을 치러 떠난다고 한 여름, 나는 위험을 무릅쓰고 그와 같이 떠났었다. 달구리 때쯤의 여명 속에 강원도의 오지(奧地)에 도착한 그와 나는 세 관 반이나 나가는 소초 삼십 개를 낑낑거리며 목적지까지 운반하고 나서 몽고 텐트를 치면서 아침을 맞았다. 몽고 텐트는 당분간 우리가 거처할 집이었다. 해가 상수리나무나 오리나무의 잎사귀 사이에서 빛나며 구릉의 사면(斜面)을 비추었을 때, 그는 비가 오지 않으리라는 확신 때문에 밝은 표정을 지어보였다. 그러면서도 그는 이곳저곳으로 쉬지 않고 눈길을 돌렸다. 싸리꽃의 군락(群落)을 찾는 눈길이었다.

또한 그는 말벌의 습격을 미연에 방지하는 데 세심한 주의를 기울였다. 말벌 떼의 습격을 받은 조랑말이 겅중겅중 뛰다가 급기야는 죽은 일도 있다고 했다. 벌은 심하게 움직이는 것에는 더 달려드는 습성을 가졌다고 했다. 그것으로써 그는 봉기(蜂起)라는 말의 뜻을 정확하게 설명하고 있었다.

어렸을 때 벌에 쏘여 오줌을 찍어 바르며 징징 울었던 적이 있는 나는 벌의 침이 얼마나 무서운 독을 가지고 있는지 알고 있었다. 그러므로 나는 그의 설명을 모두 수긍했다. 봄부터 벌에 대해 공부를 했다는 그는 어느 결에 전문가가 다 되어 있었다.

그는 아직도 할 일이 태산 같다고 서둘렀지만, 나는 정말로 풀밭에 누워 생각에 골몰할 수 있게 되었다는 사실이 그저 고마울 뿐이었다.

그는 풀이 비교적 덜 자란 남향받이를 택해 벌통을 한 발짝 간격으로 늘어놓으며 잠을 못 자 충혈된 눈으로 주위의 산비탈을 엽견(獵犬)처럼 바라보곤 했다. 역시 싸리꽃의 개화(開花)를 살피는 것이었다. 그럴 때의 충혈된 흰자위는 얼추 싸리꽃 빛을 띠었다.

벌통을 늘어놓고 나서도 할 일이 많았다. 밤새도록 트럭을 탔기 때문에 골이 아팠지만 그는 빨리 만반의 태세를 갖춰야 한다고 서둘렀다. 거기에는 또 오후가 되면 벌들의 신경이 날카로워져서 잘 쏘니까 오전 중에 웬만한 일을 다 해치워야 한다는 문제도 있었던 것이다. '무슨 일이 그렇게 많으냐'고 묻는 나에게 그는 우선 근처의 풀밭을 뒤지며 개구리나 두꺼비를 잡아내야 한다고 다그쳤다. 개구리나 두꺼비가 벌을 잡아먹을까봐 미리 잡자는 거였다.

"개구리나 두꺼비가 벌을 잡아먹다니?"

나는 물었다.

"벌통 입구에 자리 잡고 기어나오는 벌을 아무 힘도 들이지 않고 수십 마리씩 잡아먹는단 말야."

"정말?"

"그럼, 흉측한 놈들이지!"

나는 그와 같이 나뭇가지를 꺾어들고 풀숲을 뒤졌다. 밤새 트럭을 타고 흔들리며 시달려온 터라 머리가 무겁고 지끈거렸다. 풀숲을 오르내리는 사이에도 끊임없이 덜덜거리는 느낌이 관성(慣性)처럼 몸에 남아 있어서, 만약 적당한 가솔린 냄새만 풍겨온다면 아직도 트럭에 올라타고 끝없는 어둠 속을 달리고 있다는 착각에 사로잡힐 정도였다. 그래도 나는 오랜 불면증이 정말이었더냐는 듯 잠깐씩이나마 눈을 붙였으나, 친구는 운전기사가 야간 운전으로 깜빡 졸아버릴까봐 있는 이야기 없는 이야기 쉴 새 없이 중얼거린 탓에 목까지 잠겨 있었다. 실제로 야간 운전을 하는 패들은 익숙한 길이다 싶으면 자기도 모르는 사이에 순간적으로 눈을 붙이는 수가 있다.

"지난봄엔 차가 진흙탕에 빠져 혼났었어. 캄캄한 칠흑 같은 밤이었는데 말야, 밤새도록 고생하고 다음 날 늦게야 빠져나왔다니까."

친구는 도리질을 했다.

트럭은 고독하게 산간지방을 달렸다. 나에게는 참으로 안성맞춤의 고독한 질주였다. 하릴없이 마음이 안절부절못하여 쓰라릴 때, 그리하여 도심지의 우중충한 뒷골목과 뒷골목을 일부러 골라 맴돌 때 나는 얼마나 그와 같은 야만스런 질주를 갈망했던가. 나에게는 그것은 질주가 아니라 차라리 탈주(脫走)였다.

그는 서투른 사랑이야기로 수마(睡魔)를 쫓으려고 기를 썼다. 엔진소리 때문에 목청을 돋우어 악을 썼으므로 그것은 사랑이야기를 한다기보다 차라리 월남전에서의 무용담을 한다는 편이 걸맞을 것 같았다. 어쨌든 그런 경우에 써먹기 위해서라도 사람들은 서투른 사랑이나마 해야 하는지 몰랐다.

그 무렵 나는 직장에 사표를 던지고 난 후 우연히 그를 찾아갔던 것인데, 그는 풀밭을 어슬렁거리며 가끔 생각난 듯 뿌리는 부슬비에 혀를 차고 있었다. 비만 오면 벌들은 소초(巢礎)에 틀어박혀 먹이만 축낸다는 것이었다. 친구가 가리키는 곳을 보니, 벌들은 간헐적인 빗발 사이로 둔하게 비행하면서 빗물에 희석된 밀원(蜜源)을 찾아 헤매고 있었다. 벌들은 소초의 입구에 기어나와 마치 낡은 쌍엽기(雙葉機)가 프로펠러를 돌려보듯 날개를 윙윙거리다가는 체념한 듯 멀리 날아가고는 했다.

그것을 바라보는 친구의 눈매는, 그렇게 보아서인지 자못 비장해 보이기까지 했다.

"게다가 웬놈의 진드기까지 생겨서 지랄같애. 온통 엉겨붙었으니."

과연 그랬다. 조심스럽게 꺼낸 소판(巢板)에 달라붙어 있는 벌의 몸에는 작은 진드기가 촘촘히 기생하여 생명까지 위협하고 있는 판이었다. 그는 진드기 구제용의 훈연지(燻煙紙)에 불을 당겨 밑바닥에 놓고서도 못미더워하는 눈치였다. 붉은 사포(砂布)와 같은 훈연지가 타들어가는 연기가 소초로부터 흘러나와 엷게 흩어졌다.

그는 소판을 열심히 들여다보다가 유난히 복부(腹部)가 발달된 벌 한 마리를 잡아내면서 보라는 눈짓을 했다.

"한동안 연애하랴 뭐 하랴 돌보는 데 소홀했더니 벌들이 많이 줄었어. 이런 놈도 일찌감치 잡아 죽였어야 했어. 여왕벌이 네댓 병들었거든."

"여왕벌인데 죽이면 되니?"

나는 건성으로 그의 말을 거들며 실은 떠남이라는 문제에 탐닉하고 있었다.

"응, 죽이면 일벌들이 다시 여왕벌을 만들어."

그는 신경질적인 표정으로 여왕벌을 밟아 죽였다.

병들었거나 수명이 다한 여왕벌은 알을 잘 생산하지 못하기 때문에 자연사할 때까지 기다리지 않고 인위적으로 도태시켜 버려야 그만큼 빨리 여왕벌을 키워내게 하는 방법이 된다는 것이었다.

"같은 유충이라도 로얄제리를 먹여 키우면 여왕벌이 되는 거야. 일벌들은 이십일 일 만에 나오게 되지만 여왕벌은 그보다 빨리 십 일 만에 나오게 돼."

나는 열심히 듣는 체했다. 오랜 불면증으로 얻은 이명(耳鳴)이 갑자기 되살아나며 친구의 말은 오래된 제분공장의 콘베이어 벨트가 찌걱찌걱 돌아가는 듯한 소리와 함께 뒤섞여 들려왔다.

직장을 그만둘 무렵은 수전증이 어찌나 심했는지 찻잔을 들면 커피가 쏟아질 정도였다. 나에게는 찻잔을 드는 순간이 마치 줄타기 광대가 첫발을 내딛는 것과 같은 긴장의 순간이었다. 떨리는 것을 들켜서는 안 된다. 더군다나 그때 나는 복에도 없는 제도사(製圖士) 아르바이트를 하고 있었으니 수전증처럼 고통을 주는 것은 없었다.

처음에는 오랫동안 계속된 광포한 음주벽(飲酒癖) 때문으로 간주했었다. 그러나 술을 끊고도 그것은 계속되었다. 나는 당혹했다. 특히 다른 사람이 내 손을 응시한다고 생각되었을 때는 어김이 없었다.

나는 불안해하고 있었던 것이다. 나는 도피자였다. 강박관념과 내 수전증을 잇고 있는 또 하나의 고리. 내 육안으로는 보이지 않는 그 고리를 다른 사람들은 넘보라살 같은 것으로 환히 비쳐 보고 있는 것인지도 모른다. 그 고리가 나 스스로 만든 허구의 고리일지라도 나는 그것에서 벗어날 수가 없었다. 부정하려고 애쓰면 애쓸수록 올가미에 옥죄어갔던 것이었다.

내 손이 찻잔을 잡았건 제도기를 잡았건 하여튼 떨리고 있을 때, 내 손이 잡고 있는 것은 언젠가 집으로 붙잡혀 와 떨고 있던 동생으로 대치되었다.

수전증이 알코올중독의 한 금단(禁斷) 현상으로 야기된다고 여겨졌을 때 나는 술을 끊기 위해 어두운 얼굴을 한 나티처럼 괴로워했다. 내가 마지막으로 택한 것은 안타부스(antabus)였다.

"안타부스라는 걸 아니?"

나는 그에게 물어보았다.

"안타부스? 몰라."

"약 이름이야. 술을 끊는 약."

"그런 약이 다 있나? 약치고는 참 시시한 약인데?"

"무엇이든 자기에게 필요하지 않으면 시시해 보이는 법이야. 그렇지만 그것은 그렇게 시시한 약은 아냐. 본래는 고무공장에서 사용하는 용매제(溶媒劑)였는데, 고무공장 직공들이 이상하게 술을 기피한다는 사실에 착안해서 발견된 거야. 그걸 먹고 술을 마시면 심한 불쾌감 때문에 견딜 수가 없다는 거지."

나는 설명해주었다.

"그 불쾌감이란 어떤 건데?"

"글쎄, 불행하게도 그 약을 복용하고는 한 번도 술을 먹지 않았어."

안타부스는 테트라 에틸 다이우람 다이설파이드라는 긴 이름을 가진 화학물질의 약품명이었다. 그러나 안타부스에 의한 금주도 수전증을 치유하는 데 도움이 되지는 못했다. 내가 그를 따라 나선 것은 그런 일들을 잊기 위해서였다.

그러나 그 일의 결말은 우스꽝스럽고도 비참한 것이었다. 두꺼비나 개구리는 한 마리도 없었는데, 이튿날 웬 비행기가 나타나 아마 병충해 방제를 위한 것이었을 약제를 공중 살포

했기 때문이었다. 약을 쐰 벌들은 다리를 가지런히 모으고 죽거나, 살아 있는 놈들도 날개를 바르르 떨면서 기어다닐 뿐이었다.

그런데 이상한 일이었다. 그 실패는 그에게 더 강인한 정신을 심어주었는지 그로부터 그는 바야흐로 '선구자'의 길로 머리를 싸매고 들어섰던 것이다. 이제 직장 따위는 안중에도 없는 듯했다. 그는 스스로 늘 선구자를 자처했고 어쩌다 술 먹고 노래라도 한 자리 나올라치면 노래 역시 그 무슨 한 줄기 해란강이 어떻고 그 강가에서 말 달리던 선구자가 어떻고 하는 그 〈선구자〉라는 노래를 불러젖혔다.

내가 이렇게 〈선구자〉라는 노래를 무엇이 어떻고 하는 식으로 이야기하는 것은 단순히 내가 노래 가사를 외는 데는 젬병이기 때문임을 양지해주기 바란다.

어쨌든 그가 이번에 새로 선택한 신종 동물이 말미잘이었다.

"야, 너 말미잘이 뭔 줄 아니? 알어?"

"말미잘?"

나로서는 그가 어떤 기상천외한 생각을 하고 있는지 알 길이 없었다. 나는 그 몇 해 전에 젊은 층에서 유행어처럼 '자기, 말미잘!'이라든가 '자지, 멍게! 해삼!' 하고 떠들던 일이 떠올랐지만 입을 다물고 있었다.

　그는 내가 말미잘에 대해서 아무것도 모름을 확인하자 여러 가지 이야기를 한꺼번에 늘어놓았다. 말미잘은 강장동물로서 영어로는 '바다아네모네'라고 부른다는 것, 어디에 부착하거나 모래에 묻혀서 산다는 것, 꽃술 모양의 많은 자포(刺胞)가 있어서 그 자포에 있는 독으로 먹이를 죽여 잡는다는 것, 먹이를 먹는 입이나 배설기관이 같은 곳이라는 것 등등.

　"그런데 그 말미잘이 어쨌다는 거야? 식용이야, 약용이야?"

　과문한 탓인지는 몰라도 말미잘이 어디에 쓰인다는 것은 한 번도 들은 적이 없었다.

　"이런 먹통."

　그는 의기양양하게 말했다. 그러고는 곧 목소리를 낮춰 "들어봐" 하고 말하고는 "어, 말미잘이 일본어로 뭔 줄 아니?" 했다. 말미잘의 정체를 잘 모르는 판국에 일본어까지 알 까닭이 없었다. 나는 눈만 끔벅거릴 뿐이었다. 그러자 그는 굉장한 비밀을 가르쳐준다는 듯 주위를 둘러보며 말했다. "긴자꾸."

　그의 설명에 따르면 말미잘은 일본어로 여성 성기 가운데서도 명기(名器)를 가리키는 말이라고 했다. 아닌 게 아니라 나중에 그가 여러 말미잘의 사진까지 보여주며 설명하는 것이 사실이라면 그렇게 여길 수도 있을 것이었다. 그는 일본어의 긴 자꾸든 우리말의 말미잘이든 하나같이 '무는' 데 특징이 있다고 했다.

나는 대학 때 그와 함께 영어회화를 배운답시고 데미안 부인집을 찾아갔던 해를 연상했다. 지금 생각하면 별것 아니지만 그것은 내게는 외설적인 어떤 장면으로서는 이상하게도 가장 선명한 장면이기도 한 것이다. 곰곰 따져보면 그 별것 아닌 이야기가 그토록 선명한 것은 결국 단순히 데미안이라는 이름 때문이라고 여겨진다.

데미안 부인이 한국에서 영어회화를 가르치고 있다는 말에 나는 깜짝 놀랐었다. 그렇다면 그는 역시 그 무렵부터 엽기적인 면이 있었다고 하겠다. 꽤 오래전 일로서 《데미안》을 읽고 거기 나오는 대로 '새는 알을 깨고 나온다. 하나의 세계를 파괴하려면 알을 깨고 나와야 한다'느니 어쩌느니 하면서 병아리 부화장집 아들 같은 소리를 외고 다녔으니만큼 경이감마저 느꼈다고 해야 할 것이다.

나는 한동안 그 알을 깨고 나온 사람인지 아프락사스인지를 멍한 눈초리로 쳐다보았다. 그리고 그가 상당히 유창한 한국말을 구사하며 독일 사람이 아니라 미국 시민권을 가진 미국 사람이라고 했을 때, 여간 얼떨떨하지 않았다.

그러나 곰곰이 따지고 보면 헤세의 《데미안》 때문에 빚어진 혼돈일 뿐 데미안이 단순한 성씨임을 감안하면 내 반응이 오히려 우스꽝스러운 것에 지나지 않았다. 그는 아버지를 그렇게 만나 데미안이 될 수밖에 없었고 또한 어찌어찌 먹고살다 보니 미국으로 이주를 한 것뿐이었다. 그리하여 다시 한국의 지사로 발령을 받아 온 것뿐이었다. 그러니까 내가 그를 만난 것 자체에 특별한 의미를 부여한다면 흔히 외국 사람들이 김해 김씨를 김수로왕의 자손으로 소개받고 왕족으로 떠받든다는 삽화나 진배없다고 하겠다.

그 무렵 상도동에 살았던 데미안 씨 집에는 중년 부인도 꽤 드나들었었다. 데미안 부인으로부터 영어회화를 배우기 위해서였다. 데미안 부인으로 말하면 돈도 돈이지만 한국의 친구들을 사귄다는 목적도 무시할 수 없다고 했다.

내가 그와 함께 데미안 씨 집을 방문한 날은 수요일이었다. 마침 중년 부인들의 공부시간이 아직 끝나지 않아, 우리는 ㄱ자꼴의 좁은 쪽으로 가서 서로 보이지 않게 되자 까르르 한꺼번에 웃음을 터뜨렸다.

중년 부인들이 저렇게 노골적으로 웃는 것은 성에 관계된 어떤 이야기를 할 때뿐이라고 나는 느꼈다. 그 느낌은 옳았다. 우리가 끽소리도 없자 그녀들은 이야기를 계속했다. 글쎄, 우리 그이는 말이죠, 첫날밤에 글쎄, 어디가 어딘지 찾지를 못하고 헤매는 거예요. 글쎄, 킥, 킥, 킥, 킥, 킥, 답답해서. 그래서요?

그 순간 나는 루소의 그 수많은 감탄부호를 떠올렸었다. 이쪽은 처녀가 아니라 총각이지만 말이다. 그리고 그 어느 날의 나 자신.

그래서라뇨? 뻔하죠, 뭐. 문전걸식이었죠. 물전걸식이라고요? 까르륵. 웃음이 터졌다. 문전커식이 무엇이미까? 까르륵, 까르륵, 한참 동안 웃음이 멈추지를 않았다. 누군가가 속삭이듯 설명해주는 소리가 났다. 아니오, 그는 금방 찾았습니다. 데미안 부인의 말이었다. 까르르륵……

"앞으로의 시대는 달라져 식용이니 약용이니 하는 것보다 다른 게 훨씬 유망해. 말미잘을 길러서 완상용으로 파는 거야. 기르기도 퍽 쉽다고 되어 있거든."

그는 말했다. 그는 앞으로의 유망 업종은 레저산업이 되고 또 그 일환으로 당연히 이른바 섹스산업의 중요성이 대두될 것이라고 했다. 선진국의 예가 모두 그렇다는 것이었다.

나는 웃지 않았다. 웃을 수가 없었다. 설혹 섹스산업이 각광을 받는 시대가 올지라도 말미잘이야말로 그의 생각대로 팔려 줄 것 같지 않았다. 아니, 어쩌면 그는 그것을 알고 더 열을 내어 내게 설명하고 있는지도 몰랐다.

나는 새삼스럽게 그의 몰골을 다시 보았다. 그는 예전 우리가 대학에 다닐 때의 그 앳되고 희망에 찬 그런 모습과는 거리가 먼 모습이었다. 그는 몹시 피폐한 모습이었다. 나는 놀랐다. 그런데도 나는 그를 이제껏 예전의 그 모습으로만 보아왔던 것이다. 그는 내게는 늘 열의에 찬 청년이었다.

그런데 웬일인가, 갑자기 그가 여간 초췌한 몰골로 보이지가 않았다. 나는 내 눈을 의심했다. 그렇다면 내가 줄곧 보고 있었던 그의 모습은 허상에 불과했단 말인가. 그랬다. 나는 그가 다시는 어떤 방식으로든 새 일꾼으로 일어설 가망이 없음을 그의 얼굴에서 보았다.

"근데, 이게 문제야, 우리나라에서는 공공연히 일본말을 쓰는 게 금기가 되어 있잖아. 그러니까 말미잘과 긴자꾸가 같은 것이라고 광고로 주입시키기가 까다로울 것 같아. 완상용 긴자꾸 다량 입하, 이렇게 외칠 수가 없을 테니……"

그는 중얼거렸다.

그 뒤로 그는 내게 나타나지 않고 있는 것이다.

이 친구의 이야기 끝에 나는 아버지와 결부시켜 한마디를 덧붙인다. 그 친구도 결국은 빠져나갈 어떤 꼬투리, 즉 명분을 위해 그토록 이상야릇한 대상들을 끌어왔던 것이다, 하고. 그런데 또 한마디 덧붙이자면 1989년 봄에 경기도의 서해안에 있는 연륙도인 오이도에 갔을 때 그 말미잘을 함지박 가득 놓고 팔고 있는 광경을 목격했다는 사실이다. 나는 깜짝 놀라서 그 용도를 물었다. 그 친구의 얼굴도 물론 떠올랐다. 올림픽이 개최되고 어디든 환락의 물결이 넘쳐나는 썩어문드러진 땅에 드디어 말미잘이 친구의 예언대로 등장했는가······

"거야 회로 먹지요. 오돌오돌하니 맛있어요."

거의 이용가치가 없으나 몇몇 종류는 식용이 되기도 한다는 것은 뒤늦게 안 사실이었다.

4

　나는 뜻밖에 등장한 아내를 맞아 다시금 새로운 인생에 대
해 이야기를 나누었다. 나는 막상 집을 뛰쳐나왔지만 그 얼마
안 되는 시간 동안에 내가 너무나 지쳐 있다는 현실을 깨달았
다. 삶이 내게 막아선 근본적인 갈증이라든가 원초적인 외로
움 따위를 앞세워 아내에게 사랑의 투정을 부려서는 안 되었
다. 그것은 사치였다. 그것이야말로 아버지의 '토끼'며 친구 녀
석의 '말미잘'이 아닐까 하고도 여겨졌다.

　그러나…… 아니라고 나는 말하고 싶다. 나는 내 인생이 좀
더 그럴듯한 것이기를 어렸을 때부터 갈망해왔다. '나만은' 하
고 말하는 소영웅주의자로서 내가 성장했다는 것은 분명히 사
랑의 결핍현상 때문이리라.

그렇지만…… 나는 아니라고 말하고 싶다. 간결하게 말해서 나는 내가 도피하고 있다는 그 사실로부터 도피하고 싶었다. 영원한 도피가 곧 자유인지는 말하기 어려워도 나는 자유인으로서 내 인생을 원대하게 이끌어가고 싶었다. 현실이 있고 실정법이라는 것이 있다. 나는 도피자가 되는 순간 그 모든 것을 애써 인정하지 않으려는 방어본능을 갖기 시작했다. 자기가 유리한 곳으로 현실의 진로가 움직여주기를 바란다는 것만큼 파괴적인 것은 없다. 나는 세상이 어떻게 되기를 바랐다. 그런 생활이 십 년이나 되는 동안 나는 비굴할 대로 비굴하게 되고 비겁할 대로 비겁하게 되었다. 원대한 인생?

하지만 아버지의 '토끼'나 친구 녀석의 '말미잘'처럼 내 인생의 실패를 변명할 명분으로서 내가 산으로 가겠다고 했다고는 쉽게 말하지 않기를 바란다. 본래 방랑적인 기질이 있는 사람이 자멸적인 행로를 걷듯 그런 짓은 아니었을까. 이렇게 조심스럽게 반문하는 것은 어느 순간 갑자기 충동적으로 고양된 내 소영웅주의는 틀림없이 어느 구석에 옛 구법승(求法僧)의 모습을 그렸었다고 말하고 싶기도 하기 때문이다. 누군들 안 그러랴. 그러나 어떤 일이든 한마디로 그 원인과 결과를 밝혀 말한다는 것은 불가능한 일이다.

다만 나는 도피라는 의미 자체를 아예 초월하고 싶었다. 조금 유치하고 어리석게 설명하자면 새롭게 태어나고 싶다는 말이 될 것이다. 그런 의미에서 우리에게 '새롭게 태어난다'는 망상을 심어준 여러 신비주의자들에게 우리는 쓸데없는 빚을 지고 있다. 우리는 새롭게 태어날 필요가 있는 존재가 아니라 다만 삶의 뻔한 이치를 터득하기만 하면 되는 것이다.

아내가 나타남으로써 거창하게 포장하던 내 구법승에의 뜻은 가뭇없이 스러지고 말았다. 감자부침개를 먹곤 하던 좌판 옆의 전나무숲 아래서 나는 아내에게 내가 새로운 사람으로 서울로 돌아가겠다고 이야기했다. 새삼스럽게 '본질적인 갈증'이니 '원초적인 외로움'이니 하는 구름 잡는 식의 이야기는 뒷전으로 돌려야 했다. 아내에게는 내가 새로운 사람이 되는 데 선결 조건이 있었다. 그 통금의 밤에 서로 범법자가 된 여자의 문제였다. 나는 내가 오대산으로 가게 된 직접적인 동기로 그 불륜을 이미 제시했었다.

오대산으로 떠나기에 앞서서 나는 그 사실을 그대로 고백했었다. 그리고 그것이 언제까지나 비밀의 사랑으로 지켜져야 한다고 약속했다는 것도. 아내의 놀라움과 분노는 당연히 예상했던 것이었다.

"그러니까 어차피 나는 네게서 떠나야 해."

다시 말하거니와 나는 단지 내가 처한 상황을 스스로 못 견디했던 것일 뿐이었지만, 그 현실적인 대안으로 아내의 희생을 강요할 수밖에 없었다. 아내만이 내가 제물로 바칠 수 있는 유일한 희생양이기 때문이었다. 이런 비열한 모순이 어디 있단 말인가.

나는 전나무 숲속에서 충분하게 이야기했다. 다시는 그따위 불륜에는 눈길조차 던지지 않겠다는 약속이 주된 내용이었다. 아내는 삶은 달걀을 소금에 찍어 먹으며 언제나처럼 내 이야기를 듣는 쪽 태도를 취하고 있었다. 그녀는 인내심을 발휘하기 위해 안간힘을 쓰고 있었다. 그렇다 하더라도 그녀는 애초에 나를 서울로 불러가기 위해 온 것이었다. 그녀는 내 희생양으로서 지나치게 충실한 역할을 하고 있었다. 나는 내 불륜의 상대방에게도 너그러운 양해를 베풀 것을 요구했다. 아내는 달걀을 베어 문 입을 다물고 고개를 끄덕거렸다. 그러나 그녀는 너무나 세게 아래위 턱을 악다물고 있었던 모양이었다. 곧 이어 그 반동으로 못 견디겠다는 듯 입이 벌어졌다.

"어떻게…… 난……"

입속에서 달걀노른자가 흩어져나왔다.

"참아. 나도 이제는 다른 사람이 될 테니까. 믿어줘."

나는 절실하게 말했다. 거기에는 입산이 차일피일 미루어
지고 있었던 데에도 얼마쯤은 탓이 있었다. '얼마쯤'이 아니다.
그것은 실은 내가 생각하고 있었던 것보다 탓이 컸다. 시골 유
치원 처녀선생의 입술도 한 몫을 거들었다. 산이고 뭐고 저런
처녀와 시골에 묻혀 한평생 살고 싶다……는 감미로운 유혹에
잠기게 하던 입술이었다. 나무꾼이 되어도 좋고 옹기장이가
되어도 좋다. 조선 시대에 많은 '천주학쟁이'들이 산골에 숨어
들어 옹기장이가 되었다는 사실을 나는 알고 있었다. 그런 유
혹을 느끼게 할 수 있는 입술이었기에 나를 나중에 남쪽지방
의 낯선 산골짜기까지 이끌 수도 있었을 것이다.

불륜의 문제와 더불어 아내가 불신을 품게 된 우스꽝스럽
고도 추악한 사건이 또 하나 있었다. 그것은 내가 성병에 걸려
서 거의 일 년 동안이나 고생한 일과 연관되는데, 그동안의 내
고초야 이루 말해 무엇하랴만, 어쨌든 웃지 못 할 삽화를 우리
부부에게 남겼다. 그렇기 때문에 그것은 '우스꽝스럽고도 추
악한 사건'이 된다.

우선 이야기의 첫머리는 태평로 거리의 그 대한일보 뒷골
목에서 시작된다. 군사정변 정권에 잘못 보여 사라져버렸다는

〈대한일보〉가 아직 명맥을 이어오던 칠십 년대 초까지 그 뒷골목은 '종삼'이나 '오팔팔'과 어깨를 견줄 홍등가였다. 다만 여관을 겸하고 있다는 것이 다르다면 달랐다. 그런 곳에 대놓고 출입하는 한량들이 꽤 많다는 것은 공공연한 사실이다. 그러나 나야말로 거기서는 빠지지 않으면 안 된다. 나 자신을 도덕군자라고 새삼스럽게 내세울 생각은 추호도 없으며, 나는 실제로 성적 도덕에 그리 엄격한 규율을 적용하고 싶은 사람은 아님을 밝혀둔다. 이제까지 밝혀진 바와 같이 여자와의 기회를 헛되이 보내버린다는 것이 죄악임을 터득하고 있는 것이다. 그런데도 나는 거기서는 빠지겠다고 말한다. 그것은 결과적으로 잘된 일인지는 모르나 자유와 의지를 제한한다는 점에서 서글픈 일이었다. 그 불심검문의 시대에 나는 그곳에 출입할 엄두조차 못 내고 있었던 것이다. 수시로 검문자가 들이닥치는 그와 같은 막다른 방에 들어간다는 사실 자체가 엄청난 공포일 수밖에 없었다. 굶주려본 사람이 아니면 굶주림을 알 수 없듯이 도피자가 되어보지 못한 사람은 도피자의 심리상태를 알 수 없다.

그런데도 그날 나는 통금에 쫓겨 그리로 스며들었었다. 들어갈 때와는 달리 일단 꼼짝없이 갇혀버렸다는 의식이 들자 나는 초조해지기 시작했다. 독 안에 든 쥐로구나. 가슴이 답답하게 옥죄어오고 심한 절망감이 엄습해왔다. 빌어먹을 사랑이 뭐고 결혼이 무엇이길래…… 그러나 이렇게 매도해서는 안 된다는 것을 나는 알고 있었다. 나는 그녀를 얼마나 절실히 원했던가.

나는 옷을 입은 채로 앉아 있지도 못하고 서 있지도 못하며 안절부절못하고 있었다. 어서 네 시가 되어 통금해제 사이렌이 울려주기만 기다릴 수밖에 없었다. 내 인생이 남들의 손아귀에 완벽하게 쥐어져 있다는 사실을 그때처럼 잘 배운 적은 없었다.

"여자는요?"

나이를 적당히 먹은 희미한 모습의 여자가 와서 내 뜻을 물었다.

"여자요?"

이렇게 반문할 필요는 없었다. 그러나 나는 지나치게 긴장해 있었다.

"안 데리고 주무시겠느냐구요."

"아뇨."

나는 고개를 저었다.

"맘에 꼭 들 기막힌 아가씨가 있는데. 나이도 어리고."

여자가 눈웃음을 쳤다. 아가씨가 아무리 기막히다 한들 내 불안을 달랠 길은 없을 것이었다. 나는 오직 통금해제의 희망에만 신경이 전부 쏠려 있었다.

"괜찮다니까요."

나는 화까지 난 얼굴로 단호하게 물리쳤다. 여자는 나를 흘금흘금 쳐다보면서 문을 닫고 나갔다. 그제야 나는 내가 여자를 사고 싶은 마음이 없지 않았으면서도 강박관념 때문에 물리쳤다는 것을 깨닫고 말할 수 없는 비애를 느꼈다. 좀 전에 화까지 냈던 내 얼굴의 비열함이 혐오스러워 나는 울고 싶었다.

독방의 밤은 깊었다. 시간은 가히 야수적이었다. '기막힌 아가씨'와 마음 놓고 즐기는 밤이라면 그 밤은 반대로 내가 야수적이어서 짧고 짧았을 것을 생각하면 상대성이라는 것을 이해하기에 더없이 쉬우리라 여겨진다. 나는 거의 매초의 시간과 싸웠다. 옆방들에서 우당탕거리며 싸우는 소리도, 개방된 육체에서 뿜어져 나오는 수상쩍은 신음소리도 내 정신을 빼앗지 못하였다. 나는 점점 빠개지듯 아파오는 두개골을 두 손으로 감싸 안고 방 안을 고릴라처럼 우왕좌왕했다. 인생이 짧다는 말처럼 거짓말은 없었다.

네 시간 동안 나는 나 자신과 사투를 벌이는 꼴이었다.

이윽고 기진맥진하여 이불 위에 길게 누웠을 때 통금은 해제되었다. 비록 바깥 통행은 허용되었으나 지나치게 일찍 움직이는 것도 위험한 일이었다. 나는 그래도 상당히 긴장이 풀려 잠시 누워 있었다.

너무나 지쳐서 가물가물했는가. 얼결에 눈을 떠보니 밤에 '기막힌 아가씨'를 이야기하던 여자가 옆에 와서 앉아 있었다.

"피곤하신가보죠?"

여자가 사근사근하게 물었다. 사실 나는 피곤했다. 나는 말없이 고개를 끄덕거렸다.

"새벽기도를 가다가 들어왔어요. 자리가 불편하신가 해서요."

고마운 여자가 아닐 수 없었다. 더군다나 직업이 직업인 만큼 새벽기도라는 말은 뜻밖이었다.

"새벽기도를요?"

죄 많은 이 인생은 그녀 앞에서 경건해졌다.

"이런 데서 일하긴 해도…… 새벽마다 하늘에서 부르시는 소리를 듣고…… 어느 날엔가는 새 생명을 얻어야 한다고 다짐하며 기도드리지요."

다소곳한 얼굴이 성녀처럼 먼 데 하늘을 우러러보는 눈을 가지고 있었다.

"그렇구만요."

나는 나 자신이 부끄러워서 자리에 일어나 앉은 채로 무안한 몸짓을 하고 있었다. 어떠한 열악한 환경에도 불구하고 '저 높은 곳을 향하여' 자신을 채찍질하는 사람들이 있는 것이다. 나는 머리가 절로 숙여졌다.

"전 좀 있다 가야 돼요. 어떠세요? 좀 더 쉬었다 가세요."

참 따뜻하고 순결한 여자였다. 순결이 처녀막하고 관계가 없다는 것은 잡지마다 의사들이 이야기하는 바였다.

"예."

간밤의 쫓김은 이 위안을 기다리기 위한 것이었다.

"여자 하나 불러드릴게요."

여자가 일어나면서 은근하게 말했다.

"예."

나는 순치된 동물이었다. 새벽기도를 나가는 저 가련한 여인의 뜻을 거역해서는 안 된다. 나는 드디어 뒤늦게서야 '기막힌 아가씨'를 기다리는 남자가 되었다.

다시 문이 열리기까지는 아주 잠깐 동안의 시간만이 필요했다. 그 여자가 앞장서 들어왔다. 그런데 웬일인지 '기막힌 아가씨'는 뒤따라 나타나지 않았다. 어쩐 일인가 하는 사이에 여자는 벌써 옷을 벗고 자리에 눕고 있었다.

"이리 와요."

여자가 팔을 벌렸다.

"아가씨는요?"

나는 어리둥절하기만 했다.

"새벽기도, 아직 시간이 좀 있어요. 어서 이리."

나는 그 성스러운 여자가 뻗쳐 벌린 두 팔을 향해 엉거주춤 다가갔다. 이제 나는 그 여자의 주문대로 움직이는 인형에 지나지 않았다.

그날 밤 일은 그렇게 끝났다. 그 여자는 그날은 나와의 새벽 일로 종교적인 의식을 충분히 치렀다는 뜻인지, 한참 뒤에 그 집을 나서면서 보니 새벽기도에는 가지 않고 세면장 한구석에서 찌그러진 알루미늄 세숫대야를 타고 앉아 뒷물을 하고 있었다. 그 여자는 웃음조차 보내지 않았다. 그 여자가 웃어주었다 하더라도 나는 새벽 공기 속에서 마주 웃어줄 마음의 준비가 없었기 때문에 그것은 다행한 일이었다.

이것만으로 끝났다면 참으로 나는 그 여자의 새벽기도에 의한 능력을 믿어도 좋았을 것이다. 그리고 그 일을 '우스꽝스럽고도 추악한 사건'이라고 하지도 않을 것이다. 그러나 다른 날은 몰라도 그날만은 그 여자는 새벽기도를 가지 않았다. 그리하여 '우스꽝스럽고도 추악한 사건'이 벌어졌던 것이다. 나는 임질에 걸렸다.

그 무렵 나는 아르바이트 일을 잠시 보아주던 가게의 선배에게 먼저 상의하였다.

"아무래도 여기가 이상합니다."

그는 한때 아예 홍등가에 거처를 정하고 산 험한 과거를 가지고 있어서 그 방면에는 달통하고 있다고 알려져 있었다.

"우선 검사해보자구."

다음 날 그가 가져다주는 주둥이 깨진 시험관에 받은 오줌을 들여다보고 나서 그는 말했다.

"균사가 뜨는군. 여기 하얗게 실 같은 거 말야. 병원에 가야겠어."

임질이란 오늘날 그다지 무서운 성병은 아니다. 그런데 치료하는 과정에서 내 체질이 페니실린에 쇼크를 일으킨다는 사실이 밝혀짐으로써 꽤나 애를 먹었다. 그날의 새벽기도가 준 선물은 무척 값진 것이었다. 도피자인 주제에 성녀를 넘겨다본 결과 보기 좋은 징벌을 받은 셈이었다. 그 여자가 애당초부터 새벽기도를 나가고 안 나가고는 나와는 상관없는 일이다. 내가 그것을 믿었다는 것만으로 족한 일이다. 새벽기도 덕분에 나는 성병에 대해서 많은 것을 배웠고 페니실린 쇼크를 배웠다. 하지만 정작 '우스꽝스럽고 추악한 사건'으로까지 전개되자면 좀 더 시간이 지나야 한다.

임질을 퇴치하고 난 뒤 가게 사람들과 축하주를 든 것까지는 좋았는데 다시 기다렸다는 듯이 이상한 비뇨기병이 나를 찾아왔다. 문제는 내 병에 있는 것이 아니었다. 임질을 퇴치하자마자 그동안 어물쩍하고 숨기느라고 애써온 어색한 행동의 결백을 증명하기 위해 아내와 어울린 데에 문제가 있었다. 아뿔싸. 그 이틀도 지나지 않아 재발의 증세가 나타나지 않는가. 이 일이야말로 머뭇거려서는 안 되었다. 나는 죽을 맛으로 자초지종을 고백하고 나는 성병보균자이므로 같이 병원으로 가서 조사를 받아야 한다고 설득했다. 그 청순하던 사랑의 약속에 성병이 만연되었다고 그녀는 받아들였다. 그러나 병원에 가는 방법밖에는 별 도리가 없었다. 검사를 끝마치고 결과가 나오기까지 우리 둘은 한마디의 말도 없이 참담하게 기다려야 했다.

"임질이 재발한 것이 아닙니다. 이것은 전립선염입니다. 이

전립선염은 성병과 달라서 감염이 되지 않지요. 남자 분께서
치료에 애를 먹기는 하지만 부인께서는 안전합니다."

의사는 말했다.

"아내는 그럼?"

"네. 아무 이상 없습니다."

이때의 내 심경이 어땠을까는 상상에 맡긴다. 바로 이렇게
된 것이었다. 이것이 '우스꽝스럽고 추악한 사건'이 아니고 무
엇이랴. 나는 조금만, 아주 조금만 더 용의주도했을 필요가 있
었다. 그로부터 나는 하나의 교훈을 터득하여, 마지막 순간까
지 제 발이 저리지 않는 도둑이 되어왔다.

이러한 불신 속에서 나를 다시 불러가기 위해 달려온 아내
의 마음은 여간 착잡하지 않았을 것이다. 그 착잡한 마음이 입
을 벌려 달걀노른자를 보여줌으로써 아내와 나는 새로운 만남
의 길을 열었다.

"곧 초파일이니까 그 행사나 구경하고 갈 테야. 서울 가서
며칠만 기다려줘. 이젠 마음잡고 착실히……"

나는 다짐했다. 그러고 싶은 심정이 절실했다.

"응……"

이로써 내 오대산행은 끝이 나고 있었다. 아내의 완곡한 만

류를 그렇게 매몰차게 뿌리치며 온 길이었다. 하지만 푸른 연꽃, 푸른 그림자로서 그녀는 내게 다시 다가왔던 것이다.

아내가 버스 창문으로 손을 흔들며 떠나간 뒤에, 연등을 만들고 있던 승 친구는 내게 들려주었다.

"실은 말야. 니가 오던 날 그 앞차로 니 마누라가 왔었어."

"그게 정말야? 그래서……"

나는 그동안의 친구의 미적미적한 태도를 비로소 이해할 수 있었다.

"며칠 그냥 있게 하면 와서 어떻게든 데려가겠다고."

일은 그렇게 되어 있었다. 나는 인생의 작은 산언덕 하나를 넘었다고 여겼다. 그렇다면 그 작은 산언덕 하나를 넘기 위해 나는 그토록 몸부림쳤단 말인가. '근본적인 갈망'에 대해서는 일단은 결론을 회피하고 있는 입장이므로 그 대답은 무의미하다. 단지 내가 으레 거쳐야 할 무수한 통과제의 중 하나를 치렀다고 나는 말하고 있을 뿐이다.

사월 초파일의 행사는 등불과 가사로 휘황찬란했다. 석가모니불을 끝없이 외며 국보 48호로 지정되어 있는 8각9층석탑을 도는 탑돌이는 장엄했다. 나는 넋 놓아 그 광경을 바라보며 내가 세상에서 보고자 한 그것을 지금 보고 있다는 생각에 사로잡혔다. 별것 아닌 생각이라고 할지는 몰라도, 나는 아직 그 한 번의 경험밖에 갖지 못했다. 섬뜩한 일이다.

그날을 이야기하면서 진부의 처녀를 일부러 빼놓을 수는 없다. 그녀는 이리저리 바쁘게 오가고 있었다. 잔심부름을 하고 있는 것이었다. 줄줄이 이어지는 탑돌이를 할 때는 그 행렬에 들어 합장하고 있는 모습도 보였다. 내가 종교에 빚지고 있는 가장 큰 부분은 종교적인 모습의 여자를 보면 나도 모르게 음욕을 품는다는 데 있다. 음탕한 모습의 여자란 한낱 수음행위에 지나지 않는 쾌락만을 준비하고 있을 뿐이다. 이와 아울러 한 가지 떠오르는 것은 내 뇌리에 가장 자극적으로 남아 있는 여자의 두 다리는 내가 열 살 때 보았던 그것이라는 점이다. 게다가 그 두 다리는 치마로 감싸여져 있었다. 어느 날 땅거미가 어둑어둑 내릴 무렵 언덕길을 올라가던 나는 앞에서 오는 어느 여인을 보았다. 어두워서 얼굴은 보이지 않았으나 때마침 뒤쪽에서 비추고 있던 군용 지프차의 헤드라이트 불빛에 속치마 하나만으로 감싸여 있는 여자의 두 다리가 선명하게 드러났다. 두 다리라고 쓰고 있지만 차라리 가랑이라고 하는 게 좋겠다. 여자가 왜 속치마 하나만 걸쳤는지는 내가 알 바 없다. 또 정확히 그것이 속치마였는지 아닌지도 의상학적으로

밝혀 말할 처지도 아니다. 열 살짜리 코흘리개의 눈이었던 것
이다. 그런데도 그 가랑이의 선명하고 선정적인 모습은 내 뇌
리에 깊이 박혀서, 그 뒤의 모든 선정적인 가랑이들 위에 마
치 이데아처럼 놓여 있다. 욕심을 덧붙여도 된다면 그 가랑이
는 방금 남자를 받아들였고 또다시 받아들이고 싶어 하는 것
이 확실했다고 단정 짓고 싶다. 그래야만 내 환상을 깨뜨리지
않고 그 이데아의 가랑이 사이에서 영원히 살아 꿈틀거릴 수
있을 테니까 말이다. 지금도 나는 여자의 가랑이 속을 들여다
보노라면 그 가랑이가 떠오른다. 지금처럼 그때 그 속까지 들
여다볼 기회가 주어졌다면, 맙소사! 그러나 이는 어린 영혼에
게는 너무 끔찍한 가정법이다. 내가 그 속을 실제로 볼 수 있
었던 것은 국민학교 4학년이나 되어서였다. 개구쟁이 몇이서
같은 반 여자애의 집에 가서 집안 식구들이 집을 비운 사이 낄
낄거리며 억지로 그 애의 팬티를 벗겼던 것이다. 그 사실만 기
억될 뿐 그 애 것의 구체적인 생김새는 이제 떠오르지 않는다.
이럴 때도 그 여자는 '잊혀졌다'는 표현을 써야 한다.

　내가 진부의 처녀에게 음욕을 느낀 것은 그녀가 합장을 하
고 8각9층탑 앞에 있는 돌 보살상 옆을 돌 순간이었다. 고려
시대의 것으로 추정된다는 그 돌 보살상은, 원통 모양의 보관

(寶冠)을 썼으며 탑을 향하여 오른쪽 무릎을 대고, 왼쪽 무릎은 구부려 세워 왼쪽 팔꿈치를 받치고 왼손은 무엇을 떠받치고 있는 듯이 오른손 위에 얹었다. 양쪽 눈썹 사이에는 광명을 무량세계에 비춘다고 하는 부처의 터럭인 백호(白毫) 구멍이 있고 몸 아래에는 연꽃받침이 놓여 있다. 그 보살상을 지나는 순간 그 보살상이 마치 내가 되어 그녀를 탑으로 받들고 있다는 생각이 들었다. 이와 같은 숭고한 변위가 어떻게 세속의 남녀 관계로 또 한 번 변위되었는지는 나도 모를 일이다. 나는 내 안에 법열처럼 들끓고 있는 육괴(肉塊)의 울부짖음을 들었다. 보잘것없이 추하기만 한 육욕을 조금이라도 미화하려고 하는 수작이 아니다. 나는 어쩔 줄 몰라 쩔쩔매는 도리밖에 없었다. 다행인지 불행인지 그녀는 지옥에서 헤매는 나를 보지 못하였다. 그것으로 끝이었다. 때는 사월 초파일이었으므로 다음 기회가 있으리라 미룬 것이 끝이었다. 미루지 않았다 한들 나는 그녀에게 당장 어떻게 나를 설득시킬 재간이 없다고 판단되었다. 그날 밤 뇌조의 울음소리와 함께 내게 있었던 그녀의 입술, 그것은 다른 차원의 것이었다. 오판이었던가. 얼토당토않게 제멋대로 행동하는 남자에게 매력을 느끼는 여자는 실은 유린당하고 있음을 알아야 한다. 진정한 남자란 사랑을 느낀 여자 앞

에서 단지 비굴해질 뿐이다. 오금이 저리기 때문이다. 그러나 이따위 생각을 했다는 것 자체가 용서받지 못할 일이다. 나는 새사람으로 태어났다고 했다.

그리하여 나는 떠나왔다. 버스가 산을 돌고 강을 건너 나를 서울까지 데려다주었다. 서울에서도 늘 한강을 접하고 살았건 만 돌아오는 길의 강들은 유독 새로운 모습으로 보였다.

그 강의 모습에 곁들여 나는 하나의 강을 되살려낸다. 그것 은 모든 것들과도 헤어져 마지막으로 헤맬 때의 이야기가 된 다. 나는 그때 죽음을 찾고 있었다. 죽음을 찾다니? 그랬다. 저 혼자는 어쩌지를 못하고 어디에 내 죽음이 없을까 찾고 있었 던 것이다. 스스로 목숨을 끊는 사람들이 자기만의 그럴듯한 장소를 찾아가는 것을 보면 야릇한 생각이 든다. 그때 나도 그 런 곳을 찾아가고 있었다. 강 때문이 아니라 버스가 덜컹하고 어깨를 흔들었기 때문일까.

누군가 어깨를 흔들었다.

간밤에 자리가 불편해서 몇 번인가 어슴푸레 잠이 깨어 뒤 척인 것도 같았으나, 그럭저럭 눈을 붙인 모양이었다. 이슬에 젖은 옷이 눅눅했다. 나는 내 어깨를 흔든 사람이 누구인지 고 개를 돌려보았다. 눈이 부시도록 어느새 날이 밝아 있었다.

그 여자는 밝아오는 하늘을 배경으로 나를 내려다보고 있었다.

"누구십니까?"

나는 눈을 비비며 상체를 일으켰다.

"날이 밝았어요."

그 여자는 보일락 말락 웃음을 지어 보였다.

"아, 그렇군요."

"어쩔 셈으루 이런 데서 잠을 자구 계시죠?"

나는 내가 웅크리고 잤던 자리에서 일어나 바지를 툭툭 털었다. 초췌한 차림이라 별로 털어낼 것도 없었으나 그 여자가 계속 나에게서 시선을 떼지 않고 있는데 신경이 쓰여 공연히 몇 번 더 터는 시늉을 했다. 실은 날이 밝자마자 그곳을 떠날 예정이었다. 아무 미련 없이, 그런데 그 여자가 나를 깨어나게 했던 것이다.

"죄송합니다. 여기서 자서……"

나는 머리를 약간 숙이는 시늉마저 해보였다. 아무리 넓고 출입이 자유로운 빈집의 뜰일지라도 허락 없이 잠을 잤다는 것은 나의 잘못임에 틀림이 없었다.

"뭐, 괜찮아요."

그 여자는 너그러움을 보여주었다. 나는 애초에 생각했듯이 빨리 그곳을 떠나고 싶었다. 나에게는 아무 볼일이 없었다. 다만 떠난다는 사실만이 볼일이었다.

내가 그 여자를 본 것은 그 전날 저녁이었다. 그 여자는 나보다 거기 먼저 있었다. 그 여자는 그 집이 친척집이라고 말했다. 집을 지키러 와 있다고.

옥상에 있는 그 작은 방에서 그 여자를 처음 보았을 때, 나는 그 무렵의 침중한 내 기분에도 불구하고 이른바 간이 떨어진 듯이 놀라지 않을 수 없었다. 철렁, 속이 싸아하게 내려앉았다. 그 커다란 빈집의 옥상 한 귀퉁이 방에 사람이 있으리라고는 도무지 상상할 수 없었던 것이다. 그대로 그나마 잔뜩 긴장하고 있었기에 망정이지 그렇지 않았더라면 기절이라도 했을지 모를 일이었다.

그리고 내게 긴장을 유지시켜준 것은, 그 집이 빈집이라는 데서 오는 조마조마함은 있지만, 역시 내 뇌리 속에 자리 잡고 있던 한 마리 새의 모습이었다. 나는 그 옥상의 방문 앞에 서서, 내가 문을 여는 순간 무슨 새가 깃들어 있다가 갑자기 후다닥 날개를 치며 날아 나오지나 않을까 하는 생각에 사로잡혔던 것이다.

내가 그 낡은 공장 건물을 찾아간 것은, 그러나 낯선 곳에

나 자신을 가져가려는 의도는 아니었다. 정확하게 말하면 그 낡은 공장은 오래전 내가 어릴 적 우리 집이 그 지방에 살 때 내가 몇 번인가 드나든 적이 있는 곳이었다. 당시는 밀을 빻고 있는 제분공장이었는데, 내가 갔을 때마다 무슨 일이 있었는지 공장은 쉬고 있었다. 이웃에 사는 몇몇 아이들과 어울려 공장 뜰에서 술래잡기를 하거나 하얗게 밀가루 먼지가 앉은 널빤지 위에 서툰 그림을 그리기도 했던 것이다. 그 뒤 곧 우리 집은 그곳을 떠났고, 나는 근 이십 년 동안 그곳을 거의 잊고 지냈다.

그동안 쭈욱 잊어버리고 있다가 문득 찾아가보고 싶다는 느낌이 인 것을 보면, 이십 년이라는 긴 세월도 한낱 짧은 순간에 가두어놓을 수 있는 것인지 모른다. 그 공장의 옥상에는 작은 방이 계단 옆에 증축되어 있었다.

언젠가 멈춰 있는 컨베이어 벨트 밑을 기다시피 하여 위로 올라가는 계단으로 접어들었고, 그때 나는 아이들과 동떨어져 혼자 옥상까지 올라갔었다. 빈집의 옥상을 올라갈 때의 긴장은 요술의 성을 향해 올라가는 듯한 느낌이었다. 옥상에서는 멀리 강이 내려다보였다. 나는 한동안 그 강을 내려다보고 있다가, 한 모퉁이에 지어져 있는 방으로 갔던 것이다. 바로 거기에 내가 생전 처음 보는 커다란 새가 살고 있었다. 솔개 아니면 말똥가리였으리라.

문을 열자 그놈은 화드득 날개를 치며 빠끔히 열려 있는 강쪽의 창문을 통해 순식간에 빠져나갔다. 나는 뿌연 유리창 밖으로 그놈이 높게 비상해가는 것을 볼 수 있었다. 그때 나는 내가 결코 새의 보금자리를 위협할 뜻은 없었음을 새에게 알릴 길이 없어 못내 안타까웠다. 그 빈집에 관해서라면 나는 그날의 인상을 가장 강렬하게 떠올릴 수 있다.

그런데 그로부터 근 이십 년 뒤에 바로 새가 있던 그 방에서 나는 그 여자를 만났던 것이다. 그 여자는 방 한옆에 아무렇게나 놓여 있는 나무상자 위에 비스듬히 누워, 일어날까 말까 하는 자세로 나를 빤히 쳐다보고 있었다. 그때의 새가 나를 보고 있었다면 저런 눈이었을까, 나는 문득 생각했다. 그러나 너무도 놀랐으므로 얼어붙은 채 그 자리에 서 있을 수밖에 없었다.

"왜 그러시지요?"

그 여자는 애써 놀라지 않은 듯 목소리를 가다듬고 있었으나, 가슴이 심하게 오르내리고 있었다

"지나가던 길에…… 강을 보려구요."

"강?"

"강 말이지요. 어디로 흘러가나……"

나는 머뭇거리며 말했다. 그 말을 믿어줄 사람은 아무도 없을 것이었다. 나 자신에게도 그것은 엉뚱한 말이었다.

"난 집을 보는 사람이에요. 금방 내려가세요. 난 집주인의 친척이에요."

그 여자는 어느새 똑바로 일어선 채 차갑게 말했다.

"네. 죄송합니다. 다만 강을 보았으면 해서……"

"알았어요."

그 여자의 말투는 냉랭하기 짝이 없었다. 나는 그 여자가 취하고 있는 경계와 의혹의 눈초리가 거북스러워, 강을 보려 했다는 거짓말을 성립시키지도 못하고 휘청거리며 계단을 내려오고 말았다. 혐오스러웠다. 얼빠진 일이야. 낮모르는 여자와 어처구니없는 거짓말을 하고 있어야 하다니. 어서 떠나야 해. 그러나 공장지대로는 쓸모가 없어진 그곳엔 잘 곳마저 없었다.

지금쯤 그 새는 어디로 갔을까. 새의 수명은 얼마나 되는 것일까. 나보다 더 나이 먹은 새였을까. 새가 사람보다 더 나이를 먹다니. 나는 예전에 뛰놀았던 언덕길을 얼마 동안 어슬렁거리다가 다시 그 빈집의 처마 아래 적당히 자리를 만들고, 새를 생각하며 잠이 들었던 것이다.

"간밤엔…… 잘 주무셨습니까?"

나는 다소 못마땅한 마음이 일어서 약간 빈정거리는 투를 섞어서 깍듯이 존댓말을 했다. 그 여자의 입가에 엷은 미소가 어렸다.

"그렇질 못해요."

"왜요?"

나는, 나 때문이냐고 물으려다 그만두었다. 어차피 이제는 떠나야 했으므로.

"전 본래 잠을 잘 못자요."

그 여자의 목소리는 전날의 그것과는 달리 포근해져 있었다.

"자, 그럼."

나는 작별의 인사를 했다. 이젠 죽음찾기 여행 따위도 집어 치워야겠다는 마음이 솟았다. 나는 걸음을 옮겨놓았다.

"저 좀 보세요. 강을 내려다보구 싶으세요?"

"그야 뭐……"

"실은 전 이 집을 지키는 사람도 뭣도 아니에요. 고향으로 가던 길에 차를 놓쳤어요. 갈 곳이 없어서 강이라두 한번 보려 다가…… 이 공장두 문을 닫았더군요. 저도 공장에서 일했었 어요…… 강은 어디루 흘러가는지……"

그러고 보니 나는 그 여자가 그 집하고는 아무 관계가 없다는 사실을 이미 알고 있었던 듯했다. 나는 고개를 끄덕거렸다.

"우리 저리루 올라가요. 그리구 둘이서 강을 내려다봐요."

참으로 알 수 없는 일이었다. 사람은 극한 상황에 몰려서도 평상시보다 더 평온한 짓거리를 할 수 있었다. 대학 때 자살한 같은 과 녀석은 평상시와 똑같은 행동을 하고 있었다. 아니 현실의 일에 더 상세하고 능청스러웠다. 그도 나처럼 지쳐 있었을까.

그 여자가 없었더라면 나는 그곳에서 내 최후를 맞고 싶어 했을지도 모른다. 물론 구체적인 실천 계획은 없었다. 제가 무슨 솔개나 말똥가리가 아닌 이상 창밖으로 날아가는 시늉만 해도 되긴 될 것이었다. 그렇지만 그 순간에도 나는 추락보다는 비상, 영원한 비상을 꿈꾸었을 것이라는 생각이 든다. 나는 내가 그만큼 비겁한 놈이라는 것을 잘 알고 있다. 그 여자와 같이 강을 내려다보면서도 나는 비상을 분명히 생각했던 것 같다. 그 여자도 그랬을 것이라고 믿어본다. 그랬었길래 그 폐허에서도 우리는 일체의 서투른 짓을 하지 않았던 것이겠다. 좀 더 유추해보면 나는 아마도 나 자신을 어떤 새의 의미로 곰곰 받아들이고 있었던 것 같다. 강이 그렇게 만든 것이다.

그 옥상방의 바닥에는 새의 깃털들이 여기저기 떨어져 있었다. 새가 떨어뜨리고 간 가벼운 깃털처럼 우리는 가벼운 존재로서, 또한 깃털이 이제는 새에게서 탈락되어 이 세상과는 무관하듯이 이 세상과는 무관한 존재로서 강만을 내려다보았다. 나는 또 한번 여자가 내게 준 육체의 기회를 그냥, 이번에는 아예 허탕으로 보내버려서 여자를 노엽게 했는지도 모르겠다. 깔본 것은 절대로 아니다. 나는 그때 한 마리 새로서 인간 여자의 육체를 넘볼 계제가 아니었다. 잘못되었다면 너그럽게 용서해주기만을 바란다. 살아가는 과정이란 종잡을 수 없는 것이어서 때로는 꿈같은 현실에 직면하게 된다. 그리하여 인간이 새의 모습으로 변하기도 한다.

그러나 서울로 오면서 건너야 했던 강들이 내게 어떤 모습의 변모를 예시하고 있는지 당연히 몰랐었다.

5

아내는 내 육체를 거부하지는 않았다. 나는 이렇게 쓰면서 몹시 괴롭다. 언제나 잠자리에서는 이른바 천상의 음악소리로 내 자존심을 만족시켜주던 그녀가 아니었던가. 하기야 그 버릇은 변함없었다.

그러나, 여기에 '그러나'가 붙는다. 확실히 어딘가 달랐다. 예전의 그 육체가 아니었다. 육체 자체도 익숙했을 뿐만 아니라 그보다도 육체의 언어는 더 익숙한 것이었다. 그 모든 내 세계의 것이 다른 세계의 것으로 느껴졌다. 그녀는 예전과 다름없이 내가 끝나는 신호를 알리는 동시에 이제나저제나 애타게 기다렸다는 듯이 '천상의 음악소리'를 마치 고고(呱呱)의 소리처럼 터뜨렸다. 실제로 여자들은 그렇게 다시 태어나곤 하는 것이다.

그러나.

나는 고개를 갸우뚱거렸다. 모든 과정은 똑같되 느낌이 달랐다. 늘 '천상의 음악소리'로 다시 태어나곤 하던 천부적인 재능은 관성으로 남아 있었다고 해야 했다. 관성이 아니라 건성이라고 해도 좋겠다. 아무려나 그것은 합일된 육체가 아니었다. 즉, 그 느낌을 한번 표현해보라면, 얼음이 녹아버린 '식은' 물주머니를 상대하고 있다는 느낌이라고나 해야 할 것이다. 예전 그녀 몸의 뜨거움을 얼음의 차가움으로 환치시킨다는 전제 아래 말이다. 그래서 나는 '식은'이라고 한다.

나는 나름대로 새로운 각오를 했었다. 내가 집을 떠났던 것이 단순한 전시행위가 아니었음을 증명해야 했다. 그런데 웬일인지 무엇인가 아귀가 맞지를 않았다. 도둑도 손발이 맞아야 한다는 속담을 나는 알고 있었다. 그녀의 육체는 여전히 음악소리를 내고 있었으나 곧 녹음된 무미건조한 소리로 들렸다. 밤거리의 노점상에서 파는 〈자연의 음(곤충음)〉이라는 테이프들에는 '사상 최초 1,000여 종의 곤충음향 채집 성공'이라고 적혀 있었다. 그 〈자연의 음(곤충음)〉 테이프에서는 무슨 괴이한 변고인지 여자가 울부짖는 소리만 시종일관 들려왔다.

"천 가지 곤충음 거 괜찮네. 낄낄낄낄."

친구는 음흉스럽게 웃었다. 그 〈곤충음〉은 언제나 테이프를 녹음기에 넣기만 하면 '아아아아으윽' 하면서 들려오는 것이었다. 아내의 음악소리도 '곤충음'에 지나지 않았다. 나는 소외감에 상처를 입었다. 막상 돌아오자 나를, 내 과거를 받아들이지 않는구나 하고 나는 생각했다. 아무리 육체적인 교접을 가진다 한들 무슨 소용이 있겠는가. 자석의 같은 극에 다가간 극처럼 나는 보이지 않는 힘에 밀려나고 있었다. 아내가 차창 밖으로 손을 흔들고 먼저 온 지 불과 며칠 상관이었다. 그동안에 무슨 일이 일어났으리라고는 상상하기 어려웠다. 그러나 우리의 공간은 예전의 공간이 아니었다. 모든 것이 아귀가 맞지 않았다.

게다가 돌아온 이튿날 아버지가 갑자기 쓰러지는 일까지 겹쳤다. 몰리다 몰리다 마침내는 셋집으로 밀려나야 하는 신세가 된 마당에 고혈압이 동티가 난 것이었다. 아버지는 아무 말도 못하고 병상에 누워 눈만 끔벅끔벅하고 있었다. 무엇인가 말을 하려 해도 제대로 소리가 되어 나오지를 않는 것이었다.

"그만하기를 다행이라는구나. 평소에 고혈압인 걸 알믄 술은 딱 끊어야지. 이그으, 그저 술이 원수다."

어머니는 놀라움으로 땀이 번들거리는 얼굴이었다. 기연가 미연가하면서도 역시 '각하'에의 환상을 믿는 어머니였다. 곧 이곧대로 믿는다기보다 달리 무슨 길이 없으니까 믿는다는 편이 옳을 것이다. 어머니는 그 마지막 환상마저 산산조각이 날까봐 가슴이 철렁했을 것이었다. 어머니는 아직도 송요찬 장군이 어떤 힘이 되어주리라 막연한 기대를 품고 있는 것 같았다. 아버지가 전방에 있을 때, 시찰을 나온 그에게 낚싯대 한 벌을 선물한 적이 있었다는 것이었다.

그가 예전에는 박정희의 상관이 틀림없었지만 일찌감치 이른바 반혁명 사건에 연루되어 거세되어 있는 것도 어머니에게는 하찮게 여겨지는 모양이었다. 그가 아직도 그 낚싯대를 가지고 있는 한 그러리라는 기대였겠으나, 글쎄 낚싯대라……그것이 장군 자신을 낚는 낚싯대가 아닌 바에야, 글쎄였다. 아니 글쎄가 아니라 낚싯대 대신 낚싯대 공장이라 할지라도 그는 힘을 쓸 수가 없는 위치였다. 나는 낚싯대 한 벌이 그토록 큰 기대를 품게 만든 것이 놀랍고 동시에 겸연쩍었다. 아직도 그런 위대한 낚싯대가 있다는 것은 경탄할 만한 일이었다. 강태공 이후에 말이다.

"정보부장이 직계 선배가 된다는구나, 직계 선배가."

어머니에게 '각하'는 다시 점점 다가오고 있었던 모양이다. 그런 아버지가 고혈압으로 쓰러져 툭 불거진 눈알만 멀뚱멀뚱 굴리고 있으니 어찌 애가 타지 않으랴. 불경스러운 표현이기는 해도 아버지의 그때 모습은 커다란 개구리를 연상시켰다. 그것은 예전에 권총을 차고 돌아와 '혁명이야!'를 외치던 모습과 대비되어 잠시 나를 혼란시켰다. 박정희가 최고회의 의장이던 시절에는 혁검의 검사였고, 제3공화국 대통령이던 시절에는 이등병으로 강등되어 예편당한 자격정지자였으며, 유신정권의 제4공화국 대통령이던 시절에는 그만 개구리가 되어버린 사람. 그래서인지 제4공화국이 되면서, 그동안 꾸준히 장롱 속에 모셔져 있던 소련제 호신용 권총도 자취를 감췄었다. 개구리에게 호신용 권총 따위는 필요 없겠다는 뜻에서가 아니라 약간의 돈 때문에 암시장에 내다 판 것이었지만.

갑자기 고모가 들어오더니 눈물을 찔끔거렸다.

"오빠, 이게 웬일이오. 이북에서 단둘이 내려와 고시 파스하면 호강 시켜준다 해설람…… 바느질이다 뭐다 뒷바라지했더니……"

아버지는 여전히 감정 표현을 못하며 눈만 굴렸다. 그것도 고모나 우리 쪽이 아니라 허공을 향한 것이었다.

"조심만 하면 회복된다니까 너무 상심마세요."

어머니가 오히려 시누이를 위로했다.

그러는 사이 우리 부부는 말없이 한옆에 비켜서 있었을 뿐이었다. 아내가 어떤 상념에 젖어 있는지는 몰라도 나는 줄곧 그녀의 심리상태에 대해서 이모저모로 신경을 쓰고 있었다. 그렇게 보아서인지 시아버지를 대하는 태도도 어딘가 달라 보였다. 언젠가 '군인 아들이 소라 껍데기에 담뱃재를 떨며 시를 쓰다니' 하고 나를 말끄러미 쳐다보던 그 시절이 떠올랐다. 그 군인 아버지는 지금 고혈압으로 쓰러져 있고 시를 쓰던 청년은 만신창이가 되어 있다. 세월은 그냥 약이 아니라 마약이었다.

"그래도 단둘뿐인데, 오빠, 다시 일어나셔야 해요. 아직 그 나이면……"

아내와 나는 고모의 목소리를 뒤로하고 밖으로 나왔다. 있으면 있을수록 아내의 신경만 더욱 쓰이게 할 뿐이었다.

고모의 말대로 부모와 7녀1남 중에 단둘만 내려왔다고 했다. 의지가지없는 외로운 남매였다. 억지로 따지자면 그 밖에 좀 변칙적인 관계의 '가족'이 있기는 했다. 내게는 고모부가 될 터인 사람이었다. 좀 어렵게 해석될 것이다. 내가 이렇게 말하고 있는 것은 그가 함경도의 고향 마을에서 아버지의 누나와 결혼을 하기는 했으나 남쪽으로 홀로 내려와 다른 여자와 다시 결혼을 했기 때문이다. 그러니까 엄밀히 따져서 현재로서는 아무 관계도 아닌 셈이었다. 그런데도 그는 우리 집에 자주 드나들었다. 내가 대전의 선화국민학교로 전학 갈 때 부모 대신 나를 학교로 데려가 수속을 밟아준 것도 그였다. 그리고 아버지의 잦은 전근 때문에 교육에 문제가 있다 하여 나 홀로 변두리나마 서울의 고모집에서 고등학교를 다닐 때는 그도 거기에 와 있었다. 고모네는 청량리에서 꽃집을 하면서 태능 가까이 작은 꽃농장을 가지고 있었다. 다른 여자와 결혼을 했다고 들었는데 그는 혼자였다. 국민학교 때의 일도 있고 하여 나는 그를 퍽 따랐다. 그렇지만 그는 내게 뭔가 죄를 지은 듯한 표정을 늘 짓고 있었다. 그 까닭은 지금도 명확히 알 수 없다. 역시 결혼 문제 때문이었을까 하고는 있어도.

그가 떠나겠다고 했을 때 아무도 붙잡지 않았다. 그는 일 년 전에 그 농장에 왔었고, 올 때부터 한 일 년만 있겠노라는 단서를 붙이고 있었던 것이다. 그는 집안사람들 모두에게 마치 죄지은 것처럼 오금을 펴지 못하고 지냈는데, 특히 어린 나에게 더했다.

나는 그것을 내가 어리기 때문에 인생에 대해서는 변칙을 납득하지 못하리라는 짐작을 한 때문이 아닌가 여기고 있었다. 그 변칙이라는 것은 그가 아내를 잊었다는 것을 말한다. 잃었다고 한다면 그건 죽음이거나 뭐 그런 유의 것이겠지만 잊었다는 것은 문제가 다르다. 아내가 종적을 감춰버린 것이었다. 그 사실이 어린 나에게는 도무지 납득이 되지 않을 줄 알아서 그는 괴롭고 민망했음이 틀림없었다. 그렇다고 그가 나를 항상 피했다는 것은 아니다.

그는 본래 명랑한 사람이었다. 그는 농장 한 기슭에 무릎을 세우고 앉아서 내게 곧잘 말을 건넸다.

"난 말이지. 인간으로 태어나기 전에는 아마 하나님이었을 거다."

이런 밑도 끝도 없는 소리에 나는 멍청해질 수밖에 없었다.

"그걸 어떻게 알지요? 뭘로 증명하지요?"

내가 이렇게 물을 때, 이렇게 묻기를 기다리고 있었다는 듯이 그의 호박색 눈은 생기에 차 넘쳤다.

"그건 간단해. 내가 무엇이었는지 도통 모르기 때문에 하나님이 아니겠냐는 거지. 알 수만 있다면 아마……"

그는 말을 멈추고 잠시 생각에 잠겼다가 계속했다.

"두더지나 달팽이 따위겠지, 하나님일 수야 없는 게 아니겠어?"

그의 논리가 어찌되었건 나는 꿈꾸는 듯한 그의 이야기에 매료되었고, 실제로 그가 논리의 비약 혹은 초월을 통해 그 자신이 겪고 있는 현실을 받아들이려고 애쓰고 있다는 사실은 나에게는 나름대로 설득력이 있었다. 나는, 그가 생각한 것만큼 어리지는 않았던 것이다.

그의 눈은 호박색과 같이 몽롱하고 투명했다. 그가 어떤 일을 꾸미고 있을 때나 어떤 상념에 젖어 있을 때는 더욱 몽롱하고 투명했다. 나에게 박혀 있는 고정관념에 의하면 패배의 쓴 잔을 마셔보지 못한 사람은 빛날 수 없다는 것인데, 그렇다면 그의 눈의 보석은 어떤 패배의 산물임에 틀림이 없었다. 또한 몽롱하고 투명하다는 설명이 가능하다고 여기기 힘들 테지만, 그의 눈을 달리 어떻게 설명할 도리는 없는 것이다. 그 무렵 인간에 대해서 호기심이 지나칠 정도로 많았던 나는 그의 인간이 주는 비논리에서 경이감과 아울러 신선함을 느끼고 있기도 했다.

여기에 대해서는 남모를 일이 하나 내 마음속 깊은 곳에 자리 잡고 그와 연관을 맺고 있는 것을 숨길 수 없다. 언젠가 새벽녘에 일찍 깨어 화원의 등성이를 한 바퀴 돌려고 눈향나무들 사이로 해서 비닐하우스 쪽으로 발길을 옮겼을 때였다. 희붐한 새벽 공기 속에서 나는 어떤 사람이 낯선 짐승처럼 움직이는 것을 보았다. 순간적으로 경계의 태세를 취한 나는 측백나무 뒤에 몸을 숨기고 엿보았다. 그러나 그 순간 나는 그것이 바로 누구인지를 알았다. 그런데 그가 왜 낯선 짐승처럼 생소하게 보였을까.

"이렇게 일찍 웬일이시죠?"

나는 어슬렁어슬렁 기어올라가 그에게 말을 건넸다. 그는 다소 멋쩍은 미소를 띠고 나를 새삼스럽게 훑어보았다.

"이젠 완연한 가을 날씨군."

그는 감회가 새롭다는 투로 중얼거렸다. 그러나 그가 띠고 있는 멋쩍은 웃음이 나로 하여금 그의 비밀의 단서를 던져준 것을 그는 알지 못했을 것이다. 비밀의 단서고 뭐고 그는 곧 고백하고야 말았다. 그가 낯선 짐승처럼 보였던 것은 간밤에 그가 죽음을 시도했었기 때문이었다. 그러나 그가 시도한 것은 어찌 보면 운명을 가늠해보려는 주사위 놀음 같은 것에 지나지 않았다. 그는 언젠가 이렇게 물은 적이 있었다.

"식물들은 밤에는 산소를 마시고 탄산가스를 내뿜는다더군. 밀폐된 하우스 안에서 잠자다가 질식할 우려가 있다는 거야."

"설마 그럴라구요."

"설마가 사람 잡는다구."

그는 식물이 밤에 사람을 죽일 수 있기를 갈망하고 있는 듯했다. 훨씬 나중에, 그가 떠나고 나서야 깨달은 바이지만, 그가 꿈꾸고 있었던 죽음은 자연사에 가까운 죽음이었다. 혹은 불가항력적인 횡사였다. 그 자신의 의지에 의해 죽음을 택한다는 것은 패배를 자인하는 것이며, 그러기에는 그는 아직 뭔가 할 일이 남아 있었다. 이런 심리를 나중에 내가 답습하게 되리라고 나는 그때는 생각조차 하지 못했다.

그러면 비명에 횡사할 경우 아직 남아 있는 뭔가 할 일은 어떻게 되는 것일까. 그 경우에는 할 일도 그리 중요치 않게 되는 것이다. 그의 고백에 따르면 그 뭔가 할 일이란 아내에 대한 복수이기 때문이었다. 그는 자나 깨나 아내를 찾아 복수하고야 말리라고 다짐하고 있었다. 아무도 그 일에 대해 언급하지 않는 것이 그의 자존심을 심하게 건드렸던 결과, 그는 더욱 외곬으로 빠져들었다고 보여진다. 복수의 가능성이 점점 희박해지자 그는 때때로 중얼거렸다.

"남자는, 단념."

미련을 버리는 속도가 빠를수록 훌륭한 결과가 온다는 것이었다. 그러나 이렇게 말하는 것 자체가 그의 타오르는 복수심의 한 모습임을 나는 알고 있었다. 그러므로 그가 식물이 내뿜는 탄산가스에 질식해서 죽고 싶었다고 하더라도 복수를 단념했다고 보아서는 안 된다. 싱겁게, 아무 의지 없이 죽어버리는 것. 그것도 복수의 한 형태였다. 아, 이 역시 내가 나중에 답습하게 되는 심리상태였다.

그가 생각했는지도 모른다. 그가 죽은 해의 어느 초겨울날, 첫눈이 펄펄 내릴 때 전날의 잘못을 뉘우친 아내가 수소문 끝에 찾아온다. 그러나 아내에게 전달된 것은 그의 아무 의미 없는 죽음인 경우 아내의 배신을 탓하며 죽어갔다는 것은, 아내에게 응징을 주긴커녕 경멸을 불러일으킨다. 그러므로 아내와는 무관하고 어처구니없는 해프닝이 되어야 한다. 이것이 무의미의 미학이며, 따라서 교묘한 복수이기도 한 것이다. 무의미의 미학이 지니고 있는, 용용 죽겠지 하는 충격인 것이다. 그러나 천만에, 식물이 인간을 죽여서 파멸시킨다는 것은 생태계에서만 가능한 일이다. 그는 살아서 다시 아내를 생각하게 되었고, 복수에 대해 깊은 연구를 거듭하게 되었다.

그도 한때는 촉망받았던 시절이 있었다. 전쟁 뒤의 복구계획에 의하여 여러 가지 계획이 세워지자 그 일에 재빨리 뛰어

들었고 빠른 시일에 남들이 부러워할 정도의 재산을 모았다. 나중에 그가 설립한 회사의 간부사원과 눈이 맞아 사라질 운명에 있는 여자와 그가 결혼을 한 것은 그 무렵의 일이었다. 그의 회사가 급속도로 성장한 것과 같이 또한 급속도로 무너지기 시작한 까닭에 대해서는 설명할 겨를이 없다. 하지만 온갖 음흉한 계획이 진행되는 가운데 회사는 줄을 잇는 부도 사태에 직면하게 되었고 임금까지 체불하게 되었다. 모든 것이 끝장이었다.

그가 믿는 것은 사람은, 특히 남자는 세 번의 기회가 있다는 말과, 이물질로 진주를 키우게 된 진주조개와 같이 이미 변심을 진주처럼 키우고 있었던 아내뿐이었다. 그녀 쪽에서 보면 일련의 사건은 인생의 진주처럼 값진 것이 아닐 수 없었을 것이다.

둘 다 헛된 것이었다. 돈과 아내는 한꺼번에 그로부터 떠나가고 말았다. 물론 아내가 그에게 남긴 것이 아주 없었던 것은 아니다. 그녀는 몇 장의 결혼사진과 그리고 한 명의 아들을 남겼다. 그 아들은 그의 누이에게 가 자라고 있었다.

"이제 겨우 한 번의 기회가 사라졌을 뿐이야. 아직 두 번 남았어."

그는 몬스테라 화분들 사이에서 말했다.

"무슨 기회 말인가요?"

나는 물었다. 그 기회가 돈에 관한 것인지 여자에 관한 것인지 몰랐기 때문이었다. 하기는 그 역시 어떠한 명확한 기회를 말하고 있기보다 인생 전반에 대한 어떤 영광을 말하고 있다는 편이 적합한 것이었다.

그는 굴곡이 심한 몬스테라 잎사귀 사이에 얼굴을 적당히 가리고 오랫동안 생각에 잠겼다. 그는 내가 어리다고 생각하고 있었고 그래서 거기에 맞는 말을 찾고 있었던 것이다.

"말하자면 사람을 사랑하게 될 그런 기회 말이지."

"지금은 그럴 수 없나요?"

"지금은 그럴 수 없지. 나는 파괴되어 있으니까."

그는 몬스테라 잎 같은 웃음을 띠었다. 나는 그가 파괴되어 있다는 투의 말을 하는 것이 조금도 이상하지 않았다. 지금은 그렇지 않지만, 당시만 해도 나는 남녀의 사랑이란 한없이 숭고한 것이라고 여기고 있었기 때문에 그 말이 하나도 과장되어 들리지 않았다. 사실이었다. 집에서는 그가 마음을 잡으면 다시 취직이라도 해서 인생을 새로 출발할 수 있으리라 믿고 있었다. 그러기 위해서는 그의 파괴가 복구되지 않으면 안 되었다.

아내가 간 뒤 그는 여러 곳을 헤맸다. 일종의 방랑 생활이었다. 처음 고모네 농장으로 왔을 때의 그의 모습은 예전의 모습이 아니었다. 마치 고행을 쌓고 온 수행자와도 같았다. 그의 남루하고 초췌한 겉치레에도 불구하고 그의 눈이 호박 같이 깊게 어른거리는 것을 나는 이상한 기분에 감싸여 바라보았다. 그는 돈을 벌려고 아등바등하던 저 사장 시절과는 달리 인생에 대해 적어도 하나의 자를 준비해온 것 같아 보였다. 그의 눈은 스스로 켠 등물이었다.

"별별 델 다 돌아다녔지."

그는 담배를 피워물며 말했다. 나는 그의 경험의 양에 압도되어 즐겨 귀를 기울이곤 했다. 그는 주민등록증 한 장이면 신분이 보장되는 오징어잡이 어부가 되어 대화리까지 갔었는가 하면, 절의 단청공사 잡역부로 깊은 산속에서 생활하기도 했다는 것이었다.

"한번은 살림을 차리기도 했었는데 말야."

"살림을요?"

"술집 여자였지. 그 여잔 매우 착했어. 그러나 헤어졌지. 둘이서 만나 살아가는 덴 두 가지 종류가 있어. 애초부터 언젠가 헤어질 것을 예감하는 만남과 어떤 경우에든 헤어져서는 안 된다고 하는 만남……"

그렇게 말할 때, 그는 철학자처럼 보였다. 그는 상당히 많은 곳을 돌아다녔고 수없이 많은 사람들과 교제를 가졌지만, 그 것은 단지 스쳐 지나가는 것에 불과했다고 말했다. 인간이란 참으로 이상한 동물이어서, 사물을 곧이곧대로 받아들이지 않 고 자기가 부여한 의미에 의해서만 받아들인다는 것이었다.

"그렇기 때문에 우리는 자신에게 속고 있는 거야."

그가 오랫동안 객지로 돌아다닌 것은 역시 가버린 아내 때 문이었다. 그의 말대로 우리가 자신에게 속고 있는 것이 사실 이라면 그의 경우에 있어서 특히 그렇다고 해야 할 것이다. 그 는 아내가 숨바꼭질을 하기 위해 숨기라도 한 것처럼 여기고 있는 눈치였으니까 말이다. 그는 때때로 자신이 어떤 경로를 밟아 실패에 이르렀는가를 곰곰이 따져보는 것 같았다. 그런 의미에서 그는 철학자였다.

"남자는 버릴 용기가 있어야 하는 거야. 갖는다는 건 쉬운 일이지."

나는 이 말이 그가 자신을 위로하기 위해서만 필요한 말은 아니라고 생각한다. 그리하여 모든 게 뒤섞여 한꺼번에 복수라는 야릇한 형태로 다가왔는지도 모른다. 망각과 복수, 이 상반되는 개념을 그는 동시에 붙들고 있었다. 만약 망각 쪽에 충실하게 된다면 복수 따위야 오히려 모처럼의 성과에 먹칠을 하는 결과밖에 되지 않을 것이었다. 또 실제로 나타나지도 않는 여자에게 어떤 복수를 할 것이며, 나타난다 한들 어쩌겠는가.

그러나 어떤 막된 여자라도 결국은 보편성을 추구하며 이와 반대로 어떤 보수적인 남자라도 얼마간의 특수성을 지향하는 것과 마찬가지로, 그가 지향하는 특수성을 나는 이해하기가 힘들었던 것이다. 그에 의하면 여자는 바다이며 남자는 산이었다. 바다는 거의 같은 모습이지만 산은 전혀 다른 모습들이기 때문에, 이 세상에서 가장 어렵고 골치 아픈 일은 여자가 남자의 마음을 읽는 법이라는 것이었다. 그래서 어머니가 딸에게 아무리 '남자란 다 도둑놈'이라고 귀에 못이 박이도록 말해도 소용이 없다는 것이었다.

그러나 반면에 남자가 여자의 마음을 읽기는 관상대에서 파도의 높이를 예상하는 정도로 쉬운 일인데, 너무 쉬워서 등한시하다가 착오를 일으킨다는 것이었다.

그러던 어느 날, 그는 갑자기 떠나겠다고 말했다. 이제 남아 있는 두 번의 기회를 위해서라고, 앉아서 기다리는 사람에게는 어떤 기회도 비켜가고 만다고 그는 설명했다.

그는 바람처럼 떠나가버렸다. 다만 집안에서 모두들 바란 것이 있다면, 그것은 그가 마음이 잡혀서 그의 말대로 '사람을 사랑하게' 되는 것이었다.

"다음에 만날 땐 좋은 소식을 들려주지."

"아무쪼록 몸이나 건강하세요."

그는 고개를 끄덕거리며 돌아섰다. 나는 그가 망각을 위해 몸부림치고 있다고 생각해보았다. 그로부터 그의 소식은 풍문으로도 들려오지 않았다.

내가 그를 다시 만난 것은 어느 지방의 시외버스 정류장에서였다. 구태여 그 지명을 밝히지 않더라도 이야기에는 관계가 없으므로 밝히지는 않겠다. 본래 여행이란 걸 싫어하는 나는 누가 훌쩍 여행이라도 떠나련다고 하면 공연히 정서가 불편하기조차 하다. 여행이라면 모래알을 씹는 것 같고 남의 옷을 빌려 입은 것 같다.

을씨년스러운 초겨울, 손님이 들지 않은 서커스 무대 위에 선 광대, 그런 분위기를 찾는 사람만이 여행에 탐닉하리라. 그러나 나는 항상 더 낯익은 곳으로, 더 익숙한 곳으로만 가고 싶은 것이다. 그런 내가 대학을 졸업하고 들어간 첫 직장의 일 때문에 꼬박 반년을 이곳저곳 기웃거리고 다니는 신세가 되었다. 이것은 순수한 여행은 아니었다. 그래서 나는 일부러 가방도 들지 않고 낯익은 거리로 가듯이 길을 떠나곤 했다. 나에게는 떠날 때의 야릇한 긴장이나 설렘 따위가 정말 질색이었다. 버스는 작은 노예선과 같았다. 도피자가 되려면 그로부터 구 개월은 기다려야 했던 때였다.

그러나 나는 언제나 떠날 때 예전에 어디론가 떠난 그를 연상하지 않을 수 없었다. 그는 나에게 아무것도 가르쳐준 바가 없었으나 나는 그에게서 무엇인가 배웠음이 분명했다.

"아니, 이게 누구지?"

먼저 나를 알아본 것은 그였다. 길을 떠나면서 그가 떠오를 적마다 막연히 죽지는 않았을까 하고 생각되었던 나는 그가 뜻밖에 건강한데 놀랐다.

"아, 안녕하세요. 도대체 얼마 만이에요?"

"그러게 말야."

그는 차에서 내리는 참이었고 나는 차를 타려는 참이었다. 아직 시간은 꽤 남아 있었다. 그는 나를 대합실의 구내 다방으로 이끌고 갔다. 몇 년 만에 보는 그는 생활이 꽤 정리되었음을 보여주듯이 말쑥했는데, 몇 년 동안의 시간에 비해 늙어 보였다.

"그동안 어떻게 지내셨어요?"

"두 번째의 기회를 잡았느냐 이 말이겠지?"

"그런 건 아니에요."

나는 웃음을 지었다.

"나는 또 여러 곳을 돌아다녔지."

그는 꿈꾸듯 몽롱한 눈초리로 나를 쳐다보았다. 눈동자는 옛날과 변함이 없었다. 나는 그의 눈동자를 보는 것이 무엇보다 즐거웠다.

"무얼 하셨어요?"

물론 그가 어떠한 생활을 했는지는 듣지 않아도 알 수 있는 일이었다. 예전처럼 이 세상에서 가장 간단히 일자리를 얻을 수 있는 막노동 생활을 했음도 알고 있었다.

"인생에는 세 번의 기회가 있다고 했지? 내가 무얼 했느냐고 하면 남아 있던 두 번의 기회는 고스란히 놔두는 일을 했지."

나는 그의 말뜻을 쉽사리 알아들을 수가 없었다. 그러나 그는 언제나 거짓말은 하지 않는 사람이었다. 아무리 그의 말이 모호하고 현학적이라 하더라도.

"잘 모르겠는데요."

"그럴 거야. 나도 잘 모르는 일이니까 말이지, 언젠가 내가 남자는 단념이라고 했지? 그 말은 틀린 말이야."

나는 그 말조차 뜻을 알 수가 없었다. 내가 잠자코 있어도 그는 조바심 따위는 보이지 않았다.

"난 아내를 만난 거야. 다시 살기로 했지."

"정말이세요?"

"암."

그는 눈빛을 빛냈다. 그 눈빛은 온화했으나 결의에 넘쳐 있었다.

"그렇기 때문에 맨 첫 번의 기회는 아직 계속되고 있는 거란 말이지. 남자란 단념이 아니라, 용납이지."

나는 이제는 웃음도 띠지 않았다. 그가 꿈꾸던 망각도, 복수도 결국은 사랑의 한 형태였던 것이다. 나는 언제나 그의 허점 투성이인 논리에 넘어가면서도 항상 그에게 경건한 마음가짐을 가져왔던 까닭을 알았다. 그는 망각을 얘기했으나 결코 망각을 바라지 않았고, 복수를 얘기했으나 결코 복수를 바라지 않았다. 그는 어떠한 파멸이 다가오더라도 결코 놓지 않을 것이 있는 사람이었다. 그것이 비록 구미호의 꼬리라고 하더라

도 말이다. 그가 다시 우리 집에 드나든 것은 나를 만나고부터
였다.

그가 그렇게 다른 여자와의 관계로 끌탕을 하면서도 우리
집에 드나들었다는 사실을 나는 이해하기 힘들었다. 아무튼
외로운 사람들인 것만은 틀림없었다. 그중에서 특히 아버지는.

병원에서 돌아와서도 아내와 나는 이렇다 할 대화가 없었
다. 나와 맞닥뜨리는 장면을 그녀가 피하고 있음이 여실했다.
상대방이 자기를 피하고 있음을 눈치채고 난 뒤의 불편함이란
상상보다 훨씬 가혹하다. 보통은 인류가 공동사회를 이루어
살게 된 이후의 문화사적 의미에 연유하게 되겠는데, 남녀 사
이에 있어서는 그보다 더 뿌리 깊은 연원을 가지고 있을 것이
다. 즉, 쉽게 말해 사랑이란 만남이며 소유라는 것이다. 하지만
이런 등속의 말을 하고 있을 여유는 없다. 나의 새로운 인간으
로서의 생활, 삶은 모종의 사태로 헛바퀴만 굴리고 있었다. 더
더구나 알 수 없는 것은 그전까지는 내가 모든 사태의 주도권
을 쥐고 있었으나 어느 틈엔가 그녀에게 주도권이 쥐어져 있
다는 사실이었다. 방도 예전의 방이었고 선인장 화분도 예전
의 선인장 화분이었다. 내가 어느 정도의 유산을 물려받는 데
기여한 옆집의 불임 주부도 예전 그대로 시장을 오갔다. 박정

희는 육영수 대신 여전히 박근혜를 데리고 다녔고 아버지에게는 소식이 없었다. 모든 것이 무사했다. 지구는 돌고 있었다. 그런데 어인 일인가. 나는 아내에게 사육당하는 꼴이 되고 말았던 것이다. 나를 예전의 위치로 되돌려놓고자 하는 의도 자체가 무위였다. 나는 비빌 언덕이 없어졌음을 깨달았다. 전혀 예상조차 못한 일이었다. 그녀는 언제나, 어떤 경우에나 내 추종자이자 후견인이어야 마땅했다. 세상의 모든 남편 족속들과 마찬가지로 나도 그 지위를 누리지 않으면 안 되었다. 거듭 말하건대 '언제나, 어떤 경우에나'.

나는 갈피를 잡을 수가 없었다. 저녁 늦게 들어온 그녀에게서는 나를 대하는 냉랭한 몸짓과는 달리 달착지근한 피로의 냄새가 묻어나왔다. 내가 과민반응을 일으켰던 것일까. 단지 생활에 지쳐 있는 것일까. 나는 갈피를 잡을 수가 없었다.

누가, 예전의 나처럼 내가 그녀를 만났던 짧으나 결정적인 며칠 동안의 시기에 새로운 쐐기를 박은 것인지도 몰랐다. 충분히 가능성은 있었다. 살아오는 동안 여러 가지 비상식적인 일들을 보아왔지만 돈과 여자에 관한 일만큼 비상식적인 것도 없었다. 자기 아내라고 해서 예외일 수는 없음을 알아야 한다. 세상의 흔한 비극을 보면서 그것을 자기 자신에게 결부시키는 능력이야말로 특출한 지혜이다. 우리는 누구나 생득적으로 자기 자신만은 선택된 존재라는 인식을 가지고 있음이 이로써 증명된다 하겠다. 그럴 만한 까닭이 없는 것은 아니다. 자궁 속에서의 정받이 때의 치열한 경쟁을 돌아볼 일이다.

그렇지만 아직은 나는 아내를 믿고 있었다. 언제였던가 버스에서 웬 청년이 뒤따라왔었다는 때의 이야기가 떠올랐다.

어느 날 저녁 헐레벌떡 집으로 돌아온 아내는 상기된 얼굴로 말했었다.

"버스에서 내려 걸어오는데 누가 따라와 말을 걸잖아."

"그래서?"

나는 웃음을 머금었다. 아내는 안전했으므로 그것은 기분 좋은 일이었다.

"그래서 돌아보니까 웬 대학생 차림이야."

아내도 웃음을 머금었다. 자신이 아직도 그렇게 어려 보인다는 점이 즐거운 모양이었다.

"상대를 좀 해주지."

나는 아량이 넓었다.

"으응, 그래서 말해줬지. 빨랑 집에 가서 애 젖 먹여야 된다구 말야."

아내는 옷을 갈아입다 말고, 나는 신문을 손에 든 채 함께 가볍고 행복한 웃음을 나누었다.

행복은 아주 간단한 한마디 말, 한 소절의 삽화 속에 꿀풀꽃 속의 꿀처럼 깃들어 있었다. 그러나 이제 꽃들은 시들었다. 오대산으로 찾아와 간절하게 나를 원하던 여자는 이 세상에 없었다. 그렇지만 나는 그동안 그녀가 처했던 심적 타격을 감안해야 한다고 생각했다. 회복될 시간을 주어야 한다.

"어디를 갔다 이제 와?"

그래도 나는 매일 늦는 귀가시간을 지적하지 않을 수 없었다.

"일이 있어서 그렇지 뭐."

그녀의 대답은 단순 명료했다. 더 이상 따져 묻기도 구차스러웠다. 나는 방바닥에 벌렁 드러누워 뭔가 뒤죽박죽이 되어버린 젊음을 한탄했다. 언제나 충실한 추종자요 후견인이었던 그녀였다. 언젠가 밤에 통금에 쫓겨 숨이 목에 닿아 뛰어온 내가 대문을 채 들어서지 못하고 마라톤의 용사처럼 쓰러졌을 때 부축해서 방으로 들여놓아주던 일이 새삼스러웠다. 그날 나는 늦은 밤길을 걸어 집으로 돌아오고 있었다. 거기서부터 하마 통금에 걸려 있었다.

"누구요?"

문득 앞에서 손전등을 밝히고 가로막는 사람이 있었다. 방
범대원 둘이었다. 큰일이었다. 나는 집안 어른이 갑자기 병원
에 입원하셔서 하는 수가 없었노라고 있는 말 없는 말 다 둘러
대며 위기를 모면하려고 노력했다.

　"하여튼 갑시다."

　그들은 막무가내였다. 주민등록의 시대임에도 몇 년을 도피
해왔는데 그렇게 허망하게 잡혀갈 수는 없는 노릇이었다.

　"한 번만 봐주십시오."

　나는 굽실거리며 애걸복걸했다. 그리고 주의 깊게 살폈다.

　"일단 파출소에 가서 봅시다."

　손전등이 앞서서 움직이며 따라오라는 시늉을 했다. 그러는
사이에 그들과 나는 위치가 바뀌었으며 더군다나 그들은 앞쪽
으로 향해 움직이고 있었다. 도리 없이 내가 따라오리라 여긴
모양이었다. 바로 그 순간을 놓쳐서는 안 되었다. 나는 들고 있
던 봉투까지 팽개치고 냅다 뛰기 시작했다. 봉투 안에는 다산
(茶山)의《목민심서》가 들어 있었다.

　"어?!"

　이른바 허를 찔린 그들이 잠깐 동안 멈칫했다고 여겨졌다.
게다가 내가 내팽개친 봉투도 그 잠깐 동안의 멈칫거림에 몇

분의 몇은 기여했다고 나는 믿는다. 그것은 적어도 꽤 여러 발짝은 될 것이다. 이 점에서 다산에게 직접적인 고마움을 느낀다. 그의 저작이 내게 큰 가르침을 준 것이 그날 밤 그것을 들고 있게 된 까닭인 때문이다.

"도둑이야!"

멈칫한 것은 정말 잠깐 동안이었다. 그들은 손전등 불빛을 내 등짝에 쏘아비치며 사냥개처럼 뒤쫓아오기 시작했다. 방범대원이라는 사람들도 그 경우 "도둑이야!" 하고 보통 사람들처럼 외친다는 건 좀 의외였다.

"서라!"

이 말도 마찬가지였다. 그들은 절대 권력의 하부구조였다. 무시무시한 '긴급조치'가 연달아 발동되는 판국에 "도둑이야!"니 "서라!"니 하는 말은 옛 왕조시대의 포졸이나 씀 직한 말이 아닐까 하는 생각이 들었다. 이것은 아무리 내가 도피자라 할지라도 나 또한 알게 모르게 절대 권력 체제에 길들었다는 반증이 된다. 그러니까 나는 가령 "쏜다!" 같은 말을 들어야 했던 것일 터였다. 그렇지 않았으니 내가 설 리 만무했다. 아울러 나는 도둑이 아니었다.

"도둑 잡아라!"

"거기 서라!"

그들은 직업이 직업이니만큼 여간 집요하지 않았다. 그렇지만 나도 만만치 않았다. 단지 좀도둑 누명으로 쫓기거나 통금으로 쫓기거나 하는 처지라면 붙잡혀도 좋았다.

작은 다리를 건너고 나서 군데군데 택지를 닦고 있는 야산 위로 나는 달렸다. 주위에 집들도 없고 울퉁불퉁한 돌투성이의 곳이었다. 단말마의 비명소리를 들은 적이 있는가. 개가 길을 건너다 차에 치여 즉사하지 못하고 지르는 소리는 이승에 있음직한 소리가 아니었다. 그때 나의 질주는 소리로 치면 그와 같았으리라 여겨진다. 나는 특수훈련을 받은 요원처럼 야산 위로 달리고 또 달렸다. 무협지의 한 장면이었다. 얼마나 달렸을까. 더 이상 도저히 달릴 수 없는 한계에 이르렀다. 끝장이다 하고 나는 멈춰 섰다. 내가 멈춰선 게 아니라 다리가 뻣뻣하게 굳어져 움직이지 못하게 되어버린 것이었다. 자, 날 잡아가슈. 나는 온몸을 축 늘어뜨리고 뒤쪽으로 눈을 돌렸다. 그러자 뒤쫓아오던 그들의 불빛이 반대쪽으로 향한 것이 눈에 들어왔다. 결국 포기하고 돌아선 것이었다. 경쟁하는 두 상대는 모두 괴롭다. 극히 작은 인내만 더 있으면 이긴다. 여러 전쟁에서 이 진리는 역사적 교훈으로 남아 있다. 나는 항복한 순간 승리했음을 확인한 것이다. 그들은 내가 승리를 확인하고 달리기를 멈추었을 것으로 여겼으리라. 그리고 저 사람 아마 긴급조치 위반자쯤은 되는가봐 속삭였으리라. 역시 지독한걸.

《목민심서》를 내던지고 아무런 전리품도 없는 승리 속에 산길을 허겁지겁 더듬어 집으로 돌아온 나는, 아내가 문을 따는 것을 확인하고는 그 앞에 고꾸라지고 말았었다. 그리고 얼마 뒤 걱정 어린 눈길 아래 눈을 뜬 나는 방 안을 휘둘러보며 "나왔어" 하고 겨우 말했을 뿐이었다. 애초에 전리품이 있을 리 없었다. 하지만 이 한마디가 갖는 의미를 한 번만이라도 음미해주기 바란다. 나는 승리하여 그녀에게로 돌아갈 수 있었던 것이다.

살아오다가 어떤 사람들을 만난다. 그들은 "그깟 여자 하나 때문에"라고 말한다. 그들이 과거에 여자를 잘못 사랑해서 겪었을 정신적, 육체적 방황과 갈증에 대해서 측은한 생각이 든다. "그깟 여자 하나 때문에".

그런데 나는 어떻게 되었는가. 나를 걱정스럽게 내려다보던 그 눈길은 어디로 갔는가. 오대산의 푸른 연꽃, 푸른 그림자는 어디로 갔는가.

하루하루 흘러가는 동안 사태는 생각보다 훨씬 빠른 속도로 악화되고 있었다. 귀가시간이 늦어지던 어느 날 그녀는 아무 말 없이 아예 들어오지 않았다. 아침에 들어올까 하였으나 그 기대도 소용이 없었다. 초조감과 배반감으로 나는 시간의 연옥을 헤맸다.

이튿날 밤도 아내는 돌아오지 않았다.

아내의 가출에 대한 이야기는 동서고금을 통해서 허다하다. 이 모두 현실의 질곡에서 벗어나 새로운 세계로 나아가고자 하는 욕망의 살(煞) 때문이다. 거기에 어떤 남자가 개입되어 있다고 하더라도, 욕망이란 또한 호기심의 다른 이름이기 때문에 그런 측면에서 그 살을 해석하지 않으면 안 된다.

역마(驛馬)살이 껴서.

도화(桃花)살이 껴서.

하지만 내 아내는 어떻게 된 것일까. 그녀는 어김없이 충실한 반려였다. 그런데 갑자기 무슨 살이 낀 것일까. 나는 어떤 여자들이 갑자기 신이 내려 집을 나가곤 한다는 사실도 알고 있었다. 그리하여 무당이 된다는 사실도 알고 있었다.

그전에 한 동네에서 살던 여인이 떠올랐다. 그녀는 특히 비린 것과 누린 것은 냄새도 역하여 입에 대지도 못하고 밥도 제대로 먹지 못하여 대꼬챙이처럼 마른 몸매에 큰 눈이 더 커 보여 마치 얼굴엔 눈뿐이 없는 듯하였다. 항상 온몸이 쑤시고 나른하며 누우면 정신을 잃곤 하였다. 병원에 가서 치료도 받았으나 별 차도가 없이 이십여 년을 시름시름 앓고 있다가 내림굿을 하고 무당이 되었다. 그녀가 십팔 세 되던 해에 그녀를 짝사랑하던 남자가 상사병으로 죽었다고 했다. 십구 세에 중매로 결혼을 했는데 그다음 해부터 상사병으로 죽은 남자가 삼 일 걸러 꿈에 보였다. 그 남자가 꿈에 보이기만 하면 이튿날 좋지 못한 일이 일어났고, 하루 종일 기분이 나쁘고 신경질이 났다. 그 남자의 꿈이 계속되면서 삼십이 세가 되자 몸이 자주 무거워졌다. 그러면서 머리가 몹시 아프고 속이 답답하여 밖에 나가 바람이라도 쐬면 나을까 싶어 집을 뛰쳐나가다 보니 아무 이유 없이 싸돌아다니다 오는 버릇이 생겼다는 것이었다. 물을 보면 온종일이라도 계속해서 물만 들여다보고 싶어졌으며 그냥 물이 좋아 물에다 대고 절을 하고 싶어졌다. 그리하여 보다가 절을 하고 집으로 돌아오니 몸이 가벼워지고 입맛도 좋아졌다. 그러던 중 굿하는 데가 있으면 어디든지 찾아가 빚이라도 내다가, 듬뿍 돈을 놓고 무당 옷을 빌려 입고 '무감'을 서서 춤을 추었다. 그러다 보니 굿하는 무당을 밀쳐놓고 자신이 대감굿 한 거리 정도는 언제나 하게 되었다. 이와 같은 발작적인 충동은 삼십이 세 이후에 더욱 심해졌다. 그래서 집안일은 제쳐놓고 노는 데만 있으면 빚이라도 내다가 찾아다니며 소리를 하고 노는 것이 일과처럼 되어버렸다는 것이었다.

어느 날 다음과 같은 꿈을 꾸었다. 팬티 외에는 옷을 모두 벗은 채 맨발로 깊은 산속에 들어가 산을 오르다가 바위 위에 서서 한없이 절을 하고 있었다. 그랬더니 백발의 노인 한 분이 희고 긴 수염을 늘인 채 흰 두루마기에 흰 버선을 신고 긴 담뱃대를 들고 그녀 앞에 나와서 공을 쌓아야 자손들에게 좋다는 말을 하였다.

그 뒤 이와 비슷한 꿈을 종종 꾸었는데 한번은 옷을 모두 벗은 채로 산속에 있는 그녀에게 목탁을 주며 이것을 가지라고 명하였다. 목탁을 받은 꿈을 꾼 지 약 일주일 뒤에는 흰옷을 입은 노파가 나타나 노인이 무엇을 주지 않더냐고 묻더니 "천 사람 만 사람의 손님을 대해라, 그래야 몸에 좋고 신수도 좋다. 시집과 친정이 모두 불도(佛道)가 세니 그리하거라"고 말하며 치마폭에 일곱 개의 엽전을 놓아주었다.

이 꿈을 꾼 건 그녀가 사십 세 때였다.

그전에도 꿈에 노인과 노파가 가끔 나타났는데 노인은 촛불을 환히 켜놓고 절만 받았다. 한번은 이 노인이 금강산 신령이라고 하며 두 노인은 부부관계라고 하였다.

언젠가 꿈에서는 설악산 절이라고 하는 곳에서 회색 두루마기를 입고 빨간 갓을 쓴 노인이 괴나리봇짐을 지고 그 옆에 짚신 한 켤레 매달았는데, 이 짚신은 너를 주려고 가져왔다고 하였다. 그리하여 어느 바위 밑에 이르렀는데 그곳에는 호랑이 여덟 마리가 있고 가운데 큰 어미가 있었다. 어미 호랑이가 그녀에게 "이담에 천하를 움직이는 신령님을 네게 점지해주마" 하더니 벌떡 일어나 어디론가 가서 남자 하나를 물어다 바위 구석에 처박아놓았다. 그러더니 마른 북어 하나를 입에서 토해 그녀에게 주었다. 그녀는 북어를 치마폭에 받고 물려온 남자를 가리키며 저 사람은 누구냐고 묻자 나쁜 짓을 해서 지옥으로 보낼 사람이기 때문에 거기까지는 알 필요가 없다고 호랑이가 말해주었다. 그녀가 북어를 든 채 바위 밑을 떠나 산에서 내려올 무렵 다른 호랑이가 산으로 올라오며 "밤 한 되, 대추 한 되, 소지, 초 한 갑, 쌀 두되를 사가지고 십칠 일에 이곳으로 오너라" 하고 말하고 나서 북어를 달라고 했다. 주지 않고 그대로 지나치려니까 앞을 막으며 입을 벌렸다. 그래도 주지 않고 내려왔다.

산 밑에 내려왔을 때 큰 구렁이 두 마리가 어우러져 있었다. 하나는 검고 다른 하나는 누런빛을 가진 것이었다. 그런데 좀 전에 산으로 올라오며 북어를 달라고 하던 호랑이가 어느새 이곳까지 따라와서 이 구렁이가 바로 산신이라고 말했다. 그러는 사이에 누런 구렁이가 그녀의 왼쪽 다리를 감았다. 이때 쇠붙이 같은 것을 몸에 단 남자가 올라오며 "구렁이에게 물린 일이 있으면 따라오라"고 말했다. 그녀는 그 남자를 따라가 어느 바위등에 앉게 되었다. 그 남자는 '백반'이라는 약을 발라주며 이 약을 바르면 금방 낫는다고 했다.

　그러나 아까 북어를 달라던 호랑이가 또 나타나 북어를 주지 않으면 해치겠다고 윽박질렀다. 그러나 그녀는 망설이다가 그대로 가지고 있었다. 그러다 보니 구렁이 네 마리가 앞길을 가로막고 있었는데 그 구렁이 머리 네 개가 모두 사람의 머리였다. 북어를 달라는 호랑이가 또 나타나 "이 구렁이가 신령님인데 너의 말문을 열어줄 것이다. 그리 알고 돌아가라"고 말했다. 그 말에 구렁이가 그녀에게 북어는 저 호랑이에게 주라고 하였다. 그래도 북어는 주기 싫었다.

　집으로 돌아와서 그녀는 그 북어를 아랫목 이불 밑에 넣어 두었다. 그랬더니 이불 밑에 있는 북어가 두 마리의 구렁이로 변해서 방바닥으로 기어나왔다. 구렁이는 방 한가운데 펼쳐져 있는 큰 상 위에 올라가 서리고 앉아 나물 한 접시를 해놓으라고 했다. 그 말에 밥 한 접시, 무나물 한 접시, 고사리나물 한 접시 해놓자 구렁이는 먹지 않고 문밖으로 스스로 사라졌다. 이때 꿈이 깨었다.

사흘 뒤 꿈에 그 구렁이 두 마리가 찾아와서 굿을 하라고 권하며 그래야만 천사(千事)를 일러주고 천하를 올린다는 말을 남기고는 밖으로 사라졌다. 그리하여 다시 사흘 뒤 무당을 불러 내림굿을 하였다. 그녀는 내림굿을 하고 신을 받은 뒤로는 음식을 먹는 것이 정상으로 되었고 특히 떡이 당기며, 몸도 완쾌되었다. 그리고 무당이 되었다는 것이었다.

어머니는 본래 이야기에 어떤 천재성을 보여주었었다. 무척 어릴 적에 이 이야기를 들은 나는 그저 호랑이와 구렁이의 생김새만 눈에 어른거릴 뿐이었다. 내가 무당 혹은 무속에 대해서 정신에 익히고 있는 것은 거의가 그 이야기와 그 무당을 통해서였다. 그 오랜 뒤에 나는 한 권의 시집을 썼는데 그 속에 깔려 있는 정신은 무속의 어떤 세계이기도 했으며, 결국은 그 무당이 내게 심어준 세계였다는 점에서 나는 감사를 드려야 한다. 아버지가 자신의 휘하였다고도 할 수 있는 수사요원들에 잡혀갔던 이래 어머니가 그 무당의 집에도 몇 번인가 드나든 사실을 나는 알고 있다. 그러나 우리 집에서 정작 본격적인 푸닥거리를 벌인 적은 없었다. 그것은 아마도 아버지의 운나쁜 몰락을 동네에 더욱 공공연히 알리는 기회를 제공한다는 우려 때문이었으리라. 그것은 정말 '운 나쁜' 몰락이었다. 아버지가 '알라스카'를 들먹이고 종국에는 '각하'에게로 의지하게된 것도 그런 까닭에 얼마쯤의 근거를 둘 수 있겠다. 누구나털어서 먼지 안 나는 사람 없다는 대한민국에서 아버지는 정말 먼지 같은 미미한 액수의 돈을 횡령했다는 혐의로 옷을 벗어야 했던 것이다. 이 변에서 내 입으로 아버지를 옹호할 생각은 추호도 없다. 어느 시대, 어느 나라를 막론하고 권력 자체나그 부근에서 행세하던 사람들이 비참하게 몰락한 예는 비일비재하기 때문이다. 나중의 박정희 대통령 자신의 운명을 한번 생각해주기 바란다. 그러나 다른 면에서 아버지는 옹호될만했다. 즉, 어떠한 명분을 앞세우고 있었던 아버지는 '각하'가 존재하는 한 불사조와 같은 의지로 생존을 도모하고 있었다. 한번은 박정희 후보와 김대중 후보가 맞서서 대통령 선거를 치렀는데, 그때도 물론 아버지는 열렬한 박정희 지지자였다. 그때 나는 도피자로서 투표를 할 수 없는 처지였으나 아버지와 대판 싸웠다.

"뭐래도 독재는 끝내야 돼요!"

이것이 내 주장의 골자였다. 하지만 아버지는 그를 장군으로 승진시키는 대신에 이등병으로 강등시켜준 사람 편에 서서 나를 억압했다.

"넌 아직 아무것도 모른다. 박정희는 보통 사람이 아니다. 눈빛을 보면 알 수 있다. 그리고 김대중은 안 된다. 안 되고말고. 그리고……"

아버지는 아직도 내가 어리다고 생각하는 모양이었다. 두보와 플라톤과 데카르트를 읽으며 재수생 계집애로 하여금 처녀를 면하게 해준 바도 있는 나를 말이다. 나이 먹은 사람들은 자신이 충분히 겪고 살아온 그 길을 다음 사람들이 그렇게 또한 충분히 겪고 살아가고 있다는 사실을 쉽게 받아들이지 않는다. 그러나 나는 아버지의 '그리고'라는 말 속에 논지의 참뜻이 있음을 느꼈고, 그 숨겨놓은 의미의 폭력에 분노를 느꼈다. 아니, 자기 자신을 붙잡아 들인 장본인을 옹호해야 하는 구슬픈 논리에 구역질이 났다고 하는 편이 옳을 것이다. 퇴역 이등병으로서 군부를 대변하고 있는 아버지가 가련하기도 했다. 투표에 참여하지도 못한 이 1971년의 선거에서 나는 아버지

에게 패배했다. 그러나 여기는 그런 이야기를 길게 할 자리가
아니다.

어쨌든 무당 이야기 따위를 끌어들여 아내 문제를 해석해서
는 안 되었다. 다만 물에 빠진 사람은 지푸라기라도 잡으려 한
다는 말이 있으므로, 나는 여러 가지 일들을 떠올려보는 수밖
에 없었다. 엉뚱하고 극단적인 가능성일지언정 조금은 더 유
리한 방향으로 생각을 진행시키는 것이 평범한 사람들의 한계
이다.

아내의 가출은 어떤 성질의 것일까. 모든 사람들과 마찬가
지로 막연한 탈출을 꿈꾸었다고 하더라도 내가 꿈꾸었던 것과
는 다를 것이다. 무당의 경우와 달리 가출을 꿈꾸는 많은 여자
들의 이야기를 나는 알고 있다. 흔히 말해지듯이 여자들이 남
자들보다 더 감성적인 것이 사실이라면, 바로 그것 때문에 많
은 내용을 내포하고 있으리라고 여겨진다. 이 점에서 나는 여
성예찬론자가 될 수밖에 없다. 이와 관련하여 나는 여자들이
자질구레한 집안일을 하면서 과연 어떤 생각을 하는가 하는데
생각이 미치면 전율하지 않을 수 없다. 그녀들이 지옥에서나
들려옴 직한 목소리로 자신에게 속삭이고 있지나 않은지. 제
발, 이런 지긋지긋한 생활에서 벗어나고 싶다니까!

아내가 말없이 돌아오지 않는 밤을 지새본 남편이면 알 것이다. 온갖 불길한 생각이 머리를 어지럽힌다. 기본적으로 그것이 단순 가출이기를 바란다. 하지만 걱정과 분노, 사랑과 질투의 혼돈상태 속에서 하나의 고통이 뱀처럼 고개를 든다. 어떤 사내를 받아들여 내게 보여주었던 몸짓보다 더 격정적으로 꿈틀거리고 있을 아내의 모습 때문이다. 충혈 되었으나 뒤집혀 흰자위를 희뜩 드러낸 두 눈과, 주체할 수 없어 마악 넘어가는 숨을 가쁘게 몰아쉬는 입과, 두 발을 반짝 치켜올린 채 요동치는 엉덩이가 머릿속을 어지럽힌다. 다른 경우에서와 마찬가지로 현실보다 상상의 세계는 속속들이 한술 더 뜨게 마련이다. 나는 내가 겪었던 여자들이 제가끔 가졌던 가장 자극적인 몸놀림에다 밀교의식에나 있을 법한 몸놀림까지, 온갖 내 지식을 가미하여 한 사람의 탕녀를 그려내고 있었다. 그것이 아내가 아니라면 뭐 그리 해로운 상상은 아닐 듯싶다.

6

"도대체 어떻게 된 거야?"

나는 물음을 던지면서도 이것이 얼마나 우스꽝스럽고 비겁한 물음인가 하는 생각이 들었다. 왜냐하면 무엇인가 상대방에게 물음을 던질 때는 어떠한 대답이 나와도 그에 상응할 대책이 마련되어 있지 않으면 안 되기 때문이다. 그러나 그때 나는 다만 어리석게도 아내로부터 과거와 같은 위치에 있는 사람임을 확약받고 싶어 했을 따름이었다.

"뭐가?"

아내의 대답은 이틀 밤을 자고 들어온 여자답지 않게 가시가 돋쳐 있었다. 아니다. 이틀 밤을 자고 들어온 여자답게 가시가 들어 있었다. 어떠한 대답이 나와도 그에 상응할 대책이 그제야 떠올랐으나 왠지 한발 늦었다는 느낌이었다. 그 대책에 대해서 나는 이미 오래전에 교활한 복선을 깔아두었었다. 즉, 어떤 남자와 본의 아니게 일시적인 감정에 휩쓸려 관계를 가질 수는 얼마든지 있다. 그러므로 그것 때문에 고민에 빠지거나 파탄에 이르러서는 안 된다는, 제법 아량을 베푸는 듯한 말이었다.

"가정이란 신성한 거고, 무슨 일이 있어도 지켜야 되니까."

나는 감연히 말했었다. 그것은 이제껏 내가 한 말 중에서 가장 고귀한 말이다. 그렇기 때문에 내 가정은 파탄의 운명에 처할 수밖에 없었다고도 여겨진다. 그 말을 했을 때의 내 태도는 주례선생처럼 진지했었다.

"가령 전쟁이 나면 말이지. 그래서 헤어지게 된다면 말이지. 임시수도의 시청 앞에서 매월 1일 열두 시에 서로 기다리기야. 그러면 쉽게 만나게 될 테니까. 피난을 가도 임시수도는 있는 거니까."

나는 저 6·25를 생각하고 이렇게도 용의주도하게 말해놓았었다. 신성한 가정을 무슨 일이 있어도 지키기 위하여.

하지만 나는 내가 먼저 그 약속을 어기는 말을 했다. 불과 십 년 남짓밖에 안 된 과거의 어느 봄날에 내가 그토록 내 인생에 역심(逆心)을 가졌었다고 생각하니 나라는 인간에 대해서 연민에 빠진다. 그렇다면 나라는 인간은 대수롭지도 않은 일들을 공연히 대수롭게 만들려고 안간힘을 쓰는 부류가 아닐까 하는 것이다. 역사 전반으로 볼 때 내가 저지른 일이란 무엇인가 말인가. 실로 미미한 일이 아닐 수 없었다. 물론 이것은 어디까지나 역사 전반을 놓고 본다는 전제에서 하는 말이다. 역사 전반과 하룻밤을 맞바꿔도 좋다는 생각을 할 수 있는 젊은 나이가 거기 있기는 있었지만.

아내의 "뭐가?" 하는 가시 돋친 말에 나는 그만 기가 질리고 말았다. 나의 추궁은 미욱한 짓이었다. 그녀는 이미 무엇인가 각오하고 있는 여자의 태도를 하고 있었다.

"어디서 뭘 하고 왔는지 말이라도 해야 될 거 아니냐구."

나는 목소리를 높이고 있었으나 왠지 주눅이 들어 있었다. 언젠가 오래전에 서툰 밤을 지낸 다음에 그녀가 내게서 떠났던 기억이 되살아났다. 지금도 그런 위기에 있는 것일까. 결과적으로 그것은 훨씬 더 곤혹스러운 위기였다.

"인천에 갔다 왔어."

그녀는 아주 가까운 곳에 다녀온 듯한 말투로 이야기했다. 그곳은 가까운 곳임에 틀림없었다. 그러나, 그 오랜 뒤에 나는 유럽과 인도를 다녀올 기회가 있었는데 지금도 그곳들보다 인천이 더 먼 곳으로만 여겨진다. 그것은 나의 계속된 미욱한 추궁에 마침내 토해놓은 말이 내게 준 충격 때문이리라 믿는다.

"난 이제 불같이 살다 죽을 거야."

그녀는 얼음같이 싸늘하게 말했다. 나는 그 말의 뜻이 무엇인지 잘 모르겠다는 표정을 짓기에 매우 힘이 들었다. 왜냐하면 나는 그 뜻을 잘 알고 있었던 것이다. 사실 더 중요한 것은 내가 그 말의 뜻을 모른다고 한들 사태의 진전에는 아무런 도움이 되지 않는다는 것이었다. 불같이 살다 죽겠다는 것은 고리타분한 도덕률 따위는 내팽개쳐버리겠다는 뜻이었으며, 과거처럼 살지 않겠다는 뜻이었다. 나는 이제 단지 명목상의 남편이 되어버렸다. 그녀에게 애인이 생긴 데다가 도피자라는 내 신분 때문에 내 명의의 아무 재산도 없었던 나는 하루아침에 눈총 받는 식객처럼 되고 말았다. 가정을 버릴 때처럼 여자가 용감해지는 때는 없다. 부끄럽지만 고백하건대 그때까지만 해도 나는 끈기 있게 회유해보려고 하고 있었다. 우리가 결혼할 무렵에 그녀를 따라다니던 남자가 있었는데 도저히 가망이 없다고 느낀 그 남자는 마지막 체념의 대가로 퍽 이상하고 기발한 제안을 그녀에게 해온 적이 있었다.

"그 대신에 내 아이를 하나 낳아주면 깨끗이 잊겠다."

이 제안은 두말할 것도 없이 여지없이 묵살당했다. 우리에게 잠깐 동안의 유쾌한 웃음을 선사했을 뿐이었다. 그러자 그는 또다시 제안했다. 그로서는 더 이상 양보하기 힘든 제안 같았다.

"그러면 입고 있는 외투라도 벗어줄 수 없을까?"

이 신사적인 제안도 여지없이 묵살당했다. 우리에게 또 한 번 잠깐 동안의 유쾌한 웃음을 선사했을 뿐이었다. 그래도 그는 물러서지 않았다.

"평생토록 사랑하며 살아갈 테다."

이 꽤나 심각한 제안에는 우리도 유쾌한 웃음을 웃지 않았다. 한 여자를 평생토록 사랑할 수만 있다면 그는 마땅히 승리를 구가할 수 있다. '귀신이 보이는 나이'라는 불혹의 나이 마흔을 넘어 이런 진리를 터득한 나는 사랑학에 대해서는 결코 패배만은 아니라는 생각이 든다. 그렇다고 해서 자기 아이도 못 낳아 가지고, 외투도 못 얻어 가진 그가 평생토록 그녀를 사랑하고 있으리라고는 믿어지지 않는다. 내가 그에게 못할 짓을 한 것만 같아 이 기회에 송구한 마음을 표현한다.

내 간절한 회유는 더욱 역효과를 냈다. 모든 여자들이 그렇듯이 따라 붙으면 따라붙을수록 혐오감만 불러일으키는 모양이었다. 그녀는 내 태도에 깃들어 있는 비굴함에 노골적인 경멸을 나타냈다. 나는 속수무책이었다. 더군다나 나는 그해 지난겨울에 간신히 얻은 임시직장에서도 쫓겨나 있었다. 그러던 어느 날 그녀는 마침내 내게 쏘아붙였다.

"자기가 뭐 괜찮은 시인이라며 흥!"

시인의 아내로서 삶의 의의를 느낀다던 여자가 한 말이어서 역시 내 심장은 몇 자루의 비수에 맞은 느낌이었다. 그렇게 정곡을 찌르는 말을 이끌어내게까지 만든 나야말로 저주받아야 마땅했다. 나는 내 인생의 지주요 핵심에 심한 상처를 입었다. 나는 갑자기 꿈에서 깬 사람처럼 세상을 바라보았다. 이 경우에도 매우 품위 있고 거추장스러운 대응 방법이 없는 것은 아니었다. 나와 내 불륜의 상대자, 그리고 그녀와 그 불륜의 상대자 모두를 긴급조치에 버금가는 이상한 법률로 구렁텅이에 빠뜨리는 길이었다. 나는 90년대의 이 아침에도 대한민국에 간통죄가 있다는 사실에 그저 놀랄 뿐인데, 게다가 내 이마에는 도피자라는 먹(墨) 글자가 자자(刺字)되어 있었다.

"정 그러면 경찰에 가는 수밖에 없어."

아내는 이런 말까지 서슴지 않았다. 그녀가 확실히 불같은 사랑에 빠졌음을 말해주고 있었다. 나는 세상을 확연히 바라본 결과 떠나야 한다는 결론은 쉽게 났다.

떠나야 한다.

그러나 어디로 갈 것인가. 당장 집을 나서면 빌어먹을 일조차 아득했다. 알량한 직장 일도 이제는 자신이 없었다. 말이 직장이지 그것은 〈도망자〉의 리처드 킴블처럼 늘 쫓겨다니며 잠깐 잠깐씩 가져야 되는 것이었다. 도망자 리처드 킴블은 아내를 죽였다는 누명을 쓰고 여전히 미국 전역을 도망쳐 다니며 한편으로 진짜 살인범 외팔이를 뒤쫓고 있었다. 그는 그래도 억울한 누명을 쓰고 있었다.

나는 떠날 차비를 차리면서 무엇보다 직장이 그리웠다. 쓸쓸히 지난겨울의 마지막 직장에서의 일을 떠올렸다. 어떤 친구들은 내가 직장에서 쫓겨난 것에 엉뚱한 우스갯소리를 곁들이고 있는데 그것은 낭설이다. 무엇이냐 하면 근무시간에 꾸벅꾸벅 졸고 있는 나를 본 사장이 "집에 가서 좀 자게"라고 말하자 내가 "집에 가서 자면 누가 돈 줍니까?" 하고 받아서 화근이 되었다는 것이다. 이것은 내 아픔을 모르고 하는 소리다.

나는 마지막 직장을 영등포에서 다녔다. 밤의 영등포는 이상하게 들떠서 붐빈다. 늘 어디선가 축제가 열리고 있는 것만 같다. 축제는 어디서 열리고 있는가. 그러나 실상 어디서도 축제는 열리지 않는다는 것을 나는 알고 있다. 밤늦도록 이 골목 저 골목 돌아다녀 보아도 축제 같은 것은 열리지 않는다. 다만 삶의 열기가 그 어느 곳보다도 뜨겁게 달아올라 있을 뿐인 것이다. 아니, 삶의 열기, 그 삶의 각축의 열기 자체를 축제라고 할 수 있다면, 그것은 대단한 축제라고 해야 할 것이다.

어디쯤이었을까.

언젠가 나는 예전 기억을 더듬으며 뒷골목을 기웃거려보았다. 그러나 그곳은 예전의 그 뒷골목이 아니었다. 번쩍 번쩍 번쩍 불빛이 요란하게 명멸하며 사람들을 유혹하고 있었다. 영등포가 장안에서도 이름 높은 유흥가로 변모되었다는 이야기는 들은 적이 있었지만, 실제로 영등포는 굉장했다. 네온사인의 불빛은 눈알이 아릴 지경이었다.

여기가 거기였을까.

나는 도무지 알아볼 수 없게 완전히 탈바꿈된 골목길에서 한동안 어리둥절해 있었다. 헤어나갈 길 없는 미로에 빠진 느낌이었다.

"손님, 분위기 좋은 곳입니다. 들렀다 가시죠?"

청년이 다가와 은근하게 속삭였다. 나는 고개를 저었다.

"자, 오세요. 끝내줍니다."

청년이 팔을 잡아끌었다.

"아뇨, 딴 데 약속이 있소."

"이왕이면 저희 집에서 한잔 하십쇼. 예쁜 아가씨도 많습니다."

청년은 쉽게 물러서지 않았다. 나는 아까보다 더욱 완강하게 고개를 저으며 돌아섰다. 그렇게 손님을 끄는 사람을 '삐끼'라고 한다고 들었었다. 그 '삐끼'에게 시달리지 않으려면 그곳을 떠나버리면 그만이었다.

실상 나는 그 어디에서 누구와 약속이 되어 있지 않았고 더이상 다른 볼일도 없었다. 저녁 무렵에 볼일은 다 보았고 특별히 들러야겠다고 마음먹고 있는 곳도 없었다. 그런데도 나는 그 골목길을 쉽사리 떠날 수가 없었다. 그 골목길을 자주 지나다녔던 옛 시절의 일들이 그립게 되살아났다. 물론 그 시절의 자취는 어디에서도 찾을 수가 없었다. 자취를 찾기는커녕 이곳이 과연 그곳인지 믿기조차 어려운 판이었다. 아닌 게 아니라 그 골목을 들러보기나 하고 가야겠다고 생각하고 골목 입구로 들어섰을 때 나는 몇 번이나 머리를 갸우뚱하며 그 옆 골목까지 기웃거렸었다.

하지만 그 골목은 틀림없는 그 골목이었다.

어느덧 세월이 이렇게 흘렀단 말인가.

그 골목의 변화는 흘러간 세월의 무상함을 새삼스럽게 느끼게 해주었다.

나는 골목의 입구 쪽으로 발걸음을 어슬렁어슬렁 옮겨놓았다. 웬일인지 그곳을 훌쩍 떠나기가 아쉬웠다. 사람들이 바삐 오가는 길 한쪽 옆으로 수레가 놓여 있고, 수레 위에는 홍합이 김을 내며 끓고 있었다. 나는 수레로 다가갔다.

"소주 반병만 주실까요."

나는 그곳에서 얼마 동안만이라도 서 있고 싶었다.

"먹다가 남기세요."

여주인이 한 병을 그대로 내놓았다. 나는 술잔에 술을 따르며 불빛이 어지럽게 명멸하는 골목길을 돌아보았다.

그녀가 일하던 집도 지금은 전혀 몰라보게 휘황한 단장을 한 '양주, 맥주'집으로 바뀌어 있었다. 예전에 그 집은 허름한 음식점이었다. 허름한 음식점이라고 했지만, 그 무렵은 그런 음식점이 흔해서 특별히 싸구려 음식점이라고는 할 수 없었다. 말하자면 지금 그 골목에 자리 잡고 있는 음식점들과 견주어 볼 때 그런 느낌이 났던 것이라고 말할 수 있는 것이다.

본디 술꾼들은 술집과 밥집을 구별해서 밥집에 술을 먹으러

들어가는 일은 그리 즐기지 않는 법이다. 그러나 그 집은 밥집과 술집을 겸하고 있는 집이어서 나와 몇몇 동료들은 한동안 꽤나 열심히 그 집을 드나들었다. 특징이 없는 만큼 싫증도 덜한 때문이었을 것이다. 그 옆에 흑산 홍어를 전문으로 하는 집이 있었다고 저쪽으로 발길을 돌린 적도 있었으나 역시 잠깐 동안의 일이었다. 홍어는 썩혀야 매콤한 맛이 난다고 알고 있었는데 본바닥 흑산도에서 나는 홍어는 싱싱한 그대로 매운 맛이 난다고 했다.

"코 부분을 씹어봐. 그게 제맛이니까."

그 집을 개척한 친구는 자랑하곤 했다. 그러나 홍어 콘지 주둥인지 물렁뼈를 씹는 일도 몇 번이면 족하다.

지금 생각해도 그 무렵은 정말 지독하게 술을 많이 퍼마셨다. 무슨 살판났다고 일만 끝마치면 누군가의 제안에 의해 술집으로 향했었다. 그것을 우리들은 출근이라고 말했을 정도였다.

그 무렵 나는 어느 출판사에 다니며 매일매일 암울한 나날을 보내고 있었다. 출판사도 출판사 나름이겠지만 요즘은 웬만한 출판사는 꽤 안정된 직장으로 알려져 있다. 하지만 그 무렵은 그렇지를 못했다. 한두 가지 책을 기획했다가 성공하지 못하면 그만 문을 닫는 일도 예사였다. 그 성공이란 것도 너무나 막연해서 어떻게 운이 맞아 잘 팔려주기만 바라는 것이었다.

그 무렵 내가 다니던 출판사는 그래도 형편이 좀 나아서 여차하면 문을 닫고 말 출판사는 아니었었지만, 그러나 문제는 내가 정식사원이 아니라 임시사원이라는 점이었다. 나는 진행되고 있던 그 한 가지 일이 끝나면 자동적으로 물러나게 되어 있었다. 몇몇 정식사원을 두고, 일거리가 밀리면 그 일거리를 처리할 수 있을 만한 인력을 임시사원으로 채웠다가 일이 끝남과 함께 가차 없이 내쫓아버리는 것이었다. 그런 방식은 그 무렵 흔한 방식이었고, 또 당하는 쪽에서도 으레 그러려니 했다. 그렇지 않다고 하더라도 나는 구제불능의 임시사원일 수밖에 없었다.

그런 임시사원 신세이기 때문이었을까. 일이 끝나면 유난히 스산한 심정으로 술집에 가 마주 앉아 불확실한 미래에 대해 이것저것 신세타령을 늘어놓기 일쑤였다.

"이 일 끝나면 어쩔 셈인가?"

"어쩔 셈이긴, 한두 달 놀면서 또 어디 자릴 알아봐야지."

"한심하다. 한심해."

그런 이야기 중에 한 동료는 언젠가 일자리를 잃고도 아침마다 출근하는 양 집을 나와야 했던 일이 얼마나 고역이었던가 하는 이야기도 했다.

"거 국산영화 얘기 같은데?"

"말도 마. 하루 종일 공원에서 왔다갔다하다가 들어가는 거야. 죽을 노릇이지."

"낄낄낄낄낄."

결코 웃을 일이 아니었지만 우리는 함께 낄낄거렸다. 더군다나 그는 그때 신혼이었다고 했다.

"마누라, 속도 모르고 얼마나 피곤하냐고 그러는데…… 하기야 피곤하기론 직장에 다닐 때보다 더 피곤하지."

"낄낄낄낄낄."

그 낄낄거림은 그러나 웃음이 아니었다. 서글픈 자조를 그렇게 나타낼 수밖에 없었던 것이다.

"며칠만 더 일자리가 나오지 않았으면 자백하고 들어앉아야겠다고 생각했지. 견딜 재간이 있어야지."

"그런데 여기 일이 생겼구만?"

"음, 천만다행이었어. 마누라한테는 스카웃돼서 옮긴다구 했지."

"스카웃 좋아하시네."

"아냐, 그것도 스카웃은 스카웃이야."

"스카웃이든 스카트든 축하하지."

"자, 건배."

"슬픈 건배."

우리는 술잔을 높이 들었다. 그렇게 하루하루가 지나고 있었다.

그런 어느 날이었다.

그날따라 어찌된 셈인지, 하루도 빠짐없이 '슬픈 건배'를 들곤 하던 주당들이 무슨 피치 못할 일이 있다면서 다 흩어져버리고 나만 버려지다시피 되었다. 나는 어두워진 거리에서 갑자기 고아처럼 망연자실 서 있었다. 그렇다고 집으로 곧장 들어갈 마음은 조금도 없었다. 이른바 등불을 가까이 친한다는 가을날, 집에 들어가 한 페이지의 책이라도 읽을 수 있으면 얼마나 좋으랴. 그러나 도무지 그럴 마음이 아니었다. 이른바 대학까지 나와서 임시사원 신세로 전전하는 나로서는 집안 식구들과 얼굴을 맞대는 게 여간 껄끄럽지 않았다.

나는 가로등이 뿌옇게 밝혀진 길을 혼자 무슨 생각엔가 잠겨서 천천히 걸었다. 이제는 어떤 방식으로든 집에서 나와야겠다…… 나와서 새로운 삶을 찾아야겠다…… 나는 어렴풋이 생각했다. 그러는 사이에 내 발길은 나도 모르게 그 집으로 향하고 있었다.

"오늘은 웬일로 혼자가 됐어요?"

"그렇게 됐구만요."

나는 구석자리에 가 앉았다. 그날은 아예 모두들 일찍일찍
집에 들어가는 날로 정해져 있었는지 그 집도 손님이 거의 없
었다.

"뭐 하실래요?"

일하는 여자아이가 와서 물었다. 일하는 여자아이. 그렇다.
이렇게 말해놓고 보니 무척 어울리지 않는다. 왜냐하면 그녀
는 아무래도 스무 살을 다만 몇 살이라도 넘어 보이는 여자가
아니었던가.

"술 한 병에, 간단한 찌개 하나."

나는 주문하면서 새삼스럽게 그녀의 얼굴을 바라보았다. 결
코 어린 소녀 취급을 해서는 안 될 그런 성숙미가 그 얼굴에
담겨 있었다. 나는 놀랐다. 그런데 왜 이제까지 뻔질나게 출입
하면서도 그녀를 어린애처럼 보아왔단 말인가. 아니, 어린애고
뭐고 애초부터 무시했던 것일까. 나는 전혀 다른 사람을 보는
느낌이었다. 어쩌면 여자는 순식간에 소녀로부터 성숙한 여인
이 되는 것인지도 몰랐다. 하루아침에, 나비가 번데기 껍질을

헤집고 나와 아름다운 날개를 펴고 날 듯이 나는 그녀가 술을 가져다놓을 때마다 마치 넋을 잃은 것처럼 쳐다보았다.

"내 얼굴에 뭐가 묻었어요?"

"왜?"

"이상하게 쳐다보니까요."

"아닌 게 아니라 이상한데, 오늘따라 무지하게 예뻐."

"어머머머, 선생님 눈이 이상한가봐."

그녀는 그렇게 말하면서도 즐거운 표정이었다. 그 얼굴에 엷은 홍조가 스쳐갔다고 생각되었다.

왜 여태껏 그녀의 존재에 대해서 아무런 느낌이 없다가 그날따라 새로운 눈을 뜨게 되었을까. 물론 사회통념상 흔히 그렇듯이 음식점 종업원의 신분을 깔보았다고 꼬집을 수도 있을 것이다. 그러나 그렇게 꼬집는다면 그것은 내게는 억울한 누명이라고 항변할 수밖에 없다. 아무리 정확하고 신랄하게 말한다고 해도 역시 무관심했다고밖에는 달리 어떻게 말해질 성질의 것이 아니다. 왜 그랬을까. 하기야 단골집 삼아 제집 드나들듯 했으니 낯은 이미 익을 대로 익어 있었다. 돌이켜보면 그때마다 쓸데없는 농담도 꽤 던졌었다.

언젠가 우리들 중에 나이가 든 삼십 대 중반의 정선생이 찌개를 주문하고 나서 '자야, 조개도 좀 여러 개 넣으라고, 응. 조개 없으면 니 조개를 까 넣든지, 하여튼' 하기도 했었다. 그때 그녀는 웃으면서 짐짓 울상을 짓는 표정을 했었다. 조개를 여러 개 넣었는지 어쨌는지는 몰라도 우리 자리의 안주는 다른 자리의 안주보다 어딘가 더 푸짐해 보였다. 그러나 그녀에 대한 느낌은 아무래도 일하는 아이 그 이상도 이하도 아니었다.

그런데 웬일일까. 그녀가 갑자기 전혀 다른 느낌의 한 여성으로 내 앞에 서 있는 까닭은? 임시사원의 서글픈 신세든 뭐든 그저 어울려 왁자지껄한 분위기 속에서 그런 내 눈을 돌릴 여유가 없었기 때문일까. 그러다가 혼자 오게 되어 비로소 마음의 여유를 찾았다는 것일까. 알 수 없는 노릇이었다. 그러나 비록 혼자 와서 아무 이야기든 떠들썩하게 지껄일 상대가 없었다고 해서 내 마음에 어떤 여유가 있었다고는 할 수 없다. 나는 차라리 쫓기고 있었다.

"선생님은 늘 그렇게 늦게 들어가세요?"

그녀가 찌개의 간을 맞추기 위해 앞의 빈자리에 앉았다.

"보시다시피 그렇지."

"집에서 뭐라 안 해요?"

"집이라니?"

"사모님요."

그녀가 나를 빤히 쳐다보았다. 그랬던가. 그랬던 것 같았다. 그러고 보니 언젠가 술김에 그 비슷한 이야기를 내 입으로 한 적이 있다는 기억이 되살아났다. 나는 아내에 대해서 바깥에서 이러쿵저러쿵 이야기한 적이 거의 없었다. 왜 그랬는지는 나도 잘 알 수 없다. 나는 그 술집에서는 미혼자로 통용되고 있었다. 미혼자는 그토록 술을 퍼마시고 다녀도 덜 미안하다고 생각했다는 것이 우스운 일이지만, 나는 그렇게 위장하고 싶었다고 솔직히 고백한다.

그렇다면 내 미혼의 인생에는 아직도 다치고 싶지 않았던 그 무엇이 있었다는 이야기가 되는데, 글쎄 그 무엇이 무엇이었을까. 병들고 방황하는 정신이 있는 상황에서 나는 그래도 번데기처럼 나비에의 화려한 우화(羽化)를 꿈꾸고 있었던 것일까. 정말 그랬다면 얼마나 소중한 젊음이었을까.

"글쎄……"

나는 '사모님'이라는 말에 뭐라고 대답한 말을 잃었다. 임시 사원인 주제에 더군다나 사모님은 무슨 사모님이란 말인가. 나는 대답 대신 말없이 그녀를 쳐다보았다.

내 눈길은 내 생각에도 애틋한 정염(情炎)이 불타고 있는 눈

길이었다. 그 눈길에는 그녀도 아까처럼 뭐가 묻었어요? 하는
따위의 장난스러운 말을 던질 수 없는 강력하고 진실한 빛이
있다고 나는 스스로 느끼고 있었다. 그것은 그녀에게 고스란
히 전달되고 있는 모양이었다. 그녀의 얼굴에 떠오른 아름다
운 홍조는 가스불의 열기 때문은 아니었을 것이다.

그녀는 고개를 숙이고, 닫혀진 냄비의 뚜껑을 건성으로 한
번 들어보고 나서 이윽고 다소 두려운 듯 눈길을 내게로 향했
다. 우리의 눈길이 어디선가 마주쳤을 때 순간 나는 그녀의 눈
길이 파랗게 섬광을 일으킴을 보았다. 투명하고도 날카로운
그 섬광에 의해 나의 온몸이 감전된 듯했다. 그러나, 그러나 그
순간은 지극히 짧은 순간이었다.

"쟤가, 손님 없다고 마냥 앉아 있어. 그릇도 치우고 해, 어서."

주인여자의 말이 들려왔다.

"예."

그녀가 퍼뜩 놀라면서 일어섰다. 나도 정신을 가다듬고 술
잔에 술을 따르기 시작했다.

이상한 일이었다. 그날따라 그녀가 왜 그렇게 아름답게 보
였던 것일까. 그리고 나는 왜 순간적으로 그녀에게 알 수 없는
어떤 감정을 느꼈으며, 또 그것은 과연 정당한 것이었을까. 더

더구나 이상한 일은 그녀 역시 내가 느낀 어떤 감정에 왜 똑같이 부딪쳐 왔을까. 아니, 사막을 지나는 사람들이 본다는 신기루처럼 나만이 본 환상이었을까. 어찌 보면 아무것도 아닌 일인지도 모른다.

남녀가 한순간 눈이 마주쳤다고 해서 이상하다고 할 까닭은 아무 데도 없었다. 하지만 나는 내가 갑자기 느낀 야릇한 감정의 근원을 알 수 없어서 나도 모르게 몇 번이나 머리를 갸우뚱거렸다.

그날 일은 그것밖에 없었다. 그녀는 내 옆으로 자주 지나쳤지만, 앞자리에 앉을 기회는 다시 없었다. 나는 적당히 취해서 그 집을 나왔고 또 그다음 날부터는 예전과 같은 생각이 계속되었다. 출판사 일은 진행을 서둘러대고 있었고 그러면 그럴수록 내 임시사원으로서의 '목숨'은 짧아지고 있었다. 우리는 더욱 뻔질나게 그 집을 드나들었다.

"이 집 드나들 날도 멀지 않았다."

"왜, 죽나?"

"영등포 떠나면 끝장이지."

그런 분위기 속에는 쓸쓸하고 허탈한 느낌이 짙었으나 나는 애써 밝은 표정을 짓곤 했다. 그래서 그녀를 일부러 가까이 불러 못 마신다는 술을 권하기도 했다.

"못해요. 아줌마 보면 클 나요."

"내가 주는 걸 보면 괜찮다구, 자."

내가 반 잔쯤 따라서 억지로 권하면 그녀는 선 채로 마지못해 찡그리고 마셨다. 우리는 확실히 예전보다는 가까워져 있었다. 그런데 그날처럼 서로의 눈길이 마주쳐 섬광을 일으키는 적은 또한 없었으니 알다가도 모를 일이었다. 아마도 그 뜨거운 눈길이 위험스럽다고 각자가 느낀 결과였다고도 풀이된다. 각자라고까지 말할 수는 없어도 나는 그랬다. 내가 그녀에게 느끼고 있는 감정이 어떤 종류의 감정인가에 대해 내가 확실하게 말할 수 없었기 때문이기도 할 것이다.

내 나이는 이미 섣부른 사랑에 빠질 나이도 아니었고, 또 자칫 잘못 표현하면 내가 그녀를 농락하려 한다는 오해를 받을 소지도 충분히 있었다. 그래서 나는 내 감정을 유보한 채 될 수 있는 대로 평범하게 대할 수밖에 없었다.

한번은 시중을 들러 온 그녀의 손을 잡았더니 그녀는 잡아빼려고도 하지 않고 한술 더 떴다.

"어쩜 남자 손이 여자 손보다 더 부드러워요?"

오히려 멋쩍어진 것은 나였다. 그와 함께 나는 가슴이 저려왔다. 워낙 직업이 직업인지라 내 손이 굳은살 하나 박이지 않고 남자 손답지 않게 연약한 것은 사실이었다. 그러나 그녀의 손은 물일을 많이 한 탓인지 유난히 거칠었다. 나는 그녀의 손을 잡은 것이 후회되었다. 남자 손, 여자 손을 만질 필요도 없이 그녀의 손은 웬만한 남자 손보다 훨씬 거칠었다.

그 밝은 얼굴과는 너무나 대조적인 손. 나는 마치 내가 죄라도 지은 것 같았다. 누가 저 티 없이 예쁜 여자의 손을 저렇듯 거칠게 만들게 하는가. 그러면 그럴수록 나는 그녀의 손을 더욱 꼬옥 잡아주고 싶었으나 그러지를 못했다.

어느새 가을이 가고 겨울이 다가오고 있었다. 영등포의 밤거리는 십이월이 되기가 무섭게 크리스마스며 징글벨을 외치고 있었다. 나는 여전히 내 감정의 정체를 모른 채 그녀에게 한없이 가까이 이끌려가는 내 마음을 주체하기 힘들었다. 그런 내 마음을 아는지 모르는지 그녀는 선생님이라는 호칭 대신에 아저씨라는 호칭을 쓰면서 "아저씨는 키가 좀 작은 것 말고는 모든 게 다 좋아요" 하고 생긋 웃기도 했다.

"키 작은 게 어떻다구? 누가 뭐 어쩌겠나?"

그렇게 말하고 있었으나 나는 내심 작은 키조차 그녀가 흠을 잡지 않았으면 얼마나 좋을까 하는 생각까지 하고 있었다.

아무래도 나는 그녀에게 빠져버린 것이 분명했다. 그렇지만 나는 내 감정을 여전히 속에 감추고 있었다. 그런 가운데서도 우리 사이는 알게 모르게 조금씩 가까워져갔다. 그것이 그 무렵의 내 가장 큰 행복이었다.

"고향은 어디지?"

마침내 아주 잠깐이었으나마 다방에까지 갈 수도 있었던 나는 이모저모 캐물어서 그녀의 고향이 동해안의 묵호라는 것도 알아냈고 지금 있는 음식점은 친척의 친척이 되는 집이라는 것도 알아냈다. 알아냈다기보다 그녀 쪽에서 말해주었다는 것이 더 옳은 표현일 것이다.

"집안 사정이 여의치 않아서 와 있는 거예요. 여기 있다가 시집가야지요."

그녀는 마치 내 찻잔에 설탕을 넣어주는 일이 오래전부터 자신이 맡은 일인 것처럼 서슴없이 두 개의 차숟갈을 부어넣으며 말했다.

"아무쪼록……"

나는 무엇인가 말하려고 했다. 그러나 말이 잘 나오지를 않았다.

"차 드세요."

"같이 들지."

나는 아무렇지도 않은 양, 정말 차 한 잔 하는 것만이 목적인 양 말했다. 그러고는 찻잔을 비우기가 바쁘게 다방을 나가야 했다. 주인 아주머니의 허락을 받기는 했으나 그래도 긴 시간은 여러모로 무리였다.

그다음 날도, 또 그다음 날도 나는 그 집에 들렀다. 십이월이 하순에 접어들면서 회사고 길거리고 차츰 들떠가고 있었다. 가히 세기말적이라고 해도 과언이 아니었다. 메리 크리스마스, 징글벨 징글벨, 루돌프 사슴코는…… 그리고 그 집에 다시 들른 것은 정확하게 십이월 삼십 일의 꽤 늦은 밤이었다. 나는 다른 곳에서 한잔 '걸친' 참이었다.

"좋아요, 두고 봅시다. 돈 많은 땐 어디 딴 집엘 가고."

주인 아주머니는 그런 말로 반갑게 맞았다.

"그래서 이렇게 다들 갔는데 혼자 들렀잖습니까."

나는 자리에 앉아 술과 안주를 시켰다. 사실 웬만했으면 그냥 집으로 갔어야 마땅했는데 나는 다시 그곳으로 발걸음을 옮겨놓았던 것이다.

그리고 거기서 얼마나 마셨을까.

아직 술병에는 술이 남아 있었으나 문득 자리에서 일어난 나는 다짜고짜 그녀를 잡아끌었다.

"잠깐이면 되니까. 골목 저쪽까지 나 좀 바래다줘야겠어."

나는 그토록 취하지는 않았으나 비틀거리는 시늉을 했다.

"오늘은 별일이셔. 얘, 그래라."

주인 아주머니가 선선히 말했다. 나는 좀은 어리둥절해 있는 그녀에게 의지하듯 하며 바깥으로 나왔다. 찬 공기가 뺨에 와서 닿았다.

"어쩐 일이세요?"

그녀가 걱정이 되는 듯 물었다.

"뭐가 어쩐 일. 그냥 좀 같이 걷고 싶어서."

"어머머머. 정말 괜찮으세요?"

"괜찮다마다. 난 말짱해. 애초부터 둘이서 같이 걷고 싶어서 온 거야."

나는 진심을 말했다. 그것은 조금도 속임 없는 감정이었다. 그와 함께 나는 내 손을 그녀의 겨드랑이 쪽으로 넣어 가볍게 팔을 끼었다.

"남자가 팔짱을 끼는 법이 어딨어요?"

그녀는 팔을 빼어 내게 팔짱을 끼었다. 그녀도 그렇게 같이 걷기를 바라고 있었음이 틀림없었다. 겨울바람이 싸늘했으나 내 마음은 포근했다……

그렇게 우리는 팔짱을 끼고 그 골목을 지니고 다음 골목으로 접어들었다.

"아줌마가 기다릴 텐데."

"괜찮아. 이 한 해도 다 저무는데 밤거리 좀 걷기로서니 어쩔라구."

나는 가로등도 켜 있지 않은 길을 어디론가 걸어갔다. 그렇게 어디론가 둘이 같이 걷고 싶다는 것, 그것만이 그녀를 향한 내 감정을 가장 솔직히 표현하는 것이라고 나는 느꼈다. 그러는 어느 사이에 우리는 서로의 손을 꼬옥 잡고 있었다. 얼마를 걸었을까.

"아무래도 안 되겠어요. 가봐야겠어요."

드디어 그녀가 불안하게 말했다. 정말 그랬다. 나로서도 더 이상 어쩔 도리가 없었다.

"그럼, 다섯 발짝만 더 가서 헤어지도록 하지."

하나, 둘, 셋, 넷, 다섯. 우리는 마침내 걸음을 멈추었다. 그때 나는 등을 돌리려는 그녀를 붙잡아 세우고 그녀의 입술에 내 입술을 가져갔다.

우리는 다시 오던 길을 되돌아섰다 이번에는 그녀도 나도 걸음이 급했다. 그때였다. 바삐 옮기던 그녀의 발걸음이 갑자기 그 자리에서 멈추었다.

"아, 머리핀……"

그러고 보니 어둠 속에서도 그녀의 좀 긴 편인 머릿단이 어깨로 풀어내려져 온 것을 알 수 있었다.

"큰일났네. 아줌마 건데…… 나비 장식이 달린……"

뒤돌아서 몇 발짝 옮기며 살펴보았으나 캄캄한 길바닥에서는 아무것도 발견할 수가 없었다. 한참을 서성거려보아도 허사였다.

"이러고 있을 수도 없어요. 빨리 가야 해요."

그녀는 다급하게 말했다. 그리고 어둠 속에 나를 그냥 세워둔 채 총총걸음을 치며 사라져갔다. 나는 갑작스러운 일에 그저 멍하니 서 있었을 뿐이다.

그러나 그 밤길에서의 어처구니없는 헤어짐이 그녀와의 마지막이 될 줄은 꿈에도 몰랐다. 그녀는 결코 그런 말을 내게 한 적이 없는데, 새해의 사흘간의 연휴가 끝나고 그 집에 찾아갔을 때 그녀의 모습은 볼 수가 없었다. 안타까운 일이었다. 어떻게 된 일일까. 나는 이리저리 생각 끝에, 밤중에 머리를 흐트러뜨리고 들어온 그녀를 보고 주인 아주머니가 어떤 오해를 했으리라고 여기기에 이르렀다. 주인 아주머니의 나에 대한 태도가 전과는 달리 차가워졌음도 느꼈다. 아, 그렇다면……

'그렇다면……'이 아니었다. 아주머니는 노골적으로 원망하고 있었던 것이다.

"머리핀 찾으러 고년 앞세워 여관마다 다녔지우. 있을 택은 없지만 고년 행실이 괘씸해서…… 벌써부터 내놓고 그러고 다니니…… 요즘 것들은…… 쯧쯧쯧."

그러나 지금도 나는 알 수 없는 것이다. 과연 그럴 만한 일이었는지를. 그리고 바삐 종종걸음을 쳐서 사라져간 그녀의 모습이 떠오를 때면 잠시 허공을 쳐다본다.

이 다분히 고전적인 이야기는 일단 여기서 끝난다. '일단'이라고 나는 쓴다. '일단'이라는 낱말을 쓰지 않도록 되었으면 얼마나 좋았으랴. 하기야 그녀를 그 집에서 볼 수 없게 된 것으로 한 시절은 종말을 고했고, 그것만으로도 쓸쓸하나마 아름다운 추억이다. 나는 육체관계를 맺은 다른 여자들보다도 그녀가 더 애틋하게 떠오르는 때가 많은데, 그때마다 그녀도 나를 그렇게 떠올려주기를 바라게 된다. 그녀는 지금도 내게 모든 찌개들을 통한 애인이며 머리핀을 통한 애인인 것이다. 그러나 지금에 와서 후회하게 되는 것은 그녀에 대해 내가 너무 모른 채 헤어졌다는 것이다. 특히 그녀의 '조개'를 두고 하는 말이다. 그 '조개' 말고도 나는 생물학상의 조개를 유난히 좋아하는 편이다. 홍합, 백합, 대합, 맛, 바지락, 꼬막, 모시조개, 동죽조개, 진주조개, 가리비조개 등등. 태평양이나 인도양의 바다 밑에 산다는 앵무조개는 죽은 다음에 살이 빠져나가면 껍데기 사이사이의 공기방에 들어 있는 공기 때문에 바다 위에 떠서 흘러다닌다고 했다. 슬픈 장송(葬送)이었다. 여기서 새삼스럽게 조개 이야기를 하는 것은, 이와 관련하여 내가 고백해야겠다고 마음먹은 비밀이 있으나 몹시 망설여지기 때문이다. 그것은 어떤 젊은이가 돼지고기로 그 짓을 한 적이 있다고도 했고, 또 어떤 젊은이가 바닷가의 모래밭에 구멍을 뚫고 그 짓을 한 적이 있다고도 했듯이, 내가 홍합의 껍데기를 벌려놓고 그 짓을 흉내낸 적이 있다는 것이다. 시간(屍姦)이라거나 계간(鷄姦)은 들은 바 있으나 패간(貝姦)이라니. 나는 남자들의 특성인, 사정 뒤의 허탈감에서만이 아니라, 뭔가 알 수 없는 슬픔에 잠겨서 저물어가는 서녘 하늘을 멍하니 바라보고 있었다. 그러다가 성(性)이란 바로 인간의, 개체의 죽음을 담보로 한 슬픈 행위라는 생각이 퍼뜩 들었고, 그래서 그 순간 더욱 슬퍼져야 한다는 생각이 뒤따랐다. 다시 말해 인간이 만약 영원히 살 수 있다면 우리는 결코 성행위를 하지 않으리라는 것이었다. 그렇다면 하나의 의문이 따를 수 있다. 도대체 시간, 계간을 비롯한 기타 종족보존의 본능과 관계없는 비정상적인 성행위는 무슨 근거가 있는가 하는 것이다. 이에 대해 나는 저 파블로프의 훈련된 개를 제시한다. 짐승들도 일정한 훈련에 의해 길들여진 다음에는 목적과 성과에 관계없이 일정한 반응을 일으키게 되어 있다는 것이다. 그러니까 성행위도 훈련된 상상력에 의해 도발되는 것에 다름 아니다. 내게 있어서 흥합도 결국은 상상력의 매개체에 지나지 않았다. 그러나 이런 섣부른 이론을 펼 계제가 아니다. 고대의 금법(禁法)에 수간(獸姦)을 한 사람을 다루는 방법이 적혀 있음을 말해야 한다. 그것만으로도 죽음이다. 그런 행위가 아니라 인간의 여자와의 간음도 또한 마찬가지였다. 나는 죽음과 같은 떠남을 생각하지 않을 수 없었다.

그러나 떠나기 전에 '일단'이라는 낱말에 의해 아직 끝나지 않은 그녀 이야기를 잠깐만 더 하기로 한다. 그녀가 느닷없이 떠나고 난 다음에도 얼마쯤 영등포 거리에 있었다.

어느 날인가 그날도 나는 밤늦어서야 집으로 향하고 있었다. 거리의 포장마차에서 카바이드 불빛이 꺼져가려던 무렵이었다. 나는 갑자기 오줌이 마려워져서 근처 으슥한 골목길로 접어들었다. 그리고 담벼락에 붙어 서서 바지 단추를 끄르고 내 소중한 동료를 꺼내 그를 편안하게 해주기 시작했다. 지금도 항상 나는 카타르시스라는 고급스럽고 무게 있는 말의 본뜻이 배설임을 가르쳐준 대학에 감사하고 있다. 그래서 대학은 가볼 만한 곳임에 틀림없는 것 같다. 또한 그래서 'Das ist eine Geist'라고 나는 똥을 누고 난 소감을 대학의 변소에 남겨두었었다. 지금까지의 내 생애에서 변소에 쓴 하나뿐인 낙서였다. 친구네 집에 놀러갔더니 친구 누나가…… 혹은 친구 어머니가……로 시작되어 그래서는 안 될 두 남녀가 어울린다는 대한민국에서 가장 널리 알려진 보편적이고 상투적인 낙서들이 덧칠된 벽 위에 다시 씌어지고 다시 씌어지고 하는 걸 보면 나는 두 가지 절망을 느낀다. 하나는 그 내용의 비통한 친화력 때문이며, 하나는 지금까지도 계속해서 그랬듯이 내가 결국은 글을 써서 돈을 벌기는 글렀다는 깨달음 때문이다. '이것은 하나의 정신'이라는 뜻보다 '이것은 하나의 성교' 정도로만 적어놓았어도 좋았을 것을.

다시 내 소중한 동료와 함께 골목길을 돌아 나올 때에서야 나는 그곳까지 밤거리의 여자들의 활동무대임을 알아차렸다.

나는 어서 빠져나가야겠다고 서둘렀다. '새벽기도' 대신에 이번에는 철야기도에 동참하게 될지도 모를 일이었다. 여전히 도망 다녀야 하는 신세인 내게 철야기도는 또 얼마나 통회적(痛悔的)일 것인가. 그리스도적인 것에 얼마쯤 영혼의 빚을 지고 있다고 느끼고 있었던 이 무속적인 인간은 겁을 냈다. 희미한 외등 불빛 아래 서 있는 몇 명의 여자들에게 혹시 무슨 자극을 주어서는 안 되겠다는 조심성으로 그쪽을 흘금흘금 곁눈질하며, 진창길을 피해 굳은 땅을 밟아가듯이 어둠 속에 숨으려고 노력하면서 발걸음을 옮겼다.

그때 나는 보았던 것이다. 그리 멀지 않은 거리이기도 했으려니와 마침 외등의 불빛을 정면으로 받고 있는 얼굴이 눈에 들어왔다. 바로 그녀였다. 나는 멈춰 섰다. 이런 데 있으면 안 되는데 하는 느낌보다는 반가운 느낌이 먼저 들었다. 뛰어가 만나고 싶었다. 그러나 다음 순간 나는 나도 모르게 얼굴을 어둠을 향해서 돌리고 말았다. 가슴이 쿵쿵 뛰면서 비애라고 해야 할 감정이 싸늘한 바람처럼 나를 휩쌌다. 이 세상에는 내가 구제해야 할 여자들이 내가 앞으로 먹을 어떤 조개보다도 많다는 생각 때문에라도 내 쿵쿵 뛰는 가슴은 찢어지는 듯했다. 나는 그녀에게로 달려가야 했을까? 모르겠다. 이 문제는 대한

민국에서 아직도 케케묵은, 그러나 아리송한 논쟁거리가 되는 명분론과 실용론의 문제이기도 한데, 실은 냉철히 따지고 보면 내가 그녀에게 달려갔다 한들 두 가지 측면에서 모두 실패작이 되지 않을 수 없었을 것이다. 그녀가 외등 밑에 서 있는 직업을 좋아서 택하지는 않았으리라는 내 추측이 맞는 것이라면, 나는 그녀의 체면을 손상시켰을 것이며, 더군다나 돈도 몇 푼 없었다.

그래도 미련은 남는다. 그것이 내가 본 그녀의 마지막 모습이었다. 그녀는 어디서 무엇을 하고 있을까. 가끔 영등포를 지나다가 여자들과 스친다. "잠깐 쉬었다 가세요." 그럴 때마다 그녀를 기억한다. 그것뿐이다. 나중에 그런 여자들은 다들 어떻게 되는 것일까? 그보다도 그녀는 어떻게 되어 있을까? 그것을 내가 알아낼 길은 없다. 그렇지만 어느 날 조개가 한두 개 들어가 있는 찌개를 먹을 때면, 영등포의 그 골목길에 가서 당장이라도 나비 머리핀을 찾아낼 수 있을 것만 같고 그리하여 그녀를 그 실비 술집에 그때 나이 그대로 불러와 앉힐 수 있을 것만 같은 착각에 빠진다. 물론 그래봤자 이번에는 나비 머리핀을 손에 꼬옥 쥐긴 쥐었으나 그녀가 어디론가 사라져 있으리라 느껴지는 것이다. 이제까지 내 삶이 그것을 증명하고 있다. 그래서 나는 불길에 휩싸이거나 자동차 사고를 당하여 하찮은 물건, 가령 신발 한 짝을 잃어버리지 않으려다가 변을 당하지나 않을까 하는 강박관념을 버리지 못한다.

오늘도 영등포는 거기에 있다. 영등포 전체가 잃어버린 한 개의 나비 머리핀처럼 내 가슴속에 있다.

7

시란 내게 무엇이었던가. 그것은 생명이었다. 성(性)과 같이, 나를 탕진하여 나락의 맨 밑바닥에 떨어지게 했다가 다시 끝없는 욕망을 충일시켜 새로운 꿈을 꾸게 하는 것이었다. 그 끝없는 욕망이야말로 내 한계에의 도전을 획책하는 것이었다. 그런데 내 생명의 보람에 가장 확실하게 찬물을 끼얹은 것은 바로 내 아내였다.

나는 이상스러운 인연으로 원주에 이르러서도 거기에 자꾸만 생각이 미쳐, 내가 불쌍해서 견딜 수가 없었다. '죽음과 같은 떠남'을 뜻했으면서 기껏 원하지도 않던 원주에 왔다는 사실도 못마땅한데 그 매도의 말은 거기까지 따라와서 나를 괴롭히고 있었다. 이로 미루어 세상의 남편들은 아내에게 괜스레 자기가 괜찮은 사람이니 알아달라고 으스대며 구걸하지 말아야 할 것이다.

내가 '죽음과 같은 떠남' 운운한 것은 그 목적지가 하나의 구체적인 지명에 국한된 것이 아니었다. 추상적인 어떤 공간이었다. 어릴 적에 본 영화 중의 한 장면이라고 기억되는데, 마을에서 추방당한 사내가 대금소리 구슬프고 애달프게 흐느끼는 가운데 정처 없이 길을 떠나는 장면이 있었다. 그 장면이 왜 이렇게 오래도록 내 심금을 울리고 있는지 모르겠지만, 나름대로 나는 그 사내가 떠나 닿을 곳을 대금소리 울려퍼지는 허공 속으로 설정해서 받아들이고 있었다. 그 잊을 수 없는 영향에 의해서인지 내 '죽음과 같은 떠남'의 목적지는 바로 그런 곳이라고 나는 막연하게 점찍고 있었던 것이다. 그곳이 어디인지 나는 모른다. 아마 이 세상에는 없는 곳인지도 모른다. 허균이 그렸던 율도라는 섬, 제주도 사람들이 그렸던 이어도라는 섬―유토피아는 실상 이 세상에 없는 까닭에 더욱 강조된다.

발붙일 곳이 없는 사람일수록 구체적인 현실을 부정하고 추상적인 이상에 의탁할 수밖에 없다. 나는 차라리 인간으로 태어나지 않은 만도 못하다고까지 생각하고 있었다. 산짐승, 들짐승, 아니면 벌레로 태어났다면 그냥 살다가 가는 것으로 모든 것은 충족될 것이었다. 나는 사람이 죽어서 다른 형태로 다시 태어난다는 어떤 종교적인 믿음을 그때그때 차용하여, 내가 무엇으로 다시 태어났으면 좋을까를 그려보곤 한다. 기분이 몹시 심란하거나 반대로 몹시 우쭐거리고 싶을 때 다시 태어난다면 여자로 태어나고 싶다고 말하곤 한다. 그만큼 여자라는 존재를 이해할 수 없다는 뜻이다. 내가 직접 여자가 되면 이해하려고 노력하지 않아도 될 것이고 그처럼 편한 일은 없을 것이다. 그런데 어쩌다 여자들의 말을 엿들어보면 그렇지만도 아닌 듯싶다. 대부분의 여자들은 자기 자신을 이해하기 위해 너무도 전전긍긍하고 있다는 것이다. 그 전전긍긍의 방법 중에 아귀아귀 배부르게 먹는 것도 있다는 사실을 알고 난 뒤의 서글픔이란.

내가 무엇으로 다시 태어나는 게 좋을까? 어느 것 하나 마땅한 게 없다. 차라리 어느 시인의 시 한 구절쯤으로 태어나리라. 살아서 '죽음과 같은 떠남'을 말했던 자에게는 그것이 알맞은 부활이리라.

내가 넝마주이에 정신을 빼앗긴 것도 하나의 구체적인 지역이 아니라 세상에서 잊혀진 어떤 곳으로 숨어들고 싶다는 염원 때문이었다, 그리하여 '김지하를 석방하라'는 열기 띤 데모의 밤이 지나고 서울로 돌아가 넝마주이가 될 날이 밝았다.

경찰의 눈이 예리하게, 그러나 "어서 이곳을 떠나만 주시오" 하고 빌다시피 주시하고 있는 아침이었다. 나야말로 어서 원주 땅을 떠나야 했다. 나 같은 망둥이가 있을 곳이 못 되었을 뿐만 아니라 그 수많은 경찰들에 오금이 저려 견딜 도리가 없었다. 혁혁한 민주투사들의 위세를 어쩌지 못해 덩달아 보호되고 있는 나는 모든 것이 부담이었다. 본래부터 내가 민주투사들을 쫓아다닌 처지였다면 문제는 간단했다. 나는 시대의 아픔에 등을 돌린 일개 음풍영월의 시인, 그리고 넝마주이 후보자에 지나지 않았다. 대한민국의 국민이라는 흔적만 구청의 호적계에서 찾아낼 수 있을 뿐, 아무런 소속도 없는, 이제는 가정에서도 튕겨져 나온 외톨이 신세였다. 나는 나 밖의 모든 사람들이 행복해 보였다. 체제 안의 사람이든 체제 밖의 사람이든 그들은 주민등록증의 권위를 행사하고 있는 사람들이었다. 만약에 또다시 한반도에 전쟁이 일어난다면 나는 어느 쪽 사람인지 증명할 길이 없게 될 터이고 그것 때문에라도 어쨌든 필연코 죽게 될 것이었다.

사람들은 아마 내가 저 인민재판이라는 걸 받은 적이 있는 사람이라는 걸 도저히 믿지 못할 것이다. 그러나 박정희는 국민학교 선생이었고, 정주영은 쌀가게 점원이었으며, 예수는 알다시피 구유에서 태어났다. 나이가 몇인데 하고 머리를 갸우뚱할 사람들을 위해서는 앞에서 내가 어느새 불혹을 넘어서 새로운 사랑을 꿈꾸는 나이임을 밝힌 바 있다.

6·25가 일어난 해에 나는 공교롭게도 홍역에 걸려서 꼼짝을 할 수 없게 되었다. 어머니가 병구완을 위해 옆에 남았다. 곧 저쪽 사람들이 도시를 장악하여 인공 치하가 되었다. 그러던 어느 날 갑자기 우리는 잡혀갔던 것이다. 밤중에 불을 밝혀 '적'과 내통했다는 죄목이었다. 밤중에 불을 못 밝히게 되어 있는 것은 유신정권 때부터 익힌 민방위훈련으로 더 이상 설명하지 않아도 될 것이다. 그 밤중에 어머니는 내 병세 때문에 불을 밝히지 않을 수가 없었다. 문이란 문을 담요로 꼭꼭 여민 것은 두말할 필요도 없었다. 그런데도 불빛은 마치 금간 동이에서 물이 새어나가듯 새어나간 것이었다. 캄캄한 한밤중에 불빛을 감추기란 사실 생각보다 쉽지 않다. 별빛이 몇억 광년을 걸려서라도 지구에 도달하는 것은 그 나름대로 우주의 진리를 전달하려는 뜻도 있지만 거기에 빛이란 거의 본때를 보여주려는 뜻도 있는 것이다. 우리는 정말 운이 좋았다. 저들이 보아하니, 나는 조금도 속임수 없이 아파 헐떡이고 있었고 어머니는

미모였다. 내 어머니가 나를 이 세상에 내보내게 된 나이가 열여덟 살이었음을 참고해야 한다. 그때 내가 다섯 살 먹었다는 것도. 우리는 정말 운이 좋았다. 저들이 그때 '조국해방'을 눈앞에 두고 있었다는 것도 매우 유리한 조건이었으리라.

"몇 시쯤 서울로 올라갑니까?"

나는 여간 조바심이 나지 않았다. 우리가 움직이는 대로 일정한 간격을 유지하며 따라붙고 있는 경찰들이 언제 와락 덮칠지도 모를 일이었다. 나는 《목민심서》도 가지고 있지 않았다. 이것이 1978년의 일이었으니, 근 십 년 가까이 용케도 피해 다녔는데 드디어 꼼짝없이 잡히는구나 싶어서 심장의 기능마저도 체념한 듯 느껴졌다. 그들이 와락 덮쳤을 경우 다른 사람 모두는 머리를 꼿꼿이 들고 독재타도를 외치는 양심범이 되겠지만 나만은 '그깟 여자 하나 때문에' 국가에 등을 돌린 파렴치범쯤으로 되고 말 것이었다. 이런 위기에서도 내가 아직 어떤 푸른 그림자에 용서의 기회를 주고 싶어 하고 있었다면 거짓말이라고 할 것이다. 나를, 내 정신의 하늘이자 땅이며 또한 이 둘을 잇는 섭리인 내 시를 모독한 여자는 현실의 한 작은 몸뚱이에 지나지 않는다. 그녀가 아무리 밤마다 낯모를 남자의 품에 안겨, 내게 받은 아픔을 한시라도 빨리 보상받으려고 몸부림친다 하더라도 그것은 육십 킬로그램도 못 되는 몸뚱이의 몸부림인 것이다. 나는 이미 그 저주받은 형벌의 땅을 벗어나 형극의 길을 걷고 있으므로 내 죄에 대해서는 사면을 받은 셈이었다. 나는 애써서 이렇게 변명하고 자위하고 있었다. 왜냐하면 푸른 그림자란 그녀의 실제의 모습을 반영한 것이라기보다는 내가 만들어낸 환상일 것이기 때문이었다. 그것을 깨버린다는 것은 이를테면 나 자신을 깨버린다는 결론이 되었다.

나는 몇 사람에게 서울로 언제쯤 가게 되느냐고 같은 질문을 던졌다. 모두가 같은 대답이었다.

"곧 가야죠, 뭐. 아직 볼일이 좀 있는 것 같은데."

생전 이런 덴 코빼기도 안 보이던 친구라 웬일로 나타났는가 하는 표정을 짓는 사람도 있었다. 이것은 내가 지레 그렇게 짐작한 것인지도 알 수 없다. 하지만 오랜 도망자로서 감정이 약해질 대로 약해진 나는 피해망상적인 반응을 보일 수밖에 없었다. 그리하여 내 사정을 아는 한두 사람 빼놓고 나머지 민주투사들이 나를 무슨 정보원으로 보고 있지 않나 하는 의구심이 문득문득 들 때는 나 자신으로부터도 도망치고 싶었다. 나는 도망치는 데는 선수였으나 그날은 별 재주가 없었다.

"어제 경찰국장이 그러더군. 내일 말썽 없이 떠나주기만 한다면 모든 편의를 제공하겠다고 말이야."

긴장 속에서도 여유가 있었다. 나는 영문도 모르는 채 일행의 뒤만 졸졸 따라다녔다. 예전 대학 때 꼭 한 번 원주에 왔었었다. 그 여름은 좋았었다. 시 쓰는 친구와 둘이서 저물녘 봉산동 쌍다리 위를 오락가락하며 다리 밑에서 목욕을 하는 여자들을 훔쳐보았었다. "여자들이란 이상하단다. 아직 훤한데두 옷을 홀랑홀랑 벗구 그래야." 그의 말대로였다. 곧 완전히 어두워지고서는 희끄무레한 빛만 어룽거렸으나 바로 옆에 있는 상상 속의 나체는 더욱 자극적이었다. 낮에는 동네 뒤쪽의 철길로 가서 기찻굴을 지났다. '여기 지나다 기차가 와서 죽는 수도 있단다' 그리고 우리는 언덕 밑을 내려다보며 시를 이야기했었다. 젊은 날의 나는 형식이라는 것에 말할 수 없는 혐오감을 가졌으며 오로지 내용만이 진짜라고 믿었었다. 그런데 지금 그때의 시에 대한 이야기의 내용은 하나도 남아 있지 않고 오직 그랬었다는 형식만이 남아 있다. 형식 또한 본질임을 마음 깊이 받아들이게 되기까지는 실로 많은 실패와 좌절, 특히 사랑에서의 실패와 좌절을 필요로 했다. 홀로 집에 틀어 박혀서 라면에 넣을 양파를 깔 때마다 퍽 신중하게 내 생애를 가늠

해본다. 내용을, 본질을 알기 위해 내 삶의 하나뿐인 양파를 끝까지 까버린 것은 혹시 아닐까? 시를 본격적으로 공부하기 시작한 그 무렵, 손에는 옹근 양파가 쥐어 있었다.

나는 넝마주이란 얼마나 황홀한 직업일까에 대해서 이리저리 생각을 굴리며 드디어 내 인생이 새로운 세계로 열리리라는 기쁨을 맛보았다. 가까이 있는 경찰을 의식적으로 생각 밖으로 떨쳐버리기 위하여 내 불확실한 미래를 향해 눈을 돌리기는 했어도, 그것은 진정 황홀한 직업일 것이었다. 그 순간만은 절대로 과장이 아니었다. 나는 늘 밑바닥 인생에 남다른 관심이 있었고, 남몰래 동경하고 있었더랬지. 그렇지만 그쪽으로 나 자신을 헌신할 기회가 주어지지 않았었지. 사실 나는 이 출세주의와 황금만능주의로 병든 세상 사람들 대열에 끼어 내 의사대로 움직일 수 없이 앞으로 앞으로 밀려가고만 있었던 것이다. 고등학교 무렵 시험 문제를 다 맞히지 못하면 사회에서 아무것도 할 수 없는 인간으로 전락되는 줄로만 알았던 적도 있었다. 어른들의 윽박지름 탓이었다. 나는 이만큼 나이 먹은 지금 나를 비롯한 어른들을 보면서, 이토록 터무니없는 허상의 인간들이 거의 맹목적으로 후세들을 닦달질하는 것에 그저 아연할 뿐이다.

드디어 기회가 온 것이다. 나 스스로는 용기가 없어서 갈 수 없었던 세계가 이제 내 앞에 있다. 변명도 충분히 마련되었다. '어쩔 수가 없었지 않겠어요' 그리하여 어느 겨울날 시장나리라도 혹시 빈민들의 생활상을 알아본다고 찾아와서 무엇이 가장 어려운 점이냐고 묻는다면 대답하리라. '당신 그림자가 햇볕을 가리고 있으니 좀 비켜주시기나 하려오' 그러자면 제일 먼저 커다란 하수관부터 주워와야 할 것이었다.

"버스표가 없어서 경찰에 말했더니 부랴부랴 구해다 주는군. 자, 점심을 먹고 떠납시다."

누군가의 말에 따라 원주에서의 고행은 끝났다. 점심을 먹고 나니 힘이 부쩍 났다. 그리고 행복한 넝마주이가 될 확신이 섰다. 마침내 나는 버스에 오를 수 있었다. 그런데 차창에 기대고 앉자마자 넝마주이의 꿈 대신에 문득 내가 왜 이러고 다니는지 모르겠다는 생각이 엄습했다. 순간적인 변화였다. 돌아갈 집이 없다는 것도 남의 일만 같았다. 어디 출장이라도 나왔다가 돌아가는 길 같기도 했다. 현실은 어디에 있을까? 그동안의 일은 한 편의 부조리 연극이 아니었을까. 하지만 아무리 필름을 되돌려보고 보아도 나는 집으로 돌아갈 수 없는 사람이었다. 넝마주이에의 황홀한 기쁨?

버스는 달리고 있었다. 나는 암담해서 울음이 쏟아질 지경이었다. 하지만 나는 그야말로 지푸라기라도 잡지 않으면 안되었다. 그런 나와는 달리 모두들 과업을 완수하고 집으로, 직장으로 복귀하고 있는 길이었다. 여러 명의 민주투사들을 태운 버스의 차창 밖으로 '돌담에 속삭이는 햇살같이' 나른하고도 감미로운 풍경이 흐르고 있었다. 비록 지푸라기 내지는 넝마 쪼가리를 주우러 가는 신세이기는 했지만, 울음이 쏟아질 것 같은 한순간이 지나고 나자 평화가 잦아들 기미를 보였다. 나는 다시 용기를 얻기로 하였다. 따져보니까 나는 꽤 '괜찮은' 시인이 되어 있었다. 내가 시를 쓰지 않았더라면 어떻게 감히 세상이 따르르한 민주투사들과 같이 앉아 있겠는가. 나는 허세를 부릴 만도 했다.

도망자가 되고 나서 그렇게 편한 여행은 처음이었다. 나를 잡아가려는 체제에 당당히 맞선 '동지'들이 함께 있고, 더군다나 경찰이 구해준 차표로 여행을 하고 있다는 사실이 나를 무한히 감동시켰다. 집 안에 들어앉아서도 바깥의 발소리에 귀를 곤두세워야 했던 내가 아니었나. 나는 〈벤허〉보다 더 감동적인 영화를 만드는 제작자라도 되는 양 가슴을 폈다. 나는 경찰까지 동원하여 영화를 만드는 중이었다. 세상 어디에 하찮은 넝마주이를 이렇게 대우해주는 나라가 있겠는가!

조금만 부추기면 하늘 높은 줄 모르고 기고만장해지며, 또 조금만 찍어 누르면 자라목처럼 움츠러드는 내 인간성에 대해서 나는 인류학적인 비애를 한없이 느낀다. 그래서 한때는 나를 변호해보려고 간디나 안중근이나 유관순 같은 위대한 인물들은 어딘가 스스로의 결점이 있어서 그런 위대한 생애를 갖지 않았나 하고 하다못해 프로이트 식으로라도 따져보려고까지 했었다. 그래서 내가 배워 아직도 기억하고 있는 것은 거의 프로이트라는 이름뿐인데, 아마 지저분해서 기억하고 있을 터인 항문기(肛門期)라는 용어도 그의 것인 것 같다.

나는 지금도 늘 도망치는 꿈으로 시달린다. 대한민국의 당당한 국민, 즉 주민등록증을 소지한 사람인데도 말이다. 잡혀갈 이야기인지 모르지만 나는 똑같은 주민등록증을 두 개나 만들어 가지고 있다. 하나는 휴대용이며 하나는 보관용이다. 하나만 가지고 있다가 잃어버렸다가는 과거의 악몽과 같은 시절로 되돌아갈지도 모른다는 강박관념이 나를 짓누른다. 하기야 과거로 돌아갈 수만 있다면 여러 가지 달리 생각해보아야 할 점이 많다. 모름지기 인간은 도망치는 꿈을 꾸지 않도록 자기 인생을 관리해야 한다는 것이다.

누군가가 노래를 선창했고 누군가들이 따라했다.

"박정희야 물러가라. 쿵짜자작짝."

"박정희야 물러가라. 쿵짜자작짝."

"박근혜야 물러가라. 쿵짜자작짝."

"박근혜야 물러가라. 쿵짜자작짝."

내 넝마주이의 평화와 질서는 깨어졌다. 지금은 대통령이 스스로 '물'대통령이라고 맹자(孟子) 같은 소리를 하는 시절이다. 물(水)처럼 흐르는(去) 것이 법(法)이라는 이야기다. 하지만 그때는 모든 법에 선행된다는 긴급조치가 있었다. 친구들마저 술집이나 다방에서 어쩌다 '박정희……'가 어떻다는 이야기만 나와도 어느새 무슨 방법으로 알았는지 잡혀가는 시절이었다. 그러니까 모두들 가자미처럼 눈을 흘기기에 바빴다. 이제는 밝혀도 괜찮으리라 믿는데, 한 친구가 새마을운동이 시골의 정취를 없애는 측면도 있다는 이야기를 해서 잡혀간 적이 있었다. 조사관이 누구를 가장 존경하느냐고 묻자 그는 한참 생각 끝에 도산 안창호의 이름을 댔다. 그러자 그다음에 존경하는 인물을 대라고 했다. 그는 어떤 이름을 대야 유리할지 궁리를 했다.

"박정희 대통령입니다."

가장 안전할 회심의 대답이었다. 그러나 오산이었다.

"거짓말 마!"

그는 오히려 한 대 얻어터졌던 것이다.

그런 시절을 도망쳐 다녀야 했던 나는 이 세상 어디서건 잡히지 않고 도망치는 데는 누구 못지않고 하는, 자부심 중에서는 가장 못난 자부심 하나를 익힐 수가 있었다. 그렇다 하더라도 버스 안에서 "물러가라"고 외친대서야 견딜 재간이 없는 것이었다. 그 노래는 다른 노래로 이어지면서 징검다리 역할을 하듯 반복되었다.

"박정희야 물러가라. 쿵짜자작짝."

"박근혜야 물러가라. 쿵짜자작짝."

나는 박정희 이름이 나올 때마다 가슴이 움찔움찔 떨렸다. 자칫하다가는…… 생각만 해도 불안했다.

아닌 게 아니라 그때 뒤쪽의 한 자리에서 젊은이 하나가 벌떡 일어섰다.

"이렇게 국가원수를 모독하는 놈들이 어디 있어! 여보 운전수, 다음 검문소에서 차 세워!"

그의 얼굴은 붉으락푸르락하고 있었다.

"젊은인 가만 앉아 있으라구!"

누군가가 제지했다.

"지금이 어느 땐데 그딴 노랠 부르냔 말야. 너희들 같은 불순분자들은 그냥 놔둘 수 없다구!"

젊은이는 투철한 국가관을 앞세워 금방 웃통이라도 벗어부칠 기세였다.

"어쭈!"

그러나 역전의 민주투사들이었다. 젊은이의 기개 하나만은 사줄 만하다는 표정들이었다.

"너희들 정체가 뭐야? 이딴 놈들은 싹 잡아가야 돼! 여보, 운전수!"

젊은이는 결코 누그러들 태세가 아니었다.

승객들은 의외로 번져가는 불안한 공기에 아무 말도 않고 사태를 주시하고만 있었다.

"우린 대한민국 국민이다. 넌 도대체 뭐야? 뭘 모르면 가만히 앉아나 있으라구."

"대한민국 국민이 그따위 노랠 불러? 아무튼 이 작자들 혼을 내야 된다구!"

젊은이는 만만치 않게 대들었다. 유신정권의 오도가 문제이지, 훌륭한 애국시민이었다.

나는 어느 한쪽이 수그러들어 사태가 가라앉기만을 진심으로 바랐다. 그래야만 내 신변이 안전할 것이었고, 넝마주이로서 이 세상에서 은자(隱者)의 삶을 영위할 수 있을 것이다.

"운전수, 차 세워야 돼!"

유신시대의 애국자는 결코 기세가 수그러들지 않았다. 나야말로 전전긍긍이었다. 정확하게 말하면 나는 박정희 시대였기 때문에 피해 다니는 것이 아니었다. 여기에 대해서는 심오하게 대처해야 한다. 그렇다. 나는 내 오명 때문에 피해 다니는 것이었다. 그것은 완성되지 못한 내 인생에의 도전인 것이다. 사랑이, 잃어버린 사랑이 그 매개체였다. 그래서 그것이 더군다나 한낱 박정희라는 이름에 의해서 망쳐져서는 안 되었다.

그런데도 단지 그의 시대라는 이유로서 사태는 악화되고 있었다. 박정희, 그 이름은 그 시점에서 이십 년 가까이나 내게는 좋든 나쁘든 익숙히 들어온 이름이었다. 그가 혁명을 일으켰을 때, 그는 우리 집 안방까지 익숙하게 들어와 있었다. 그로부터 몇 명의 장군들의 이름이 우리 집 안방을 드나들었다. 그런데 그들은 주로 아버지가 어떤 위기에 처했을 때 우리 집 안방에 자주 들어왔으므로 나는 그들이 위기에서 누군가를 구출하는 임무를 맡은 사람들이라는 인식을 은연중에 갖게 되었다.

물론 군인의 임무는 전쟁에서 국가와 민족을 구하는 것임은 두말할 필요가 없다. 그런데 불행하게도 내 잠재의식 속에는 좀 다른 색채가 깃들어 있다. 내 의식은 그렇지 않은데 잠재의식이 그렇다고 나는 분명히 밝힌다. 아버지의 '각하' 소리를 그다지도 못마땅하게 생각하면서도 어느덧 아버지와 비슷한 생각을 의식의 밑바닥에 들여놓게 되었다는 것은 슬픈 노릇이다. 또다시 '파블로프의 개'를 예로 들어야 하는가?

"미꾸라지를 어떻게 기르는지 아시오?"

얼마 전에 몇이서 이야기하는 중에 이런 질문이 나왔었다. 나는 의례건 그 양식 방법, 즉 미꾸라지들이 도망을 못 가게 적당한 양식장을 만들고 거기에 말똥인지 소똥인지를 밑밥처럼 부어넣고 어떻고 하는 등에 대해서 던지는 질문인 것으로 짐작했었다. 그러나 아니었다.

"이놈들 먹이를 줄 때마다 종처럼 매달아놓은 깡통을 치더란 말이오. 그러면 죄 올라와요. 깡통은 줄 때마다 치지요. 그러다가 손님이 오면 그때도 깡통을 친단 말이오. 길이 들어서 먹이를 주는 줄 알고 올라오더란 말이오. 그러면 그때 잡는 거요."

파블로프라는 사람은 미꾸라지로도 충분한 것을 너무 고등동물을 이용하여 조건반사를 시험한 것이다.

이렇게 말하고 있는 것은, 그 버스 안의 사태가 심각하게 되면 어쩌나 하는 불안과 공포 속에 나도 모르게 어떤 장군들의 이름이 뇌리를 스쳐간 때문이었다. 인간성의 약점은 자신이 불행이나 위기에 처했을 때 나타나는 게 당연하겠지만, 어림도 없는 일이었다. 내가 비록 개미 새끼 한 마리 정도밖에 안 된다손 치더라도, 장군들이 그들의 힘의 위엄에 손상을 입히려다가 붙잡힌 나를? 게다가 내가 이름만 친숙한 그들 장군들은 검은 색안경을 쓴 작달막한 한 장군에 의해 거의 다 무대 아래로 내려오지 않았는가. 이 사실은 나를 곧 미련 없이 '미꾸라지' 신세에서 벗어나게 하는 데 큰 도움이 되었다.

그렇지만 불안과 공포는 여전히 내게서 떠나지 않고 있었다. 두 파의 애국자들은 아무도 양보할 수 없었다. 반독재 애국자들 중 나이가 묵직한 사람 가운데는 '이런 조무래기판에서 이러지들 말고 그냥 가자구' 하는 투로 말하고 있는 사람도 있었으나 그러기에는 이미 사태는 험악하게 기울어져 있었다. 또 그런 식으로 수그러든다고 해서 상대방이 가만있을 것 같지도 않았다. 그는 기필코 더 길길이 날뛸 것 같았다.

"그래, 내려. 맘대로 해봐."

그 이태 뒤에 긴급조치 위반혐의로 극형인 사형선고까지 받

게 되는 우리의 넝마주이 선배가 순순히 굴복할 까닭이 없었
다. 그는 박정희 대통령이 궁정동에서 심수봉의 〈그때 그 사
람〉이라는 노래를 들으면서 시바스 리갈을 마시던 그 운명적
인 가을이 있던 해의 봄에 서울역 광장까지 박정희의 관을 떠
메고 데모를 했다. 그리하여 그는 박정희의 법에 의하여 사형
선고를 받았다. 그로부터 얼마 뒤 박정희는 믿을 수 없이, 과
연, 관에 들어갔다. 나는 가끔 그 관이 우리의 넝마주이 선배
가 떠메고 갔던 바로 그 관은 아닐까 생각해보곤 한다. 유신헌
법보다 확고하게 짐작하건대 바로 그 관은 아닐 것이다. 나아
가서 그보다는 훨씬 고급의 관일 것이다. 그래서 그 당시 민주
화는 오지 않은 게 아니겠는가……

　궁정동에서의 일 이래 넝마주이 선배는 감옥에서 나왔다.
그 무렵 나는 매우 옷맵시가 있고 소녀적인 한 여자를 혼인을
빙자해서 쫓아다니고 있었는데, 그녀가 이 넝마주이 선배와
같이 학교를 다녔다는 인연으로 어느 날 저녁 마포에서 다시
조우했다.

　"야아, 이, 얼마 만……"

　내가 손을 내밀고 말을 채 맺기도 전에 그는 다짜고짜 나를
얼싸안더니 키스를 해대는 것이었다. 고백하지만 나는 내 남

자의 자존심을 걸고 그때 그것이 내 평생 처음이자 마지막으로 내 입속으로 들어온 다른 남자의 혀였다고 고백한다. 그리고 그가 남색가가 아님도 알고 있다. 나는 그때 그것이 혁명의 승리의 혀 같은 것이라고 어렴풋이 느꼈던 것도 같다.

사실 험한 짓으로 말하면 그보다 더한 짓거리도 나는 겪었다. 어떤 녀석의 그것까지 빤 적도 있었던 것이다. 겨우 일고여덟 살 때였기는 했으나.

그것은 6·25 전쟁 때 미군이 주둔했던 작은 읍의 어느 방공호 안에서였다. 어린 녀석들은 판잣집 안에서 미군들이 '양공주'들과 하던 행동을 보고 그대로 옮겨놓았던 것뿐이었다. 판잣집의 벽틈은 그렇게 개방되어 있었다.

내친김에 그 무렵 내가 쫓아다닌 그녀에 대해 몇 마디 하기로 하자. 나는 그녀를 소녀적이라고 했는데, 내 기억에는 다소 희미한 내 고등학교 동창과 결혼하였다가 실패한 여자였다. 여자 중에는 아무리 나이 먹고 경험이 많아도 소녀 같은 여자가 있다. 나는 아직도 지겹게 도망치고 있던 시절이었다. 나는 그녀의 아파트로 찾아가곤 했다. 그 아파트에는 거의 매일 각양각색의 남녀들이 드나들었다. 그녀를 향한 내 접근은 비교적 성공적으로 진행되는 듯싶었다. 그러나 어처구니없는 실수가 있었다.

　어느 날 우리는 밤늦게 헤어지게 되어 아파트 단지의 한 모퉁이에서 키스를 하게 되었다. 나는 부드럽게 그녀를 감싸 안았다. 그리고 그녀의 입술에 내 입술을 가져갔다. 그런데 그 순간 흥분한 나는 그만 다른 여자의 이름을 속삭이듯이 불렀던 것이다. 아차 했으나 일은 끝나버렸다. 그녀는 내 팔을 풀어헤치고 어둠 속으로 사라져가버렸다. 그것은 큰 교훈이었다. 그 뒤로 나는 그런 결정적인 순간이 오면 아무 말도 하지 않도록 정신을 바짝 차리고 있다. 역시 침묵은 금인 것이다. 그 얼마 뒤 그녀는 제법 이름난 화가의 짝이 되었다. 어느 날 그녀가 연락을 해서 나가보니 마치 행복을 확인해달라는 듯이 수염 기른 화가와 앉아 있었다. 그 화가는 사람 좋은 웃음을 시종일관 띠고 있어서 나는 술을 몇 잔 마신 뒤에 축하하기 위해 수염을 몇 개 뽑아주었다.

　"그 수염이 왠지 기분 나쁘군요."

　그래도 그는 웃음을 잃지 않았다. 중국의 양주라는 사람이 떠올랐다. 그는 자기의 털 하나를 뽑아서 온 세상이 이롭게 된다고 하더라도 단호히 거부하겠다고 했었다. 그런데 그는 그토록 중요한 수염을 뽑혀서 보잘것없는 내 쓰라린 마음을 달래주었다.

간단하게 결과만 말하면 지금 그녀는 홀로 살고 있다. 남자가 그림공부를 한다고 미국으로 갔다가 다른 여자를 만나 아이까지 낳아 돌아왔던 것이다.

다시 버스로 이야기를 옮겨야 한다. 그 팽팽한 공기는 그대로 유지되었고, 마침내는 검문소에 이르렀다. 청년이 세우라고 소리치지 않아도 당연히 버스는 멎게 되어 있었다.

"빨리 다들 내려."

청년이 명령하듯 소리쳤다. 이제는 끝장이 났다. 모두들 그 혁혁한 이름에 걸맞은 공훈을 하나 더 얹을 것이겠지만 나는 생판 다른 운명이 기다리고 있었다. 눈앞이 깜깜했다. 아버지의 책꽂이에 꽂혀 있는 육법전서에 의하면 나는 응분의 처벌, 즉 삼 년 이하의 징역형을 치르고 다시 원점으로 돌아가게 되어 있었다.

이 점에 대해서 무엇인가 다른 관점에서 살펴볼 기회가 되었다. 이는 이제껏 겉으로 드러나 있는 어떤 현상만 이야기해 온 것처럼 여겨지기 때문이다. 나는 분명히 하나의 사랑을 위해 도망자가 되었다. 그러나 또한 내 의식의 깊은 바다 밑에는 집단에의 공포가 도사리고 있음을 나는 안다. 커다란 집단에 소속되어 그 집단을 움직이는 어떤 우두머리의 뜻대로 행동해야만 한다는 것은 내게는 고소공포증 다음의 공포증인 것이다. 6·25 때 한강철교의 까마득한 아치 위를 기어올라 건너오는 수많은 피난민들을 보았는가. 나로서는 상상도 못할 광경이다. 그 경우 나로 말하면 차라리 죽음을 택할 수밖에 없다. 언젠가 고층아파트의 건설현장에서 그 높디높은 꼭대기에서 라라라 노래 부르며 아무 도움장치도 없이 일하는 사람을 보았을 때처럼 내게 절망을 준 적도 없었다. 빌딩 꼭대기에 매달려 유리창을 닦는 사람을 보라. 그들은 신이 점지한 사람들임에 틀림없다. 어떤 기독교 사람들이 말하듯이 만약에 '휴거(携擧)'라는 게 있어서 종말의 날에 하나님나라에 합당한 선택받은 사람들이 하늘로 끌려올라가는 것이라면 나는 고소공포증 때문에라도 포기할 수밖에 없을 것이다. 내가 그들 중에 낄 수 있다, 없다는 고사하고라도 말이다.

집단공포증도 이런 고소공포증에 버금간다. 오래전에 친했었으며 지금은 논픽션을 주로 쓰는 한 작가는 이른바 명문 고등학교를 나오고도 대학에 진학을 못했다. 나는 가정형편 때문이라고 지레짐작하고 있었다.

"대학엔 왜 못 간 거요?"

어느 날 나는 확인도 할 겸 물었다. 그의 대답은 뜻밖이었다.

"어떤 새로운 집단에 소속된다는 게 너무 두렵습니다."

세상에는 별의별 공포가 도사리고 있다. 나 역시 이런 집단 공포증 때문에 사랑의 솟대(蘇塗) 밑으로 숨어들어간 것은 아니었을까?

버스가 멎고 검문이 채 시작되기도 전에 일행은 자리에서 일어섰다.

"그래, 내리자구!"

결단의 시간이 왔다.

내 옆자리의 누군가도 분연히 일어났다. 그가 누구인지 기억이 깜깜한 게 이상하게 생각된다. 그때까지도 나는 아무런 결단을 내리지 못하고 있었다. 나는 내 비겁함이 종종 고개를 들 때마다 산다는 것이 무엇일까 쓸쓸하게 생각해보곤 했다.

다른 사람 모두가 내렸다. 나는 공포와 굴욕과 비애에 사로잡힌 채 자리에 앉아 고개를 돌렸다. 그것이 내 결단이었다.

나는 독재체제에 맞서서 한 번도 정면으로 부딪쳐 싸워본 적이 없는 인간이다. 단순한 도망자에 지나지 않는다. 그러므로 나는 이 자리에서도 도망친다. 그것이 내 변명이었다.

사실 아직도 나는 저 푸른 그림자의 망령에 사로잡혀 있었다. 아직은 기회가 영원히 사라진 것은 아니라는 일말의 기대를 가지고 있었던 것이다. 그러자면 비록 넝마주이가 되어서라도 언제나 그 그림자 주위를 떠돌 수 있는 신분을 유지해야 한다는 게 내 어리석은 생각이었다.

버스는 곧 떠났다. 그들은 마치 전송하듯 버스 밖에 서서 웅성거리고 있었다.

저자는 왜 내리지 않는 거지?

누군가가 손가락질을 하고 있는 것만 같았다.

정보부 끄나풀이야.

누군가가 손가락질을 하고 있는 것만 같았다.

이제야 정체를 밝혀냈군. 어쩐지 우리 사정이 속속들이 알려지더라니깐. 저 자였어.

나는 내 등뒤에 무수한 눈초리들이 화살처럼 날아와 꽂히는 느낌이었다. 온몸에 진땀이 흘렀다. 다른 사람들로부터 의심받는다는 것만큼 괴로운 일은 없다. 하찮은 학용품 하나를 훔쳤다는 누명을 뒤집어쓴 중학생이 자살까지 하는 것이다. 항용 '죽고 싶다'라는 빈말을 쓰고들 있지만 그때의 내 심정은 정말 그랬다.

이렇게 나는 외톨이가 되어 다시 서울로 돌아왔다. 넝마주이에의 간절한 꿈도 어쩐지 실감이 나지 않는 채 사그라졌다.

그러나 그 꿈이 완전히 재로 사위어간 것은 아니었다. 한두 해 뒤에 누군가의 장례식에 참석했다가 초상집 술을 걸치고 오는 새벽길에 길가의 모닥불을 만났다. 겨울이어서 추위를 느낀 나는 그곳으로 다가갔다. 바로 넝마주이들이 지펴놓은 모닥불이었다. 나는 그 불에 내 찬 몸을 녹이며 문득 내 꿈을 떠올렸다. 무엇이 되어보겠다는 인생의 꿈은 영원히 우리 가슴속에 살아남아 있다. 하루하루의 생활 속에 그것을 잠시 잊고 살아갈 수는 있으나 그 몸은 원한을 품고 시퍼렇게 살아 있다. 그것은 못 이룬 사랑이다.

"우리 같은 사람은 이 일을 할 수 없습니까?"

나는 이미 접근 방법부터 틀려 있었다. 그것은 마치 가정이 있는 사람이 재미볼 상대를 찾고 있는 듯한 말투와 다를 바 없었다.

"왜요?"

모닥불 가에 있던 두세 명이 나를 훑어보았다. 마치 정보부원이 그들의 일원으로 위장하여 무슨 음모를 적발하려 하는 게 아닐까 하는 눈길 같았다.

"할 수 있다면 해봤으면 해서요."

내 말투에서 그들은 정보부원이 아님을 이미 알아차렸을 것이다.

"이 사람, 농담 마슈."

그들은 내가 그들을 깔보는 것으로 생각했다. 내가 그들을 깔본 것은 결단코 아니었으나 전심전력으로 말하지 않은 것은 사실이었다. 그리고 그때는 넝마주이에의 영감(靈感)이 쇠퇴되었을 때이기는 했다. 나는 나에게 한 방 먹여주려는 듯이 노려보는 그들의 눈길을 피해 허둥지둥 걷다가 그만 전신주에 부딪치기도 했다. 술 탓이기는 했다. 하지만 술은 잠재의식을 일깨운다. 이런 문제에 대해 좀 오해하는 사람들이 많은데, 술에 취해 하는 행동을 곧이곧대로 받아들여서는 안 된다는 점이다. 잠재의식이란 좀 더 깊은 데 있다.

가령, 내가 어느 날 술에 취해 옷맵시가 있고 소녀적인 과부를 껴안고 키스를 나누기 전 불렀던 이름은, 비록 다른 이름일지라도 그 과부와 동격의 이름이다. 그래서 나는 수염을 뽑을 자격이 있는 것이다. 또 가령, 술에 취한 상태에서 '난 니가 싫다'고 외쳤다 하더라도 사실이 아닐 경우가 많다는 것을 명심해야 한다. 그는 더 깊은 사랑을 원하는 것이다.

어쨌든 전신주에 부딪힘과 동시에 나는 코를 다쳤다. 내 코는 이른바 매부리코, 서양식으로 말하면 로만 노이즈로서 그때는 코끝이 약간 까진 데 불과했다.

그런데 그 뒤 다른 이야기를 덧붙일 수밖에 없다. 얼마 전 나는 한 친구의 방문을 받았다. 그는 방문하기 전에 전화로 내 의사를 타진했었다. "어? 누구? 아, 내가 왜 몰라. 그럼 좋지, 좋아, 괜찮아, 기다리지, 나야 뭐."

그 무렵 나는 집에서 죽치고 있는 형편이었다.

나는 오랫동안 그와 헤어져 있었으나 풍문에 의해서 그의 출세를 듣고 있었다. 해방 이후 오늘날까지 한국에서의 출세는 뭐니뭐니해도 돈을 버느냐 못 버느냐에 절대적인 판단기준이 있다. 아무리 판사, 검사, 의사가 돼보라. 돈이 벌리지 않으면 결혼하기에는 시인보다 못하면 못했지 결코 유리하지 않을 것이라고 나는 장담한다. 그는 돈을 번 것이다. 듣기로 그는 제법 쏠쏠한 모피옷장사를 하고 있다고 했다.

"이게 얼마 만이냐. 옛 모습 그대로네. 반갑다. 그래, 돈 좀 벌었다면서?"

나는 정말로 반갑게 그를 맞이했다.

"벌긴 뭐. 그저 먹고사는 거지."

그는 뻔질나게 세계 방방곡곡을 돌아야 한다는 말끔한 국제

신사가 되어 있었고, 그 무렵만 해도 그리 흔치 않은 자가용을 몰고 있었음에도 불구하고 그의 미덕만을 예나제나 그대로 간직하고 있었다. 겸양과 수줍음이었다.

그날 나는 그의 안내로 강변의 음식점으로 가서 점심을 먹었다.

그런데, 내가 왜 그의 방문에 대해 새삼스레 말하고 있을까? 그것은 그와의 헤어짐에 상당히 찜찜한 느낌이 있어서 그 뒤 오랫동안 내 마음을 언짢게 해왔기 때문이다.

아직도 계속 발간되는 줄 알고 있지만, 우리는 대학교의 교지 창간 멤버였다. 그러므로 당연히 친할 수밖에 없었다. 우리는 교정을 거닐며 인생에 대해, 연애에 대해, 문학에 대해 이야기를 나누었고 현재의 곤고한 생활과 무거운 짐과 같은 젊음을 탄식했으며 불확실한 미래를 두렵게 바라보았다.

"학교를 마치면 어디 고등학교 선생 자리 하나는 얻어걸리겠지."

그는 의기소침하게 말하곤 했다.

"글쎄, 나야 어차피 택한 길. 가난한 시인으로……"

나는 그의 미래상을 더 이상 구체적으로 그릴 수가 없었다. 그는 세탁소를 하는 집안의 영문학도였고, 나는 실패한 예비

역 군인 집안의 시학도였다. 내가 시를 쓰면서도 영시를 잘 모르는 것을 염두에 두고 그는 내게 미국 시인 에즈라 파운드의 〈칸토스〉를 들려주기도 했었다.

그런 어느 날이었다.

그날도 우리는 무엇인가 꽤 진지한 이야기를 나누며 백양로를 빠져 나가고 있었다. 우리는 아마도 여전히 인생에 대해, 연애에 대해, 문학에 대해 이야기했을 것이다. 아마도 또 우정에 대해서도. 그리고 아아 꽃피는 저 여학생들.

굴다리를 지나 신촌 로터리를 향해 우리는 걷고 있었다.

"그런데 어제 말이지……"

나는 갑자기 생각난 듯 입을 열었다.

그 전날은 그를 만나지 못했었다. 나는 다른 학우와 신촌 로터리 쪽으로 걸어나왔었다. 지금은 그곳 풍경을 떠올려서는 안 된다. 손꼽아 헤아려보니 그것은 지금으로부터 무려 이십여 년 전!

어이된 노릇으로 나는 청춘만 늙고 그곳은 상전벽해로 변했다. 그 세월의 변화를 실감 있게 표현하는 방법으로, 그때 내게 플라톤의 구절구절을 강독해주던 전임강사 선생님이 총장님으로 변했다는 사실을 인용하는 것도 꽤 그럴듯하다고 여겨진다.

그때 로터리 못 미처 모퉁이 가까운 길가에 싸구려 술집이 있었다. 싸구려? 아니다. 나무판자로 아무렇게나 짜 만든 탁자가 놓였을망정 그 집에는 술 치는 '색시'들도 둘인가 있었고 잘 알다시피 한쪽에는 나무 사다리를 타고 올라가는 작은 다락도 있었다.

다락'도'라고 하는 것은 흔히 그랬듯이 '색시'들은 그 다락에서 생활하며 거기서 술손님도 받고 있음을 알 수 있으리라는 말이다.

"학생, 술 한잔 하고 가요."

여느 때도 오후가 되면 '색시'가 나와 무료한 듯 길가를 어정거리곤 했었다. 그러나 이 역시 전임강사 선생님이 총장님이 된 변화와 같이 오늘날의 작부들과는 엄청나게 모양도 형태도 달랐음을 알아야 한다.

아, 나도 순진하고 순결하게 있었더라면 저런 연대생쯤 진실한 애인으로 삼을 수 있었을 텐데. 그녀들은 눈으로 그렇게 말하고 있었던 것이다. 요컨대 그녀들은 그만큼 순진하고 순결했다.

그 유혹을 빠져나가기란 그리 쉬운 일이 아니었다. 그러나 우리는 불행하게도 또 다행하게도 돈이라는 것이 없었다. 그때까지 나는 그 집에 한 번도 출입한 적이 없었다. 술이 내 갈증 나는 목을 위무해주고, '색시'가 내 갈증 나는 마음을 위무해주리라는 견디기 힘든 유혹을 짓누르면서 단지 흘낏거렸을 뿐이었다. 어느 정도 자부할 만큼은 '많은 책을 읽었건만 육체는 서글픈 것'임을 말라르메가 읊지 않았어도 나는 짙게 느끼고 있었다. 정신에 위안을 주는 책이란 사채업자에게 쥐어진 부도수표책과 다름이 없었다.

"학생 한잔 하고 가요."

그녀들은 이른바 멜랑콜리하게 속삭이는 것이다. 그 '학생' 소리처럼 내가 진짜 대학생임을 감칠맛 나게 느끼게끔 해주는 콧소리가 있었던가. 그렇다. 나는 대학생으로 그 술집 아가씨와 진실한 사랑에 빠진다. 그리하여 주위의 만류와 비난에도 아랑곳없이 결혼에까지 이른다. 사랑의 승리다. 숭고한 사랑의 지엄한 승리다. 그러나, 그러나 진실한 사랑이고 숭고한 사랑이고 간에 이런 빌어먹을 내 호주머니에는 달랑 버스표 한 장밖에 없지 않은가.

"학생, 술 한잔 하고 가요."

그날도 그녀들은 그렇게 말했다. 둘이었다. 나는 옆눈으로 살피며 짐짓 모른 채 지나쳐가고 있었다.

바로 그 순간이었다. 어느 틈에 다가왔는지 그녀들은 각각
우리들을 맡아, 들고 있던 책을 빼앗아 술집 안으로 들어가고
말았다. 이를 일컬어 매가 병아리를 채가듯 한다고 하는지 모
른다. 어, 어, 하는 사이에 그녀들은 술집 안에서 우리를 향해
장난기 어린 눈길을 내보내고 있었다.

"들어와서 한잔해요."

우리는 반사적으로 술집으로 들어갔다.

"거 책 내놔요."

"돈도 없단 말요."

내가 당황한 것은 분명했지만 그때 왜 그렇게 터무니없이
불쾌한 표정을 지었는지는 도통 알 수가 없다. 사실 나는 하나
도 불쾌하지 않았었다. 그런 기회에 그곳에 들어가게 되었다
는 것만도 행운이었다. 그러나 나는 '네 따위가 함부로 시학도
의 고결한 동정을 넘봐?' 하는 투의 표정을 짓고 있었다.

"돈 없어도 돼요. 책 맡기면 되잖아."

그녀들은 부드럽게 말했다. 하지만 우리는 막무가내였다.
우리는 너무나 굳어 있었고 융통성이 없었다. 우리의 기세등
등함은 애당초에 협상의 창구를 열 조그만 실마리마저 스스로
봉쇄하고 있었다. 우리는 촌보의 양보도 없이 오직 강경하게

만 나왔다. 네까짓 것들이 감히! 그것도 신성한 책을 맡기고?!

그러나 내 속마음은 절대로 그렇지 않았음을 고백한다. 오히려 나는 그녀들과 어울려지기를 간절히 바랐다. 그렇지만 사태를 반전시킬 계기는 없는 것이었다. 그녀들은 너무도 경직된 우리의 태도에 하는 수 없이, 참담한 자세로, 어색하게 책을 내주었다.

대학생의 일방적인 승리였다. 그러자, 우린 술집 작부야. 저런 훌륭한 대학생을 모시겠다는 것부터가 작부 짓거리야. 주제를 파악해야지. 그녀들은 말하고 있는 듯했다. 나는 심한 부끄러움을 느꼈다. 그것은 위선자들의 패배에 지나지 않았다. 더구나 우리가 들고 있던 단 한 권씩의 책은 얄팍한 문고판으로 술값으로 치면 막걸리 한 되 값 정도에 불과했다.

나는 알고 있다. 그녀들은 우리에게 돈을 울궈낼 목적이 아니었다. 이 역시 지금의 세태와 다른 그 옛날 세태임을 감안해주기 바란다. 그녀들은 무료했고 그보다는 외로웠던 것이다.

그런데 문제는 여기에 있는 것이 아니다. 자 이제부터 이야기를 해야 한다. 그것은 그녀들 중의 하나가 곰보였다는 사실이다. 오늘날 이 땅에서는 곰보, 즉 천연두를 앓고 난 뒤의 흔적을 가진 사람이 없다. 천연두라는 병이 완전히 퇴치되었다는 것이다. 그러나 그 무렵까지만 해도 곰보는 여기저기 흔했다. 결례의 말이지만 우리의 존경하는 옛 총장님, 백총장님께서도 곰보라는 사실을 알고 있는가.

어쨌든 여자들 중의 하나는 곰보였다. 나는 내 생애에 몇몇 좋은 곰보 친구를 사귄 적이 있어서 곰보를 좋아한다. 그래서일까. 나는 내가 만약 그 술집에 앉게 된다면 당연히 그 곰보 아가씨를 내 짝으로 앉히고 싶었다. 달리 말하면 그 아가씨는 곰보였음에도 불구하고 이상하게 내 마음을 사로잡는 매력을 지니고 있었다.

나만의 색안경 탓이 아니다. 그렇다면 술집 주인이 무엇 때문에 곰보를 아가씨로 고용했겠는가 말이다. 그 곰보아가씨야말로 매혹적이라기보다 고혹적으로 내 마음을 사로잡았다.

그날 집에 돌아와서도 나는 그 모습 때문에 밤늦도록 잠을 못 이루었다. 그리하여 나는 내 영문학도 친구에게 그 말을 꺼내지 않을 수가 없었다. 길모퉁이의 그 술집이 가까워지고 있었던 것이다. 그 아리따운 곰보아가씨는 오늘도 거기서 〈슬픈 카페의 노래〉를 부르고 있으리라.

"그런데 말이지, 술집에서 여자들이 나와 책을 뺏는 거야. 술 한잔 하고 가라고. 나 이거야. 그런데, 그런데 말이지, 게다가 그중에 하나는 재수 없게 곰보였어. 영 밥맛없어서."

나는 '재수 없게'를 특별히 강조했다.

"허허허."

그가 따라 웃어주었다. 그 웃음이 이상스럽게 공허하다고 나는 생각되었다. 그리고 그와 함께 나는 '아차' 하고 가슴이 철렁 내려앉았다. 나는 그 사실을 잊고 있었다. 그래, 그래, 그래, 그래, 내 옆에 있는 나의 절친한 영문학도, 그가 바로 곰보였던 것이다!

이 일은 좀 더 면밀히 검술해보아야 한다. 내게도 변명의 기회를 주어야 하는 것이다. 말했다시피 나는 곰보를 싫어하지 않는다. 내 친구도 곰보다. 다만 너무 가까운 친구였다 보니 나는 그 사실조차 염두에 두고 있지 않았던 것이다.

그런데 결과는 말 한마디로 수습할 수 없게 되어버렸다. 이제 와서 그게 아니라고 말한들 무슨 도움이 되겠는가. 더 구차스럽게 되고 말 것이다. 나는 침울한 마음으로 입을 다물었다. 그리고 어정쩡하게 헤어져 집으로 돌아오고 말았다.

그로부터 우리는 알게 모르게 사이가 떠갔고 드디어는 만나지 않게 되었다. 이것이 우리가 헤어지게 된 전말이었다. 말쑥한 국제신사가 되어 나타난 그의 얼굴에서는 많이 얽었던 그 곰보자국도 약간의 그림자 같은 흔적뿐이었다. 몰랐던 사람은 그것을 모를 정도였다.

나는 그 옛날 그와 헤어지게 되었던 전말을 털어놓고 곰보에 대한 내 사랑을 말해주려고 했으나 새삼스럽기도 하고 또 지리멸렬한 변명 같이 들릴 것이 저어되어 그만두고 말았다.

그 얼마 뒤 나는 경기도 안산 땅으로 이사를 왔다. 술을 좋아하는 나는 이곳저곳 단골도 생겼다. 그 가운데 포장마차도 하나 있었다.

어느 날 나는 포장마차에 앉아 웬일인지 세상살이가 고즈넉하게 느껴져 하염없이 술잔을 기울이고 있었다. 그런 어느 시간, 옆자리를 보니 거기에 낯모를 곰보가 앉아 있는 것이 아닌가.

나는 얼마나 반가웠는지 모른다. 옛날 그 친구와의 헤어짐의 전말이 문득 가슴을 때렸다. 나는 다짜고짜 그에게로 향했다.

"웬 곰보가 여기 있냐?"

느닷없는 것이었다. 그러나 그것은 내 일방적인 표현이었다. 내 말이 끝나자마자 그 옆자리에 있던 사람이 벌떡 일어섰다.

"뭐, 곰보를 욕해? 이 짜식, 너 맛 좀 봐야겠다!"

그리고 나는 눈에 불이 번쩍 나는가 했다.

이야기는 여기서 끝난다. 다음 날 보니 나는 코뼈를 많이 다쳤다. 그래도 나는 조금도 노엽지가 않았다. 나는 만나는 사람에게마다 이렇게 말했다.

"사진에서 본 에즈라 파운드도 코가 이렇게 비뚤어져 있던데, 히히히."

그때마다 나는 그 옛날 에즈라 파운드를 이야기해주던 친구를 떠올렸다.

그러나 아직 나는 넝마주이가 되지 못하였다. 언젠가 혹은 언제나 그 꿈이 실현될는지 나는 모른다. 다른 사람들도 모를 것이다. 중학교 시절 품었던 꿈, 마라톤 선수가 되는 것이 언제 실현될는지 아무도 모르는 것처럼. 1970년대 후반의 어느 날 오후, 그 위대한 손기정 선수를 직접 만나보았을 때, 나는 우선 그의 손이 큰 데 놀랐었다. 그의 발을 만질 기회가 없어서 유감이지만 그것은 왠지 히틀러의 발보다는 크리라는 생각부터 든다. 히틀러의 손을 직접 만져보고 확인은 못했어도 그가 늘 손바닥을 높이 펼쳐 보이는 것을 개발한 점으로 보아 손기정 선수의 그것에 못지않았기에 그랬을 것이다. 그래서 그는 1936년 베를린의 메인 스타디움에서 손기정 선수의 발에 대응하며 손바닥을 유난히도 힘 있게 펼쳐 보였던 것이리라. 하지만 내 손발은 작다.

나는 일찍이 마라톤 선수를 꿈꾸고, 다른 학우들이 집으로 돌아간 다음에도 그 부산 개성중학교의 비탈 밑 운동장을 홀로 몇 바퀴씩 뛰곤 했었다. '할 바에는 잘하자'라는 교훈(敎訓)대로 뛰고 또 뛰었다. 그 덕에 《목민심서》를 미끼로 방범대원들을 따돌릴 계책도 마련할 수 있었던 것이다.

　꿈은 사랑처럼 살아 있다.

8

"젊은 분은 무슨 걱정이라도 있나봐요."

라면을 끓여 팔며 술도 내놓는 간이음식점의 여주인 쪽에서 먼저 말을 건넸다. 아직 해도 안 떨어졌건만 막걸리를 마시며 홀로 눈의 초점을 흐린 채 앉아 있는 내가 안돼 보였던지 홀에 딸린 방 안에서 빠끔히 내다보며 하는 말이었다.

"글쎄요."

갈 곳을 잃은 사람이 무슨 말을 할 것인가. 더군다나 나는 피곤에 지쳐 있었다. 우리가 불행에 처했을 때, 그 비애 속에서도 평소와 다름없는 생활을 영위해야 한다는 것처럼 비애를 자아내는 것은 없다. 어떤 두려운 일이 닥쳐올 때 그 일 자체보다도 그것을 상상하며 기다릴 때의 두려움이 더욱 크듯이 항상 본질보다도 그 껍질에 시달림을 받아야 한다.

나는 여주인의 눈길을 의식하며 막걸리를 들이켰다. 그녀는 내 입에서 무슨 말인가 나와주기를 기다리는 눈치였다. 하지만 나는 아무 할 말이 없었다. 이 유신시대의 검문검색의 하룻밤에 어디서 보내느냐하는 것만이 초미의 문제였다. 검문소에서 버스를 내린 일행이 내 이름을 들먹거렸을지도 몰라. 그리하여 다시금 수배자 명단에 올려졌을지도 몰라. 도망자의 과민반응이었지만 그 무렵은 어떤 혐의인물과 술자리를 같이 했다는 것만으로도 잡혀가서 몸이 망가져 나오던 시절이었다. 친한 사람들 이름을 대봐. 그들은 옭아넣었던 것이다.

나는 은신처가 필요했다.

그 음식점으로 쫓기다시피 들어오기 전에 나는 그 은신처를 찾아갔었다. 터미널에 내려 그 앞 벤치에 앉아 곰곰이 생각한 결과 나는 우선 하숙집을 찾기로 했던 것이다. 복덕방 아저씨는 좁고 꼬불꼬불한 골목길을 돌아 앞장서 갔다. 꼬불꼬불한 골목길이야말로 내게는 위안이었다. 다른 사람들은 그런 골목길이 있는지조차 모를 듯싶었다. 그런 곳에 언제까지나 파묻혀 있고만 싶었다. 아랍 나라의 빈민굴 카스바에 범죄자들이 숨어들어가면 경찰이 찾을 수 없다고 하였다. 그런 곳은 없는 것일까? 지리산의 동굴은 어떨까? 그러나 한반도의 자연은 야생 그대로는 불행하게도 인간을 먹여 살릴 수가 없다.

"하숙을 치는 쪽에서야 직장인을 원하죠. 집에 있는 사람들은 밥을 꼬박꼬박 찾아 먹으니까요."

나는 당분간 무슨 일이 있어 부득이 하숙을 하게 되었다는 것, 따라서 집에 붙어 있는 날이 많다는 것을 설명했었다.

"그렇겠군요……"

어디선가 초여름의 그 달콤한 꽃향기가 코에 맡아졌다. 세상은 여전히 아름다웠다. 유신헌법 아래서도 장미와 라일락은 아름답게 꽃을 피우고 있다. 히틀러와 무솔리니가 만난 지중해 언저리 언덕 위에는 노란 야생화들이 여기저기 흩어져 피어 있었고, 히틀러는 그 꽃을 꺾어 코로 가져가고 있었다. 아름다운 원색사진이었다. 기계전투에서 국군 18연대에 의해 궤멸된 인민군 12사단이 도주해 들어간 비학산에도 꽃은 아름답게 피었다.

불행한 사람에게는 아름다움이 오히려 고통을 준다. 이제나는 오로지 숨을 곳 하나만을 찾는 처연한 신세로 전락하고말았다.

"이 집인데, 들어가봅시다."

복덕방 아저씨가 한식집 대문을 밀치고 들어갔다. 들어가면
서부터 바로 부엌과 연결되어 있었고 곧 마루가 되었다. 마루
에는 전기밥솥이며 밥그릇이며 반찬그릇 따위가 한옆에 널려
있었고 중년여자와 두 명의 청년이 무엇인가 이야기를 나누고
있다가 이쪽으로 고개를 돌렸다.

"안녕하십니까?"

복덕방 아저씨가 먼저 인사를 하며 뒤에 있는 나에게로 약
간 어깻짓을 했다. 이 사람을 소개합니다 하는 투였다. 그러자
중년여자가 대뜸 말하는 것이었다.

"또 간첩 한 사람 오는구먼."

나는 움찔했다. 그 말은 무심코 농담 삼아 던진 말이라는 것
도 이내 알 수가 있었다. 하지만 나는 놀랐고, 그 움찔한 가슴
은 쉽사리 평온을 되찾지를 못했다. 나는 직감적으로 하숙집
이라는 곳이 안전한 은신처가 되지 못한다고 느꼈다. 어쩌면
가장 위험한 곳일지도 몰랐다.

그리하여 복덕방 아저씨가 간 다음에 이것저것 묻고 보고
하는 척하다가 그를 뒤로하고 말았던 것이다. 나는 될 수 있는
대로 보통사람과 똑같은 행동을 하도록 각별히 노력해왔다.
만에 하나 잘못되어 수상한 사람으로 신고된다면 꼼짝없이 잡

히는 몸이 되고 만다.

그로부터 몇 년 뒤에 어쩔 수 없이 하숙방 신세를 지기까지 나는 그곳을 은신처로 삼을 생각을 버려야 했다. 거기에는 "또 간첩 한 사람이 오는구먼" 하는 말이 따라다녔다.

나중의 일들이기는 하지만 나는 그 후 무던히도 헤매고 다녔다. 그러다가 지치고 지쳐 하숙방을 얻어 들기도 했었다. 그리고 하루하루 불안한 날들을 보내기도 했었다. 그러던 어느 해 겨울에는 시골 농막에 거처를 정하고 거기서 한철을 난 적도 있었다.

나는 또다시 서울을 떠나 서울 근교의 그 을씨년스러운 농막에서 춥고 외로운 겨울을 맞이하고 있었다.

또다시 서울 땅을 떠나온 것은 나로서는 중대한 결심이었다. 나는 아무런 미래상도 보이지 않는 서울 생활을 영원히 청산하기로 했던 것이다.

그 무렵 여전히 나는 누워 잘 방 한 칸 없는 가련한 신세였다.

나는 길거리의 공중전화 박스만 한 집, 아니 방이라도 내 몫으로 있었으면 하고 바랐었다.

나는 정말 지지리도 못난 사내였다.

나는 하숙방에서 불안한 잠을 자기도 했고 또 친구들 집에서 신세를 지기도 했다. 그야말로 동쪽 집에서 자고 서쪽 집에서 얻어먹는다는 식이었다. 여기에는 물론 내가 도망자라는 것과 그동안 알게 모르게 몸에 밴, 어디론가 헤매지 않고는 못 배기는 그놈의 방랑벽이 어느 정도 작용하고 있었다고도 보여진다. 그러나 이 이야기를 하자면 나는 공연히, 웬지 처연해지는 마음을 어쩔 수 없다.

공중전화 박스만한 내 집, 내 방이라도 있었으면, 어느 날 나는 문득 그렇게 중얼거렸었다. 나는 남의 감시를 받지 않는 내 세계의 울타리를 간절히 원했던 것이고, 그것이 없기 때문에 헤매고 있었다는 말이 되는 것이다. 전화 박스만한 내 소유의 방만 있다면 나는 동쪽 집에서 자고 서쪽 집에서 먹는 따위의 어설프고 지긋지긋한 짓을 하지 않을 것이라는 이야기가 된다.

이 최소의 소유가 없기 때문에 방랑벽이라는 얄궂은 걸 어거지로 내 것처럼 해왔다는 이야기가 된다.

어쨌든 나는 헤맸다. 하숙방이라도 내가 등기까지 낸 집의 방처럼 여기고 느긋하게 눌어붙어 있었으면 좋으련만 나는 그러지를 못했다. 안정이 되지를 않는 것이었다.

나는 다른 하숙생들과는 별종으로 취급되었으며 나 역시 그러지 않으려 해도 그렇게 행동할 수밖에 없었다. 자연히 하숙방에 지긋이 붙어 있지를 못했다. 모든 것이 마음에 들지 않았다. 그러던 어느 날은 노숙을 한 적도 있었다.

그날의 일은 아직도 기억에 생생한데 그것은 노숙을 하리라고는 전혀 예상치도 못하고 그만 그렇게 되었기 때문이다.

그 무렵은 통행금지가 우리를 낯선 곳에서 꼼짝 못하게 만들던 시대였다. 아무 준비가 없던 나는 이윽고 가까이서 호루라기소리가 다가오자 도리 없이 어디 으슥한 곳이라도 찾아들어가 밤을 보내기로 작정했던 것이다. 그리하여 기어들어간 곳이 으슥한 호박밭이었다.

이 일이 좀 더 자세히 설명하자면 다음과 같다. 그날도 나는 하숙방을 나와 도둑고양이처럼 길거리를 걸었다. 아무 목적도 없었다. 그러다가 어디선가 술을 꽤 마신 모양이었다. 스스로의 행동을 '모양이었다'라고 하는 것은 처음 하숙방을 나올 무렵만 해도 생각지도 않았는데, 그만 수유리 쪽에 있는 친구가 떠올랐고, 드디어는 '아, 그 친구 오래 오래 못 봤구나. 가서 이야기도 할 겸 하루라도 안심하고 지내야지' 하고 하룻밤 지낼 생각을 했던 것이다.

술 먹고 나서의 즉흥성이야말로 우리가 경계해야 할 것임에 틀림없다. 그처럼 속물스러운 것도 없다.

　나는 술 마신 다음의 내 속물성에 치를 떨면서도 어쩔 수 없이 그렇게 되고 마는 것에 절망하지 않을 수 없다. 어차피 나는 속물인 것이다.

　어쨌든 나는 호기 있게 택시까지 몰아 수유리 쪽으로 달렸다. 그리고 집 앞의 골목길 입구에서도 정확하게 내렸다. 그 집을 전에도 몇 번 혼자 찾아갔었다. 나는 목련나무 한 그루가 있는 그 집을 찾아 얼마쯤 골목길을 더듬어 들어갔다. 한여름이라 목련나무의 하얀 꽃을 무슨 표시로 할 수는 없는 계절이었다. 또 그날 밤은 별도 뜨지 않은 캄캄한 밤이었다. 그런데도 나는 목련나무 있는 집만 믿었다. 그 집에 목련나무가 있고 또 내가 그 목련나무를 알아볼 수 있는 이상 문제없다고 나는 굳게 믿었다.

　그런데 아니었다. 그 집이 도무지 나타나지를 않는 것이었다. 캄캄한 어둠 속에서 목련나무고 뭐고 소용이 없었다. 아무리 골목길을 이리 돌고 저리 돌아도 내 기억 속의 그 집은 나타나지를 않았다. 더구나 길은 미로와 같았다. 낭패였다. 이럴 수가 있나. 그럴 경우 다시 한번 처음부터 찾아보는 것도 한 방법이라고 느낀 나는 택시에서 내린 골목길 입구로 다시 더

듦어갔다. 그것도 쉬운 일은 아니었지만, 역시 처음 출발점은 틀림이 없었다.

나는 조심스럽게 다시 시작했다. 하지만 마찬가지였다. 그 집은 골목 길 속에서 어디론가 사라져버리고 만 듯했다. 진땀이 나지 않을 수 없었다. 차들도 모두 끊어진 시각이었다. 한적한 동네에 여관도 있을 리 없었고 또 있다한들 돈도 돈이려니와 들어갈 생각조차 없었다. 하는 수 없이 나는 찾고 또 찾았다. 마찬가지였다. 마지막에는 고요히 잠든 동네에서 그 친구의 이름을 목청껏 불러대기도 했다. 허사였다. 그 친구는 어디론가 증발해버리고 만 것만 같았다. 아니면 아예 다른 곳에서 헤매고 있는지도 모를 일이었다. 즉흥적으로 그 친구를 떠올리게 된 일이 여간 후회스럽지 않았다.

맥이 빠지고 갑자기 위기의식을 느낀 나는 후줄근히 젖은 몸을 의식하며 담배를 한 대 빼물었다. 이젠 어디로든 갈 수 없다. 그때 멀리서 호루라기 소리가 들려왔다. 통금시각이 지난 것이었다. 큰일이었다. 낯선 곳에서 서성거리고 있다가는 영락없이 도둑으로 오인받기 십상이었다. 나는 후딱 담뱃불을 끄고 반대쪽으로 바삐 걷기 시작했다. 무슨 뚜렷한 목적이 있어서가 아니었다. 어느 길이 어디로 이어졌는지도 알 수 없었다.

얼마를 걸었을까.

난데없이 앞쪽에서도 호루라기 소리가 들려왔다. 다급했다. 나는 순간적으로 이리저리 살폈다. 그때 오른쪽으로 꽤 널찍한 밭이 눈에 들어왔다. 나는 다짜고짜 그곳으로 뛰어갔다.

호박밭이었다. 그렇다. 나는 어느 결에 나직한 고랑을 찾아 몸을 눕히고 호박잎으로 적당히 위를 가렸다. 어떻게 그런 위장술이 생각났는지 나도 모를 일이었다. 어쨌든 피하고 보아야 한다는 강박관념이 나로 하여금 그렇게 만들었을 것이다.

그러나 만약 그렇게 하고 있다가 발각되는 날에는 나는 꼼짝없이 도둑 누명을 쓰지 않을 수 없을 것이었다. 도대체 엉뚱한 동네에 와서 호박밭에 숨어 있는 자가 도둑이 아니고 무엇이겠는가. 아니 도둑 누명이라면 그래도 다행일 것이었다. 저 간첩이라는 것, 그것이라고 의심을 받을 수도 충분히 있었다. 간첩…… 언젠가 하숙집 주인이 읊었었지. 하기야 간첩 누명은 어떻게든 해명이 될 터이지만 나를 기다리고 있는 엄청난 일을 생각하면 까마득한 노릇이었다.

그날 밤은 길고도 길었다. 호박밭에 누워 밤을 새워보지 않은 사람은 밤이 얼마나 긴지를 결코 알 수 없을 것이다. 네 시가 지나고 날이 희붐히 밝았을 때 나는 서둘러 일어났다. 그

몇 시간 동안이 내게는 몇 달 동안처럼 느껴졌다.

그 일이 있고 난 뒤 서울이 지겨워진 나는 먼 친척의 귀띔으로 경기도 땅으로 내려가게 되었던 것이다. 호수가의 땅에 비닐하우스를 짓고 꽃 재배를 하려는 사람을 돕는 일이었다. 문학 공부를 한 내게는 무리가 따르는 일이었지만, 다른 뾰족한 방법이 없었다.

나는 그곳에 내려가 비닐하우스를 짓는 일을 돕고 또 내가 거처할 판잣집까지 지었다. 집이라고는 했으나 겨우 눈비를 가릴 만한 작은 방 하나에 지나지 않았다. 어설프게나마 시설물을 마련한 나는 그제야 진정한 평화를 느꼈다. 농장의 일꾼에게 간첩 혐의를 씌우지는 않을 것 같았다. 나는 진정한 은신처를 마련한 것이었다.

그러나 모든 것이 미지수였다. 처음에 너무 손쉽게 생각하고 대들었다는 후회도 끊임없이 나를 괴롭혔으나 그럴 때마다 나는 이를 악물었다. 한두 해 계속 일하다 보면 그런대로 이골이 나서 나중에 제법 번듯한 내 농장을 이룩할 수 있을 것이다 하고 나는 스스로를 위로하며 하루하루를 지냈다. 겨울에 가장 신경을 써야 할 것이 난방이었다. 나는 각 동에 매달아놓은 온도계를 들여다보며 연탄을 갈아대기에 눈코 뜰 새가 없었다.

그러나 그처럼 목가적인 날들은 나는 내 생애에 처음이었다. 지금은 나는 그날들을 회상하는 것이 무엇보다 즐겁다. 어느 날 그날따라 나는 공연히 더 춥고 을씨년스러워서 달리 쓸 것도 없는 일기장을 펴놓고 멍하니 무슨 생각엔가 깊이 잠겨 있었다.

쩡, 쩡.

호수가 꽁꽁 얼어붙고 있었다. 호수라는 표현은 틀린 것인지도 모른다. 제방을 쌓은 지는 얼마 안 되지만 수량이 꽤 많은 저수지였다. 나는 그 소리를 들으며 어쭙잖게 산다는 것은 무엇일까, 나는 무엇 때문에 태어난 것일까 하는 따위의 호사스러운 생각에 잠겨 있었던 것 같다. 그 무렵 나는 내가 아직도 도망자라는 사실을 거의 잊어도 좋았다.

그때였다. 나는 멀리서 무슨 소린가 어렴풋이 들려왔다고 느꼈다. '도와주세요' 하는 소리였을까, 아니면 '살려주세요' 하는 소리였을까. 나는 반사적으로 전지를 꺼내 들고 밖으로 나갔다.

"여보세요, 여보세요."

내가 들고 있는 전지의 불빛을 보았는지 다급한 여자의 목소리가 들려왔다.

"어딥니까?"

나는 어둠 속에 대고 소리쳤다.

어디서 들려오는 소리인지, 무슨 일이 일어났는지 도무지 종잡을 수가 없었다.

"여기, 여기 있어요."

가냘프고 또 잔뜩 겁을 집어먹은 목소리였다. 그 목소리는 뜻밖에도 호수 한가운데서 들려오고 있었다. 전지 불빛을 소리 나는 쪽으로 비추자 과연 호수 한가운데 검은 점처럼 누군가가 서 있었다. 나는 순간적으로 얼음이 언 호수를 건너다가 어떤 위험을 당한 것임을 직감할 수 있었다.

"가만히 계십시오."

나는 호수로 내려와 조심스럽게 걸어가기 시작했다. 어제부터 아이들이 얼음 위를 걸어다니던 것을 보았기 때문에 쉽게 용기가 나기는 했으나 어둠 속에서 호수 위를 걸어간다는 것은 두렵기 짝이 없는 노릇이었다.

어떻게 그런 용기를 냈는지 나로서도 이해할 수 없는 일이었다. 그 여자가 호수 한가운데 가 있기 때문일까. 그렇지만 그 여자는 어떤 위기에 처해 있지 않는가. 그러나 이미 나는 호수 위를 걸어가고 있었다. 그녀는 그 자리에 붙박인 듯 서서 오들 오들 떨고 있었다.

"무슨 일입니까?"

나 역시 금방이라도 발밑의 얼음이 깨져 내리지나 않을까
잔뜩 긴장하여 제대로 말조차 나오지 않았으나 짐짓 침착함을
가장하여 말을 건넸다. 내가 다가가자 그녀는 이제 살았다는
듯 안도의 한숨을 쉬었다.

"무서웠어요."

그녀는 부끄러운 듯 말했다. 호수 한가운데에 이르자 갑자
기 얼음이 갈라지는 것처럼 쩡, 쩡, 소리가 나 겁이 더럭 나더
라는 것이었다.

그녀는 서울에서 직장을 가지고 있으며, 아버지가 위독하다
는 전보를 받고 호수 건너 집으로 가던 길이라고 했다. 서울에
서부터 워낙 늦게 출발한 데다가 호수에 엷게 쌓인 눈 위로 발
자국이 나 있어 지름길을 택하려고 했다는 것이었다.

나는 혼자 밤길을 간다는 사실이 마음에 걸려 그녀와 함께
호수를 건너갔다. 아무리 발자국이 나 있다고는 하지만 여자
의 몸으로 얼어붙은 호수를 건너려고 결심했다는 대담성이야
말로 아버지의 죽음 앞이 아니라면 있을 수 없는 일이라는 데
생각이 미치자 나는 가슴이 착잡하게 미어져왔다.

그때까지 가까운 사람의 죽음을 겪어보지 못했던 나에게는 혈육의 죽음이 이토록 절실하고 가슴 아픈 사건이라는 사실에 숙연하기만 했다.

우리는 말없이 걸어갔다. 그녀의 집은 호수를 건너서도 거의 오릿길은 됨 직했다. 하지만 밤길이 험하고 무섭다고 해서 내 일을 잊고 그녀를 따라간 것은 결과적으로 잘못이었다.

그날 나는 결국 그녀의 집 안까지 들어가 그녀의 아버지인 노인을 만났다.

"왔구나."

노인은 희미한 목소리로 말했다.

"이분이 물을 건네주셨어요."

"물을?"

"네. 방둑이 얼어서 그 위로……"

"고맙구나."

위독하다는 이야기로 보아서는 상태가 퍽 좋아 보였다. 그것만은 다행이었다.

"젊은이, 앉으시구려."

노인이 눈으로 자리를 권했다.

"예."

나는 어색한 분위기 속에서 한동안 엉거주춤 앉아 있어야만
했다. 이게 도대체 어찌된 노릇이란 말인가. 내가 생각해도 알
수 없는 일이었다. 밤중에 호수 위를 걸어 건넌 것도 나로서는
상상조차 할 수 없었던 일이었고 또 낯선 집에서 생명이 꺼져
가는 노인 옆에 그 딸과 함께 앉아 있다는 것도 도무지 거짓말
같은 일이었다. 이 집에는 다른 식구는 없단 말인가 하는 생각
에 잠겨 있을 때 그녀가 말했다.

"어머닌 고개 넘어 친척집에 가셨을 거예요. 아마 곧 돌아오
실 것 같은데…… 그때 가셔도 되겠지요?"

그녀의 말을 들으며 나는 그 노인이 그 말에 수긍하듯 껌벅
이는 것을 보았다. 나는 곧 그 집을 나섰어야 했는데 왠지 그
럴 수가 없었다.

"글쎄, 어쩌면 좋을지."

나는 이러지도 저러지도 못하겠다는 표정을 지었다.

"아버님이 이만하시니까 그래도 괜찮군요. 이왕 이렇게 됐
으니 조금만……"

그녀는 나에 대한 고마움을 그렇게 표현하고 있었다. 하지
만 그녀의 아버지가 정말 위독했다면 그녀를 혼자 두고는 더
욱 뒤돌아설 수 없는 일이었을 것이다. 나는 냉큼 일어설 수

가 없었다. 그녀의 뜻을 물리치지 못했다기보다…… 무엇일
까…… 그 집안의 분위기가 나를 붙잡았다고나 할 것이다. 집
이 없어서 헤매다가 서울 땅을 떠나왔고 그리하여 비닐하우스
근처에 지은 간이농막에서 생활하고 있는 나로서는 을씨년스
러운 집이나마 하여튼 집이라는 것에 더할 나위 없는 안주의
느낌을 가졌던 것인지도 몰랐다. 비록 아파서 드러누워 있는
노인이 있다고는 하더라도. 아니, 그래서 더욱 가정이라는 것
의 오래고도 깊은 사연이 내 마음을 근본부터 사로잡았는지도
모른다.

그리고 아닌 밤중에 나와 함께 호수를 건너온 미지의 젊은
처녀, 나는 문득 내가 그 집안과 끊을 수 없는 연고를 가진 사
람처럼 착각이 들기도 했다. 그동안 산전수전 다 겪은 내가 이
상하게도 소년으로 돌아가 있는 느낌이었다.

한옆에 앉아서 얼마나 지났을까. 나는 그만 깜박 잠이 들어
버렸다. 그 밤의 모든 일은 정말 이해하기 곤란한 일들이었다.

누군가 인기척이 나고 부산한 소리가 들려 눈을 떠보니 어
느새 창문이 훤히 밝아 있었다.

"아, 내가 잠이 들었었구나."

나는 당황하고 겸연쩍어서 소리쳤다.

"괜찮아요."

그녀가 웃음을 띠었다.

새벽빛에 밝혀진 방 안은 밤에 보던 것과는 달리 전혀 을씨 년스럽지 않았다. 물론 생활이 윤택한 것으로 보이지는 않았 으나 어딘지 규모가 있어 보였다.

나는 바삐 서둘러 나와야 했다. 새벽같이 비닐하우스를 돌 보아야만 동해를 입을 위험이 없었다.

그것이 그날 밤 일어난 일의 전부였다. 그러나 별일이 없었 다 하더라도 그녀를 완전히 잊어버렸다는 것은 거짓말이 될 것이다. 마치 귀신에 홀렸다는 사람의 이야기처럼 나는 그날 밤 일을 꿈에서였던가 생시에서였던가 하는 느낌으로 기억하 고 있었다. 한 번쯤 시간을 내서 그 집에 찾아가볼 생각이 없 었던 것도 아니었지만 그렇게 쉽게 되지 않은 채 겨울은 갔다. 그렇게 소리를 내며 얼던 호수도 어느새 흐물흐물 풀려 물은 한가운데서부터 맑게 찰랑거리기 시작했다. 그런데 어느 날 느닷없이 노인이 농막으로 찾아왔다. 나는 첫눈에 노인을 알 아보았지만 노인이 나를 알아보았다는 건 쉽사리 납득이 어려 운 일이었다. 어쩌면 내가 그곳에 있는 사람임을 딸에게서 들 었고, 무턱대고 찾아와 어림짐작을 하고 있는 것은 아닐까 여겨지기도 했다. 그러나 어쨌든 노인은 나를 확연히 알아보는 눈매였다.

"어려운 일인 줄 모르지는 않소만……"

제법 오랫동안의 침묵이 흐른 끝에 마침내 노인은 용건을 털어놓았다. 나는 귀를 기울였다.

이야기를 듣는 동안 나는 다시 한번 그 겨울에 그녀를 따라 호수를 건넌 일이 떠올랐다. 그리고 그녀의 집 안까지 따라들어간 일이 분명히 잘못된 일임을 깨달았다.

"그래서 우리 아일 좀……"

노인의 말을 들은 나는 여간 난감하지 않았다. 나는 그녀의 신분에 대해서 한 번쯤은 생각했었다. 서울에서 다닌다는 그 직장은 어떤 직장일까 하고. 그렇다. 그리고, 불순하다고 스스로 여기면서도, 그녀가 좀 떳떳하지 못한 직장에 나가는 여자일 거라고 짐작했었다. 그러나 내 짐작은 어디까지나 내 멋대로 한 어림짐작에 지나지 않았다.

그런데 노인의 말은, 그녀가 다시 서울로 가서 종무소식이라는 것이었다. 그 전 주소로 연락을 해보았으나 허사였다는 것이었다.

노인은 답답해서 찾아왔노라고 하면서 내가 한번 그녀를 찾아봐주었으면 좋겠다고 부탁하고 있는 것이었다.

나는 흔히 듣던 대로 떳떳치 못한 직업을 가진 그녀가 어디론가 옮겨가 잠적했음을 직감했다. 그렇다면 모든 일은 암흑에 빠진 것이라고 해도 좋았다. 아니 그렇지 않다고 하더라도 내가 무엇 때문에 그녀를 찾아나서야 한단 말인가.

애초부터 잘못된 일이었다. 하지만 나는 노인의 말을 거절할 수가 없었다. 거짓일지라도 그렇게 하겠노라고 해서 노인을 돌려보낼 수밖에 없었다. 나는 낭패감에 사로잡힌 채, 곧 서울에 갈 기회가 있을 것 같으니 그때 찾아가보겠다고 약속했다. 터무니없는 약속이었다. 그러나 나는 당분간 서울에 갈 기회가 없었다. 나는 내 약속을 믿고 돌아가는 노인을 무연한 심정으로 배웅했다.

그로부터 일주일쯤 뒤에 나는 노인이 세상을 떠났다는 소문을 들었다. 호수를 배로 건너온 술도가 사람이 지나가는 말로 들려주었다. 나는 그제야 심한 죄책감을 느꼈다. 그러나 어찌할 것인가. 그녀가 내게 들르지 않은 것으로 봐서 그녀는 오지 않은 것이 분명했다. 그녀는 어디로 간 것일까? 나는 뻔한 물음을 던진다. 그러나 나는 이미 알고 있다. 나 역시 그런 여자를 만났었기 때문이다. 오늘도 길에는 그런 여자들이 있다.

집 나와 집 없는 여자들이 있다. 내가 그런 여자들을 동정하고 또한 동경하는 것은 내 나름대로의 역사적인 배경이 있다. 그런 여자들이 공공연히 보여줬던 바에 따라 내가 일찍이 꼬마 녀석의 고추를 빤 이래 나는 그 방면에서 여러 가지 신체적인 체험에 도전할 수 있었던 것이다. 평범한 여자를 여신으로 격상시키고 그 덕택에 그 반열에 오를 수 있는 길, 남자가 신에 가까워지는 길은 그뿐이다. 신까지는 못 되더라도 역사를 움직인 많은 위인들의 뒤에는 여자가 있었다는 것은 내가 만들어낸 말이 아니다. 즉, 진리이다. "내가 만약 남자로 태어났다면……" 하고 말하는 여장부들에게 내가 고소를 던지는 것은 그 때문이다. 무대에 나오는 남자의 뒤에서 여자는 마치 꼭두각시놀음의 연희자처럼 가느다란 운명의 실을 쥐고 마음대로 움직일 수 있는 것이다. 이럴 경우 다만 여자에게 필요한 것은 그 운명의 실이 낡았다고 판단되면 새로운 실을 누에처럼 뽑아낼 수 있는 능력을 갖추는 일이다. 히치콕 감독 같은 사람이 아니고는 영화에 직접 나오는 감독은 없다.

나는 막걸리를 마시며 여러 가지 상념에 빠져 있었다. 심신이 곤고할수록 쓸데없는 상념에 빠져들고 또 그 때문에 스스로 짜증을 내는 것이다. 그 음식점에서는 장미꽃 향기가 나지 않았다. 다만 '간첩……' 소리만이 귀를 맴돌았다. 간첩들을 내려보내서 나를 괴롭히고 있다는 점에서 나는 북한을 맹렬히 저주했다.

"막걸리를 한 병 더 주세요."

나는 무엇인가 골똘히 더 생각해야만 했다.

"저기 있으니 마음대로 갖다 들어요."

여주인은 굴속 같은 방 안에서 움직이지 않으려 했다. 그동안 손님이 한 사람도 들지 않는 것으로 보아 장사는 알쪼였다. 나는 일어나서 막걸리 병을 물에 담가놓은 비닐통 쪽으로 향했다. 아직은 해가 있었으나 빛은 서서히 바래지고 있었다. 머지않아 어둠이 올 것이었다.

"이리 들어와서 들어요. 여기 다른 술도 있고."

그 여자가 왜 그런 제안을 하는지 알 수 없었다. 필경 나를 동정해서 하는 말이었다. 그 말이 어떤 성질의 말이든 나는 거역할 수 없다고 느꼈다. 거역하고 싶지도 않았다. 나는 영문 모를 호의에 어리둥절해하면서 그 방으로 다가갔다.

"이 장사 못해먹겠어. 낮에도 한잔 했다니까. 한숨 자다 일어나서 좀 난데, 샤타 내리고 오늘은 쉬려던 참이었어요. 돈도 안 벌리고 지긋지긋해."

마흔몇 살쯤으로 짐작되었으나 여자들의 나이만큼 많은 수수께끼를 가지고 있는 것도 없는 법이다. 지긋지긋하다는 말을 확인하듯이 그녀의 얼굴은 부숭부숭했다.

"들어가도 되겠습니까?"

나는 그 여자가 술을 더 팔려고 획책하는 것이라는 생각이 들기도 했지만 그래도 좋다고 여겼다. 그 여자가 부르는 방은 이 세상에서 가장 안전하다 싶은 방이었다. 또한 그 여자는 든든한 보호자였다.

"어서 올라와요."

그 여자는 방문 앞에서 비켜 앉았다. 장롱과 화장대에 텔레비전이 놓여 있었다. 그녀가 나를 전혀 경계하지 않고 선뜻 내실까지 들여보내주는 까닭은 알 수 없었다. 그 방은 옛날 어린 시절에 동네의 양공주 누나에 방에 들어갔을 때와 어딘지 흡사한 기분을 안겨주었다. 그것은 퇴폐적인 것 같으면서도 알뜰한 생활이 깃들어 있는 달콤한 느낌이었다.

그 양공주 누나는 우리가 세든 집에 역시 세를 들어 살고 있었다. 뒷마당에서 놀다가 우리 집으로 가자면 그 방에 딸린 부엌으로 해서 그 방을 가로질러가는 편이 훨씬 빨랐으므로 나는 종종 그렇게 했었다. 그녀는 늘 슈미즈 바람으로 앉아서 무엇인가를 하고 있었다. 처음에 내가 활짝 열려 있는 지름길을 발견하고 방 안에 살금살금 들어갔을 때 그녀는 깜짝 놀라서 소리 나는 쪽을 쳐다보았다. 거기에 내가 서 있자 그녀는 무심한 표정으로 돌아가 손바닥에다 화장품 병을 기울였다. 정말이지 나는 단지 지름길을 원했을 뿐이었다. 그러나 그 첫 번째 경험이 있고부터 그 지름길은 내게는 매우 은밀한 무엇이 되었다. 나는 그때 국민학교에 들어갈 나이였다. 그로 미루어 남자들은 아주 어려서부터 여자의 육체를 본다는 데 의심의 여지가 없다. 그녀는 레이스가 달린 슈미즈를 입고 두 다리를 약간 벌린 채 방바닥에 앉아서 화장을 한다. 천당이 아니면 지옥에서나 맡을 수 있음 직한 향기가 그녀 주위를 감싸고 있다. 나는 한 손에 신발 두 짝을 꼭 쥐고 까치발로 그 방을 통과한다. 그저 빠르게 가려는 어린애의 행동이겠거니 했을 것이다. 그러나 나는 뒤돌아 앉은 그녀의 머리카락이며 어깨며 엉덩이 뼈를 황홀하고 비밀스럽게 훔쳐보는 것이다. 나는 살아오면서 단순히 나이가 어리다는 이유로 어쩌지 못하는 많은 아름다운 여자들 때문에 고통스러운 적이 한두 번이 아니었다.

"젊은 분은 무슨 고민이 있는 것 같아요."

내가 자리 잡고 앉자 여주인이 말을 건넸다. 그 말에 나는 내가 결코 젊지 않다고 대꾸했다.

"서른세 살? 젊은 나이가 아니라 어린 나이라 해야지⋯⋯ 좋은 나이예요."

그 여자는 공연히 한숨을 쉬었다. 좋은 나이이기는커녕 나에게는 악마의 계절이었다. 더 이상 살아봐야 무슨 보람이 있을까도 생각되었다. 광고에서 중늙은이들이 '인생은 사십부터' 어쩌고 떠벌리는 것은 한물간 사람들의 발악적인 넋두리에 지나지 않았다. 늙은이들도 마음만은 아직도 청춘이라고 외치고 있었다.

마흔을 훨씬 넘긴 지금도 나는 사태의 진상을 파악하기에 노력하고 있다. 그리하여 얻은 결론은 인생은 늙거나 젊거나 할 것 없이 늘 새로 시작하는 무엇이다는 것이다.

"나도 그 나이 때는 부잣집 며느리로 치맛자락 잘잘 끌며 살았는데."

그 여자의 신세 한탄이 뒤따랐다. 나는 우리들의 순진무구한 소녀들이 처녀가 되고, 처녀성을 잃고, 후안무치한 어른이 되고, 이윽고 노파가 되는 과정에 대해 늘 석연치 못한 감정을 지녀왔다. 그 변모가 나를 비참하고 어리둥절하게 한다. 그것은 각각 다른 여자인 것이다.

그 여자의 말에 뇌동한 나는 아내와 헤어졌다는 사실을 고백했다. 우리는 서로 짝 잃고 헤매는 가련한 동료로서 술잔을 나누기 시작했다. 그 여자는 '좋은 술'로서 인삼주를 내놓았다. 나는 인삼이 받지 않는 체질이지만 그때는 그런 사실을 알지 못했다. 알았다 하더라도 그 유리병에의 도전을 멈출 수는 없었을 것이다. 그 유리병 속의 알코올에 잠겨 있는 것은 인삼이 아니라 내 장기(臟器)였다. 그러므로 그것을 되찾지 않으면 안 되었다. 술은 항상 무엇인가 획득하기 위해 마신다. 그러나 결국에는 무엇인가 획득하겠다는 그 정신마저 잃어버리고 만다.

"곧 잊어버려요. 잊어야 돼. 한번 헤어지면 그만인걸."

그 여자의 부숭부숭했던 얼굴이 내 장기가 우러난 물에 의해 발갛게 물들어 다소 회복세를 보였다. 그 여자는 과거를 회상하는 듯 문득문득 한숨을 몰아쉬었다.

"가슴이 답답하군요."

인삼주 탓이었으나 그때의 말은 다른 의미까지 내포하고 있었다.

"빨리 잊어버리고 다른 생활을 찾아야 해요. 서른세 살이면 젊은 여자 얼마든지 새로 얻지."

그 여자가 농담처럼 말하며 희미한 웃음을 띠었다.

누군가 손님이 찾아와서 "김목수 안 왔어요?" 하고 기웃거렸으나 그 여자는 방문조차 열지 않았다. 오늘은 도무지 장사할 기분이 아니라는 것이었다. 그러면서 그 여자는 내 잔이 비기가 무섭게 인삼주를 채우곤 했다. 나는 그녀가 왜 내게 호의를 베푸는지 알 길이 없었다. 인삼주 값을 톡톡히 울궈내려는 모양이라고 경계하면서도 한편으로는 순수한 동정심이라는 생각도 들었다. 어느 정도 각오했던 나는 어느 쪽이라도 문제삼을 생각이 없었다.

몇 명의 손님을 그냥 보내고 시름시름 잔을 비우는 동안 날은 어느새 어두워졌다. 그동안 그 여자는 십 년 간의 결혼생활 이야기를 대충 다 들려주었다.

"내가 한 십 년만 젊었어두 같이 살자 할 텐데."

그렇다. 그 점에 대해서는 나는 전혀 눈을 돌리지 못하고 있었다. 나는 그 말에 얼핏 머리에 와닿는 것이 있었다. 그 말 자체는 마치 시집간 누나가 하는 말 같은 따뜻함이 있었다. 그리고 그렇게 말하는 그 여자의 눈빛에서는 순간 섬광이 지나갔다. 하지만 내가 생각하는 것은 그것이 아니었다. 나는 방을 본 것이다. 진리는 가까운 데 있었다. 나는 술잔을 기울이며 이야기를 나누는 가운데서도 어디로 갈 것인가에 대해 끊임없이 생각을 놓지 않고 있었다. 그런데 바로 그 방에 생각이 미치지 못했다는 것은 이상한 일이었다. 그 방이야말로 훌륭한 방이었다. 게다가 나는 이미 방을 차지하고 있었던 것이다. 만약에 이제는 나가달라는 요청을 받을 경우에는 밤새도록 술을 시켜 먹을 수밖에 없다는 결론이었다.

"술은 더 마셔도 되겠지요."

나는 하룻밤을 확보하기 위해 물었다.

"그럼요. 괴로울 땐 좀 마셔야지. 그렇지만 너무 취하면 못 써요."

내가 낯모르는 여자로부터 이런 호의를 받는 것은 평생에 처음이었다. 나는 얼떨떨하면서도 그 여자에게서 '이제는 돌아와 거울 앞에선 내 누님' 같은 감정과 아울러 다른 어떤 종류의 남자의 감정을 느끼기 시작했다. 남자가 자나 깨나 전대(錢帶)처럼 허리춤에 차고 다니는 그 부질없는 욕망 말이다. 내 전대 속은 비어 있는 처지였는데, 그 여자 쪽에서 노자로 하라고 채워넣어준 꼴이었다. 나는 자못 홀린 것 같았다. 동병상련의 마음일까, 아니면 보호본능일까? 이렇게 되자 나는 이제까지와는 달리 한결 슬프고 괴로운 듯 공연히 머리를 주억거리곤 했다. 여자를 얻자면, 아니 방을 얻자면 무슨 짓이든 할 용의가 있었다.

"당신은 참 착한 사람 같애. 그렇지요?"

여자가 이런 물음을 던질 때는 뭐라고 대답해야 하는 것일까? 그로부터 십 년쯤 지나 이런 질문에 대한 대답의 정답을 한 친구로부터 배웠다. 그는 건널목을 건너다가 한 여자와 맞닥뜨렸다. 그가 옆으로 피해가려고 하자 그녀도 똑같은 의도여서 다시 마주섰다. 다시 또 한 번. 누구나 겪었던 일이다. 이리하여 길 한가운데서 몇 마디 가벼운 인사가 오간 끝에 그녀가 던진 말이 바로 위의 말이었다. "착한 사람 같아요."

나는 그 친구가 퍽 신중하며 매사에 절도 있는 사람임을 알고 있다. 그런데 그날 그는 그렇지를 못했다.

"난 착한 사람이 아니오. 당신 같은 사람을 보면 당장 어떻게 하고 싶단 말이오."

다른 일 때문에 심기가 불편해 있었든, 술 탓이든, 그는 내뱉고 말았던 것이다. 그러자 엉뚱한 결과가 빚어졌다.

"정말 그러세요? 그럼 당장 어떻게 해보세요."

그리하여 두 남녀는 '어떻게 해보기' 위해서 여관으로 직행하게 되었다는 것이었다.

그렇지만 나는 아직 이렇게 대답할 만큼 인생의 경륜이 없었다. 그래서 쑥스럽게 웃음을 떴을 뿐이었다. 진짜 착한 놈으로 보이고 싶었다. 내가 진짜 착한 놈인가 어떤가에 대해서는 생각해볼 여지가 많을 것이다. 나는 지금 방을 노리고 있는 것이었다.

"아까부터 샤타를 내린다는 게 그만, 잠깐 기다려요. 아주 닫아버려야지."

그 여자가 몸을 일으켰다. 나는 성공으로 치닫고 있었다. 어떻게 그런 성과를 얻었는지 그로서는 정확하게 알 길이 없다. 다만 그 여자가 지금은 조금이라도 안락한 환경에서 살고 있기만을 바란다.

셔터를 내리고 나자 내 하룻밤은 완벽하게 확보되었다. 그렇더라도 일이 어떻게 돌아가고 있는지 알 수가 없기는 마찬가지였다.

그다음부터 어떻게 진행되었는지 기억은 희미하다. 잠잘 곳이 생겼다는 사실에 긴장이 풀렸는지 모를 일이다. 아니면 더욱 긴장했는지 모를 일이다.

"이리 와요."

그 여자가 이불 속에서 손짓을 했다. 그 여자는 윗도리는 입은 채로 아랫도리는 모두 벗었다. 팬티를 벗을 때 유난히도 까만 거웃이 눈에 들어왔다. 거기에 소녀가 숨어 있는 것 같다고 나는 생각했다. 나는 언젠가의 일이 떠올랐다.

어쩌다가 그 여자를 미행하게 되었는지는 나도 모를 일이었다. 애초부터 그따위 짓거리를 하려고 집을 나선 것도 아니었다. 초여름 해가 뉘엿뉘엿 질 무렵 나는 별 생각 없이 집을 나섰다. 일종의 저녁 산책이라고 해도 좋았다. 아내가 친정에 다니러 간 뒤로 웬일인지 일이 진척이 안 되어 하루 종일 집 안에 틀어박혀 골머리만 썩었었다. 그리하여 마침내 저녁 무렵에 집을 나선 것이었다.

마악 저녁놀이 깔려 오는 거리는 밤을 맞이하기에 바쁜 생기로 이상하게 들떠 있었다. 나는 목적 없이 건넛동네까지 갔다가 돌아올 마음이었으며 그리고는 밤에 새로운 기분으로 일에 매달릴 수 있게 되기를 빌었다.

나는 담배를 붙여 물고 여기저기 상점 안을 기웃거리기도 하고 바삐 오가는 사람들의 얼굴을 무심코 바라보기도 했다. 여자가 남자보다 많다느니 어쩌느니 하는 기사를 실은 잡지의 선전 포스터가 붙어 있는 어느 문방구의 진열창 앞에 우두커니 서 있기도 했다. 혼기를 맞은 젊은이들의 남녀 비율이 균형을 잃고 있다는 기사였다. 남자로서는 여자를 택하기가 그만큼 쉬워졌다는 결론이 나오는 셈이었다. 아니, 사회적인 문제로까지 벌질 우려가 있다는 것으로 봐서…… 나는 잠시 남몰래 엉큼한 생각에 잠겼다…… 아랍 나라들처럼 한 남자가 서너 명의 아내를 거느리는 사회가 될지도 모르는 일이었다. 사랑하는 아내를 두고도 부질없는 생각을 하는 게 과연 남자란 말인가 하고 나는 공연히 입맛이 썼다. 그래서 나는 얼굴을 붉히며 그 앞을 떠났다.

내가 그 여자를 본 것은 그 직후였다. 그 여자는 어느 양장점에선가 나와서 두리번거리며 길을 건너왔다. 그 여자를 보았다고는 했지만 무슨 특별한 재미가 있어서는 결코 아니었다. 나는 다만 무심코 보았을 뿐이었다. 그리고 곧 그 여자를 보았다는 사실조차도 잊어버리고 걸음을 옮겨놓았다. 그 여자와 얼핏 눈길이 마주쳤다고도 생각되었으나 그 역시 지나치는 평범한 눈길이었을 뿐이었다.

인삼찻집, 기사식당, 유아원을 지나면 공원의 철책이 계속되었고 그 작은 공원을 지나면 건넛동네였다. 그때 나는 그 여자를 다시 보았다. 그 여자의 뒷모습이었다. 그 여자는 유아원의 모퉁이를 돌아가고 있었다. 처음 마주쳤던 장소로부터도 꽤 떨어진 곳이었으므로, 그렇다면 나는 여태껏 그 여자의 뒤를 따라왔던 셈이라고 할 수 있었다. 그러나 거기에 무슨 의미가 있단 말인가. 아무 의미도 없었다. 우연한 일에 지나지 않았다. 실상 따지고 보면 그 여자의 뒤를 따르고 뭐고도 아니었다. 그냥 그렇게 된 것이었다.

그런데 이상한 일은, 모퉁이를 돌아서는 그 여자의 뒷모습이 사라진 순간 모퉁이를 돌아가서 그 여자를 확인해보고 싶다는 야릇한 욕망이 솟은 것이었다. 그것이 무엇인지에 대해서는 나로서는 설명할 길이 없었다. 그 여자의 뒷모습을 확인해서 어떻게 하겠다는 무엇도 없었다. 심심풀이라고 하기에도 지극히 한심한 심심풀이였다. 하지만 나는 그래야만 할 것 같았다.

나는 그 여자의 뒷모습을 놓칠세라 바삐 걸음을 옮겨놓았다. 그리고 모퉁이를 꺾어 돌았다. 그 여자는 생각보다 훨씬 느리게 가고 있었다. 불과 열몇 발짝쯤 앞이었다. 공원의 철책 옆으로 지나다니는 사람도 거의 없었다.

그렇게 되고 보니 이제는 완전히 그 여자를 뒤따르게 된 꼴이었다. 아무 목적도 없는 산책이니 구태여 그 여자를 앞질러 갈 필요는 더더구나 없었다. 나는 전혀 그 여자를 의식하지도 않고 말하지도 않는 그런 상태로 산책을 계속했다. 그 여자는 한 번 뒤를 돌아보았으나 당연히 나에게 관심조차 없는 태도였다.

공원의 철책에는 빨간 넝쿨장미꽃이 한창 피어나고 있었다. 그 꽃들을 바라보며 나는 자연은 철마다 눈부시게 아름다움을 되찾고 있는데 사람은 왜 허물어져 가기만 하는가 하는 따위로 제법 소녀 같은 감상에 젖기도 했다. 나이가 어느덧 삼십 중반이니 아름다운 시절이란 영영 지나갔음에 틀림없었다.

그런 생각에 잠겨 앞쪽으로 눈길을 주었을 때, 나는 보았다. 철책 옆으로 바싹 다가간 그 여자가 활짝 핀 장미꽃 송이에 코를 대고 향기를 맡고 있는 것을. 그것은 아름다운 광경이었다. 그러나 나는 순간적인 그 여자의 행동에 자기도 모르게 멈칫하고 걸음을 멈추었다. 조금 늦춰서 걸을 수도 있었을 것이었다. 혹은 바로 옆까지 간다 해도 아무 상관이 없을 것이었다. 그런데 나는 그만 매우 어색하게 머뭇거리고 말았다. 스스로 생각해도 몰래 뒤따르다가 들켰다는 꼬락서니가 역력했다. 그러자 그 여자의 눈길이 나에게로 던져졌다. 의혹에 찬 눈길이었다. 곤욕스러운 일이었다. 나는 마지못한 양 엉거주춤 걸음을 떼어놓기 시작했다.

그러자 철책에서 떨어져 나온 그 여자는 이상한 낌새를 챘다는 듯 잽싸게 걷기 시작했다. 나는 일부러 관심이 없는 채 그 여자의 뒤를 어슬렁어슬렁 따라갔다. 그렇게 된 이상 뒤돌아설 계제도 아니었다. 뒤돌아선다면 그 여자의 어떤 의혹에 애꿎은 확신만을 주게 될 터였다. 도무지 무엇이 어떻게 되었는지 알 길조차 없었다.

그 여자는 몇 번씩 흘깃흘깃 뒤돌아보며 걸음을 재촉했다. 그러나 내가 빠른 걸음으로 다가오지 않는 것에 그래도 조금은 안심이 되는지 뛰어 달아나지는 않았다. 이윽고 공원길이 끝나고는 주택가였다. 그 여자가 마지막으로 뒤돌아보며 모퉁이를 돌아갔다. 나는 그 모퉁이까지 갔다가 되돌아서야겠다고 마음먹었다.

아니다. 이런 무의미한 미행이 아니다. 어느 날 옆집 창문을 통해 내 미행의 눈이 훔쳐본 것은 서로 뒤엉켜 있는 남녀였다. 남자가 위에 있는가 했더니 어느새 여자가 위에 있었다. 절정으로 올라가는 여자의 질에서는 장미꽃 향기가 나고 있었다.

"안 돼. 난 안 돼. 조금만 더……"

여자의 애원 소리와 함께 엉덩이가 격렬하게 오르내린다. 이런 광경이 겹쳐 그 여자는 나를 기다리며 반듯이 누워 있다. 나는 왠지 언젠가 공원 철책으로 뒤따라갔던 여자가 떠올랐다. 아무 의미도, 결말도 없는 미행이 그 장미꽃들과 함께 떠오른다. 영문 모를 일이, 이해 못할 일이 벌어진 때문일 것이다.

나는 환각에 빠진 듯 그 여자에게로 다가갔다. 나는 이미 주술(呪術)에 빠져버렸다. 나는 옷을 모두 벗고 그 여자 옆으로 기어들었다. 열띤 엉덩이가 살에 닿았다. 나이 든 여자의 엉덩이와 완벽한 방이 있었다.

"내 꺼 좀 작다고들그래."

여자가 어깨를 휘어 감으며 속삭였다. 두 다리를 한껏 벌렸음에도 불구하고 저항하며 오므린 듯 작은 꽃이 있었다. 꽃잎을 헤치고 그 좁은 문 안쪽으로 나는 나 자신을 밀어넣었다. 그 여자야말로 내 요구에 충실한 착한 여자로서 좁은 문 속에 천당과 지옥을 함께 가지고 있는 여자였다. 천당과 지옥이 그런 것이라는 막연한 추측과 믿음 아래서.

끈적이는 시간이 흘러가고 있었다. 시간이란 매우 이상한 속성을 지녀서 우리를 어리둥절하게 할 때가 많다. 우리는 공간 속에 갇혀 있다고 생각하지만 실은 시간 속에 갇혀 있는 것이다. 이 점이 우리의 명백한 한계이다. 나는 그때처럼 끈적이는 시간에 갇혀서 허우적거린 적도 없다. 실제로 나는 한 여자의 깊숙한 곳에 갇혀 있었을 뿐이었다. 혹은 은신처라고 말해야 할지도 모른다. 그러나 나는 그렇게 언제까지고, 정확하게 말해서는 내 도피의 범법이 시효를 만료하게 될 때까지 그렇게 숨어 있고 싶은 헛된 희망에 사로잡혀 있었다. 누구나 그대로 정지된 채로 계속되었으면 하는 삶의 장면들을 가지고 있는 법이다. 사랑이란 '그냥 이대로 영영 있었으면……' 하는 말을 하게 되는 것을 일컫는다. 그러나 이 경우 나는 사랑 때문에 그랬던 것은 당연히 아니었다. 헛된 희망, 아니 그것은 헛된 음모였다. 사랑이 아니라 요컨대 은신처였다.

그 여자의 거기에서 장미꽃 향기가 났는가? 기억되지는 않는다. 하기야 여자마다 다르다는 것은 두말할 필요도 없겠지만, 내가 '좁은 문' 외의 다른 특징에 대해 기억하지 못하는 것은 너무 취했기 때문이다. 그랬음에도 불구하고 나는 내 열성을 다 바쳤다. 남자들이 그 일에 혼신의 힘을 다하는 것은 오랜 옛적부터 종족보존에 뿌리를 둔 것으로, 그렇지 않은 '그짓'을 간단없이 벌이는 것은 본래 목적의 관행이다.

"아흐으……"

여자의 숨은 몇 번이나 끊어지듯 넘어갔을까. 그 몸뚱이는 마치 어디에선가 벗어나려는 것처럼 격렬하게 요동치고 있었다. 두 다리를 들어 안쪽의 허벅다리를 내 엉덩이에 밀착시킨

채, 두 팔로 내 목덜미를 바싹 휘감은 채였다. 몸뚱이가 격렬하게 요동치고 있다는 느낌에 비하면 엉덩이는 퍽 집요하게 오르락내리락하며 무엇인가 의미 있게 요구하는 듯하였다. 빨아들이듯 하였으나 감아 훑는다는 쪽이 더 알맞을 것이다. 그러고도 미끄러웠다. 여자가 끙끙 신음소리를 냈다. 나는 열심히, 성의를 다하여 움직였다. 위로 아래로, 왼쪽으로 오른쪽으로. 반복, 다시 또 반복, 그러다가 어느 순간 그 가장 깊은 곳에서 문득 멈추었다. 그리고 기다린 그 찰나. 여자의 무너져 내려앉는 소리. 그렇다. 나는 은신처가 필요했다.

"미치겠어…… 젊은 사람이 너무해……"

여자가 흑흑 느끼며 말했다. 나 역시 아득한 공간에 와 있는 듯했다. 얼마나 멀리, 저 아득한 우주공간을 지나 여기에 와 있는가. 나는 여자의 어깨를 감싸 안아주었다. 여자는 노곤하게 품어져 왔다.

"나 좋아?"

여자가 물었다. 어떤 물음일까? 나는 느낌을 잡을 수가 없었다. 아니다. 나는 채 그 생각을 못하고 있었다. 여자가 지금 묻는 말은 육체에 관한 말이 아님이 분명했다. 그래서 나는 순간 당혹하고 있는 듯했다. 뭐라고 대답해야 할 것인가? 더군다나 그것은 나보다 훨씬 어린 여자가 내가 하는 말투였다. 이 소녀는…… 몹시 행복에 취한 듯하지만 실상 몹시 외로워하고 있다…… 나는 대답 없이 어깨를 토닥거려주었다.

"괜찮아요. 그냥 해본 말이니까."

여자가 스스로의 물음을 갈무리했다. 술기운과 피로가 엄습해왔다. 외로운 여자……라고 생각하자, 그와 함께 그것은 내게로 감염돼 왔다. 외로운 녀석…… 어디서부터 헤매어 어디까지 헤매어 갈 것이냐.

도대체 너의 운명은 어떤 식으로 마련되어 있는 것이냐. 어떠한 형벌이 마련되어 있길래 너는 세상을 등지고 있는 것이냐. 나는 문득문득 묻고 있었지만, 그때까지만 해도 외로움이 인생에 있어서 가장 큰 형벌임을 미처 깨닫지 못하고 있었다. 그러면서 다만 '외로운 녀석……'을 되새기고 있었다. 외로움이란 그것을 이겨내고자 덤벼서는 안 되는 대상인 것이다. 아무도 그것을 이겨낼 사람은 없다. 왜냐하면 그것은 메두사의 뱀대가리 같아서 자르면 그 자른 것이 또 하나의 개체가 되어 덤비기 때문이다. 그러므로 외로움이 밀려올 때면 대결할 생각일랑 말고 다른 곳으로 피하는 것이 좋다는 점을, 내 실패한 경험에 의해 충고하는 바이다. 아무도 이 위대하고 절실한 지혜를 가르쳐주지 않았기 때문에 나는 여기서 실패하고 말았다. 나는 외로움과 정면으로 싸웠다. 여러 가지 무기가 동원되었는데, 가령 내 섣부른 시(詩)라거나 사랑이라거나 술 같은 것들이 그것이다. 이 호기에는 그럴듯한 신예병기(新銳兵器)들도 처음에는 제법 나아가 잘 싸우고 때로는 적장의 목을 베어오는 수도 있지만, 말했다시피 적은 패하면 패할수록 강해져서, 나중에는 이것들이 도리어 적의 편을 들어 내 목숨마저 위협한다. 한번 맞붙은 이 싸움에서 빠져나올 길이 없기 때문에 나는 도망을 치면서도 수없이 다시 싸우곤 하였으나, 지금까지 몇 차례나 죽을 고비를 넘겼는지 모른다. 항복하고 싶은데 그럴 수가 없어 지금도 나는 도망치며 싸워야 한다. 적은 나의 목숨을 원하는 것이다. 그래서 내가 언젠가 죽는다는 것은 제 명에 의해서가 아니라 바로 저 무서운 적, 외로움에 의해서일 것이 틀림없다고 미리 적어놓는 데 주저하지 않는다. 그러므로 선남선녀들이여, 외로움이 밀려들거든 그것에 대해 생각하지도 말고 분석하지도 말고 기록하지도 말고 또 남의 도움을 구하지도 말라. 다만 그때그때 슬쩍슬쩍 피하여, 가령 슈퍼마켓에 가서 아이스크림 하나를 사서, 녹아 흐르는 것만 참을성 있게 핥아 먹으라. 그 시간 동안이면 외로움이 어디론가 다른 어리석은 사람을 찾아가기에 충분한 시간이다. 외로울 때는, 이빨이 썩는 것이 심장이 상하는 것보다 낫다는 뜻에서도, 필히 단것을 먹도록 할 것이며, 이성과의 성교가 아닌 자위행위도 권할 만하다. 단것을 먹은 다음 자위행위를 곁들인다면 더욱 좋다.

외로운 녀석……

나는 여자를 품에 안고 가물가물 잠 속에 빠져들어갔다. 여자는 품에 드는 작은 몸집이었다. 작은 몸집이 소녀를 연상케 했다. 비록 막걸리 장사를 하고 있었지만 그런 시간 여자는 꽃 같은 소녀였다.

신라 진성여왕 때 거타지(居陀知)라는 사람은 당나라로 가다가 곡도섬에서, 스님으로 변하여 서해 용왕을 괴롭히던 늙은 여우를 활로 쏘아 죽인다. 그 공으로 서해 용왕은 딸을 한 가지 꽃가지로 변하게 해서 그의 품에 넣어준다. 고국에 돌아온 거타지는 품속의 꽃가지를 꺼내 본래의 여자로 변하게 하여 함께 살림을 차린다.

나는 잠에 들면서 거타지의 꽃가지 여자를 머리에 떠올렸다. 여자는 그렇게 내 품속에서 잠들고 있었다. 그렇다면, 그렇다면 외로움의 늙은 여우는 잠시나마 내 화살에 맞아 떨어졌던 것인지도 모른다. 해가 떠 새날이 될 때까지.

"엄마, 나야."

누군가가 셔터를 흔드는 소리에 나는 잠에서 깨어났다. '엄마, 나야'라니? 아들이 있어서 찾아왔구나. 나는 난감하여 상반신을 일으키고 여자의 눈치를 살폈다. 여자는 벌써 일어나 있었다.

"괜찮아요. 그냥 누워 있어두."

여자는 별다른 동요를 보이지 않았다. 나는 엉거주춤한 상태로 방구석에 물러앉았다.

"이 녀석 어디서 제대로 먹구나 다니는지."

여자가 혀를 끌끌 차며 방문을 열고 나갔다. 나는 허락도 없이 들어와 있다가 제집을 찾아온 주인에게 발각되고 있는 느낌이었다. 누구나 들켜서는 안 되는 현장을 들키며 새로운 세계로 한 발짝씩 눈을 뜨게 되는 것이라면 그때 나는 또 어떤 세계로 눈을 떠가고 있었던 것일까. 나는 다른 게구멍 속에 들어와 있는 게처럼 촉각을 곤두세우고 있었다.

청년이 들어왔으나 나는 그를 쳐다보지 않았다. 그러나 상당히 어색한 순간을 맞으리라는 내 추측은 빗나갔다.

"밥 있음 좀 줘."

청년은 방 안에 앉으며 아무렇지도 않게 말했을 뿐이었다. 내 존재에 대해서 어떻게 받아들일 것인가 하는 따위의 걱정은 기우에 지나지 않았다. 청년이 너무나 거리낌없이 내 존재를 받아들였으므로 나는 어안이 벙벙할 지경이었다. 나를 아예 무시하는지도 모른다고도 생각되었다. 내가 간밤에 그 어머니의 동료였음을 모르는 것일까. 어머니가 그럴 리가 없다고 믿는 것일까. 하지만 그야말로 그럴 리가 없었다. 첫째로 내 태도는 내가 생각해도 자연스럽지 못했다. 그것은 내가 그랬었음을 여실히 드러내놓고 처분만 기다립니다 하고 말하고 있는 꼴이었다. 그런데 도무지 아랑곳이 없는 것이었다. 그러자 그런 상황이란 청년에게 이미 아무것도 아닐 정도로 보편화되어 있던 것이라는 생각이 들었다. 이것이 옳은 판단이었는지 어떤지는 아직도 약간은 확실치 않다. 이럴 경우 보통 사람은 그 관계를 조금이라도 확인하려고 했을 텐데 그는 전혀 그렇지 않았기 때문이다. 어머니의 남자관계에 대해 이토록 방관적인 아들이 있다는 것은 나로 하여금 그 뒤로도 줄곧 인간이란 무엇인가를 묻게 하는 한 요소가 되었다.

이렇게 하여 나는 간밤의 내 여자와 그 아들과 함께 플라스틱 밥상을 가운데 놓고 둘러앉는 사이가 되었다. 여기서 내가 밥숟가락 대신에 술잔을 청했다는 것을 이해해주리라 믿는다.

"술이나 몇 잔 먹겠어요."

나는 말했다. 그럴 수밖에 없지 않겠는가. 그리하여 이 기묘한 오찬은 진행되었다. 간밤에 내 밑에 깔려 신음하던 여자는 자상한 어머니가 되어 아들에게 반찬들을 권했다. 그리고 내게도 술만 마실 게 아니라 반찬도 좀 집어 먹기를 권했다. 그 것은 단란한 한 가정의 아침식사 모습이었다. 나는 술잔을 들며 '아들'을 슬몃슬몃 훔쳐보았다. 그러는 동안 우리의 눈길이 한 번도 마주치지 않은 것은 기이한 일이었다. 그러나 실상 기이할 것이 없었다. 그는 전혀 나를 살필 의도가 없는 것처럼 보였다. 그렇다고 그가 내게 적의나 경계의 몸짓을 보였다는 것은 더더구나 아니다. 어머니도 지극히 평온했다. 여간 기묘한 느낌이 아니었다. 나는 마치 투명인간이라도 된 것 같았다. 나는 그때처럼 내가 무시된 상태에서 식사를 해본 적이 없다.

사실 이런 기묘한 느낌이 아니었다면 나는 그 방에서 며칠 더 묵었을지도 모른다. 그러나 나는 그들의 식사가 끝나자 여자의 은근하고도 간절한 만류를 뿌리치고 그 집을 나오고 말았다. 더 이상 그곳은 나의 은신처가 아니었다. 내쫓긴 게 아닌데도 쫓겨 나오는 심정이었다. 더 이상 그곳에 은신하고 있다가는 나는 투명인간이 아니면 미라가 되리라는 느낌이었다. 실제로 그 집을 나올 때 나는 내가 박제가 아닌가 하는 착각이 들었다.

"또 와요, 꼭, 응?"

여자가 셔터에 손을 짚고 은근하게 애원하듯 배웅했다. 그 소리도 웬일인지 이 세상 사람의 것 같지 않았다. 그렇게 하여 내가 간밤에 '좁은 문'을 통해 들어갔던 하룻밤의 은신처는 사라졌다. 나는 낯선 이들과 식사를 할 때 종종 그때의 광경이 떠오르고, 몹시 부끄러워지며 화가 난다. 왜 그럴까? 내가 그렇게 쫓겨 나오기 위해 간밤에 그다지도 혼신의 힘을 기울였던가 하고 부끄러워지는 것은 아닐까? 어쨌든 그 여자가 나 대신 꼭 또 오곤 하는 다른 남자를 될수록 빨리 만났기를.

9

　나는 다시 산으로 향했다. '좁은 문'에서 나온 뒤 선배가 일
하는 출판사의 계단 밑 창고에서 며칠 지내기는 했으나, 결국
다시 서울을 떠나고 말았던 것이다. 나는 어떤 로빈슨 크루소,
어떤 소로우를 꿈꾸었다. 어떤 홍길동의 나라, 어떤 양산도의
길을 꿈꾸었다. 국민학교 때 읽은 《티베트의 비밀 도시》도 나
를 사로잡고 있었다. 어떠한 침해도 받지 않고 살아갈 수 있는
곳은 없을까? 혼자서 아무렇게나 살아가는 산짐승 같은 것이
될 수 없다는 것이 여전히 나를 절망케 했다.

　얼마 전 신문을 읽던 나는 눈을 번쩍 떴다. 그것은 중국 신
강성에서 한 종족이 삼백오십 년 동안이나 외부와 완전히 격
리된 채 알려지지 않고 살아왔다는 것이었다. 그들 선조가 그

곳에 들어온 뒤 그들은 바깥세상에서 무슨 일이 일어나는지 전혀 모르고, 그들만의 생활 방식대로 숨어 살아왔다는 것이었다. 이 기사를 읽고 나는 놀라움보다 부러움이 앞섰다. 그런 곳이 바로 내가 가고자 했던 곳이었다.

유신체제는 날마다 그야말로 이 잡듯이 검거 손길을 뻗치고 있었다. 나는 계단 밑 창고방에서 '난 유신 반대와는 관계가 없어요' 하고 빌면서 새우잠이 들곤 했다. '우리 아버지는 아직도 각하를 떠받들고 있어요' 하고도 빌었다. 간혹 안집에 전화해서 어머니와 통화해보면 아버지는 텔레비전을 보면서 공연히 눈물을 흘리기만 한다는 것이었다. 나는 아버지와 싸워온 나날들이 돌이켜져서 여간 가슴이 무겁지 않았다.

말했듯이 아버지에 대한 기억은 바닷가에서 시작된다. 햇볕이 쨍쨍 내리쬐던 날 그는 나를 지프차에 태워 바닷가 모래밭으로 데리고 갔다. 무엇 때문인지, 어떻게 그리되었는지는 기억되지 않고 다만 그 사실만 남아 있는 것이다. 바닷가 모래밭에는 말뚝이 저만치 바다를 배경으로 박혀 있고 이쪽에는 천막이 쳐져 있었다. 아버지가 모래밭 한쪽에 나를 내려놓고 천막 속으로 들어가자 어디선가 한 떼의 군인들이 나타났다. 나는 모래밭에서 모래장난에 정신이 팔려 있었다. 얼마 지나서 무엇인가 탁, 탁, 탁, 두드리는 소리에 나는 눈을 들었다 그러자 헌병들이 몇 사람의 군인을 끌고 가 말뚝에 묶고 눈을 가렸다. 헌병들이 그 앞에 도열했다. 이윽고 귀청을 찢는 총소리.

무슨 일이 일어났는가. 말뚝에 묶인 사람들이 젖은 빨래처럼 축 늘어졌다. 내가 놀라서 쳐다보고 있는 사이에 어느 틈에 그가 와서 다시 나를 지프차에 올려 태웠다. 잠깐 사이의 일이었다. 아버지가 군인으로서 그의 임무를 수행했다는 사실은 나중에 알게 되었지만, 왜 무엇 때문에 나를 그곳에 데려갔는지는 두고두고 알 수 없었다. 그러나 왜, 무엇 때문에? 라는 물음에 대한 대답은 얻을 수 없었을지라도 적어도 전쟁 때는 그와 같은 일들이 아무렇지도 않게 어린애 앞에서도 벌어질 수 있음을 알려준 셈이 되었다. 그리고 그렇게 말뚝은 내 인생에 의미를 던지게도 되었다.

계단 밑 창고방에서 며칠을 보낸 나는 답답해서 견딜 수 없게 되어 뛰쳐나가지 않으면 안 되었다. 거기서 고슴도치처럼 웅크리고 있는 것에도 한계가 있었다. 탈출하지 않으면 안 된다.

그리하여 나는 다시 산으로 향하였다. 산까지 가는 길목에 아무리 위험이 도사리고 있다고 하더라도 나는 떠날 수밖에 없었다. 그 과정에서의 피를 말리는 듯한 위기감에 대해서는 다시 설명하지 않기로 한다. 다만 이번에는, 이제 어디서도 구체적으로 살기가 힘들어졌음을 뼈저리게 느낀 나머지 나는 차라리 버스가 어디로든 굴러떨어져 그만 내 목숨을 앗아가주기를 간절히 바라는 신세가 되어 있었다. 구체적인 삶이 불가능하다면 그 대안으로 추상적인 삶만이 있을 수 있었다. 어떤 신비주의가 그런 방법이 있음을 말하고 있기는 한 모양이다. 그러나 우리가 모든 선지자들 때문에 이 한심하고 보잘것없는 존재를 한탄해야 하는 것도 억울한데 그것까지 가세한다면 재앙이라 할 것이다. 도사가 그런 것일까. 가령, 솔잎을 씹으며 추상화되는 것이 도사에의 길일까? 나는 지금까지도 알 수 없이 이 목적이 무엇인지 모를 인생을 살고 있다.

이 버스가 저 낭떠러지로 굴러떨어졌으면.

합천의 가야동으로 가는 고갯길은 그때만 해도 아슬아슬한 낭떠러지 길이었다. 나는 죽기를 바란 것이 아니라 죽어지기를 바란 것이었다. 계절은 초여름, 시각은 정오, 녹음이 본격적으로 우거지고 날씨는 벌써 더위로 눈까풀을 덮친다. 버스 안에서 나는 줄곧 죽음을 시심(詩心)처럼 생각하고 있었다. 가뭇없이 소멸하고 싶었다. 나는 먼저 죽어간 친구들을 생각했다. 내가 과연 이승에서 그들을 만났던 것일까? 그렇다면 그 증거는 어디에 있는 것일까? 이런 막막한 물음을 안고 버스는 속력을 가하고 있다.

대학에 처음 들어가서 언젠가 남녀 대학생의 모임에서 백(白)으로 성씨만 기억되는 한 학년 위 여학생을 만났다. 다른 성씨에서는 전혀 무감각한데 백씨만 만나면 나는 이상하게도 그 은밀한 부분 그 속까지 무척 흴 것이라는 생각이 들곤 해왔었다. 이 점에서는 여태껏 옷 벗은 백씨 여자를 본 적이 없는 것이 다행이리라. 어디서였던가. 남녀 학생들이 이야기를 나누고 있었는데 그녀도 나도 그 옆에 있었다. 그때의 주된 화제는 다 까먹었지만 한 녀석의 말에 까르르르 웃던 여자애들의 웃음소리만은 사반세기가 넘은 지금까지도 귀에 쟁쟁하게 남아 있다.

"내가 한 여학생을 좋아했는데 말야. 햐 고게 영 둘이서는 만나주지도 않을라 그래."

운동화를 꺾어 신은 남학생이 말했다. 그는 평소에도 여학생들의 아무 데나 툭툭 치면서 농을 걸기를 좋아했다. 여학생들이 그의 손길에 몸을 움츠리면서도 싫지는 않다는 듯한 표정을 짓는 것이 나로서는 이해하기 곤란했다. 생각 같아서는 버럭 화를 낼 것 같았고 또 그래주었으면 싶은데 그렇지 않았던 것이다.

"그래서 어떻게 됐는데?"

여학생들은 흥미를 보이고 있다.

"어느 날 운동화를 벗어놓고 회의실에 들어갔는데 우연히 저쪽 창문으로 보니 고게 내 운동활 들고 냄샐 맡고 있는 거야."

나는 공연히 얼굴이 화끈거렸다. 나는 참으로 숫기가 없는 채로 청소년 시절을 보냈다. 그 결과 나는 오늘날까지 영원한 여성상의 포로로 남아 있다.

"까르르르르……"

얼굴을 붉힌 내가 어안이 벙벙하도록 그녀들은 일시에 웃음을 터뜨렸다. 자기를 쫓아다니는 남학생의 운동화 발꼬랑내를 몰래 맡고 있는 새침데기 여학생의 이야기에 왜 그녀들은 일시에 웃음을 터뜨렸을까? 적어도 나는 그녀들이 '별꼴 다 봐' 하는 투의 반응을 보이는 것이 정상이라고 생각하고 있던 것이다. 그렇다면 나는 분명히 여성이란 것에 대해 무엇인가 근본적으로 잘못 해석하고 있지 않았는가. 그랬었다. 나는 확실히 여성이란 것에 지나치게 높은 가치를 부여하고 있다. 지금도 이 고상한 정신은 명맥을 유지하여 종종 나를 비참한 궁지에 몰아넣는다. 즉, 쉽게 말하면 나는 내 신발의 발꼬랑내를 맡겠다는 여성으로 하여금 내 정신의 별자리에서 음악과 같이 풍겨나오는 우주의 냄새를 맡게 하려고 노력하다가 좋은 기회를 놓치곤 하는 것이다. 노골적으로 발꼬랑내부터 맡고 그다음 온갖 추한 냄새를 서슴지 않고 다 맡겠다고 굳게 마음먹은 여성이 가장 먼저 찾는 것이 이른바 분위기인데 여기에는 나름대로 눈감아주어야 할 부분이 없지는 않다. 이를테면 나중에는 모든 각오가 되어 있으니 그것을 위해 처음에는 약간의 체면을 좀 차리게 해달라는 구걸인 것이다. 나는 이 얄팍하고 가련한 행동을 단호하게 배격한다. 진실과 진심을 숨김없이 빨리 말하고 가기에도 인생은 짧기 때문이다.

그 무렵 만난 백녀는 내게 하나의 수수께끼를 던졌다.

맹수에게 쫓기던 사람이 낭떠러지에서 떨어지다가 간신히 나무뿌리를 붙잡고 매달렸단다. 아래를 내려다보니 천길만길에 무시무시한 독사 떼. 그런데 보니까 붙잡고 있는 나무뿌리를 쥐가 갉아먹고 있었단다. 이럴 때 너는 어떡하겠니?

그녀와 나는 그 무렵 몇 통의 편지를 나누었던 것으로 기억된다. 이 수수께끼인지 뭔지가 떠오른 것은 왜였을까? 버스가 낭떠러지로 굴러떨어진다는 상상 때문이었으리라. 아직은 봄이었으나 초여름 가까운 햇빛은 그 백녀의 상상 속에 흰 부분처럼 대기에 어렸고 버스는 달렸다. 나중에 나는 그 이상한 물음이 어린 여학생 스스로 만들어낸 것이 아니라 고승들이 만들어낸 일종의 선(禪)문답이었음을 알게 되었는데 그 대답은 선사(禪師)에 따라 각각 다른 것이었다.

그대는 어떡하겠는가?

그러므로 나도 대답 대신에 이렇게 물음을 던지며 그때의 버스 속에 앉아 가야동에 이르는 수밖에 없다.

초여름의 눈부신 푸른 숲.

생명의 푸른 잎파랑치가 젊은 붉은 피톨처럼 세상에 넘쳐 있었다. 나는 마치 자유를 얻은 것처럼 가슴을 폈다. 그리고 저 기억의 망막 속에서 되살아나는 푸른 그림자를 보았다. 그것은 아직도 내 어딘가에 살아서 숨어 있었다. 그 어머니가 죽어가도 배 속의 어린애는 혼자 숨이 붙어 할딱이고 있었다는 어떤 이야기와 같은 것인가. 며느리가 군인들한테 맞고 있다 해서 나가본께 며느리는 피투성이로 숨이 끊어졌는데 그 배 속에 든 아이는 길길이 뛰더군요.

푸른 그림자는 모질게도 살아 있었다. 내 기억의 인자 속에 몹쓸씨를 심어놓고 가버린 것이다. 내가 처음 그 푸른 그림자를 처음 내 가슴속에 심었던 것도 그와 똑같은 무렵의 초여름

날이었다. 똑같은 '무렵'이 아니라 똑같은 날처럼도 여겨졌다. 그 푸른 그림자에게도 생일이 있는 것일까? 그럴 것이다. 그림 자인들 왜 생일이 없겠는가. 삼라만상에 다 생일이 있다. 이 우 주가 그 언젠가 대폭발로 생일을 맞았듯이.

나는 다시금 강렬하게 푸른 그림자를 맞았다. 그 여자는 내 게서 떠나 다른 남자의 품에 안겨 있어도 그 그림자만은 살아 서 생일을 맞고 있었다. 그냥 푸르다라고 했지만 그 빛깔은 정 확하게 말하면 나무의 녹색과 하늘의 푸른색이 한데 어울려 물에 깊이 어린 빛깔이다. 거기에 저 페르시안 블루가 곁들여 진 것은 내 심상의 요구 때문인지도 모른다. 몇 년이 흐른 뒤 나는 인도에 가서 그곳 원산의 오팔 원석(原石)에서도 그 빛깔 을 보았다. 그것은 그 자체로도 영묘(靈妙)한 빛깔이지만 내 가 슴속에 있는 사람 형상에 와서 결합될 때 생명을 얻는다. 진흙 으로 빚은 형상에 호흡을 불어넣어 산 사람을 만들었다는 듯 이, 내게는 그 빛깔이 피에 넣어지고 살갗에 발려져 산 그림자 를 만들어준다고 해도 좋았다. 나는 한동안 떨리는 가슴을 붙 안고 서 있었다.

막상 산에 왔으나 할 일이라곤 없었다. 저번처럼 입산을 기 도할 생각은 일지 않았다. 물론 종교에 귀의하는 자체를 그렇게 가볍게 여겨서는 안 된다. 그러나 나는 한번 마음을 먹었던 과거를 가지고 있었다. 어쨌든 나는 관광객 내지는 참배객으로 그 틈에 어울려 얼마 동안은 자연스럽게 머무를 수 있을 것이었다. 그런데 그다음은?

상점 앞의 의자에 앉아 사이다를 마시고 난 다음 나는 발길을 옮겼다. 어디론가 산길을 따라 올라가볼 마음이었다. 이곳에서 나는 어떻게, 무엇을 할 것인가? 그리고 어떻게 삶을 영위할 것인가? 아득하고 막막했다. 나는 어디서든가 여름을 지나고 가을을 지나고 겨울을 지내야 했다. 그리고 또 무수한 사계절이 아직 기다리고 있었다. 유신체제가 바뀌고 혹시 운 좋게 사면령이라도 내려진다면 얼마나 좋으랴만 무망한 일이었다.

나는 숲속 길을 걸어올라갔다. '도리암→'라고 표시된 팻말이 나타나고 짐꾼 몇이서 길옆 바위 위에 앉아 쉬다가 내가 오는 것을 기회 삼아 주섬주섬 일어나고 있었다. 어디선가 공사를 하는 모양이었다. 그때 어떤 생각이 퍼뜩 머리를 스쳤다.

"어디서 무슨 공사를 하십니까?"

나는 물었다.

"왜요?"

그들 중 하나가 되물었다.

"글쎄…… 혹시 제가 할 수 있는 일이라도 있을까 해서요."

머뭇거리고 잴 시간이 내게는 없었다. 나는 그들을 보는 순간 이미 그 길을 모색해보아야겠다고 마음먹은 것이었다. 내 인생에서 그토록 빠르게 무엇인가 결정을 내린 것은 처음이었지만 나는 서울을 떠나면서부터 줄곧 그런 어떤 일을 모색하고 있었음이 틀림없다. 다만 산에서 그런 일자리를 얻을 수 있다는 데는 미처 생각이 미치지 못했을 뿐이었다. 내 이력에는 이미 넝마주이가 첨가되어 있었다. 비록 이루지는 못했을망정 내가 가졌던 굳은 각오는 내 마음의 이력서에 적혀 있었다. 그리고 무엇보다도 도망자는 자신의 몸이 안전하게 은신할 곳을 늘 용의주도하게 찾고 있는 것이며 거의 동물적인 예민한 적응성으로 그에 적응한다는 사실을 알아야 할 것이다. 나는 그들에게서 미래에의 어떤 약속을 보았으므로 곧바로 실행에 옮기지 않으면 안 되었다. 산속의 공사판이라면 그야말로 안성맞춤이었다.

"노가다 일을 찾고 있단 말요?"

사내가 나를 훑어보았다. 이른바 노가다로서 굴러먹은 뼈다귀와 근육을 가지고 있는지 살피는 것이라고 짐작되었다. 그러나 나는 그런 것은 가지고 있지 않았다. 나는 정신의 '노가다' 노릇을 해왔던 것이다.

"예."

나는 서슴없이 대답했다. 그들이 어쩐지 믿기 어렵다는 듯 서로 눈길을 교환했다.

"무슨 일을 할 수 있소?"

이야기는 한 걸음 구체성을 띠었다. 일거리는 분명히 있는 모양이었다. 서광이 비친다고 생각했다.

"막일이라면 무슨 일이든지요."

그것도 실은 오래전부터 각오했던 일이었다. 무슨 일이든 하면서 세월을, 젊음을 다 보내야만 하였다. 그런 다음, 여생에 인생을 걸리라. 그것이 내가 한 여자를 만난 것에 대한 대가라면 달게 치르는 수밖에 없었다. 남자와 여자가 다른 점이 있다면 남자는 여자 때문에 그것을 치러야 한다는 점이다. 모든 젊은이들은 이 말을 곰곰이 새겨들을 필요가 있다.

"혹시 목도질 해봤소?"

나는 이 물음에 순간적으로 아득함을 느꼈다. 목도질이라니, 해보기는커녕 말 자체를 처음 듣는 것이었다. 그러나 물어서는 안 되었다. 많은 학교들이 교문 위에 써붙여놓고 있는 것이다. '할 수 있다'.

"그럼요. 불상의 점안(點眼)도 해봤는걸요."

말하면서 나는 아차 하였다. 불상의 점안이란 가당치도 않은 말이었다. 그러나 이렇게 말이 나온 배경을 나는 안다. 그것은 절에서 하는 일이니까 그에 관한 일이면 잘할 수 있다, 그러니까 일꾼으로 써달라, 하는 염원이 지나쳐서 그만 허세로 나온 말이었다. 하지만 절에 와서 점안은 아무래도 지나쳤다. 점안이란 절에 불상을 모실 때 마지막으로 그 눈을 그려넣어 완결을 짓는 일이었다. 거룩한 일인 것이다. 실제로 나는 그런 사람을 만난 일이 있었다. 불상을 만들면 마지막까지 그 눈은 밋밋한 채로 남겨진다. 그는 그 불상을 봉안할 때 절에 초청받아 눈을 그려넣는 일을 직업으로 하고 있었다. 그때로서는 하도 신기한 직업이라 나는 지금도 그의 인상을 또렷이 기억하고 있다. 그가 떠올라서 내가 그따위 말을 했던 것 같기도 하다.

"그럼 같이 가봅시다."

그들은 내가 목도질에 대해 모르듯이 점안에 대해 몰라서 다소 어리둥절한 표정이었지만 목도질에 무슨 점안목도질이란 희한한, 자기네들이 모르던 것도 있나 싶었는지 두말없이 나를 이끌고 갔다.

노가다 십장은 마침 일손이 달리던 참이라고 나를 반가이 맞아들였다. 특별히 배운 기술은 없지만 시키는 일은 열심히 해보겠다고 나는 대답해서 그를 만족케 했다.

"스님께도 인사시켜드려. 중요한 불사라고 사람 하나 맘대로 못 쓰게 한다니까."

스님이 직접 노가다 십장을 독려하고 있는 모양이었다. 말사라곤 하지만 절은 꽤 규모가 크고 유서가 깊은 듯했다.

나는 한 사내를 따라 마음을 다잡아먹고 일주문을 들어갔다. 못 이룬 입산의 뜻을 이루는 느낌이었다.

문종성번뇌단(聞鍾聲煩惱斷)

지혜장보리생(智慧藏菩提生)

이지옥출삼계(離地獄出三界)

원성불도중생(願成佛度衆生)

바로 옆의 골짜기로는 물소리가 높았다. 범종루(梵鍾樓)를 받치고 있는 네 기둥의 글귀를 올려다보았다. 종소리 들어 번뇌를 끊고, 지혜를 모아 깨달음에 이르고, 지옥에서 헤어 나와 삼계를 벗어나며, 부디 부처 되어 중생을 건지게 하소서. 흐음. 나는 옷깃을 여미며 사천왕문을 지나 절의 뜰에 섰다. 경내의 이곳저곳에는 꽃들이 무더기로 피어 눈을 현란하게 했다.

"어찌 오셨습니까?"

그 물음에 나는 내가 입산을 뜻하고 오지 않았나 착각했다. 몇 번 구경삼아 갔던 절에서는 본 체도 않던 스님들이었는데 먼저 말을 건네 오는 젊은 스님이 있었다.

"주지스님을 좀 뵐까 해서요."

사내가 아마도 같이 있게 될 나를 향해 손짓하며 말했다.

"따라오십시오."

젊은 스님은 친절히 앞장을 섰다. 말로만 듣던 금란가사(金襴袈裟)의 찬란함이 저런 것일까. 꽃들은 열대의 불타는 듯한 덩굴꽃보다도 더욱 찬란하게 빛깔을 돋워 만발해 있었다. 절의 꽃들이 그 붉음을 단순한 붉음으로 보이지 않게 하는 것에 나는 늘 고개를 갸우뚱하곤 했었다. 붉음뿐만이 아니었다. 절의 꽃들은 희어도 더 희었고, 푸르러도 더 푸르렀다. 아니, '더'가 아니라 '깊이'였다. 절의 꽃들은 희어도 깊이 희었고, 푸르러도 깊이 푸르렀고, 붉어도 깊이 붉었다. 아니, '깊이'라고만도 말할 수 없었다. 그 꽃들은 향을 사르며 진언(眞言)을 외고 있는 것이었다. 옴 마니 반메 훔. 옴 마니 반메 훔. 옴 마니 반메 훔. 관세음보살님의 깊은 마음이여, 미묘합니다 하고.

"어디서 오셨습니까?"

앞장서 가던 스님이 뒤를 돌아보며 물었다.

"저 꽃의 이름이 무엇입니까?"

그의 물음에 나는 느닷없이 이렇게 다른 물음을 던지고 말았다. 아차 하는 순간 '서울'이라는 대답은 어디론가 자취를 감추고 그만 꽃 생각에 사로잡혀 있는 마음의 정체가 드러나고 만 것이었다. 이 자리에서 노가다인 주제에 내가 던질 물음이 아니었다. 나는 얼결에 선문답이라도 한 것 같아 속으로 픽 웃었다.

"서울에서 왔습니다."

나의 뒤늦은 대답에 그러나 그는 귀를 기울이지 않고 한쪽의 꽃으로 눈길을 던지고 있었다.

"저 꽃…… 연상홍…… 오백 년을 묵었다고 하지요."

그는 다시 말없이 앞장서 걷기 시작했다. 그는 정말 내가 돼먹지 않은 선문답이라도 하려고 드는 줄 아는 것일까. 조금은 거북했다. 그는 이제 내가 어디서 왔건 상관이 없다는 듯하였다. 몇 마디 나눔 속에 그는 내가 단순한 노가다가 아니라고 간파했음을 나는 그의 뒷모습에서 또한 간파했다. 그 무조(無照)라는 법명을 가진 스님은 나중에 그건 그렇다고 말해주었다. 이렇게 나는 주지스님에게 인도되었다. 그는 철 이른 참외를 한 입 베어먹고 있었다.

"모든 불사가 다 그렇지만 소란을 피워서는 안 되네. 한 사람 한 사람 모두 불자 된 마음으로 해야 되는 게야."

그러면서 그는 일꾼들에게도 될 수 있으면 아침저녁 예불에는 참석하라고 이르고 있었다. 그 절에서 벌이는 불사란 경내를 새로이 조성하고 퇴락한 단청을 다시 입히는 일이었다.

"열심히 해보겠습니다."

나는 스님에게 절하고 물러나왔다.

"워낙 깐깐한 스님이야. 노가다 일까지 이래라저래라 하니…… 그래도 그게 우리한텐 더 이익이지. 일이 마냥 늘어지니까."

그 말은 내게 무한한 희망을 주었다. 나는 몇백 년을 견디어온 단청처럼 공사도 몇백 년이 걸릴 것을 희망하였다. 그동안 나는 여기서 늙어 죽을 수 있으리라. 그리하여 기둥이나 서까래의 단청 속에 한 점의 바랜 빛깔로나 남으리라.

"그럼 일은 언제까지 합니까?"

나는 음흉하게 물었다.

"글쎄, 십장이 안달을 해도……가을 안에 끝나긴 어려울 거요."

몇백 년이 아니라 가까운 계절이라도 만족하는 수밖에 없었다. 그것만 해도 생각지 못했던 소강상태를 맞을 수 있을 것이었다. 누군가가 들이닥쳐 혹시 범법자 없나 하고 뒤지지 않는다는 보장은 없었으나 이 세상에는 그만한 은신처는 없는 셈이었다. 그곳은 내게 '티베트의 비밀도시'나 진배없었다.

나는 내가 하는 일이 목도질이라는 것을 모르는 채로 목도질을 했으며 틈틈이 단청의 일도 거들었다. 그때 그곳에서의 일들이 내게는 진기한 경험이 되어서 나는 지금도 고마워하고 있다.

"선생님은 이런 일 할 사람이 아닌 것 같애요."

어느 날 절에 온 젊은 여자가 먼저 말을 건네왔다. 물론 그런 말을 처음 들은 것은 아니었다. 그런 말을 들을 때마다 일본 관동대지진 때 일본 국가인 〈기미가요〉를 부르게 해서 일본 발음이 신통치 않아 제대로 못 부르는 조선 사람을 잡아 죽이던 일이나, 6·25 때 손바닥을 펴게 해서 노동자 손이 아니면 잡아 죽이던 일들이 생각나서 나는 흠칫흠칫 놀랐다. 아니 그런 것들이 생각나서 놀란 것이 아니다. 절의 분위기 때문에 잊고 있었던 도망자로서의 신분이 언뜻 되살아나는 것이었다. 그러므로 그렇게 묻는 사람에게 나는 결코 호의를 보일 수가 없었다.

"글쎄요. 직업에 귀천이 있습니까……"

나는 슬쩍 비켜섰다. 그 여자의 눈에서는 남들에게 느끼지 못했던 빛이 어려 있었다.

초여름 산공기가 향내음 켜켜이 배어 있는 불전 안을 돌아 싸아하게 코 끝에 감돈다.

탕, 탕, 탕, 탕, 탕, 탕, 탕, 탕, 탕…… 계수관음대비주(稽首觀音大悲呪) 원력홍심상호신(願力弘深相好身) 천비장엄보호지(千臂莊嚴普護持) 천안광명편관조(千眼光明遍觀照) 진실어중선밀어(眞實語中宣密語) 무위심내기비심(無爲心內起悲心) 속령만족제희구(速令滿足諸希求) 영사멸제제죄업(永使滅除諸罪業)…… 탕, 탕, 탕, 탕, 탕, 탕, 탕, 탕, 탕…… 세 시 반. 드디어 온 천지 깨어나라고 도량석(道場釋)을 하는 소리가 들린다. 목탁소리와 〈천수경(千手經)〉 염불소리가 온 절을 돌았다. 관세음보살 대비주께 고개 숙이옵나니 원력이 크고 깊고 그 모습 아름다워 천 개의 장엄한 손으로 지켜주시며 천 개의 밝은 눈으로 두루 살펴보아주소서. 진실한 말씀 가운데 비밀 말씀 있으사 하염없는 마음속에 자비심 일으키시고 모든 바람 낱낱이 이루어주소서. 모든 죄업 영겁토록 없애주소서…… 다르륵, 다르륵, 다

르륵, 다르륵…… 아침마다 〈천수경〉은 오래도록 계속되었다. 탕, 탕, 탕, 탕, 탕, 탕, 탕, 탕, 탕…… 나무 관세음보살(觀世音菩薩) 마하살(摩訶薩), 나무 대세지(大勢至) 보살 마하살, 나무 천수(千手) 보살 마하살, 나무 여의륜(如意輪) 보살 마하살, 나무 정취(正趣) 보살 마하살, 나무 만월(滿月) 보살 마하살, 나무 수월(水月) 보살 마하살, 나무 군다리(軍茶利) 보살 마하살, 나무 십일면(十一面) 보살 마하살, 나무 제대(諸大) 보살 마하살, 나무 본사(本師) 아미타불(阿彌陀佛).

도량석이 끝날 때쯤이면 칠흑같이 검었던 하늘도 아른아른 엷게 가짓빛을 띤다. 어둠은 언제 밝아 온몸을 불태우듯 황홀한 꽃들을 드러내려는가.

나는 지난번에 못 이룬 뜻을 이루려는 듯 틈만 나면 법당 근처를 어슬렁거렸다. 먹물가사를 걸치고 경을 읽고 싶다…… 눈빛이 뇌리에 새겨진 그 여자는 새벽부터 저녁까지 거의 하루 종일 법당을 오가고 있었다. 어떤 여자일까? 나는 그전 진부의 처녀를 생각하고 있었다. 그러는 동안 우리들은 서로 스쳐지날 때마다 무엇인가 우리들만 알고 있다는 눈길을 교환하게 되었고 마침내는 이런저런 개인 이야기까지 나누는 사이가 되었다. 그녀는 진리가 무엇인지 알기 위해 이곳에 왔다고, 제법 거창한 말을 해서 나를 놀라게 하기도 했다.

"그럼 선생님은 뭘 배우러 이곳에 왔나요?"

그녀는 무엇이든 단도직입적으로 묻고 대답하는 여자였다.

"나야 보다시피 노가다니까. 하지만 여기 있는 동안 알 수 있는 건 배울 참이오. 심심해서라도."

그것은 사실이었다. 나는 실제로 그러고 있었다.

아미타불진금색(阿彌陀佛眞金色) 상호단엄무등윤(相好端嚴無等倫) 백호완전오수미(白毫宛轉五須彌) 감목징청사대해(紺目澄淸四大海) 광중화불무수억(光中化佛無數億) 화보살중역무변(化普薩衆亦無邊) 사십팔원도중생(四十八願度衆生) 구품함령등피안(九品含靈登彼岸) 이차예찬불공덕(以此禮讚佛功德) 장엄법계제유정(莊嚴法界濟有情)……

뎅, 뎅, 뎅, 뎅, 뎅, 뎅, 뎅, 뎅, 뎅……

젊은 무조 스님이 큰 징을 두드리며 길고긴 〈장엄염불(莊嚴念佛)〉을 독송한다.

뎅, 뎅, 뎅…… 거룩하신 아미타 부처님 금빛 몸이여. 단정하고 엄숙하심 비길 데 없네. 백호(白毫) 광명 수미산 두르고 푸른 눈 맑은 동자 큰 바다 같네. 빛 가운데 무수한 부처님, 무수한 보살님 많기도 하여라. 48원(願)으로 모든 중생 건지어 구품대의 저 언덕에 오르게 하시네. 이처럼 부처님 공덕 예찬하오니 모든 중생 건지어 장엄 법계 이루소서…… 뎅, 뎅, 뎅, 뎅, 뎅…… 원왕생(願往生) 원왕생 원재미타회중좌(願在彌陀會中坐) 수집향화상공양(手執香華常供養) 자타일시성불도(自他一時成佛道)…… 뎅, 뎅, 뎅, 뎅…… 다시 태어나게 해주소서. 다시 태어나게 해주소서. 아미타 보살님과 함께 앉아서 향 들고 꽃 들어 늘 공양하게 해주소서. 다시 태어나게 해주소서. 다시 태어나게 해주소서. 연꽃 세계에 살아 우리 모두 깨달아 부처 되게 해주소서.

그러나 그 긴 염불도 아직은 어둠을 걷어내지 못한다. 다만, 동백나무, 벚나무, 은행나무, 잣나무, 낙엽송, 후박, 목련, 수국, 측백, 옻가, 개가죽나무, 단풍나무, 팔손이나무들이 먹물 들인 가사를 펼쳐 입는다. 광배(光背)의 불꽃 무늬처럼 불타오르는 영산홍, 자산홍도 어둠에 묻혀 있다. 산에 가서 나는 평소보다도 더욱 꽃에 눈길을 두게 되었다. 괴로워할 때 그 꽃들은 위안이 아니라 한결 더 괴로움을 주었다.

그래서 나는, 내 마음의 평정을 얻는 날 다시는 네놈들의 화사함과 요염함을 거들떠보지 않으리라 하면서 꽃 앞에서 가슴을 앓았다.

그러나 이제 와서 그 꽃들은, 어쩌면 영겁을 두고 한 번 태어나 다시 영겁으로 사라져갈 이 생명 앞에서, 아무렴 삼천 년 만에 한 번 핀다는 상상의 꽃 우담화(優曇花)보다 고귀하고 고귀한 꽃들이 아니겠는가 했다. 그 꽃들은 내게는 영겁 만에 처음 피어난 꽃들에 다름없었다.

둥둥둥 둥둥둥 둥둥둥……

따라락 따라락 따라락……

홍고(弘鼓)와 목어(木魚)가 울린다. 코끼리 몸통만 한 큰 북에는 꿈틀거리는 용이 그려져 있다. 이 북은 왜 치는가. 모든 가죽 쓴 중생을 제도하기 위함이다.

입에 여의주를 문 커다란 물고기 형상의 목어는 배를 갈라낸 자리에 나무를 넣어 앞뒤로 치는 것이다. 이 목어는 왜 치는가. 물속에 사는 중생을 제도하기 위함이다.

둥둥둥 둥둥둥둥 둥둥둥……

따라락 따라락 따라락……

이어서 범종루의 범종이 울리기 시작한다.

뎅……

종소리 듣고 번뇌 끊기를……

이 큰 종은 왜 치는가. 모든 중생을 제도하기 위함이다. 종소리는 조금씩 조금씩 빨라졌다가 잦아지기를 네 차례나 계속한다.

뎅……

그리고 운판(雲板). 타원형의 넓적한 쇠붙이의 가장자리에 구름무늬가 하늘로 올라가고 있다. 운판은 왜 치는가. 극락에도 지옥에도 못가고 헤매는 불쌍한 넋을 제도하기 위함이다.

탕, 탕, 탕, 탕, 탕……

이 사물(四物) 소리가 다 울리기를 기다려 비로소 대웅전에서 예불이 올려졌다. 아금청정수(我今淸淨受) 변위감로다(變爲甘露茶) 봉헌삼보전(奉獻三寶前) 원수애납수(願垂哀納受)…… 내 지금 바치는 청정수, 감로다로 변하여지이다. 삼보 앞에 바치오니 슬픔 거두어주소서…… 이때쯤이면 초여름 먼동이 터오는 것이었다.

그러는 동안에도 그녀는 줄곧 그 옆에 붙어 있었다.

"그래 진리는 캐었소?"

나는 장난스럽게 묻곤 했다. 실상 그렇게 장난스럽게 묻곤 하다 보니 그것은 내게 던지는 물음에 다름이 아니었다. 진리란 무엇이며, 어디에 있는가? 나는 항상 그렇게 물었던 것 같다. 그것이 서울의 누항에서의 생활과 그곳 생활의 다른 점이

었다. 그러면서도 또한 그 숲과 하늘의 빛깔 때문에 상기되곤
하는 마음속 푸른 그림자의 모습에 그리움은 날로 짙어가고
있었다. 무엇 때문에 내가 이렇게 병들었을까 하고 나는 탄식
했다.

단청은 매우, 그야말로 더디게 진행되었다. 벌써 언제 시작
했는지도 잘 모를 지경으로 시간이 먹히고 있다는 것이었다.
단청은 천연적으로 채취되는 광물성 안료를 사용하는 것이 보
통이나 때로는 식물성 안료도 쓰인다고 했다.

"자네, 밀타승(密陀僧)이라고 아는가?"

단청장은 내게 물으며, 나무판대기에 한자를 써보았다. 처
음 듣는 말이었다.

"불교용어는 어려워서…… 밀교(密敎)의 무슨 스님입니까?"

나는 물었다. 일찍이 친구였던 적염(赤髥) 스님이 내게 밀교
에 대해 말해준 이래 나는 남녀가 이상한 모습으로 관계하는
그림과 함께 제법 관심이라면 관심을 기울이고 있었다. 거기
서는 남녀가 교접을 갖되 남자가 사정을 하지 않음으로써 어
떤 궁극적인 목표에 이르는 모양이었다. 하기야 옛날 양반들
은 노인이 되면 어린 여자애와 동침하되 성관계를 갖지 않음
으로써 젊음을 회복한다고도 했다. 어린 여자애의 젊은 기운

을 옮겨온다는 것이었다.

"허허. 그럴 줄 알았지. 밀타승이란 중이 아니야. 바로 이 가루야."

그가 가리키는 깡통에는 황색을 띤 흰가루가 들어 있었다. 밀타승이란 불교와 관계없는 안료의 일종이었다. 단청을 하기 위해서는 먼저 아교를 엷게 물에 타서 나무에 골고루 바른 다음 그 위에 이 밀타승을 칠하고 다시 아교물을 먹인 뒤에 쇠녹이나 석간주색을 칠한다. 이런 방법을 여러번 거듭하면 그때서야 단청할 바탕이 마련되는 것이었다. 이 바탕에다, 종이에 그려진 무늬에 따라 돗바늘로 구멍을 뚫어 만든 화안(畵案)을 대고 흰가루 주머니를 두들겨 표시가 나게 한다. 이리하여 나타난 무늬에 각기 알맞은 색깔을 칠하여 단청을 완성한다는 것이었다. 노가다 생활 중에 그런 것을 어깨너머로나마 배운다는 것이 그 산속의 즐거움이라고 나는 나를 위로하고는 했다. 그러나 비록 산속의 안전한 은신처에 숨어들어 있다고는 하나 나는 저물어가는 저녁 하늘을 때때로 멍하니 쳐다보지 않으면 안 되었다. 그럴 때마다 어디선가 "아석소조제악업(我昔所造諸惡業) 개유무시탐진치(皆由無始貪瞋痴) 종신구의지소생(從身口意之所生) 일체아금개참회(一切我今皆懺悔)" 참회게(懺

悔偈)의 소리가 들려오는 듯했다. 내 예전에 지은 모든 악업은 모두 비롯함도 없는 탐진치의 마음으로 말미암았음이니 몸과 입과 뜻의 허물, 내 지금 일체 참회하옵니다. 옴 살바못자 모지 사다야 사바하, 옴 살바못자 모지 사다야 사바하, 옴 살바못자 모지 사다야 사바하, 옴 살바못자 모지 사다야 사바하.

나는 나도 모를 밀주 가운데 이제까지의 방랑이나 방황이 한갓 보잘것없는 사치임을 여실히 알았다. 그렇다. 그것은 애초에 도망이라기보다 방랑이나 방황이었다.

쟁, 쟁, 쟁, 쟁…… 웬일인지 무조 스님의 〈반야심경〉해설이 귓가에 울려왔다.

관자재보살이 크고 깊고 넓은 지혜로 바라밀을 행할 때, 오온이 다 비었음을 비추어보고 모든 괴로움을 여의었느니라. 사리자야, 보이는 것이 빈 것과 다르지 않으니 보이는 것이 곧 빈 것이요 빈 것이 곧 보이는 것이니라. 받음과 생각과 행함과 앎 또한 이와 같으니라. 사리자야, 이 모든 법의 비어 있는 실상은 생기지도 않고 사라지지도 않으며 더럽지도 않고 깨끗하지도 않으며 더하지도 덜하지도 않느니라. 그러므로 빈 저 가운데는 보이는 것 없고 받음, 생각, 행함, 앎도 없으며, 눈, 귀, 코, 혀, 몸, 뜻도 없으며, 빛과 소리와 향과 맛과 닿음과 법도 없으며, 보는 경계와 아는 경계도 없고 밝음이 없음도 없고 밝음 없음이 다해 사라짐까지도 없으며, 늙어 죽음도 없고 늙어 죽음이 다해 사라짐까지도 없으며, 고(苦)와 집(集)과 멸(滅)과 도(道)도 없고 또한 지혜도 없고 얻음도 없느니라. 얻음이 없으니 보리살타가 지혜로 저 언덕에 건너갈 때 마음이 걸림이 없고 마음이 걸림이 없으므로 두려움이 없고 뒤바뀌는 꿈 생각을 여의어 마침내 열반에 이르니라. 삼세의 모든 부처가 반야바라밀다에 의지하므로 아누다라와 삼약삼보리를 얻나니 반야바라밀다를 알라. 이는 크게 신통한 주문이며 크게 밝은 주문이며 더 이상 없는 주문이며 무엇에 비길 수 없는 주문이라 능히 모든 쓰라림을 없애주어 진실하고 헛됨이 없느니라. 그러므로 반야바라밀다 주문을 말하거니— 아제 아제 바라아제 바라승 아제 모지 사바하.

"그러면 반야바라밀다주 그건 무슨 뜻입니까?"

나는 물었다.

"아제 아제 바라아제 바라승 아제 모지 사바하 말이지요?"

"예."

"글쎄……"

그것은 주문이었다. 그러므로 그 비의를 그대로 뜻으로 옮긴다는 것은 불가능하고도 소용없는 일이라고 했다. '아제'는 '아제'로서만 존재값이 있는 것이지 다른 어떤 번역으로 의미를 전달할 수 있는 게 아니라는 말이었다.

"하지만 구태여 뜻을 묻는다면 가자, 가자, 높이 가자, 더 높이 가자 이렇게 될 겁니다."

무조 스님은 말하고 나서 눈을 꿈적였다. 저녁 하늘을 바라보면서 왜 그 구절이 새삼스럽게 마음에 와 짚이는지 모를 일이었다. 가자, 가자, 높이 가자, 더 높이 가자. 그렇다. 생각하면 할수록 내가 가야 할 높은 곳은 다른 데 있었다. 나는 반야의 세계에 이르기 위해서 그 나무(南無)의 나무 아래 선 것이 아니었다. 어림없는 일이었다. 나는 방황 그 자체로써 이곳에 이르렀으며, 그것은 어떠한 주문으로도 잠재울 수 없는 것이다. 그리고 나는 도피자이며 '노가다'에 지나지 않았다.

그러면 결국 이곳까지 온 의미는 어디서 찾아질 수 있으며 또 객관화될 수 있을까? 〈반야심경〉의 주문이 나를 반야의 세계로 이끌어가는 대신에 더욱 들끓는 애욕의 세계로 이끌어가지 않는가. 참으로 이해할 수 없는 일은 여기에 있었다. 그리고 무엇보다도 뚜렷하게 아로새겨지는 것은 푸른 그림자에 대한 그리움이었다. 다시 말하거니와 나는 일찍이 아내와의 사랑을 무화(無化)시키고자 아내를 떠난 것이 아니라 그 사랑을 더욱 깊고 크게 느끼고 내 것으로 하기 위해 떠났었다. 그러나 결국 여기까지 흘러오는 신세가 되고 말았다. 인생은 그것이 자기 뜻대로 살아지지 않는다는 것에 기반을 두고 있는 것이었다.

그런 어느 날이었다. 때는 이미 여름이었다. 그날도 법당 앞에서 나는 그녀와 마주쳤다.

"진리를 알아냈습니까?"

나는 웃음을 띠어주었다. 그런데 그날따라 그녀의 태도에는 어딘가 자연스러움을 잃고 있었다.

"알아냈어요."

그녀는 상당히 단호하게 대답하는 것이었다. 나는 무슨 일인가 하였다. 시간이 지나는 동안 어느 결에 친숙해진 때문이었을 것이다. 그것은 그녀가 진리를 찾을 것이 아니라 어떤 변화가 왔음을 알리는 말이었다.

"그게 뭐지요?"

나는 약간 긴장하며, 그러나 가볍게 물음을 던졌다. 그녀의 눈길이 나를 쏘아보았다. 눈이란 이상한 힘이 있다. 요즘은 어떤지 몰라도 예전 교과서에 '안광(眼光)이 지배(紙背)를 철(徹)'한다는 구절이 있었는데 실제로 눈빛이란 종잇장 하나 뚫을

정도밖에 힘이 없는 것이 아니라고 나는 믿는다. 아니 그보다
도 달리 말하면 나는 나이를 먹어감에 따라 눈의 마력을 믿게
되었는데, 그것은 남녀관계에 있어서 실제로 몸을 섞는 관계
보다 서로 눈을 들여다보는 것으로써 그보다 더한 은밀한 관
계를 즐길 수 있다고 하는 것이다. 실제의 성관계보다 꿈속에
서의 그것이 더욱 적나라한 쾌감을 주듯이 말이다.

"잠깐만 시간을 주셨으면 좋겠어요."

그리고 그녀는 앞장서 갔다. 요사채 뒤에 천년은 더 이끼가
낀 채 그대로 있었을 듯싶은 바위가 있었다. 그 바위에 이르러
그녀는 걸음을 멈추었다.

"여기 어디 진리가 있습니까?"

나는 두리번거리는 체했다.

"선생님, 전 심각해요. 제게 솔직하게 대답해주세요. 절 일이
끝나면 가을 다음은 무슨 일을 하실 건가요? 어디로 가실 작정
이세요?"

아닌 게 아니라 그녀는 심각한 표정이었다. 그러나 그녀가
아무리 심각하고 진지하게 물어도 나는 대답할 수가 없었다.
데카르트식이 되어도 할 수 없는 노릇인데 나는 내가 지금 여
기 있다는 그것만을 믿을 수 있을 뿐이었다. 그것은 사실이자

진실이었다. 하지만 그것을 그녀에게 설명해줄 수는 없었다.
또 그러기도 싫었다.

"글쎄요……"

나는 곧이곧대로 대답했다. 조금도 꾸밈이 없는 대답이었
다. 나는 어디로 갈 것인가? 내가 도리어 묻고 싶었다.

"그러실 줄 알았어요. 하지만 그때는 틀림없이 다가오겠지
요. 이곳을 떠나갈 때는……"

그녀는 입술을 깨물었다. 그대도 진부의 처녀처럼 떠나갈
것인가. 그처럼은 아닐지라도 어디론가 떠날 것이다.

"그야 떠나야지요. 가을에는……"

내 말이 외국민요 〈아 목동아〉에서 따온 것 같다는 생각에
피식 웃음마저 나왔다. 그러나 그 문제는 내게는 결코 웃음과
함께 생각할 문제가 아니었다. 다행히도 그녀는 더 이상 추궁
하지 않았다.

"알았어요. 그럼 이걸 읽어주시겠죠?"

그녀가 두툼한 봉투를 내밀었다. 나는 의아한 눈으로 그것
을 내려다보았다. 무슨 영문인지 알 수 없었다.

"그게 뭡니까?"

나는 멍청하게 물었다. 자고로 여자가 남자에게 주는 봉투

란 사랑 아니면 증오에 관한 것뿐임을 잠시 잊은 것이었다.

"진리 얘기예요. 시간이 없으실 테니까 나중에 꼭 읽어주셔
야 해요."

그리고는 그녀는 재빨리 그 뒤란을 벗어났다. 그걸 전하기
위해 무엇 때문에 천년 묵은 이끼가 낀 괴괴한 뒤란까지 갔는
지 나는 지금도 이해하지 못한다. 철들고 나서 내가 겪은 여자
들의 이해 못할 행동 중에 그것이 두 번째 것인데, 첫 번째 것
은 언젠가 이웃집 여자가 느닷없이 찾아와서 숙변에 대해 설
명을 좀 해달라고 했던 것이었다. 숙변이 도대체 뭐냐고 내가
묻자 그녀는 공연히 새파랗게 질려 "똥 말이에요. 똥" 하고 소
리치고는 사라져버렸었다.

어쨌든 다음에 그녀가 내게 건넨 '진리 얘기'를 인용한다.
그러나 미리 밝히건대 이것은 '추신' 부분이 중요한 것으로서
그녀의 '진리 얘기'에 대해 관심 없는 이는 마지막 '추신'만을
읽어도 좋을 것이다. '추신' 중에도 2)의 몇 줄 말이다.

이 세상에는 수많은 붓다들이 나타났다. 그러나, 달마대
사는 그들 중에서 에베레스트처럼 툭 튀어나와 우뚝 서
있다.

그가 존재하며 살았던 것이 바로 소박한 진리에의 표현이었다. 비록 그의 스승이었던 고오타마 싯다르타조차 달마대사와는 견줄 수가 없다. 비록 붓다라 할지라도 이 사람을 소화시키기는 어려울 것이다. 달마대사는 그의 스승인 붓다의 가르침을 펼치기 위하여 인도에서 중국으로 건너갔다. 비록 그들 사이에는 천년이라는 시간의 차이가 있었지만. 달마대사에게는 보통 인간들처럼 시공(時空)의 차이가 있을 수 없다. 달마대사가 붓다와 같은 시대의 사람이었던 것처럼 나에게도 동시대의 사람인 것이다. 표면적으로 그대와 나는 같은 시대의 사람이지만, 그대와 나 사이에는 까마득한 거리가 있다. 우리는 서로 다른 별에서 살고 있는 것이다.

사실인즉 붓다, 노자, 예수, 피타고라스, 부하딘, 달마대사와 같은 사람들은 나와 동시대의 인물인 것이다. 그들과 나 사이에는 어떤 시공의 차이도 없다. 표면상으로 붓다와 달마대사와의 사이에는 천년이라는 세월의 차이가 있지만, 사실 단 일초의 차이도 없는 것이다. 원(圓)의 주변에서 볼 때에 붓다는 천년 전에 이미 죽은 것으로 되어 있으나, 달마대사가 깨달음에 이른 그 자리에서부터는 붓다와 함께 그 중심에 있는 것이다.

그는 붓다의 본질만 이야기하였다. 물론, 그는 그 나름 대로의 방법이 있었지만, 붓다조차 그를 보았더라면 매우 신기하게 여겼을 것이다. 붓다는 매우 문화적인 사람이었다. 고도로 세련되고 격조 높은 사람이었다.

그러나, 달마대사는 그와는 정반대였다. 그는 사람이라기보다는 사자 같았다. 그는 이야기하는 것이 아니라 으르렁거리며 포효하였다. 그에게는 고오타마 싯다르타와 같은 그런 우아함이 없었다. 거칠게 날뛰었다. 그는 세공(細工)되지 않은 다이아몬드 같았다. 그는 마치 광산에서 갓 캐내온 보석처럼, 전혀 가공되지 않았다. 그 점이 바로 그의 아름다움이다.

붓다에게도 그 나름대로의 아름다움이 있다. 그는 매우 여성적이면서도 미묘한 품위가 하늘하늘 날리었다. 그러나 달마대사에게서 아름다움을 찾는다면, 그는 부서지려야 부서질 수 없는 그런 강력한 힘을 갖추었다. 붓다에게도 역시 빛나는 에너지가 방사되고 있었지만, 그의 힘은 산들바람처럼 은밀히 속삭이는 것이었다.

그러나, 달마대사는 폭풍과 천둥 번개이다. 붓다가 그대의 문 앞에 서 있는다 하여도 '부시럭!' 소리 하나 나지 않을 것이다. 그가 문을 두드리지 않는다면, 그대는 그의 발짝 소리조차 듣지 못할 것이다. 붓다는 그대가 잠들어 있다 할지라도 그대를 흔들어 깨우지 못할 것이다. 그러면, 달마대사는 어떻겠는가? 그는 그대가 무덤 속에 들어갔다 할지라도 깨어나게 할 것이다. 그는 쇠망치처럼 세게 내려친다. 그의 표현방법은 붓다와 아주 정반대이다.

그러나 그의 메시지는 붓다와 똑같다. 그는 그의 스승으로서 붓다에게 엎드려 절을 한다. 그는 결코 '이는 나의 메시지다'라고 말하지 않는다. 그는 그저 '이는 붓다의 가르침이다'라고 말한다. '나는 그저 전달하는 사람일 따름이다. 나의 것이라고 할 것은 아무것도 없다. 나는 오직 붓다들이 바라는 대로 연주되는 속이 텅 빈 대나무 피리일 뿐이다. 붓다들이 노래한다. 나는 그저 붓다들의 노래가 나를 지나가도록 할 뿐이다'라고 그는 말한다.

추신 1) 위의 글은 라즈니쉬의 강연 글입니다.

추신 2) 선생님, 저와 함께 살아주세요. 모든 것을 선생

님 뜻대로 하겠어요. 언제 선생님께서 떠나신다 해도 방
해가 되지 않을게요.

과연 그녀답게 단도직입적인 추신이었다. 처음에 읽어내려
오면서도 웬 밑도 끝도 없는 달마 이야기인가 했던 것이 사실
이었다. 그 당시는 왜 먼저 그 '진리 얘기'를 적고 난 다음 중요
한 '추신'이 뒤따랐는지 이해할 수 없었으나 지금 나는 명확하
게 알고 있다. 이것은 바로 여자들이 여전히 구태의연하게 요
구하고 있는, 미리 앞에서 말한 가련하고 한심한 '분위기'인 것
이다.

결론부터 말하면, 가을이 되자마자 나는 그녀와 동거생활에
들어갔다. 다행인지 불행인지 절 옆 산속에 거의 허물어진 집,
움막에 가까운 집이 있어서 그곳에 우리는 기어들었다. 예전
에 어떤 스님이 짓고 들어가 얼마를 지냈다는 그곳도 그녀가
알고 있는 장소였다. 그런 곳에 사람이 살 수 있느냐는 물음은
내게는 어리석은 물음이 된다. 그런 곳이기 때문에 나는 그녀
와의 동거생활에 동의할 수 있었던 것이다.

나와 합쳤을 때 그녀의 수중에는 겨우 하루 이틀 먹고 잘 돈
밖에 남아 있지 않은 형편이었다. 하지만 그녀가 경제 때문에

나와 기약 없는 동거생활을 제안했을 것은 아니라고 나는 확신한다. 무엇 때문에 그런 제안을 했는지 자세히 알 수 없다고 해서 동기를 불순하게 추측할 필요는 더더구나 없다. 나로서는 내 인생의 어느 시기에 있어서 그런 토굴생활을 가능케 해준 그녀에게 감사하면 그뿐인 것이다. 그런 점에서 그녀는 진실로 인생의 진리 그것을 밝혀내려고 노력한 여자였다는 생각이 든다. 미국의 한 여류 인류학자가 폴리네시아 미개인의 생활 습속을 알기 위해 그 추장과 결혼까지 해서 살았듯이 그녀도 그런 탐구욕으로 나를 제물로 삼았을까? 그것도 아닐 것이다. 돌이켜보건대 그녀는 매우 순수했고 순진한 여자였기 때문에 그런 방법을 택했다고 믿어진다. 그녀는 정말 진리를 깨닫고 싶어 했으며, 그에 이르기 위해 나라는 보호자를 필요로 했다고 믿어지는 것이다. 산속에 여자 혼자서 있을 수는 없다.

그러고 보니 언젠가 삼각산에 친구 몇과 올라갔다가 홀로 있는 웬 여인네와 대화를 나누고 혼비백산한 일이 떠오른다. 젊은 우리들은 단순한 호기심으로 그 여인과 이야기를 나누기로 했었다. 말하자면 집적거린 셈이 될 터이다. 그런데 그 여인은 의외로 침착했다. 산속에서 낯선 청년들을 만난 여인네가 어떻게 저럴 수 있을까 싶었다.

"얘기 좀 하고 싶어서요."

친구가 말을 건넸었다. 그 옆에는 호기심의 눈을 빛내는, 일찍이 숫기 없는 청소년기를 보낸 한 불행하고 굶주린 사내인 내가 서 있었다.

"그럼 이리 따라오세요."

우리는 영문을 알 수 없었다. 산속에서 만난 미지의 여인이 옛날이야기에서처럼 자기를 따라오라고 하지 않는가 말이다. 우리는 곁눈질을 나누며 그 여자의 뒤를 따랐다. 그 여자는 날렵하게 바위를 타넘었다. 그 뒤에 숨겨진 자연동굴이 있었다. 도대체 무슨 일일까?

"좀 들어오세요."

그 여자가 몸을 굽혀 먼저 그리로 들어가는 게 아닌가. 무엇엔가 홀린 듯이 우리는 그 뒤를 따라 들어갔다. 그러자 꽤 널찍한 공간이 나오며 간단한 취사도구와 함께 방울이며 종이꽃 등이 눈에 들어왔다. 무당의 도구였다. 그것을 본 순간 우리는 그만 도망치듯 그 동굴에서 뛰쳐나오고 말았다. '도망치듯'이 아니라 도망쳤던 것이다.

그렇다고 그 무당여인과 내 동거여인을 비교할 생각은 추호도 없다. 내 여자는 순수하게 어떤 지적 욕구에 갈급한 여자에 지나지 않았다. 지적 욕구에 허덕이는 세상 여자들 대부분의 돌치(石女)적인 몸짓에 연민의 정을 보내는 바이지만, 내 여자는 그런 몸짓을 하지도 않았다. 그 여자야말로 여자였다.

밤에 달빛이 움막의 문설주를 비껴 비쳐 들어올 때 그녀의 살결은 달빛에 적셔져 대리석과도 같이 차고 매끄럽게 빛났다. 그것은 내가 조각해놓은 또 하나의 여신상이었다.

그렇게 세상과 격리된 채 살 수 있었다는 것은 진정한 행복이었다. 나는 낮이면 일을 하러 나가고 밤이면 그녀 옆에서 잠들었다. 불상을 지으러 서라벌로 간 아사달을 쫓아온 아사녀는 그 님을 만나지 못하는가. 아니었다. 달빛이 비칠 때면 그들이 함께 누워 있는 모습이 누리에 비치었다. 아니다. 멀리 변방으로 수자리온 지아비를 쫓아 천릿길을 헤매어온 아낙은 마침내 그 지아비의 품에 누울 수 있었다. 그렇게 운명적인 가을은 깊어가고 있었다.

그런 어느 날이었다.

"큰일이 났다네. 어떻게 그런 일이 있을 수 있을까?"

그날 아침 십장은 말했다. 1979년 10월 26일이었다.

"아니 그게 그게 정말입니까?"

무엇인가 머리를 쿵 치는 듯하더니 가슴이 마구 뛰었다. 라

디오에서 줄곧 '유고'라는 말과 음악만 흘러나오다가 그것이
박정희 유신대통령의 죽음이며, 거기에 김재규 중앙정보부장
이 관련되었음을 알렸을 때는 주지승이고 밀타승이고 할 것
없이 절 안 어디에고 미래를 예측하지 못할 흉흉한 바람만 감
돌았다.

"자, 우린 일이나 하는 거야. 즈이들끼리 서로 죽이고 죽고
잘한다."

십장이 드디어 말했지만 그날도, 그다음 날도 괜스레 일이
손에 잡히지 않는 것은 어쩔 수 없었다. 마침내 군정은 막을
내릴 것인가? 아니 그보다도 내게는 어떤 변화가 닥쳐올 것인
가? 그것은 국가적으로 큰 사건만이 아니었다. 내게도 크나큰
사건이었다. 도대체 이제 세상은 어떻게 되는 것일까? 며칠 뒤
전화가 연결되어 있는 가야동에 내려갈 기회를 틈타 집으로
안부전화를 한 나는 그 사건의 해일의 여파로 내게 밀어닥친
파도소리를 들었다.

"아버지가 돌아가셨다."

어머니는 넋을 놓고 있었다. 전화 목소리에서도 그것은 잘
느껴졌다. 박정희고 김재규고 뭐고 놀라지 않을 수 없었다.

"네?"

병자였지만 갑작스러운 죽음이었다. 아직 오십 대의 '창창한' 나이에 지나지 않았다.

"돌아가셨다구."

모기 소리만 한 목소리였다.

"어떻게요?"

"어쨌든 이제 그만 집으로 돌아오거라. 죽어도 여기서 죽어야지……"

모기 소리만 한 목소리는 메어 있었다. 그것은 거역 못할 어떤 목소리였다.

"네……"

나는 그렇게 대답하고 있었다.

"아버지는 대통령 각하가 총에 맞아 숨을 거두었다는 소리를 듣고는 자리에 누워 다음 날 그만 맥없이 돌아가셨어. 워낙 아픈 몸이긴 했지만…… 그 전날에도 각하가 다시 부를 거라고 눈물을 흘리더니만…… 각하가 총에 맞아 돌아가시자……"

나는 그만 온몸에 힘이 빠졌다. 이어서 어머니는 어디서 무얼 하고 있냐며 아버지의 장례식에도 참석 못한 불효에 대해 몇 마디 했지만 그것도 기운이 다 빠진 목소리였다. 나는 각하니 총이니 하는 말만이 귀청을 맴돌았다. "각하가 총에 맞아 돌아가시자……" 나는 다시 한번 그 말을 조립하듯 맞춰보았다. 아버지는 그리하여 세상을 떠난 것이었다. '박정희고 김재규고 뭐고'가 아니었다. 바로 그것이었다. 아버지의 죽음은 그들과 밀접한 관련을 맺고 있었다. 어머니 말마따나 앓던 몸이기는 했으나 아버지는 그를 이등병으로 강등시킨 '각하'를 따라가고 만 것이었다. 그런 의미에서 아버지는 박정희의 가장 충실한 신하였던 셈이다. 나는 그해 "혁명이야!"를 외치며 들어오던 아버지의 모습을 떠올렸다.

이제 모든 것은 사라졌다. 현직에서 쫓겨난 가련하고 병든 아버지의 목숨을 더욱 확실하게 끊기 위하여, 김재규는 궁정동의 술자리에서 권총을 뽑아들어야 했었다.

10

　허물어진 집, 아니 비어 있는 집만 보면 나는 그녀를 생각한다. 얼마 전 후배가 공부방이 필요하다고 해서 거모리라는 곳까지 동행한 적이 있는데, 후배가 묵을 방의 뒤쪽으로도 반쯤 허물어진 빈집이 있었다. 그 집의 용마루에는 이름 모를 새가 날개를 접었다가는 날아가곤 하였다. 나는 그 모양을 남달리 유심히 보지 않을 수 없었다. 집은 지난여름 장마에 허물어져 버린 것이라고 했다. 멀쩡하던 집이, 주인이 비워둔 채로 놔두자 그해 여름으로 허물어져 버리더라는 것이었다. 나도 어디선가 듣고 있었다. 인내, 곧 사람의 냄새란 지독하기 짝이 없어서 사람이 사는 집은 벌레며 들짐승이며가 덜 꾫지만, 인내가 나지 않는 집은 그렇지 못해서 쉬 망가진다는 것이었다. 목욕

하기를 매우 싫어하는 나는 인내라는 말에 본능적으로 움츠러드는데, 인내란 목욕 안 한 냄새 같은 건 아니라는 변명을 꽤 오래전부터 나름대로 준비해놓고는 있다. 그러니까 내 변명은 인내란 단순한 냄새가 아닌 보다 원초적이고도 근본적인 냄새, 우리들 인간이라는 동물이 그 인자 속에 가지고 있는 음험하고 배타적이면서 한없이 비굴한 그 어떤 성질의 냄새를 말한다는 것이다.

하지만 내가 목욕을 매우 싫어한다는 것과 결부시켜, 공개하기는 좀 뭣하지만, 하나의 삽화를 간단히 소개하고 넘어가기로 한다. 얼마 전에 나는 불과 두세 번 만났을 뿐인 어떤 여자와 본의 아니게 동침을 하게 되었다. 이 경우 '본의 아니게'라는 말이 퍽 어울리지 않게 들릴지도 모른다. 어떤 사람은 "지가 꼬셨을 게 뻔한데 무슨 개뻑다구, 말뻑다구 같은 소리야" 하고 힐난할 것이다. 그러나 나는 그렇지 않다고 말해도 되리라고 믿는다. 아니 오히려 그 여자의 자존심을 걸고 정확히 밝혀야 되겠다고 믿는데, 여관으로 가자고 말한 것은 분명히 그 여자였다. 그런 것을 가지고 이러쿵저러쿵할 쩨쩨한 여자가 아닌 것이다. 그리고 남자가 일방적으로 꼬셔서 거저 넘어가는 여자란 이 세상에 없다. 여자는 여자대로 다 속셈이 있는 법이다. 더군다나 나는 그날 밤 집에 일이 있어서 꼭 들어가봐야만 했었다. 그야 어찌됐든, 일을 치르고 나자 그 여자가 말하는 것이었다. "남자 냄새란 어떤 건지, 과연 있는 건지 알고 싶어져." 그러고는 알몸뚱이를 일으키더니 다짜고짜 여기저기, 벗어놓은 구질구질한 속옷까지 코를 들이대고 쿵쿵거렸다. 나는 놀랐다. 여자가 하는 행동이 지극히 탐욕적이었던 것은 사실이다. 그러나 내가 놀란 것은 다른 데 있다. 순간적으로 그 탐욕적인 행동이 굉장히 탐미적인 행동으로 변하여 내 눈에 비쳤다. 서른 살을 넘겼고, 고백하는 바로는 몇 남자를 겪었다고 하는 그 여자의 행동은 차라리 순진한 소녀의 호기심 어린 행동이라고나 해야 했다. 그래서 정작 나는 놀란 것이었다. 그러나 이것은 솔직히 표현하자면 놀란 것이라기보다 켕겼다는 바로 그것이 된다. 오래 목욕 안 한 찌든 땀내가 당연히 날게 아닌가. 자기비하의 이따위 이야기는 여기서 멈추기로 하면서, 그러고 나서 그 여자가 알았다는 듯이 혼잣말처럼 한 말만을 옮겨놓는다. "남자 냄새란 과연 있구나!"

어쨌든 좋다. 그 허물어진 흉가를 보고 난 후배는 그곳을 향해 갈 때의 강한 의지는 어떻게 하고 그만 기가 죽었다.

"안 되겠어요."

나는 영문을 알 수 없었다.

"왜 그러는데?"

그는 한 반년쯤 혼자 들어앉아 모든 것을 잊고 오로지 시(詩)만을 생각하겠다고 다짐했었다. 이미 인생의 많은 부분을 허송해버린 자기에게는 더 이상 허송할 시간이 없다고 했었다. 그런 결의와 함께 그는 시청의 일용직(日傭職)인 공원지기의 일자리도 걷어치운 참이었다. 모아놓은 돈도 없었다. 그래서 마침 내가 아는 어떤 사람이 예전에 묵고 있던 시골방을 거의 공짜로 교섭해서 함께 답사를 갔었던 것이다.

"뒤의 허물어진 집을 보세요. 밤에 무서워서 어떻게 앉아 있겠어요. 도저히……"

그는 어깨를 움츠렸다. 하기야 시골 동네에서도 끝집이기는 했다. 황사가 끼어서 그렇지 새들이 노래하며 날고 있는 하늘 아래 화창한 봄 들녘이 앞으로 펼쳐져 있었다. 그러니까 그가 묵을 단칸방 집은 다음에 허물어진 빈집을 사이에 두고 그다음 집이 있어서 외딴집인 셈이었다. 낮에 보아 화창한 봄 들녘이지 한밤중이 되어 칠흑 같은 어둠이 지척을 분간할 수 없이 내리덮인다면 화창한 봄 들녘은커녕 캄캄한 빈 들녘이 될 것이었다. 게다가 바람이 스산하게 불고 으슬으슬 비라도 뿌려보라. 그리하여 억울하게 죽어간 원혼들이 고개를 주억거리며 그 들녘을 가로질러 무엇인가 호소하러 민가로 걸어오고 있는 발소리라도 들려보라.

"그래. 그렇긴 하지……"

나는 "도저히"라고 말하며 내게 미안한 눈치를 보이는 그를 위로해주며 앞장서서 그곳을 벗어났다.

황사로 하늘은 여전히 뿌옇게 흐려 있었다. 나는 후배에게 이제 그럼 어떻게 하겠느냐고 걱정해주었다. 그에게 뾰족한 수가 없으리라는 것을 잘 알고 있는 마당에 그것은 별 소용이 없는 말이었다.

"글쎄요……"

그의 목소리에도 황사가 낀 듯 흐리게 들려왔다. 나는 예전의 내 신세를 생각했다. 실상 얼마 전에 그로부터 방 얘기를 들었던 때부터 나는 예전의 내 신세가 떠올랐었다. 방이 없었던 그 신세 말이다.

그런데 거기에 허물어진 집이 있었다. 처음에 나는 여러 가지 감회가 한꺼번에 밀려와서 멈칫했었다. 그리고 후배가 미심쩍게 그 집을 바라보는 동안 이름 모를 새가 날개를 접었다가 날아가곤 하는 모양을 바라보며 뭉클하고 가슴에서 무엇인가 치미는 것을 느꼈다. 그리하여 그가 "안 되겠어요" 하고 머리를 흔들 때까지 뭔가 말 못할 느낌에 한동안 망연해 있었던 것이다. 내가 그녀를 버렸던가…… 물론 오랜 세월 동안 나는 그런 죄의식에서 벗어나려고 노력해왔다. 그보다도 아예 그 생각을 하지 않으려고 노력해왔다는 게 옳겠다. 하지만 누군가 버리고 간 시골집이나 허물어진 집을 만나게 될 때면 어김없이 그녀의 모습이 되살아나곤 하는 것이었다. 내가 그녀를 버렸던가…… 지금도 내 귀에는 떠나오던 날의 여우새 울음소리가 들려오는 듯하다……

그때 나는 아직까지의 내 인생에서 처음이자 마지막으로 노동자 신분이 되어 있었다. 아무 기술 없는 날라리 잡부에 지나지 않으면서도 노동자 신분이라고 그럴듯하게 쓰고 있는 것을 이해하기 바란다. 내가 그 관광지의 산 부근으로 갔던 것부터가 운명이라고 해야 한다. 산속의 작은 암자 도리암에서 불사를 벌이고 있던 것도 운명이라고 해야 한다. 나는 숨어 있어야 했다.

그녀가 언제부터 도리암 근처에 얼씬거렸는지는 자세치 않다. 유월에 산속에 들어와 어느덧 삼 개월이 이른바 물 흐른 시점에 이르러서도 나는 서투른 '노가다'에 지나지 않았다. 그 무렵부터 그녀가 눈에 들어오기 시작한 것이다. 이 말에 대해 특별히 설명할 필요는 없을 줄 안다. 우리는 누구나 그냥 존재함으로서만은 의미가 없다. 존재가 상대방에게 알려질 때라야만 의미가 있는 것이다.

하지만 '저 여자' 하고 내 눈에 들어오기 시작했을 때, 나는 그녀가 꽤 오랫동안 암자 근처를 오락가락하고 있었다는 사실을 새삼스럽게 되새겨볼 수 있었다. 그렇다면 그동안 그녀는 그저 의미 없는 나무, 의미 없는 돌, 의미 없는 정물에 지나지 않았던 것이다.

왜 그랬을까? 어쩌면 당연한 노릇이었다. 나는 내 앞을 가리기에도 바빴다. 그야말로 내 코가 석 자였던 것이다. 게다가 나는 그동안 나도 모르게 심성이 꽤나 바싹 말라붙어 있었다. 여자란 은신처를 제공해줄 때만 여자로서 다가올 수 있었다. 심성이 메마른 남자는 여자를 언제나 도구요 수단으로밖에는 여기지 않는 법이다.

그런데 이상한 것은 내가 '저 여자'라고 보았을 때, 상대방도 또한 나를 그렇게 보았다는 점이다. 나중에 한 이부자리 속에서 잠들었던 나날들, 우리는 그 사실을 이야기하며 무슨 신기한 발견이라도 되는 양 자못 감격하곤 했었다. 그 이야기는 우리들 밤의 이른바 남녀상열지사(相悅之詞)였다.

말했다시피 공사는 매우 더디게 진행되고 있었다. 자칫하다가는 가을을 완전히 넘겨 겨울을 쉬고 이듬해 봄에 가서야 마무리 짓게 될까봐 스님은 스님대로 십장은 십장대로 걱정이었다. 단청장도 마찬가지였다. 내게 밀타승이라는, 머리를 갸우뚱하게 하는, 그러나 단순한 물감 이름을 가르쳐준 그는 연신 말은 바쁘다고 하면서도 붓끝은 더디기 한량없었다.

밀타승. 나는 그것이 물감 이름임을 그에게 듣고 또 직접 보아서 실체까지 알았음에도 불구하고 늘 그것이 무엇일까 머리를 갸우뚱거렸다. 그것은 지금까지 마찬가지인 것이다. 인생의 어느 시기에 머리에 들어와 박힌 어떤 하찮은 것의 인상이 평생을 그렇게 끈덕지게 잊어지지 않는 경우는 종종 있다. 예전 방공호 안에서 여러 짓궂은 악동들에게 뽀뽀 세례를 받던 소녀의 경우도 이에 해당된다. 그 귀여운 놀이가 어떠한 성적 폭행보다도 선명하게 나를 사로잡고 있는 것이다. 그리고 그 어렸을 때, 언덕 아래서 보았던, 속치마바람의 여자의 실루엣.

산속의 그 반쯤 허물어진 집을 보금자리로 삼자는 제안은 그녀가 한 것이기는 해도 나는 나대로 언제부터인가 그 집을 눈여겨 보아왔었다. 벽이 반쯤 허물어지고 지붕 한쪽이 기울어져 그렇지 실상 들어가 살면 못살 집은 아니었다. 내가 그 집을 눈여겨 보아왔다는 것은 나로서는 꽤나 절실했기 때문이었다.

산속에서는 여름이 빨리 지나간다. 구월이면 벌써 옻나무 잎사귀는 선홍색으로 물들어 계절이 바뀜을 알린다. 새소리에도 가을빛이 든다. 그 가을을 알리는 신호에 그녀의 마음이 조바심을 내고 있었는지도 모른다. 암자 주위를 오가며 그녀는 늘 내게 언제 떠날 것이며, 떠나면 무엇을 할 것인가를 묻곤 했었다.

"그저 물 흐르는 대로 바람 부는 대로 맡길 뿐."

나는 이따위 시답잖은 소리를 해서 그녀로 하여금 더 안달을 내게 했다. 전혀 고의는 아니었다. 그렇게라도 의뭉을 떨지 않고서는 내 마음이 너무 을씨년스러워져서 무슨 일이라도 저지를지 모를까봐 스스로 겁을 먹고 있었던 탓이리라.

"저도 어쩔지 모르겠어요."

그녀는 입술을 깨물곤 했었다. 나는 자기 자신을 극복하지 못해 엉뚱한 곳을 헤매고 있는 많은 여자들을 알고 있었다. 그녀도 그런 지겨운 여자들 중의 하나였다. 그럼 나는 어떤가. 초여름에 산으로 찾아들어 느닷없이 노가다가 되어버렸던 나는 비록 겉으로는 쫓기는 몸이어서 그렇다고는 치더라도, 역시나 자신을 극복하지 못해 진저리를 치고 있지 않았던가. 말했다시피 내가 노가다가 된 것은 우연이었다. 나는 현실의 차꼬를 피해왔던 것뿐이었다. 그러다가 어쭙잖게 불사에 끼어들게 된 나로서는 앞날에 대해 아무것도 책임질 수 없는 몸이었다.

"자넨 처녈 꼬시러 여기 온 거 아냐, 혹시?"

노가다 십장은 우스개로 말했었다. 그러면서 그는 두 눈을 샐쭉하게 뜨고 그녀의 몸매를 훑어보았다. 언제부터인가 모습을 드러내 절 부근을 오락가락하는 여자에게 산속 공사장의 노동자들이 눈을 빛낸다는 것은 조금도 이상한 일이 아니다. 그러다가 실제로 내가 그녀와 야릇한 형태의 동거생활에 들어가자 간밤에는 몇 번 했느냐는 둥 맛이 어떻느냐는 둥 노골적으로 놀려댔다. 그러한 말로써나마 보상받으려는 남자의 심리를 나는 모르지 않았다.

"전부터 알고 있던 사인데요, 뭘. 걔가 무서워할까봐 그냥 같이 있어주는 거예요."

나는 어물쩍 넘기는 수밖에 없었다. 사실 낯모르는 남녀가 산속에서 만나 허물어진 움막에 살림을 차렸다면 그것부터가 괴이쩍은 일이었다. 따라서 나는 처음 얼마 동안에는 그 집으로 들어가지 않고 합숙텐트에서 쪼그리고 잠드는 날도 많았다.

그 집의 주인이었다는 스님은 누구일까? 승려들이 토굴 속에 들어가 몇 년씩 용맹정진을 한다는 것이고 보면 그 스님도 그곳을 토굴 삼아 진리를 깨우쳐간 것이리라. 그런 곳에 여자와 나란히 누웠다는 것이 죄스럽기는 하였으나 한편으로는 마음 한구석에 깊고 그윽한 어떤 위안이 된 것도 사실이었다.

탕, 탕, 탕, 탕, 탕, 탕…… 새벽 네 시 목탁소리와 함께 우렁우렁 울리는 도량석(道場釋) 소리, 몇 번이고 따라 외었던 〈천수경(千手經)〉 소리. 탕, 탕, 탕, 탕, 탕, 탕, 탕…… 우리는 그 소리에 선잠을 깬다.

"이럴 때면 당신이 꼭 스님 같애요."

그녀는 내 가슴에 한쪽 팔을 얹으며 버릇처럼 이런 말을 했었다. '당신'이란 나에게는 퍽 생소한 말인데도 아무런 부담이 없었던 것을 나는 지금도 의아하게 여겨진다.

"글쎄, 밀타승일까……"

내가 팔을 뻗으면 그녀는 머리를 든다. 그리고 내 팔을 팔베개로 하여 얼굴을 내 겨드랑이 밑 가슴에 묻는다.

"밀타승? 건 뭐예요?"

겨드랑이 밑 갈비뼈를 통해 그녀의 말이 울려온다.

"나도 몰라. 비밀히 깨친 스님일까……"

그러면서 나는 회자정리(會者定離)를 말하는 스님이겠지 어쩌구 하려다가 그만두는 것이었다. 그 말은 수없이 내 혀끝을 맴돌다 말곤 했다. 흔히 무슨 말이 목구멍까지 올라오다가 그만두었다고들 하는데 나는 목구멍을 넘어 혀끝까지라고 구태여 표현하고 싶다. 우리는 어차피 헤어지는 것을 전제로 만난 거야…… 밀타승…… 그것은 한자로는 퍽 이상하게 쓰지만 단순한 물감 이름이었다. 납을 산화시켜 만들었다는 오렌지빛이 도는 물감의 이름일 뿐이었다. 그런데 내가 그 이름에 엉뚱하게 말려들어 헤매고 있는 것이었다. 내가 아무 의미 없는 것에 공연히 의미를 불어넣고 싶어 안달하는 것은 생래적으로 애정결핍인 상태로 이 세상에 태어났기 때문인지도 모른다.

그리하여 밀타승은 말한다. 무릇 만나지 말지어다, 헤어지는 것이 두렵도다.

그 새벽들, 나는 그녀의 알몸을 어루만진다. 초가을 새벽의 찬 공기에 그녀의 알몸은 따뜻했다. 그녀도 망설이지 않는다. 그녀의 알몸이 뜨겁게 달아오른다. 젖꼭지를 빨던 입술과 혀가 밑으로 내려가 그녀의 두 다리를 벌린다.

"몰라."

그러나 이미 그녀는 뱀장어처럼 꿈틀거린다. 뱀장어의 점액이 회음부로 흘러내린다. 이윽고 내 몸을 그녀의 두 다리 사이로 옮겨놓는다. 그녀의 손이 내 것을 잡고 그녀에게 갖다댄다. 순간, 그녀의 목구멍에서부터 "흑" 하고 짧고 낮고 깊은 소리가 새어나온다. 서로의 엉덩이가 시간과 공간의 간격을 두고 오르내리고 오르내린다. 그녀의 손아귀가 내 어깨를 할퀴듯 감아 안는다. 고르지 않은 그녀의 숨이 금방이라도 넘어갈 듯 끊겼다가 끊겼다가 이어진다.

"난 몰라."

아직 새들도 깨어나지 않은 새벽이다. 그녀의 목구멍으로부터 "아아" 하는 길고 크고 깊은 소리가 터져나온다. 하늘을 부르는 소리일까, 땅을 부르는 소리일까, 나는 잠시 생각한다.

그녀는 내 품에서 낮고 깊은 숨결 속에 잦아든다. 나는 어둠 속에 눈을 말똥말똥 뜨고 보이지 않는 천장을 바라본다. 담배 한 대를 피우려다가 그만두기로 한다.

무릇 만나지 말지어다, 헤어지는 것이 두렵도다.

아직 새들이 깨어나려면 멀었을 것이다. 새들은 일시에 깨어나 지저귀기 시작하는 습성을 가지고 있었다. 그때까지는 아직 꽤 시간이 남아 있음을 나는 안다. 잠은 다시 오지 않는다.

"이렇게 좋은 건지 몰랐어요."

혼곤한 목소리가 들린다. 다시 잠을 청하고 있는 목소리다.

"글쎄."

언제나 내가 왜 여기에 와 있을까 생각하며 어떤 불가사의
한 운명의 힘을 느낄 때, 나는 행복을 느낀다. 그 산속에서 그
녀는 그것을 느끼게 해주는 영매이기도 했다. 하지만 나는 애
초부터 떠남을 준비하고 있지 않았던가.

"맨날, 글쎄."

그녀가 내 다리를 꼬집는다.

"그만 자."

나는 그녀의 어깨를 다독거려준다. 새벽 가을바람이 문밖에
비막이로 친 비닐자락을 스치고 지나가는 소리가 들린다. 나
도 잠을 청해야 한다. 그래야만 막일이나마 해낼 수 있는 것이
었다. 대학을 졸업하고도 무엇 때문에 이런 데 와서 노가다 일
을 하느냐고 그녀가 물었을 때, 나는 그래서 너를 만나지 않았
느냐고 얼버무릴 수밖에 없었다. 그 입바른 말에도 그녀는 감
격해했다. 그리고 내가 이 세상의 밑바닥 경험을 쌓기 위해 헤
매고 있다고 지레 짐작하는 모양이었다. 하기야 내가 평범하

게 살아왔더라면 나는 결코 그런 경험을 얻지 못했을 것이다. 지금에 와서는 그 점을 감사하지 않을 수 없다.

솔직히 말해 내가 그녀와 동거에 동의한 것은 확실한 은신처를 얻고자 하는 갈망 때문이었다. 그녀와 동거에 들어감으로써 그것이 확보된다는 보장은 없었다. 암자에서의 불사가 끝나면 어디로 가야 할지 막막한 상황에 혼자 남게 될 것이다. 그것이 두려웠다. 그녀가 내게 어떤 도움을 줄 것인가. 면밀히 따져보면 기대 따위는 하지 않는 편이 좋을 것이었다. 그러나 그럴 수밖에 없는 내가 서글펐다.

"왜 내가 처음 어떻게 당했는지 묻지 않아요?"

사는 게 도대체 무엇인지 알고 싶어서 절에 찾아왔다가 그곳을 맴돌고 있다고 했던 그녀였다. 어느 날 밤, 이렇게 물었을 때에야 나는 내가 그녀에 대해서 아는 것이 너무 없다는 사실을 깨달았었다. 그녀는 일 년 전에 집을 나와 여기저기 아르바이트를 하다가 나를 만나러 이곳에 온 것이라고 했다.

"그러니까 우린 서로 만나려고 여기 왔군."

우리는 서로 마주 보고 웃었다. 그 웃음 끝에 그는 어느 카페에서 아르바이트를 하다가 만난 남자에 대해 이야기했다. "실수였어요" 하고 그녀는 말했다. 그런 것은 내게는 아무래도 상관이 없는 일인데도 그녀는 죄송해요 하는 표정을 짓고 있었다. 그 말을 들으면서 이왕이면 실수가 아니라 진실이었다고 말하는 편이 더 낫다고 느낀 것은 무엇 때문일까.

그러므로 나는 지금 그녀와의 만남이 비록 어처구니없는 한때의 이야기이기는 해도 결코 실수라고는 말하고 싶지 않다. 자칫 잘못하다가는 인생 전체가 실수가 될지 모르는 것이다. 그녀와의 동거는 실수가 아니었다. 다만 언젠가는 헤어져야 하리라는 것, 그녀를 품에 안고 있으면서도 그것을 되새기고 있었다는 사실만은 용서를 빈다. 불성실이었다. 그러나 실수는 용서받을 수 있는 것이지만 불성실은 용서받지 못하는 것임을 나는 안다.

"화나지 않으세요?"

나는 그녀의 옛 남자 이야기를 듣고 있었다.

"아니."

나는 무표정하게 대답했다.

"정말?"

"그럼."

정말이었다. 화를 낼 아무것도 없었다. 한마디로 말해 나는 그녀를 사랑하고 있지 않았으므로 아울러 그 과거를 질투할 필요가 없었던 것이다. 아르바이트건 알리바이건 말이다. 내가 왜 그토록 그녀의 정체에 대해 관심이 없었는지는 알다가도 모를 일이다. 어렸을 때는 그렇게 여자에 대해 시시콜콜 관심이 많았던 내가 아닌가. 내게 일찍이 여성은 이성(異性)이 아니라 신성(神性)이었다. 그녀들은 비록 인간의 이불 속에서 잠들 겠지만 꽃잎 속에서 잠든다는 게 내 상상이자 관념이었다. 입는 옷, 먹는 음식, 생활하는 방 모두가 신비한 것이었다. 나 같이 누추하고 비속한 놈의 그것과는 결코 비슷한 것일 수가 없었다. 비슷해서도 안 되었다. 오줌방울이 묻은 속옷을 입고 된장찌개를 퍼먹는 인간일 수가 없었다. 그녀들이 하늘나라에서 열리는 것과 같은 아름답고 향기로운 과일 같은 음식을 먹지 않는다면, 어떻게 인간으로서 그토록 탐스럽고 눈부시고 불가사의한 두 개의 젖봉오리를 꽃봉오리처럼 봉긋이 부풀릴 수 있겠는가!

물론, 말하지 않아도 알겠지만 그러한 생각은 곧 깨지고 말았다. 아니 바로잡히고 말았다. 그러나 그 뒤 많은 경험을 쌓은 지금에 이르러 다시 말하겠는데, 내 생각을 예전 어렸을 때의 그것으로 다시 되돌려놓지 않으면 안 되겠다는 것이다. 여자는 신의 옷을 입고, 신의 음식을 먹으며, 신의 이부자리 속에 잠든다. 백 번 양보해도 적어도 그러기를 꿈꾸며, 그러기에 남자와 다른 것이다. 이 사실을 인정하지 못하는 남자는 평생 불행과 고난을 면치 못한다.

내가 낮에 일하고 있을 때면 그녀는 산나물을 뜯거나 아니면 책을 읽었다. 그녀가 뜯는 산나물이 기껏해야 취나물 정도였듯이 읽는 책도 기껏해야 《붓다의 생애》라거나 《라즈니쉬》 등이었다. 그중에 조금 눈물 나는 것이 있다면 《예수의 잃어버린 세월》이라는 것으로서, 심심풀이로 들춰 읽어본 바에 의하면 '이사'라고 표기된 사람, 즉 예수가, 행적이 밝혀지지 않은 그의 젊은 시절에 티베트의 히미스 사원에 와서 수도했다는 내용을 담고 있었다. 내가 '기껏해야'라는 표현을 쓴 것은 잘못된 일이다. 그것은 존경받아야 마땅할 만큼 귀한 것이었다. 내가 항상 지식에 굶주려왔듯이 그녀도 그런 것이었다. 그래서인지 지금도 어쩌다 카페라는 곳에 가게 되어 거기서 일하는 아르바이트 여학생이라도 만날라치면, 그녀의 눈길이 티베트의 어느 비경(祕景)을 더듬고 있을 듯한 생각이 들곤 한다. 그리고 저 티베트의 만다라.

얼마 전에 티베트의 만다라 진품 전시회가 열렸을 때 그 팸플릿을 얻어다준 것은, 그 후배 시학도였다. 나는 그것을 유심히 살펴보았다.

팸플릿에 씌어 있지 않더라도 만다라란 잘 알려져 있다시피 밀교(密敎)에서 발달한 상징의 한 형식으로서 그림으로 된 것이 일반적이었다. 신성한 단(壇)에 부처나 보살을 배치한 그림으로 우주의 진리를 표현한 것이라 했다. 원래는 '본질(manda)'을 '소유(la)'한 것이라는 의미였으나, 밀교에서는 깨달음의 경지를 도형화한 것을 일컫는다는 것이었다.

이 만다라 그림들을 보면서 나는 알 수 없이 가슴이 미어지는 느낌이었다. 그림은 부처가 한가운데 원(円) 속에 자리하고 그 바깥을 장식하고 있는 여러 원들에 보살들이 자리하고 있었는데, 그것이 왠지 하나의 산으로 보였던 것이다. 그것이 산으로 보인 것이 왜 내 가슴을 아프게 했을까? 나는 알고 있는 것이다. 그 산은 내가 그녀와 함께 있었던 그 산이었다. 그리고 그 그림 속의 어떤 보살로서 그녀는 형상화되어 있었다. 이것에는 사실적 근거란 전혀 없다. 내 상상 속의 이야기일 뿐이다. 그러나 그 티베트 만다라를 보는 순간, 나는 내 마음에 또다른 만다라를 그려보고 있었다. 그녀는 아직도 산속 만다라 가운데 홀로 있었다. 나를 기다리고 있었다!

"카페에 있었다면, 거기선 노랜 안 부르나?"

그녀는 목청이 좋은 편으로서 간단히 흥얼흥얼 부르는 노래
에서도 제법 한가락 솜씨를 느낄 수 있었다. 그래서 어디선가
본 듯한 소설 제목을 떠올리곤 물었던 것이다.

"노랜요, 그냥 차만 날라요. 맥주랑 간단한 식사도 나르지만
요. 음악은 디스코를 틀어요. 카페도 안 가봤나봐."

"카페나 룸살롱이나 그게 그거 아냐? 남자들이 여자들하고
재미보는 거."

"어머머머."

그러나 이렇게 이야기를 나누면서도 나는 어쩐지 그녀가 카
페에서 슬픈 노래를 부르곤 했다는 생각을 떨쳐버릴 수 없었
다. 어디선가 본 듯한 소설 제목이 '슬픈 카페의 노래'였었다.

"집엔 안 가나?"

어느 날 나는 이렇게도 물었다. 평소에는 명랑하던 그녀도
이 질문에는 얼굴이 금세 흐려졌다. 그녀는 집이 싫다고 몇 번
씩이나 말해왔었다. 그러면서 집안식구에게 잡히기만 하면 당
장에 아무데나 시집을 보내버릴 거라고 혓바닥을 빼물어 보이
는 것이었다.

"여기서 겨울을 날 순 없겠죠?"

비닐로 막은 한쪽 벽을 바라보고 묻는 그녀에게 내가 대답

해 줄 말은 아무것도 없었다. 겨울이라니? 나는 바로 내일을 기약할 수 없는 몸이었다. 따라서 겨울은 생각하기도 싫었다. 겨울이 와서 온 누리가 온통 하얗게 눈으로 덮인 순은(純銀)의 세계 속에서 동화 속 소년, 소녀처럼 살 수 있다면 얼마나 좋으랴. 추운 겨울날 양식을 그득히 쌓아놓은 개미처럼 살 수 있다면 얼마나 좋으랴. 어머, 베짱이님, 추위에 떨고 있군요. 어서 들어와 몸을 녹이고 그 아름다운 음악을 들려주세요.

글쎄. 나는 속으로 이렇게 대답할 수밖에 없었다. 이때처럼 '글쎄'라는 말이 무력하고 나약하고 비굴하게 느껴졌을 때가 없었다. 그것은 심사숙고의 말이 아니라 패배의 말이었다. 책임질 수 있는 '글쎄'는 즐거워도, 그렇지 못한 '글쎄'만큼 괴로운 것은 없다. 그곳에서 겨울을 날 수는 없는 일이었다. 내 문제가 아니더라도 우리나라 겨울의 '시베리아에서 발달한 대륙성 고기압의 영향' 아래서 그 집은 보금자리가 될 수 없었다. 더군다나 공사판이 모두 철수한 다음 무슨 명목으로 그곳에 은신할 수 있단 말인가. 그러나 머지않아 기필코 겨울은 닥칠 것이었다. 그렇다면 내가 "집엔 안 가나?" 하고 그녀에게 말을 건 것은 짐짓 내 문제를 빗댄 것인지도 모른다. '모른다'가 아니라 틀림없이 그랬다. 그만큼 나는 서울로 돌아갈

날을 고대하고 있었다. 한 군데 너무 오래 은신하고 있는 데 대한 불안감도 컸다. 그것은 또한 그녀와의 결별을 뜻하는 것이었다.

"내가 카페에 나가 일하면서 살 수도 있잖아요?"

그녀는 말하기도 했다. 그러나 나는 고개를 저었다. 산속에서 간간이 들려오는 소식으로도 바깥세상이 상당히 시끄럽다는 것을 알 수 있었다. 내 입장에서 보면 그것은 고무적인 일이었다. 어떻게든 세상이 달라져야만 무슨 돌파구가 있음직해 보였다. 손쉽게 '민주화'라는 말을 할 필요는 없을 것이다. 내가 그녀에게 굳이 미주알고주알 털어놓아서 이로울 것이 없다고 여기고 있는 것이 꼭 그래서만은 아니더라도 다만 평범한 시민으로서 나는, 나와 관련시키지 않고서도 세월이 달라지기를 고대하고 있었다. 그러나 좋은 세월이 된다고 해도 그것은 그녀와의 결별을 뜻한다는 것, 그런 측면에서 나는 그녀를 유린하고 있는 것이었다. 그녀도 결국 머잖아 우리가 헤어져야 한다는 예감 때문에 전전긍긍하고 있는 모양이었다.

"난 누굴 책임질 수 없는 몸이야. 알잖어. 언제 어떻게 될지 모를 떠돌이 인생."

그럼에도 불구하고 나는 냉혹하게 몸을 박고는 했다. 언제 무슨 일이 닥칠지 모르는 것이었다. 혹시 불시에 닥칠지 모를 불행에 대비하기 위해서라도 나는 그렇게 다짐해두어야 했다. 이 점은 나를 위해서라기보다 그녀를 위해서라는 배려가 더 컸음을 어쭙잖게 고백한다. 이런 점에서 나는 아주 나쁜 놈만은 아니었다.

내가 그만 붙잡혀가는 날이 닥칠지도 모르는 것이었다. 내가 '떠돌이 인생' 운운하며 멍한 눈길을 보낼 때면 그녀는 영락없이 애잔한 표정으로 얼굴을 힘없이 떨구었다. 그렇게 가을은 깊어가고 있었다.

워워워워워워뤄뤄뤄…… 밤이면 여러 가지 산짐승 우짖는 소리가 유난히 가까이 들려온다. 나는 지금도 그 소리를 흉내까지 낼 수 있을 정도로 잘 기억하고 있다.

"여우가 우나봐요."

그녀는 내 품에 파고들었다. 나도 처음에는 그 소리가 여우소리라고 여겼었다. 여우가 켕켕 하고 운다는 소리는 예전부터 들어왔으나 그것은 특별한 경우의 여우소리라고 짐작되었다. 오대산의 뇌조소리와도 전혀 틀렸다. 워워워워워워뤄뤄뤄……

그것은 영화에서 시베리아 벌판의 늑대들이 나타나 우짖는 소리와 흡사했다. 그 늑대들처럼 여우가 밤하늘로 대가리를 높이 쳐들고 우짖는 소리리라. 무덤 속 해골바가지를 파내려고 흙구멍을 뚫다가 문득 몸짓을 멈추고 밤하늘을 향해 우짖는 소리리라.

"여우는 기분 나빠요."

그녀가 다시 더 파고든다.

"여자들 여우목도리 잘도 하고 다니던데? 뭐? 은여우 목도리? 저건 아마 꼬리가 아홉 달린 여울 거야."

나는 우스개로 말했다. 어릴 적 옛날얘기에는 많은 꼬리 아홉 달린 여우가 나와 둔갑을 했다. 아름다운 여자로 변신해 갖은 꾀를 부리다가 마침내는 치맛자락 밑으로 비어져 나온 꼬리 때문에 정체가 탄로 난다는 것이었다.

그러나 '워워워워워워뤄뤄뤄' 하는 소리에는 어딘가 정감이 어려 있었다. 그것이 짐승 소리가 아니라 새소리라는 것은 뜻밖이었다.

"여우소리요? 그건 새소리지요. 허허."

한 스님이 가르쳐주었다. 새 이름은 그도 모른다고 하였다. 새가 짐승처럼 울 수도 있다는 것이 왜 뜻밖으로 받아들여졌는지는 알 수 없다. 앵무새나 구관조도 있는데 말이다. 그것이 새임을 알고 나는 혼자 여우새라는 이름을 붙여주었다. 그녀가 줄곧 여우로 알고 있도록 내버려두었다. 그 새의 울음소리가 들릴 때마다 여우가 또 운다고 내 가슴을 파고들고는 하는 분위기를 깨뜨려버리기 싫었다. 그래서일까, 가끔 수레에 새장을 싣고 와서 길가에 내려놓고 팔고 있는 새장수를 만나면 그 새장들을 유심히 들여다본다. 새 몸뚱이에 여우 다리를 했거나 여우 몸뚱이에 새 대가리를 한 동물이 혹시 있지나 않은가 하고.

그런 동물은 신화 속에서만 존재한다. 이집트의 태양신인 호루스는 사람 형상에 매(鷹)의 머리를 하고 있다고 했다. 그처럼 복잡한 동물 '여우새'가 이 세상에 있을 리 없었다. 더군다나 이곳은 북아프리카가 아닌 것이다. 하지만 나는 그때 이후로 한 번도 새장수를 그냥 지나쳐버린 적이 없었다. 언젠가는 은행에 가는 길에 새장수는 없고 다만 '새'라는 붉은 글씨만 엉터리 추사체(秋史體) 비슷하게 씌어 있고 전화번호가 곁들여 있는 간판이 매달려 있는 것을 보았었다. 그 간판의 '새'는 페인트로 씌어 있었는데 入의 첫 획이 밑으로 길게 삐쳐 있어서 마치 새가 하늘 높이에서 날개 하나를 땅 쪽으로 쭉 내리

뻗친 모양을 연상케 했다. 나는 전화를 걸었다.

"여우새요? 그런 건 없는데요. 뭐요? 여우 몸뚱이? 여우 대
가리?"

찰카닥. 내가 먼저 전화를 내려놓았다. 부질없는 짓거리였다.

그날, 떠나오던 날도 '여우새'는 어김없이 울었다. 그날따라
그녀는 여우 타령도 하지 않고 일찍 잠들었다. 산속이라 그럴
뿐이지 아직 이르다면 이른 시각이었다.

"여우가 우나봐."

이번에는 내가 말했다. 그리고 나는 내 가슴에 얹혀 있던 그
녀의 한쪽 팔을 가만히 들어 올리고 내 몸을 빼냈다. 그랬던
것은 처음이었다. 그때까지만 해도 그런 식으로 마지막을 맞
으리라는 것은 나도 예상하지 못했었다.

나는 바깥에 나와 차가운 가을 공기를 가슴 가득 호흡해보
았다. 절에서의 일도 막바지로 치닫고 있었다. 얼음이 얼기 전
에 다 마쳐야 한다는 것이었다. 시월에 들어서면서 이미 새벽
공기는 빙점 가까이 떨어지고 있었다. 곧 공식적으로 닥치고
야 말 이별을 어떻게 맞이할 것인가. 두렵고 불안했다. '각하'
는 죽었다. 세상이 뒤바뀌면 혹시…… 하는 마음과 함께 미지
의 세월은 흉흉하게 흘러가고 있었다. 마냥 처박혀 있을 수는

없는 노릇이었다. 그리고 머리를 맴도는 어머니의 목소리. 그리고 푸른 그림자.

그러자 어떤 생각이 걷잡을 수 없이 마음을 사로잡았다. 나는 뒤돌아서서 방문을 열려다 말고 행동을 멈추었다. 나는 내가 의지가 박약한 만큼, 그만큼 충동적인 인간이라는 걸 잘 알고 있었다. 그 성질 때문에 너는 망할 거야. 나는 스스로 말하곤 했었다. 내가 피해 다니게 된 것도 그런 성질에 얼마쯤은 실마리가 있다고 여겨진다. 나는 어둠 속에 오랫동안 붙박인 듯 서 있었다. 어디서 '여우새'가 다시 울었다.

워워워워워워뤄뤄뤄뤄……

'여우새'가 아니라 여우의 소리로 들렸다. 가슴이 떨렸다. 다시 방으로 들어갔다가는 영원히 나올 수 없을 것 같은 느낌이 들었다. 우리들 마음이란 자기합리화를 위해 때때로 자기 자신마저 배신한다. 나는 잡았던 방문 고리를 살그머니 놓았다. 그녀의 팔을 들어 올리고 난데없이 밖으로 나온 것부터가 서로 모르게 떠남을 획책했던 거야. 여우가 말했다. 가슴이 계속 떨렸다. 갈 테면 가. 꼬리 아홉 달린 여우가 말했다. 아니었다. 그녀가 울부짖으며 하는 말이었다. 그래, 난 비겁한 놈이야. 나는 견딜 수 없는 어떤 마음을 짓누르며 속으로 속삭이듯 말했다. 만나지 말지어다, 헤어짐이 두렵도다. 밀타승이 아니라 여우의 말이었다. 갈 테면 가라니까. 가라니까. 여우가 자꾸만 꼬드겼다. 칠흑같이 캄캄한 밤이었다. 나는 우제류(偶蹄類)의 산짐승처럼 발소리를 될 수 있는 대로 적은 구두굽 밑에 감추고 한 발짝 걸음을 더듬어 옮기기 시작했다.

산속의 어둠은 순식간에 덮여 온다. 달도 뜨지 않은 밤이었다. 나는 별빛에 의지하여 산을 내려오기 시작했다. 한번 발을 내딛기 시작하자 어서 멀리멀리 벗어나고 싶었다. 캄캄한 길을 한없이 가다가 휴우 이젠 됐구나 하고 오줌을 누면 그게 겨우 절 기둥이 되어 손오공 짝이 나는 게 아닐까 조바심하는 꼴이었다. 더군다나 샛길을 택하여 어디가 어딘지 분간하기가 어려웠다.

가자, 가자, 높이 가자, 더 높이 가자. 나는 불현 듯 주문을 외면서 한 발짝씩 아래로 더듬어 내려갔다. 낮에 몇 번 다녔을 적에는 평범한 길이었다. 그런데 한 발짝 한 발짝이 암흑의 벼랑이었다. 나무의 가시가 팔과 얼굴을 찌르며 할퀴었다.

워워워뤄뤄뤄뤄뤄……

나는 내 뒤를 밟고 있는 듯한 그 소리에 어둠 속을 뒤돌아보며 엉금엉금 기다시피 걸었다.

어둠이 짙어져, 그 어둠이 핏속마저 스미고 나도 까맣게 어둠으로 변해 소멸해버릴 것 같았다. 과연 인가 쪽으로 맞게 가고 있는지조차 미심쩍었다. 자칫 잘못하다가는 계곡으로 굴러 떨어져 덤불진 가시나무 위에 벌렁 드러누운 채 내일 아침 꼼짝없이 발견될지 모른다. 그렇기만 해도 다행이다. 할퀴고 찢기기만 해도 다행이다. 아예 두개골이 바위에 부딪혀 뇌수를 흘리며 죽을지도 모른다. 그러면 여우 몸통에 새 대가리를 한 저 짐승이 캥캥캥캥 웃으며 달겨들어 뇌수를 핥고 눈알을 찍으리라.

나는 별다른 외부적인 이유 없이 집을 떠난 몇몇 사람들을 알고 있었다. 집안은 화목했고 부부는 금실이 좋았다. 모두 나무랄 데 없는 가정이었다.

그런 먼 친척집의 한 여자가 갑자기 종적을 감추었다. 경찰에 실종 신고를 하고 신문에 사람 찾는 광고를 내고 법석을 떨었지만 헛일이었다. 나중에 어떤 사람이 보았다는 막연한 제보에 따라 설악산 일대를 뒤진 끝에 술집에 있는 그 여자를 집으로 데려올 수 있었다. 그러나 그 일의 전말에 대해서 끝내 함구하고 우울한 표정을 짓고만 있던 그 여자는 기어코 다시 집을 나가버렸던 것이다.

그 여자와 달리 남자의 경우도 있었다. 그 남자는 제법 든든한 회사의 간부사원으로 겉으로 보아서는 아무런 부족함이 없어 보였다. 그 남자는 종적을 감추기 전까지는 지나치다고 할 만큼 모범 가장이었다. 어느 날 그 남자는 집에 들어오지 않았고, 그로부터 얼마 뒤 병원 영안실에 행려병자로 취급되어 안치되었다가 가족에게 인도되었다.

좀 다른 경우도 있었다. 시를 같이 공부하던 송유하(宋油夏)라는 친구가 있었다. 늘 수줍게 웃는 것이 돋보이던 그는 어느 날 집하고는 전혀 다른 방향인 김포 가도의 논바닥 한가운데 엎어져 죽어 있었던 것이다. 외상도 없었고 그 혼자만의 발자국이 논에 찍혀 있었던 점으로 미루어보아 다른 누구에 의해 죽음을 당하지 않았음은 명백했다. 그래서 그를 아는 사람들은 '홀렸다'고들 결론을 내리고 그를 잊기로 했었다.

발을 헛디뎌서는 안 된다.

나는 발끝에 온 신경을 곤두세우고 콜타르 같은 어둠을 헤치며 걸음을 옮겨놓았다.

시체로 발견되어서는 안 된다.

뒤따라 오던 여우새 소리도 언젠가부터 들리지 않았다. 그리고 나를 숨 막히듯 죄고 있는 것은 이제껏 언제 어디서도 경험하지 못한 깊고, 짙고, 끈끈한 어둠이었다. 그것은 한번 빠지면 결국 온몸이 잠기고 마는 수렁 같았고, 쥐를 잡는 끈끈이풀 같았다. 나는 거기 빠졌거나 들러붙어 어둠에서 놓여나지 못하게 되었는지도 몰랐다.

나는 내가 허우적거리며 움직이는 것조차 믿을 수가 없었다. 어둠, 어둠, 어둠, 어둠, 어둠…… 움직인다고 하더라도 제자리로 도로 오고 만다는 그 링반데룽일지도 모른다.

온몸이 진땀으로 범벅이 되고 숨이 턱에 닿았다. 어둠, 어둠, 어둠, 어둠, 어둠, 어둠…… 욕계(欲界), 색계(色界), 무색계(無色界)의 서른세 하늘도 모두 어둠이라고밖에는 말할 수 없었다.

얼마나 시간이 흘렀을까. 시간이 아니라 세월이라야 맞을 것인가.

그때 순간 나는 기우뚱했다. 그리고 익으면 탁 터지는 열과(裂果)처럼 어둠의 한가운데가 탁 터지는 것을 보았다. 빛이었다. 빛은 열개(裂開)된 목화다래에서 흰 솜이 부풀어 나오듯 어둠을 열고 부풀어 나오고 있었다. 마을이었다. 빛이었다.

이렇게 나는 세상으로 돌아왔다.

그러나 나는 지금도 허물어진 집이나 비어 있는 집만 보면 그녀를 생각한다. 그녀가 혹시 거기에 살고 있을지도 모른다는 착각 때문이다. 방이 없어서 그런 집에 살면서 카페에 나가 일하며 살아가고 있을지 모른다는 착각 때문이다. 얼마 전 서울 인사동의 인데코 화랑에서 한동네 화가가 연 첫 그림전시회에 갔다가 그 거리의 여러 카페 앞을 지나면서 나는 공연히 가슴이 뛰었었다. 그 어느 집에선가 그녀가 차를 나르고 있을 것이다. 그러다가 지치면 동그란 스탠드 의자에 오도카니 올라앉아 슬픈 노래를 흥얼거릴 것이다. 워워워워워뭐뭐뭐뭐…… 아무도 알아듣지 못하는 소리로 목구멍 속에서 울음을 울 것이다. 워워워워워뭐뭐뭐…… 짐승의 울음을 울 것이다.

그런 며칠 뒤 방이 없는 시학도가 다시 나를 찾아왔을 때 그를 붙잡아 앉힌 나는 다짜고짜 말했다.

"그 허물어진 집 말야. 거기 웬 여자가 와서 산대. 그것도 혼자서. 허물어지지 않은 한쪽 방은 깨끗이 치워놓으니 말짱하더래나. 그리고 거기서 여기 어느 카페에 나와 일한대. 글쎄."

후배는 한동안 무슨 소리를 하는지 알아들을 수 없다는 표정이더니 "대단하군요" 하면서 혀를 내둘렀다. 그리고 "여자란 못 당해요" 하는 말을 곁들였다. 내가 생각해도 왜 이런 터무니없는 말을 했는지 알 길이 없다.

나는 요즈음 다방 대신에 카페라고 써붙인 곳을 자주 이용한다. 그전에는 일부러 기피했던 곳이었다. 거의 모든 카페라는 곳이 내가 기대하는 그런 공간이 아닌 데 실망한다. 그러나 나는 그 실망을 감추고 어두운 구석구석마다 눈길을 쏟는다. 남들이 보면 마치 먹이를 찾는 짐승같이 보임 직도 하다.

그러나, 그러나. 나는 그 구석 어디엔가 혹시 떨어져 있을지도 모를 무엇을 찾고 있는 것이다. 그것이 무엇인지는 아무에게도, 영원히 밝히지 않을 것이다. 실상, 나 자신도 그것이 무엇이라고 정확히 밝힐 수 없을 것 같기도 하다. 그래서, 다만 내가 무엇인가 찾고 있다는 사실만을 밝혀놓기로 한다.

그것이 무엇일까.

자기는 비밀히 알되 남에게는 밝힐 수 없는 것, 그런 것이 아닐까. 그녀도, 그녀의 노래도 거기에는 없다. 그래도 나는 찾는다. 어디선가 그녀의 노랫소리가 희미한 달빛처럼 내 머리 속으로 비쳐 들어온다. 하지만 이제 그 확실한 모습은 그려볼 수 없다. 다만 그랬었다는 사실만이 쓸쓸한 그림자처럼 남아 있다.

마지막 군소리를 덧붙이거니와, 그 밤에 산을 내려오면서 움막 속 내 옆에 잠들어 있던 그녀에게 말 한마디 하지 않은 점에 대해 지금 나는 용서를 빈다. 왜 아무 말 없이 떠나왔는지는 묻지 말아주기 바란다. 나 역시 가슴이 아프기 때문이다. 하지만 그때로서는 그렇게밖에 행동할 수 없었으며 또 나 나름대로의 변명도 있다. 하지만 구차한 변명을 늘어놓는 것이 그녀에게 무슨 도움이 되겠는가. 그보다 더 근본적인 것은 나라는 인간은 언제 어디에 있건 내가 언젠가 홀연히 떠나갈 것임을 상대방에게 느낌으로 전하면서 살아간다는 점이다. 이것이 이 세상을 살아가는 내 보호색이다. 그럼으로써 내가 어느 날 갑자기, 본의든 본의가 아니든, 사라져버릴 때 상대방으로 하여금 충격을 덜 주게 하겠다는 알량한 의도에서다.

그렇다면 푸른 그림자는?

그 역할은 아직도 내게 필요하다고 생각되니 이상한 일이다. 그쪽이 아니라 내가 그 망령에 빚진 것이 있을지도 모른다는 생각이 들 지경이다.

아버지의 죽음과 함께 나는 한 세대가 완벽하게 지나갔음을 느꼈다. 그렇게 한 세대, 한 시대가 과거 속으로 사라져간 다음 나는 한 사람의 작가로 태어났다. 그러기 위해 그 여자의 움집을 버리고 서울로 온 것이기도 했다. 작가로서 가장 처음 쓸 것으로 나는 무엇을 생각했던가? 나는 그것을 아주 어렸을 적, 내 기억이 미치지 않도록 어렸을 적부터 줄곧 생각해왔던 것처럼 여겨진다. 이 일처럼 나 스스로 이해 못할 일은 없다. 나는 물론 나 스스로를 전혀 이해하지 못한다. 나를 지배하고 있는 것은 내가 아니다. 그렇다면 무엇일까? 그것은 나 스스로를 이해하지 못함을 아는 바로 그 정신이다. 우리는 누구나 그럴지도 모른다. 그럴 것이다.

자, 과연 지금부터 내가 나타내고자 하는 것, 내 인생의 출발부터 내가 나타내고자 했던 것은 무엇일까? 그것은 바로 푸른 그림자인 것이다.

그 형상은 아주 먼 태초 때부터 내게 들어와 있었다. 그가 누구였든 말이다. 그리하여 어느 날 녹색의 나무들과 쾌청의 하늘이 어울려 물속에 어리며 하나의 생명의 빛깔을 내게 안겨준다. 언제나 내가 영원히 해소될 수 없는 그리움과 외로움에 지쳐 쓰러져 있을 때, 그 여자의 그림자는 내게로 다가와 속삭인다. 일어나서 싸우라. 싸워서 쟁취하라. 그러면 나는 일어난다. 무엇을 위해서? 그것은 모를 일이다. 아마도 인생을 위해서라고밖에는 말할 수 없으리라. 그리하여 다시 패배가 정해져 있는 싸움을 벌여야 한다.

나는 다시 일어났다. 그리고 원고지를 펼치고 그 푸른 그림자에 대해, 한번 실패하였으나 영원한 형벌로서 실패를 거듭하게 하는 그 정체에 대해 밝혀야 하는 것이었다. 그리하여 나는 이 소설의 첫 문장 '지금 내 눈에는 이 세상의 온갖 푸른 빛깔들이 보인다'부터 쓰기 시작했다.

나는 어떤 서사시를 쓰고 있는가

이 소설은 계간 문예지 《작가세계》가 창간하면서 연재한 작품이다. 내 첫 번째 긴 소설인데, 나는 그 무렵 안산에 살면서 내 삶이 어찌하여 그곳까지 이르렀을까를 돌아보는 시간을 갖는 계기로 삼고 쓰기에 빠져들었다. 돌아보니 삶은 기구했다. 오대산과 가야산을 헤맨 발길은 내 것이 아닌 듯했다. 모든 글이 자기와의 동일성을 추구하는 것이라면, 이야말로 더욱 '나'와 동떨어진 '무엇' 같아서 나는 허깨비처럼 살고 있다는 격리감을 느끼곤 했다. 그렇게 나는 나에게 다가갔을까.

본래의 제목인 '약속 없는 세대'는 '약속의 그림자'로 개제한다. 약속이 있든 없든 그것은 이 소설에서 같은 문제에의 접근이라고 나는 이미 오래 전에 판단하고 있었다. 그러니까 결론은 '하산'으로 나 있던 작품이 아니었던가. 참담한 회복 과정의 상처를 통해서 나는 '나'를 얻으려 했던 것이다. 그리고 '글'을 얻으려 했던 것이다.

나는 나를 떠나 외롭게 세상에 나섰다. 최초의 결승문자 같은 '약속'이 실낱같이 남아 있었다. 그것으로 나는 나를 일으켜 세워야 했다. '약속의 푸른 그림자'로 본문에 표현한 그 세계로 새로운 '나'를 가능케 하지 않으면 안 된다. 과연 나는 어떤 서사시를 쓸 수 있을까.

그로부터 오랜 시간이 지났다. 나는 그 약속의 그림자 아래 여전히 걷고 있었다. 그 모습을 그린 시 한 편이 여기에 있다.

도리질

아직도 그곳에 있는가
내 가장 헤맬 때 가서 쌀죽 먹고
계곡 물소리에 오한이 나던 곳
일타스님 의자 내놓고 앉아 내 고백을 듣던 곳
거짓말인지 참말인지 나도 몰라
아궁이에 불 지펴 밥 지으면서도 마음 저울질하던 곳

서른 갓 넘어 벌써 기울어진 몸으로 목도 울력 뒤뚱뒤뚱

새벽 법당 촛불들 켜기에도 허정거리며

큰스님 눈 바로 쳐다볼 겨를도 없던 곳

아직도 그곳에 있는가

아니 예전에도 본래 없던 그곳에 내가 갔겠지

아니 아예 가지도 않았겠지

어쩔까 어쩔까 하다가 야반도주한 건 누구였을까

없는 그곳에 가지도 않은 내가

아랫동네 여관에서 소주 병째 들이켜 쓰러졌다니

뒷날 일타스님 다비식에 가서

신갈나무 숲길을 올라

본래 없는 그곳을 아예 가지 않은 나를

거짓말인지 참말인지 보고 또 보면서

그곳에 가보자는 말에는 도리질만 쳤다

도리질만 쳤다

시에 의하면, 나는 일타라는 스님의 다비식에 가 있다. 그러나 막상 내가 예전에 머물다가 '야반도주'한 그곳에 가자는 제안에는 '도리질'을 할 뿐이다. 나는 아마도 '약속의 그림자'를

따르고 있기는 했다고 적어야 할 것이다. 그것은 아직도 그러하기 때문이다. 처음 썼을 때부터 이십오 년이 넘게 나는 '야반도주'를 하고 있을 뿐이 아닌가.

과연 나는 어떤 서사시를 쓰고 있는가. 그 물음 앞에 '약속의 그림자'를 따르는 내가 있을 뿐인가. 나는 내게 묻고 '도리질'을 할 뿐인가.

2017년 여름

윤후명

작가 연보

1946년 강원도 강릉에서 태어났다.

1967년 《경향신문》 신춘문예에 시 〈빙하(氷河)의 새〉가 당선되며 시인으로 입신했다. 그로부터 신춘문예 당선 시인들의 모임인 《신춘시》에 작품을 발표하다가 시 동인지 《70년대》의 창간 동인으로 활동하면서 시인에의 길에 본격적으로 들어섰다.

1977년 그동안 여러 출판사들을 전전하며 써 모은 시들을 엮어 시집 《명궁(名弓)》을 문학과지성사에서 펴냈다. 개인적으로 문학적 성과이기도 한 이 시집은, 동시에 문학적 갈증을 유발시켰고, 그 무렵 밀어닥친 가정사의 문제와 뒤엉켜 소설에의 길을 모색하는 계기가 되었다.

1979년 《한국일보》 신춘문예에 단편소설 〈산역(山役)〉이 당선되며 소설가가 되었고, 이듬해에 다니던 출판사를 그만두고 소설가로서의 삶만을 살기로 결심했다.

1980년 소설 동인지 《작가》의 창간 동인이 되었다.

1983년 거제도 체류. 중편소설 〈돈황(敦煌)의 사랑〉으로 녹원문학상을 수상했고, 동명의 표제작으로 첫 소설집을 문학과지성사에서 펴냈다.

1984년 단편소설 〈누란(樓蘭)〉(뒤에 〈누란의 사랑〉으로 개작)으로 소설문학 작품상을 수상했다.

1985년 단편소설 〈엉겅퀴꽃〉과 〈투구게〉를 중편소설 〈섬〉으로 개작, 한국일보 문학상을 수상했다. 소설집 《부활하는 새》를 문학과지성사에서 펴냈다.

1986년 단편소설 〈팔색조〉(소설집에는 〈새의 초상〉으로 수록), MBC 베스트셀러 극장에서 드라마 방영.

1987년 산문집 《내 빛깔 내 소리로》를 작가정신에서, 중편소설 문고 《모든 별들은 음악소리를 낸다》를 고려원에서 펴냈다.

1988년 중편소설 〈높새의 집〉이 국제 펜 대회 기념 《한국 소설집》에 번역(서지

문 옮김), 수록되었고, 〈모든 별들은 음악소리를 낸다〉가 무용가 김삼진에 의해 호암아트홀에서 공연되었다.

1989년 소설집《원숭이는 없다》를 민음사에서 펴냈다.

1990년 장편소설《별까지 우리가》를 도서출판 둥지에서, 산문집《이 몹쓸 그립은 것아》를 동서문학사에서, 장편소설《약속 없는 세대》를 세계사에서, 문학선집《알함브라궁전의 추억》을 도서출판 나남에서 펴냈다.

1992년 장편소설《협궤열차》를 도서출판 창에서, 장편동화《너도밤나무 나도밤나무》와 시집《홀로 등불을 상처 위에 켜다》를 민음사에서 펴냈다.

1993년 《돈황의 사랑》이 프랑스 출판사 악트 쉬드(Actes Sud)에서 번역(최윤 옮김)되어 나왔다.

1994년 중편소설 〈별을 사랑하는 마음으로〉로 현대문학상을 수상했다.

1995년 중편소설 〈하얀 배〉로 이상문학상을 수상했다. 한국소설가협회 기획분과위원회 위원장에 선임되었다. 연세대학교, 동국대학교 국문학과 강사(~1997년).

1997년 소설집《여우 사냥》을 문학과지성사에서, 산문집《곰취처럼 살고 싶다》를 민족사에서 펴냈고, 한국소설학당을 설립했다.

1998년 추계예술대학교 강사(~2000년).

1999년 단편소설 〈원숭이는 없다〉가 독일에서 나온《한국 소설집》에 번역(안소현 옮김), 수록되었다.

2000년 민족문학작가회의 이사로 선임되었다.

2001년 추계예술대학교 문예창작과 겸임교수가 되고(~2003년), 소설집《가장 멀리 있는 나》를 문학과지성사에서 펴냈다. 한국소설가협회 이사, PEN클럽 기획위원회 위원으로 선임되었다.

2002년 단편소설 〈나비의 전설〉로 이수문학상을 수상했다. 산문집《그래도 사랑이다》를 늘푸른소나무 출판사에서 펴냈다. 중편 〈여우 사냥〉이 일본의 이와나미문고에서 나온《현대한국단편선》에 번역(三枝壽勝 옮김), 수록되었다.《대한매일신보》명예논설위원, 연세대학교 동문회 상임이사(문화예술분과)로 위촉되었다.

2003년 산문집 《꽃》을 문학동네에서 펴냈다.

2004년 소설가협회 중앙위원이 되고, 2005년 독일 프랑크푸르트 도서박람회 주빈국(한국) 출품 도서 '한국의 책 100선'에 《돈황의 사랑》이 우리 소설 16편 중 하나로 선정되었다. 동화 《두부 도둑》을 자유지성사에서 펴냈다.

2005년 장편소설 《삼국유사 읽는 호텔》을 랜덤하우스중앙에서 펴냄과 함께 《돈황의 사랑》을 《둔황의 사랑》으로(문학과지성사), 《이별의 노래》를 《무지개를 오르는 발걸음》으로(일송북) 제목을 바꾸고 여러 곳 손을 보아 다시 펴냈다. 프랑크푸르트 도서전을 계기로 독일 순회 낭독회에 참가, 본 대학과 뒤셀도르프 영화박물관에서 작품을 낭송하고 해설하는 행사를 가졌다. 《The love of Dunhuang(둔황의 사랑)》(김경년 옮김)이 미국 CCC출판사에서 나왔다. 서울디지털대학교 초빙교수.

2006년 《敦煌之愛(둔황의 사랑)》(왕책우 옮김)이 중국에서 나왔다. 국민대학교 문예창작대학원 겸임교수(~현재). 시와 소설 그림집 《사랑의 마음, 등불 하나》를 랜덤하우스중앙에서 펴냈다.

2007년 단편소설 〈촛불 랩소디〉로 제12회 현대불교문학상을 수상했다. 소설집 《새의 말을 듣다》를 문학과지성사에서 펴내고, 이 책으로 제10회 동리문학상을 수상했다.

2008년 《21세기문학》 편집위원.

　　　미술; 「티베트의 길, 자유의 길 전」(헤이리 '마음등불')에 참여했다.

2009년 중국 베이징 주중 한국문화원 개원 2주년 기념행사 '한중작가 사인회' (장편 《인민을 위해 복무하라》)의 중국작가 옌롄커(閻連科)와 미국 LA 한인문인협회 세미나에 참가(강연)했다. 문학 그림집 《지심도, 사랑을 품다》를 펴내고(교보문고), 전시회와 낭독회(거제도)를 가졌다.

　　　미술; 「독도 전」(전국순회전), 「어머니 전」(미술관 가는 길), 「구보, 청계천을 읽다 전」(청계천 광장, 부남미술관).

2010년 한국소설가협회 부이사장이 되고, 중국 난징(난징대학)과 타이완 타이베이(정치대학) '한국문학포럼'에 참가. 산문집 《나에게 꽃을 다오 시간이 흘린 눈물을 다오》를 중앙북스에서 펴냈다. 중편소설 〈하얀 배〉 〈모든 별들은 음악소리를 낸다〉 고등학교 교과서에 수록.

미술; '문인 자화상 전'(신세계갤러리), '한국의 길—제주 올레 전'(제주현대미술관, 포스터 채택), '이상, 그 이상을 그리다 전'(교보문고, 부남미술관선유도), '조국의 산하전'(헤이리 '마음등불'), '한국, 중국, 오스트리아 교류전'(헤이리 아트팩토리).

2011년 《한국소설》 편집주간을 겸임하고, '한국작가총서 문학나무 이 한 권의 책 001' 《사랑의 방법》을 문학나무에서 펴내고 문학교육센터(남산도서관)에서 낭독회를 열었다.

미술; 한일교류전(헤이리 한길아트), '아트로드77'전(헤이리 리앤박 갤러리), 조국의 산하전(광화문 '꽝' 갤러리)

2012년 육필시집 《먼지 같은 사랑》을 지식을만드는지식에서, 시집 《쇠물닭의 책》을 서정시학에서 펴냄. 제1회 부산 가마골소극장 문학콘서트를 열고, 소설집 《꽃의 말을 듣다》를 문학과지성사에서 펴냄과 함께 첫 개인 그림전시회 '꽃의 말을 듣다'(서울 인사아트센터) 개최. 장편소설 《협궤열차》를 다시 펴내고(책만드는집), 《둔황의 사랑》이 러시아에서 출간됨(박미하일 옮김). 제1회 고양행주문학상 수상.

2013년 세계인문문화축제 '실크로드 위의 인문학, 어제와 오늘'(교육부, 경상북도 주최)에서 '실크로드의 문학' 발표. 시집 《쇠물닭의 책》으로 제4회 만해님시인상 작품상 수상.

2014년 미술; 개인 초대전 '엉겅퀴 상자'(길담서원 갤러리).

2015년 서울대통일평화원 인권소설집 《국경을 넘는 그림자》에 단편 〈핀란드역의 소녀〉 발표. PEN 세계한글작가대회 강연, 강릉 문화작은도서관 명예관장, 토지문학제 명예대회장, 몽블랑 문화예술후원자상 심사위원, 수림문학상 심사위원장, 이상문학상, 산악문학상 외 각종 문학상 심사.

현재 문학비단길, 문학나무 고문, 강릉문화작은도서관 명예관장.

윤후명 소설전집 11

약속의 그림자

1판 1쇄 인쇄 2017년 6월 26일
1판 1쇄 발행 2017년 7월 5일

지은이 · 윤후명
펴낸이 · 주연선

총괄이사 · 이진희
책임편집 · 강건모
편집 · 심하은 백다흠 이경란 최민유 윤이든 양석한
디자인 · 김서영 이지선 권예진
마케팅 · 장병수 김한밀 최수현 김다은
관리 · 김두만 유효정 신민영

(주)은행나무

04035 서울특별시 마포구 양화로11길 54
전화 · 02)3143-0651~3 ㅣ 팩스 · 02)3143-0654
신고번호 · 제 1997-000168호(1997. 12. 12)
www.ehbook.co.kr
ehbook@ehbook.co.kr

잘못된 책은 바꿔드립니다.

ISBN 978-89-5660-260-8 04810
ISBN 978-89-5660-996-6 (세트)